Rose-Marie THENIN

L'ultime Vaillance

Roman

Editions du Banc d'Arguin

*Il a été imprimé numériquement
quatre exemplaires de cet ouvrage
constituant l'édition originale*

Editions du Banc d'Arguin, 1ere édition Novembre 2009
ISBN : 978-2-35866-012-9
Imprimé numériquement en France sur IGen3 Xerox®

« Quand l'abeille récolte le nectar, moi, je récolte l'Art. »

Sara Glachant, 10 ans à l'époque

« Il faut écrire pour soi, c'est ainsi que l'on arrive jusqu'aux autres »

Eugène Ionesco

« *Il n'y aurait pas de comédiens sans public, tout comme il n'y aurait pas d'auteurs sans lecteurs* » [1]

---
[1] Devise auteur : " Cette devise résume assez bien mes passions, bercée par la lecture et le théâtre, entre autres… "

Dessins de :

Nelly Borgo, Clarisse Borgo, Sara Glachant, Manon Comas

De vous à moi...

Quand je vous regarde tous, j'ai envie de vous embrasser. Quand je dis embrasser, n'est-ce pas étymologiquement vous serrer dans mes bras, vous étreindre pour vous remercier de tous ces moments que vous avez su me donner, sans rien demander en échange ? A moi à présent de vous accorder le change.

Les quelques mots que je vous dédie, sont un peu un exercice de style, auquel on ne pourra pas échapper. Vous allez bien sûr vite vous en apercevoir, car ici, nous parlons de « mots », et que c'est au travers d'eux que nous nous exprimons.

J'espère seulement que mon émotion ne me trahira pas, et que je saurais me faire bien entendre (et/ou comprendre) de vous, cette fois encore, mais dans un autre langage, comme toute comédienne qui se respecte !

Tout d'abord, ce jour est exceptionnel.

Je dis exceptionnel, car, pour moi c'est un peu comme une renaissance, rien à voir avec le jour de mon anniversaire. Toutes ces années qui défilent devant mon impuissance à les maîtriser, me rappellent ma principale mission, une des plus analeptiques certes, qui est celle de fouler un sol moins poussiéreux, pour que mes empreintes si fragiles s'avèrent enfin intouchables. Car je n'ignore pas qu'un jour, un vent narquois viendra les effacer.

Et j'ai toujours ces inévitables questions qui, tout comme vous, viennent me narguer :

- D'où viens-je ?
- Qui sommes-nous ?
- Où vais-je ?

Oui, je vous l'avoue, parfois, je perds pieds dans l'immensité de cet univers quelque peu déroutant. Et vous me direz que je me focalise sur moi-même.

Mais pourquoi, ne pas accepter tout simplement l'évidence ?

Le temps difficile à fixer me pousse délicatement vers un au-delà insaisissable. Je voudrais, toutefois, que me soit donnée l'autorisation de signer mon passage avant qu'il ne se perde tout à fait dans un souffle éphémère, pour devenir rien, qu'une poussière d'étoile dans l'infini.

Dans chacune de mes tempêtes déloyales, j'ai incité ma détermination chancelante à guider chacun de mes pas afin de ne pas sombrer.

Mon engouement certain pour l'écriture apparaît dès l'âge de 12 ans, lorsque j'ébauche mon premier poème. Depuis, les mots m'appellent et m'interpellent. Je veux qu'ils trouvent dans mes lignes percutantes leur vraie signification. L'inspiration, (dans tous les sens du terme puisqu'on parle de « mot », mais aussi de la bouffée d'oxygène que l'on prend mécaniquement), constitue en fait le premier appel à la vie, et a bien souvent été mon alliée dans ces hasards implacables. Au lieu de la réprimer, je l'ai souvent accueillie pour qu'elle se blottisse tout contre moi, comme on berce un tout petit.

Durant ces années de pèlerinage, j'ai renoué avec une enfance dénaturée, pour retrouver ses composants fondamentaux, quelque peu dispersés, tels que l'émerveillement, la création, et l'impatience, mais également, l'insouciance et l'espoir.

A ce propos, nos amis italiens ont une expression très imagée, de toute beauté pour « donner naissance », c'est « donner la lumière » : Ils disent tout simplement « Dare a la lucche ». J'ai pu, tout comme cette représentation iconographique de la Mère portant son jeune Enfant, renaître de mes cendres, au fil des mots/maux qui me transportent dans l'imaginaire créatif et généreux. Oui tel un phénix « Renaître de mes cendres » car j'appartiens tout d'abord au Grand Univers, et qu'une simple agitation de l'air viendra tôt ou tard effacer les marques de mon sillage, mais aussi, comme je l'ai dit, il doit exister une réelle influence réciproque, une relation osmotique entre les mots et moi. C'est vrai que sortis de mon être dénudé de sa moindre substance, je les ai modelés afin de leur donner forme, en échange c'est bien aussi grâce à eux que j'ai pu retrouver le chemin de ma propre existence. En m'habitant, les mots m'ont offert mon appartenance à ce Monde insolite, ils m'ont fait don de ce présent inestimable, ma propre naissance, en soufflant une douce chaleur sur mon corps froid, jadis privé de son ultime vaillance. Peu à peu, l'espérance « s'est ancrée/encrée à ce port d'attache » et les mots ont su renforcer progressivement l'utilité évidente de mon passage pour une réconciliation authentique de l'auteur avec ses propres maux. Et pour finir, sur le plan mystique ou spirituel, dans la lumière de ce vitrail attendrissant, devant la Mère, en contemplation serrant son jeune enfant, je porte inévitablement en moi les vestiges récurrents d'un tel voyage effectué à la vitesse de la lumière, en gardant tout près de mon cœur cette Enfant que j'étais, mais aussi Cette Autre pour laquelle j'ai eu la chance de pouvoir perdurer le miracle de la vie, et inévitablement une part de la mienne aussi. Désormais, c'est vers la lumière diffusée par cette nouvelle étoile de vie, dont je suis issue, que me guident mes traces audacieuses, égarées dans le néant de l'Univers, avant que le mystère de notre commencement, tout comme celui de notre dernier souffle, celui du vrai soulagement, ne m'encercle tout à fait pour me happer dans une de ces spirales galactiques.

Arrivée à ce jour de ma vie, je ne suis en mesure de répondre qu'à la dernière interrogation, leitmotiv inépuisable des méandres illisibles d'un quotidien aléatoire.

Aujourd'hui, on peut le dire, je sais où je vais. Car le rêve que j'ai caressé depuis ces décennies d'errance, je l'ai enfin concrétisé, un rêve bien fou, je vous l'accorde, celui de publier un premier ouvrage, fruit d'un travail acharné, L'impact des Maux, composé de poèmes et de nouvelles qui ont ponctué Une Simple Vie, en l'occurrence, la mienne.

Afin de donner plus de corps au texte, j'ai fait appel à mes amies pour les illustrations.

Dans ce roman, L'Ultime Vaillance, je vole vers un autre paysage et dans chaque ligne intrépide, je rejoins ma sérénité. Je retrouve mon essence, moment privilégié, que lorsque je partage avec le lecteur l'émotion dépeinte dans ces pages avides d'être révélées. Là aussi, j'ai demandé à de jeunes enfants de m'offrir quelques-uns de leurs dessins pour les insérer dans mes pages nombreuses.

Aujourd'hui, j'ai d'autres projets, formes littéraires différentes, ce qui me réjouit d'avance, notamment le théâtre, et les contes pour enfants.

Mais, sachez que sans vous tous, rien n'aurait pu transparaître. Vous avez été toujours là pour me redonner confiance et quand celle-ci m'a, bien souvent abandonnée, chaleur et courage quand dedans il faisait si froid. En me tendant la main, vous avez su confirmer un talent dont j'ai souvent nié l'existence. Que peut répondre la foi quand le doute impitoyable nous assaille ?

Vous seuls (es), et à votre façon, vous avez su refaçonner la vie pour pouvoir me l'insuffler,

Je ne peux que vous être reconnaissante pour tout, entre autres, d'avoir été, à un moment précis, les acteurs de ma propre histoire soudain enrichie.

Dans mes yeux, se lit une nouvelle étincelle me rendant presque invincible.

Ma tâche s'accomplit tout doucement, mais sûrement.

Nous pouvons me souhaiter un long parcours dans cette voie qui j'espère me sera lumineuse, et je voudrai terminer par cette phrase

Que cela s'est fait et se fera uniquement grâce à Vous !

L'ultime Vaillance

1ère Partie

LE FARDEAU DE NOTRE ENFANCE

« Aller chercher le plus loin possible à l'intérieur de soi… »

Michel Berger[1]

---

[1] Michel Berger, dans *Celui qui chante…*, WEA MUSIC WARNER Compilation 1994 – Warner Music et 1997 Warner Music France

1ère Partie

LE FARDEAU DE NOTRE ENFANCE

1 - *La peur de la nuit pour Mallory*

La chambre était à peine éclairée, il faisait bon et tout donnait l'impression que plus rien ne pourrait arriver.

Allongée dans son lit, elle gardait tout au fond d'elle, ce moment nocturne privilégié hors de sa journée monocorde. Elle écoutait son Papa qui lui racontait de belles histoires, celles qui font frissonner de plaisir. Papa Yohann, c'était son prénom, était très fort à raconter des histoires, il était son héros et savait trouver le récit qui ravirait sa fille. Mallory voyait bien qu'il n'avait pas encore épuisé tout son stock, chaque fois, une nouvelle légende échappée d'un autre univers le faisait sortir de son apparence normale, pour revêtir les plus beaux apparats des lointains chevaliers. Il savait la faire rire, mais l'émouvoir bien sûr aussi.

Du haut de ses sept ans, elle pensait que cela pouvait effectivement s'appeler le «bonheur», simple, certes, mais tenant tellement chaud à un cœur dont les éclaboussures ne l'ont pas toujours épargnée.

Papa avait fini son histoire, mais Mallory voulait qu'il restât avec elle encore un petit peu, comme pour combler les moments d'absence de la journée, à tout jamais envolés, et il lui dit tout doucement en lui caressant ses cheveux bruns :

- Il est temps de dormir, je crois ma Grenouille !
- Oui, je sais Papa, mais j'aime tellement quand tu es avec moi, je voudrais que tu restes tout le temps près de moi,
- On se verra demain au petit déjeuner.
- D'accord, mais tu sais, je n'ai pas sommeil, j'ai peur de m'endormir, quand je m'endors, je fais des cauchemars.
- Tu n'en feras pas cette fois, je te laisse ta lampe de chevet allumée.
- Oui, s'il te plait.

- Bisous Papa,
- Bisous Moi !

Avant qu'il ne franchisse le pas de la porte de sa chambre, Mallory tourna son visage vers la fenêtre éclairée par la lune aux irisations chatoyantes.

Une fois seule, malgré elle, commençaient à se réveiller ses ennemis qui n'avaient de cesse de tourner autour d'elle en ricanant. Elle tourna la tête vers la fenêtre, et chercha désespérément une lueur étoilée qui capterait son regard affolé, mais rien n'y fit.

Elle avait beau se faire violence, les monstres réapparaissaient en se montrant impartiaux et ne voulant lui accorder aucun répit.

Alors, prise souvent d'une terreur incontrôlable, elle commençait à suffoquer, et constatant qu'elle avait de plus en plus de mal à trouver sa respiration, elle appelait son Papa, qui accourait tout de suite, pour l'apaiser de cette étrange sensation.

- Du calme, du calme. Je te donne ton «Doudoune», (ours en peluche déjà bien malmené par tant d'affection prodiguée par l'enfant) pour qu'il te protège, ici tu ne crains rien! Essaie de dormir, il est tard.
- Je vais essayer de dormir.
- Sans te réveiller en pleine nuit
- Oui Papa.

Pour Yohann, ces scènes fréquentes l'impressionnaient au plus haut point.

Il restait en général quelques moments encore près d'elle, pour la rassurer, et sortait de la chambre de son enfant.

Mallory subissait la nuit, son éternelle frayeur, elle avait beau serrer son «Doudoune» contre sa poitrine agitée, elle savait qu'elle devrait tolérer cette loi encore quelques temps, car Mallory avait beaucoup de mal à trouver le sommeil, le vrai, et souvent ses nuits étaient très éprouvantes, elle appelait son Papa, qui accourrait vite pour la calmer avant qu'elle ne trébuchât à nouveau, à son insu, dans ces êtres hideux, prêts à la submerger, et surtout empêchant ces monstres horribles, de la rattraper.

La lumière, laissée par Papa lui permit de se calmer lentement, et glisser dans les bras de Morphée qui serait là pour «veiller au grain».

Il semblait à Mallory qu'elle avait dormi mieux, il y a bien longtemps, mais elle avait à cette époque, l'esprit tellement embrumé qu'elle ne pouvait plus se souvenir depuis combien de temps ses insomnies l'avaient habitée de façon chronique.

Et pourtant elle n'avait que sept ans !

Avant de s'endormir, Mallory demandait à Misty,[1] sa chatte grise, de venir sur le fauteuil, près du lit ce qu'elle fit sans se faire prier. La chatte n'avait pas le droit de monter sur son lit.

Sara Glachant

---

[1] Misty signifie brumeux, flou, en anglais

2 - Connaissance avec Mallory

Le lendemain, comme tous les jours de la semaine, la journée était monocorde. Ce qu'elle appréhendait surtout à l'école, c'était les récréations, car Mallory était souvent seule, plongée dans ses idées mélancoliques, et peu de petites filles voulaient s'arrêter, ne serait-ce que pour discuter avec elle. Mais, elle s'était fait une raison, elle aimait aussi rester seule, c'est du moins ce qu'elle disait, et réfléchissait ou pendant ce temps imparti, tentait de ne plus penser à rien.

En classe, Mallory se contentait d'écouter la maîtresse qui lui apprenait à lire, écrire, compter, car Mallory était en C.P. Tout cela semblait à la petite très compliqué, elle avait beaucoup de mal à se concentrer. Souvent, l'anxiété de ne pas réussir lui provoquait des quintes de toux terribles, ce qui faisait assez peur à l'ensemble de la classe.

Mademoiselle Claire Bontemps, sa maîtresse, était très douce, une femme jeune qui aimait les enfants, Mallory se sentait souvent coupable de ne pas être à la hauteur de ses espérances, d'autant plus que la petite avait le sentiment très fort de faire de son mieux.

A seize heures quarante, Mallory sortit de l'école, et vit Isabelle qui lui faisait de grands signes. Isabelle Dujardin, était la jeune fille qui s'occupait d'elle le soir avant que son Papa n'arrive de son travail. Elle avait 20 ans, et était étudiante en Droit. Isabelle avait ses petites formes qui lui donnaient beaucoup de charme, et surtout ce dont Mallory se souvenait, c'était sa gentillesse vis-à-vis d'elle et son visage illuminé par ce qui l'animait, c'est-à-dire le Droit, cette flamme était vraisemblablement communicative, car Mallory aimait travailler quand elle était près d'elle.

Mallory aimait beaucoup quand Isabelle s'occupait d'elle, elles avaient alors de grandes discussions sur tout, et souvent elle l'aidait à faire ses devoirs devenus moins fastidieux alors.

- Dis Isabelle, je peux te poser une question ?
- Oui bien sûr Mallory.
- Qu'est-ce que tu veux faire plus tard ?
- Tu veux dire quand j'aurais fini mes études de droit ?
- Oui, quand tu seras grande ?

Isabelle sourit et répondit :

- Et bien, j'aimerais être Avocat, mais Avocat pour jeunes enfants.
- C'est quoi, un Avocat ?
- C'est quelqu'un qui est là pour défendre les personnes accusées d'avoir commis un délit, mineur ou majeur, dans mon cas, je veux représenter les jeunes enfants quand ils ont des problèmes chez eux, je serai un peu leur porte-parole.
- Tu connais des cas ?
- Oui à l'Université, on étudie des cas bien précis, sur les parents qui maltraitent les enfants, la drogue, les meurtres, etc. Et c'est vraiment intéressant, après, on fait des simulations...

Mallory regardait Isabelle sans comprendre ce mot étranger :

- Oui, on refait le cas, en le filmant, et en redonnant un rôle à chacun des étudiants.
- C'est intéressant,
- Oui, très, c'est comme si on jouait au théâtre.

Mallory rassurée, se replongeait dans sa dictée de mots à apprendre quand soudain elle dit :

- Isabelle, tu connais ta maman ?
- Oui, ma puce,
- Tu sais que Maman est loin, et que je la vois plus ?
- Oui, je le sais, dit-elle en prenant sa main. Mallory se mit à tousser tout à coup.
- Du calme, Mallory, ça va aller, viens me voir.

Elle s'approcha d'Isabelle qui la prit immédiatement dans ses bras, pour tenter d'apaiser cette toux qui venait de si loin...

Soudain, le téléphone sonna.

- Ce doit être Grand-Mère, dit Mallory.

Tous les mardis soirs, la grand-mère de Mallory appelait sa petite fille pour lui donner le programme. C'était plus qu'un rite pour la petite qui adorait sa grand-mère maternelle.

Isabelle se leva et prit le téléphone :

- Oui, allô !
- Oui Bonjour, Isabelle, je suis la Grand-mère de Mallory.
- Ah ! Bonjour Madame Famel, ne quittez pas, je vais vous la passer. Elle est à côté de moi.

Grand-Mère était un vrai personnage, Emma Famel était une grand-mère très vive, très moderne, avec de cheveux teints, un style classique, elle aimait énormément son unique petite fille.

- Grand-mère, réussit-elle à dire entre deux toux malignes.
- Bonjour Ma Puce, tu vas bien ?
- Oui, ça va.
- Tu tousses encore ! Que voudrais-tu faire demain ?
- Tu viens me chercher à quelle heure ?
- C'est pour ça que je t'appelle, je ne pourrais pas venir ce soir, mais demain matin oui, Isabelle pourra travailler l'après-midi.
- Tu sais, elle m'a parlé du métier qu'elle voulait faire, Avocat, mais Avocat pour les enfants.
- Ah oui, c'est intéressant ça ! C'est un beau métier ! C'est une vraie vocation.
  Donc à demain, je viendrai te chercher vers 10 heures.
- D'accord, Grand-mère.

- Génial ! Dit Mallory, en posant le téléphone. Grand-mère est vraiment super, on fera sûrement les magasins demain, et je mange avec elle le mercredi, tu sais, Isabelle on parle beaucoup ensemble.
- Et bien, voilà une bonne nouvelle.

Elles se mirent au travail à nouveau, quand vers dix-neuf heures trente, la porte d'entrée s'ouvrit. Yohann arrivait du travail, Mallory courut vers lui pour lui sauter dans les bras !

- Tu es là ma Petite, viens m'embrasser. Dis, tu sais que je t'aime, Toi !
- Oui, je le sais Mon Papa et moi aussi. Grand-Mère m'a appelée, elle ne peut pas venir ce soir, mais demain oui. Papa, j'ai bien travaillé avec Isabelle, j'ai fait une dictée de mots, demain

je mange avec Grand-Mère, elle vient me chercher vers dix heures, elle m'a dit.
- Tu vas bien apparemment ! Il est tard, demain je serai là plus tôt. Peux-tu aller me chercher un petit verre d'eau s'il te plait?
- Oui, bien sûr.

Le temps que Mallory aille dans la cuisine, Yohann profita pour demander à Isabelle si tout s'était bien passé :

Oui, Monsieur Michel, mais un moment on a parlé... de sa maman, et la petite s'est mise à tousser.
- A tousser, oui, cela fait un petit moment que j'ai remarqué ça, quand elle parle de quelque chose qui la tourmente et qu'elle n'arrive pas à maîtriser, cela n'arrive pas à sortir de sa gorge, c'est tellement douloureux. Ça ne m'étonne pas. Je vais devoir consulter un médecin, sous peu, je pense.

Mallory sortit de la cuisine avec son verre à la main :

- Tiens Papa,
- Ah ! Merci mon ange. Vous pouvez venir demain, vers 8 heures, Isabelle, heure à laquelle je pars demain,
- Oui ça me convient, Monsieur Michel.
- A demain Isabelle,
- A demain Isabelle, merci de m'avoir aidée à faire mes devoirs.
- Au revoir.

Isabelle habitait tout près de chez Mallory, ce qui facilitait beaucoup les choses.

La porte d'entrée se ferma et la petite commença à ranger ses affaires laissées sur la table de la salle.

Elle se dirigea les bras chargés vers sa chambre, quand elle vit Misty, son amie, endormie sur son lit.

- Ah ! Tu es là, je suis si contente de te voir. Tu m'as manqué. Au fait, tu sais à l'école, je m'ennuie quand même un peu. Il faudrait que je t'emmène avec moi, tu sais, personne ne vient vers moi, et je ne vais vers personne, je n'aime pas les filles qui sont là-bas, elles sont trop pimbêches. Tu es si douce Toi, Ma Misty, j'espère que Papa ne s'inquiète pas pour moi, par ce que je tousse, j'ai simplement...

- Dis-donc, Mallory, je ne veux pas que Misty reste dormir sur ton lit, tu sais que ça te fait tousser,
- Oui, je sais Papa, mais, je l'aime tellement.
- Bien sûr, mais ce n'est pas une raison. Il est temps de dîner je crois, tu as faim ?
- Oh oui !
- Alors viens ! Dit-il en prenant la main chaude de son enfant dans la sienne.

Après les repas, une fois en pyjama, Mallory s'asseyait sur les genoux de son papa, et l'écoutait parler un peu de sa journée, avant que Mallory aille se coucher. C'était tout simplement un moment merveilleux et il aimait quand Mallory lui posait des questions.

Son Papa était Directeur des Ressources Humaines dans une grande banque, Le Crédit Parisien. Il savait parler aux gens, leur donner de bons conseils s'ils en avaient besoin, c'était un vrai plaisir.

- Qu'est-ce que tu fais à ton travail ? Demanda-t-elle, curieuse qu'elle était et jouant le jeu.
- Je reçois des gens qui veulent travailler dans mon entreprise, je leur pose des questions sur eux, sur leurs motivations réelles, je vois également les gens de ma société s'ils le désirent.
- C'est un beau métier, mais j'aime bien aussi celui que voudrait faire Isabelle,
- Qu'est-ce qu'elle veut faire plus tard ?
- Avocat, mais avocat pour les enfants !
- C'est un très beau métier ! C'est une vraie vocation, dis-moi !
- Oui. .... Dis Papa, pourquoi Maman n'est plus là ? Dit l'enfant soudain, la voix étranglée.

Mallory sentit que sa question intempestive faisait du mal à Yohann, mais elle devait savoir, elle devait résoudre ce mystère qui l'entourait, telle une nébuleuse à peine descriptible.

- Tu sais... elle est partie visiter les étoiles.
- Ce doit être beau, est-ce qu'elle reviendra ?

- Non, ma Mignonne, je le crains.
- Tu me diras toujours la vérité,
- Toujours, mon petit, très bientôt, un jour où on pourra causer longtemps…
- Elle me manque Papa, Dit-elle en se lovant dans son corps si doux.
- A moi aussi, elle me manque, elle manque à tous ceux qui l'aimaient.

A ce moment, Mallory devait être très fatiguée, car elle sentit que le sommeil la gagna, alors Papa la prit dans ses bras vigoureux et la mit au lit tendrement en lui disant des paroles très douces.

3 - Un gros plan sur Yohann

Ce soir-là, il se dépêcha de rentrer chez lui, dans l'appartement dans lequel, il savait qu'il y ferait si bon.

Yohann, père de Mallory, trente-six ans était sans aucun doute le père idéal pour son enfant. Il s'occupait beaucoup de sa petite Mallory, voulait sans cesse faire des choses avec elle, lui lire des histoires plus extraordinaires chaque fois, par exemple ou l'emmener faire une ballade, il savait être disponible pour elle à tout moment.

Yohann était un homme grand et mince, avec des yeux verts en amande, d'où se lisait une certaine tristesse, et de grandes mains, c'était un homme qui avait un charme fou, mais qui n'en usait pas. Il avait de bonnes assises, était surtout très fiable, ce qui donnait à la petite un équilibre évident.

Son travail le passionnait, il aimait aider les autres, avoir des contacts avec les gens, les connaître. Cela faisait sept ans qu'il travaillait en tant que Directeur des Ressources Humaines dans une grande banque parisienne.

La journée avait été harassante, Il aspirait à un peu de paix et se donna les moyens pour se rassembler quelque peu.

La petite n'était pas là, elle était chez sa grand-mère. Elle lui manquait déjà, sa voix claire qui posait toujours des questions pertinentes, ses pas résonner dans l'appartement, même si cette absence ne durait que quelques heures, pour lui c'était déjà trop.

Le chat gris, qui devait avoir lu dans les pensées mélancoliques de Yohann arriva tout doucement de la chambre ouverte, en le regardant dans les yeux. Misty avait cette faculté qu'ont les félins de savoir partager les moments avec l'autre en proie au doute logé dans une gorge tremblante.

- Ah, Misty, Viens ma Belle, toute grise et toute douce, viens me voir !

La chatte ne se fit pas prier et grimpa avec une agilité déconcertante sur le canapé près de son maître tellement affectueux, auprès de qui elle vola quelques caresses.

Il se sentait si seul depuis presque deux ans maintenant...

L'absence est comme un manteau de misère qu'on ne peut retirer tant il ne fait qu'un avec le corps décharné de celui qui le porte.

Clarice Borgo

4 - Qui est Julia ?

Yohann n'aimait pas être seul. Ses pensées nostalgiques le harcelaient. Et là, ce soir, il ne sentait pas d'attaque à lutter contre cette loi malavisée.

Il repensait à Julia, sa femme. La mère de Mallory, était une très belle femme blonde aux yeux marrons et Mallory lui ressemblait tellement, dans ses propos, dans sa façon de parler...

C'était une femme qui savait se faire respecter.

Mais, Julia avait un petit souci, elle était très distraite. Ce détail le fit sourire, car de nombreuses anecdotes comiques reprenaient vie, juste endormies, émanant de cette époque révolue désormais.

Yohann l'avait rencontrée un beau matin, il y avait plus de huit ans, au bord de la route, elle ne l'avait pas vu, et lui avait amoché sensiblement sa voiture. Yohann, subjugué par cette femme qui ne faisait que vanter son «plus grand défaut», la réconforta pour lui dire qu'enfin, il n'y avait pas mort d'homme, et que les assurances feraient leur travail.

Julia travaillait justement dans une grande compagnie d'assurances La République, et se promit de régler l'affaire le plus rapidement possible.

Yohann sourit et regarda la broche accrochée au revers de la veste de tailleur noir de Julia, qui lui indiqua que cette femme incarnait l'élégance même.

Un peu gênée, elle suivit son regard, et vit qu'il la dévisageait :

- C'est une coccinelle et si elle s'envole c'est une part de bonheur assuré, comme dit la devise populaire, dit-elle en souriant, et lui faisant découvrir ses dents blanches.
- Alors, elle s'envolera pour sûr, lui répondit Yohann en souriant également.
  Et si nous allions remplir ce constat à l'amiable tranquillement ? Juste le temps de prévenir mon travail, que j'arriverai un peu plus tard.
- Oui, vous avez raison, moi aussi.

Depuis, ils s'étaient revus, avec toujours le même plaisir, Yohann n'avait jamais ressenti un tel engouement pour qui que ce soit. A partir de cette rencontre, tout se précipitait.

Quelques années après, comme aucun des deux n'avaient envisagé la vie l'un sans l'autre, ils avaient décidé de se marier un beau jour, un quinze septembre. Il faisait un temps superbe et les deux époux rayonnaient d'un bonheur qui pouvait facilement se lire sur leurs visages réjouis.

Ils avaient décidé de s'installer dans une petite maison à Vigny dans le Val d'Oise.

La naissance de Mallory était un bonheur sans nom, ils étaient tout simplement heureux, et que demander de plus à ce temps impartial et capricieux ? Et puis, sans doute, le bonheur avait décidé de se retirer, à leur insu, comme la marée entraîne la mer au loin, avec tout ce qu'elle emporte avec elle, tout doucement, entre autres cette existence paisible installée en leur offrant une vie tendre à cueillir, ne faisant partie aujourd'hui qu'un rêve inachevé mordu par les regrets.

Cela faisait aujourd'hui, plus de deux ans que Julia était partie, sans laisser le temps à ses empreintes de s'accrocher à un sol vieilli par ces méandres improvisés.

Ne désirant plus rester dans cette maison dans laquelle tout respirait eux, il avait décidé de vendre la maison, et de partir dans un petit appartement à Vigny même, pour ne pas trop perturber Mallory, l'école, entre autres.

Combien de fois, Yohann s'était demandé comment il allait s'y prendre pour dire la vérité qu'il devait à tout prix, à Mallory. Cette vérité l'étreignit jusqu'à l'étouffer.

En y réfléchissant, c'est vrai que Julia et Mallory marchaient contre leur gré sur des routes parallèles, elles n'arrivaient pas à s'entendre vraiment, sans doute parce que Julia montrait peu de patience envers Mallory et de son côté, l'enfant pensait retrouver l'amour qu'elle croyait perdu de sa mère en l'irritant. Cela créait une tension omniprésente dans la maison qui ne demandait qu'à s'ouvrir. Souvent Julia dépitée autant que la petite, en parlait à Yohann qui pensait que le temps

aiderait à ouvrir d'autres fenêtres. Mais...
Il ne voulait pas déshériter la petite du moindre espoir, déjà il sentait que depuis, son état de santé s'était détérioré. Elle faisait depuis quelques temps des rhinites allergiques, et toute petite, elle avait contracté de nombreuses bronchites. Cela le tracassait de plus en plus, il fallait agir vite, sans aucun doute.

5 - *Un bel anniversaire pour Mallory*

Et les saisons se poursuivaient inéluctablement sans intérêt notoire.

Pendant les vacances de Noël, un jour ensoleillé de décembre, la petite Mallory devait partir en ballade avec sa grand-mère Emma, qui lui avait promis une surprise pour ses huit ans. Mallory était née en hiver, et se sentait tout excitée à l'idée d'avoir un cadeau. Grand-Mère avait toujours des idées originales pour les cadeaux.

La matinée était très active, se lever, se préparer et prendre le train, assez longtemps du reste.

Combien fut grand le ravissement quand Mallory comprit que la surprise n'était autre que ce grand parc d'attractions, qu'on appelait «Le Jardin Enchanté» qui se trouvait à l'autre bout de la capitale ! C'était la première fois que Mallory allait dans un endroit tel que celui-ci, dont la féerie ne la quittait pas. Tout était fait pour ravir les petits et les grands. Les spectacles, les attractions étaient de taille à vous charmer, tout était tout simplement grandiose.

Le temps s'y prêtait, il faisait un doux soleil, qui savait réchauffer, mais pas trop, juste ce qu'il fallait pour être bien.

Cette journée avait été pour Mallory un moment de pure beauté, elle riait beaucoup avec sa grand-mère, et voulait garder dans sa mémoire jamais abritée, ces images de tout premier ordre, celui d'un des bonheurs auxquels on peut prétendre.

Le feu d'artifice fut tiré vers vingt et une heures, et tout de suite après Emma et Mallory prirent le chemin du retour, et parlèrent encore et encore de cette journée fétiche.

- Grand-Mère, c'est un beau cadeau que tu m'as fait là !
- Il faut bien marquer le coup, Ma Mignonnette, tu as aimé ?
- Et comment, c'était vraiment super, je me suis beaucoup amusée. J'ai beaucoup aimé le bateau, c'était marrant, je n'ai pas eu peur de tomber à l'eau...
  Oh regarde, il y a des étoiles !
- Oui, c'est parce que le ciel est dégagé, elles sont toutes plus belles les unes que les autres, regarde celle-ci, c'est l'Étoile du

Nord.
- Dis, Grand-Mère, tu penses que Maman est bien là-haut, elle ne se sent pas toute seule à s'ennuyer de nous, au moins ?
- Non, ne t'inquiète pas, elle ne s'ennuie pas, car elle veille sur nous, à n'importe quel moment de la journée et de la nuit.
- De la nuit ! Aussitôt, renchérit Mallory, qui pendant une fraction de seconde, oublia que la nuit représentait ses cauchemars éveillés. Alors, elle peut m'aider à dormir comme je dormais auparavant, il y a bien longtemps.
- Oui, Ma puce, elle est et sera toujours là.
- Est-ce-tu penses qu'elle m'aimait, elle n'était pas toujours patiente avec moi !
- Bien sûr qu'elle t'aimait, tu es son ange, elle n'était peut-être pas toujours patiente, mais, il me semble que tu la faisais tourner en bourrique.
- Oui, mais... c'était pour voir si elle m'aimait, dit-elle en baissant la voix, comme pour ne pas être entendue.
- Il n'y a pas de doute. Julia aimait beaucoup sa famille, ne t'inquiète pas.
- Je m'ennuie d'elle, Grand-Mère. Elle me manque tellement, dit la petite saisie d'une toux insensible et tenace.
- Moi aussi, tu sais, Mallory, dit Emma en essayant de calmer la petite, elle-même en proie à son habituelle angoisse, sa vieille ennemie.

Ce que ne pouvait pas dire à cet instant Emma à Mallory, c'est qu'elle avait dû se faire accompagner depuis le départ soudain de Julia.

L'absence est quelque chose qui vous étreint tel un étau qui n'aura de cesse que quand il vous aura totalement anéanti.

Elle avait suivi une psychothérapie qui l'avait beaucoup aidée à lutter contre la culpabilité, et surtout, afin de pouvoir mieux gérer ses émotions douloureuses, elle participait à des séances de relaxation-sophrologie.[2] Ces séances lui donnaient les principes fondamentaux

---

[2] La sophrologie créée en 1960 par Alfonso Cayscédo (1932 -), neuropsychiatre, la sophrologie est une technique corporelle rapprochant les approches occidentales et orientales (zen et yoga notamment). Ses applications concernent la gestion du stress et des situations anxiogènes. Elle est utilisée pour l'amélioration de la concentration ou dans l'accompagnement de certains traitements médicaux. Elle est constituée d'une branche proche de la psychanalyse (prise en compte de l'Inconscient et de la Dimension Symbolique.

pour retrouver un brin de bien-être, celui qui l'avait totalement abandonné, il y a deux ans, tout ceci grâce à la respiration, trop souvent accélérée et empêchant la vraie récupération.

Emma, qui s'aperçut que Mallory s'était endormie avec une respiration de plus en plus sifflante, prit conscience de son impuissance, et accéléra la voiture pour ramener Mallory chez elle.

Il lui tardait de se retrouver enfin seule.

Emma éprouva soudain le besoin cruel de respirer, base fondamentale de la relaxation. Inspirer et expirer, car, se souvenait-elle, c'est dans l'expiration que se libèrent les tensions résiduelles.

6 - *La rencontre inopinée avec Marc*

Ce samedi matin de printemps pas encore installé, n'était pas comme les autres, Mallory devait se lever mais pas pour aller à l'école. Yohann avait pris rendez-vous chez un O.R.L. renommé afin de savoir pourquoi la petite toussait de plus en plus jusqu'à s'en étouffer. On ne pouvait pas la laisser souffrir à chaque fois qu'elle était prise d'une toux panique !

Il fallait absolument qu'on trouve le remède miracle pour empêcher Mallory d'abîmer ses petits poumons.

Pour Yohann, cela relevait plus du défi car, il était persuadé que pour Mallory, c'était psychosomatique, elle souffrait de ne plus voir sa mère, et qu'il fallait bien que cette déchirure voie le jour pour être pulvérisée tôt ou tard, d'ailleurs il valait mieux tôt que tard. Il avait lu dans un magazine spécialisé en médecine, que l'Asthme, c'était en fait des pleurs non dits, enfouis dans une gorge trop serrée et que ce chagrin non encore pleuré descendait dans les bronches altérées.

La rencontre avec le médecin se passa très bien, il avait donné un traitement de choc pendant un mois, dont un flacon de «Ventoline» entre autres, et donna le nom d'un allergologue qu'il fallait voir très vite, pour faire des examens, pour la simple et bonne raison, qu'il soupçonnait que Mallory faisait de l'asthme.

De retour dans l'appartement, Mallory se dirigea vers sa chambre pour raconter à Misty tout ce qui la concernait comme il se doit.

- Et tu sais Misty, le docteur Antonne, Georges, c'est son prénom, il est gros, je ne devrais pas dire ça, mais il est marrant aussi, il me disait tout le temps, «Ouvre la bouche», «Respire très fort», «Tousse», «il est drôle, lui, comme si je pouvais tousser quand je veux.

- Et tu vois, les étoiles sont là pour nous protéger, et Maman est partie les visiter.

Le chat faisait l'objet d'une patience d'ange auprès de Mallory. Il ouvrait à peine ses yeux, juste pour lui montrer qu'il l'écoutait, même si c'était à moitié. Misty passait vingt heures sur vingt-quatre à dormir, comme tous les chats heureux, et voici que la petite Mallory avait encore des choses intéressantes à dire, certes, mais les heures de sommeil sont importantes quand on s'appelle Misty.

- Tu dors, et je vois bien que je te dérange, je parlerai pour moi, je ne ferai plus de bruit.

Mallory se leva du fauteuil situé près de son lit, sur lequel elle était installée avec le félin, et se dirigea vers son coffre à jouets, qui était tout près de sa fenêtre de chambre. Un moment, elle regarda par la fenêtre et vit que le jour était déjà bas et qu'un brouillard épais avait enveloppé la ville.

Pourtant, elle distingua une voiture arrêtée devant l'appartement, car la rue était encombrée.

Dans la voiture, elle aperçut un petit garçon de profil, assis à l'arrière.

- Comme il a l'air triste Misty !

On aurait dit qu'il avait senti quelque chose, il leva les yeux vers la fenêtre de chambre de Mallory, et ce qui se passa à ce moment fut assez intéressant, il y eut un vrai contact oculaire, comme si les deux enfants se connaissaient, comme s'ils arrivaient à lire l'un dans l'autre.

Et puis, la voiture démarra, laissant à Mallory le goût de trop peu.

- Non, c'est pas vrai, il faut que je le revoie ! Cria-t-elle dans la chambre feutrée.

7 - Misty, un chat bien-heureux

Misty s'était endormie depuis très longtemps, laissant à Mallory le loisir de regarder par la fenêtre autant qu'elle le voulait.

Cette boule de poils gris, devait être, sans aucun doute, sauvée par les dieux.

Elle avait été trouvée, un beau jour d'été, au bord de la route, par Mallory et ses parents, sûrement abandonnée. C'est elle qui la vit tout à coup :

- Oh regardez ! C'est un tout petit chat, il est beau et il miaule, il a froid, il nous aime déjà, viens vers moi, tu es doux.
- Laisse cette bête Mallory, tu ne sais pas d'où elle vient, elle est peut-être malade, lui dit sa mère facilement irritée.
- Mais non elle n'est pas malade, elle sent bon, oh Papa, s'il te plait !

Papa était l'arbitre et il lui était difficile de résister parfois aux demandes pressantes de Mallory. Il adorait lui-aussi les chats, et il fallait bien un petit compagnon à Mallory qui devait se sentir très seule, Julia ne voulait pas d'autres enfants, compte tenu du poste qu'elle occupait dans sa société. Il avait eu déjà beaucoup de mal à convaincre Julia d'avoir ce petit enfant qu'était devenue Mallory.

- Regardons d'abord si ce chat est tatoué, dit Yohann se laissant prendre au piège lui-aussi,

Il regarda le visage atterré de Julia qui ne montrait pas le même enthousiasme.

- Voyons Julia, ce chat a l'air en forme, il est sous-alimenté simplement, on peut le prendre ça ferait plaisir à Mallory
- Oh ! Faîtes ce que vous voulez, mais ne comptez pas sur moi pour m'en occuper, je vous le dis, ça c'est sûr !
- D'accord, Oh ! Merci, nous nous en occuperons, ne t'inquiète pas, Maman.

Et bien, du coup, Yohann prit la petite boule de poils gris dans ses bras et on la ramena à la maison, et depuis ce temps déjà éloigné, trois ans, dirons-nous, ce chat vivait une vie exemplaire de bonheur, près de ses maîtres adorés.

Pour Yohann, cette chatte était un symbole de sagesse, pendant toutes ces années de brume endurcie, il avait la petite bête près de lui, qui lui faisait bien comprendre combien elle était là.

Pour Mallory, c'était son unique amie, à l'école, la fillette avait beaucoup de mal à se lier d'amitié avec les autres enfants de l'école, peut-être, tout simplement par ce qu'elle pouvait paraître différente.

Pour Julia, qui disait toujours qu'elle n'avait pas le temps, le prit un jour pour confier au chat ses secrets les plus déchirants, la chatte jusqu'alors indifférente à cette femme qui ne l'avait pas tout de suite acceptée, ouvrit ses yeux et se plaça dans ses bras en se pelotonnant contre elle pour sentir son doux parfum ambré.

8 - Marc face à son combat

Marc seul dans sa nouvelle chambre se sentait perdu et tout petit.

Il commençait à sortir lentement ses affaires des cartons qu'on avait laissés en plan dans la pièce, en lui disant :

- Tiens, Marc, tu rangeras tes affaires, je ne vais pas le faire pour toi !

C'était Pierre-Eric, l'ami, (qui sans doute deviendrait bientôt le mari) de sa mère Véronique qui était en instance de divorce avec son père, Bastien.

Pierre-Eric Duloi était un homme pragmatique et cartésien. Il ne s'agissait pas de tergiverser, les choses étaient comme ça et pas autrement, ce qui générait des brimades verbales pour l'enfant qu'il devait juger un peu trop lent à son goût. Il avait beau être un homme très cultivé et autodidacte, il n'avait aucune sensibilité ou s'il en avait une, il devait la tenir nichée au fond de lui pour qu'elle n'apparaisse jamais au grand jour. C'était un homme qui se voulait être un homme «fort».

Marc, ceci dû à son jeune âge, neuf ans, ne pénétrait pas toujours les esprits des grandes personnes et depuis un moment, il tentait de survivre dans une brume épaisse et tenace.

Véronique avait pris cette ultime décision de quitter Bastien car, sans aucun doute, plus rien n'était possible entre eux-deux.

Bastien souffrait d'un mal qui le rongeait depuis des millénaires incompris, ce qui le propulsait vers sa déchéance aux dents acérées, sombre reflet de sa propre image, l'alcool.

Ses amis l'avaient quitté. Il avait beaucoup de mal à travailler, il était souvent en arrêt maladie. Il se sentait comme prisonnier d'une toile tissée avec des alliages incompressibles.

Seul, Marc, lui prodiguait beaucoup d'amour, et le voyait encore. Il lui parlait beaucoup de choses et d'autres, comme pour le protéger contre lui-même. Marc, se sentait dans ces moments-là, utile ! Il s'était

depuis longtemps persuadé que c'était depuis sa naissance que son père avait franchi cette rive néfaste. Il se sentait presque coupable de cet état de fait.
Pourtant Véronique et Bastien formaient un beau couple. L'un et l'autre se devinaient sans cesse.

Marc ne comprenait pas pourquoi, Véronique avait choisi cet homme Pierre-Eric, dont le cœur avait dû se transformer en poignard, car rien n'émanait d'eux, ni la joie de vivre ensemble, ni le bonheur d'être deux, tout comme cela se voyait quand ses parents étaient ensemble. Ce souvenir affligeant pinça sa poitrine déjà meurtrie.

Véronique avait pourtant été patiente ces dernières années Bastien rentrait de plus en plus tard le soir, quand il rentrait, et Véronique angoissée d'attendre son mari, se mettait dans le canapé où elle s'endormait le plus souvent. Et quand Bastien rentrait...

Il se réveillait en sursaut, pleurait, il se levait de son lit trempé d'une sueur à vous glacer le dos, et criait :

- Arrêtez, arrêtez, oh s'il vous plait !Arrêtez, arrêtez, oh s'il vous plait !!!!!

Mais ces deux adultes ne voyaient pas dans leur colère réciproque et tranchante leur enfant criblé de douleur, demander grâce au premier de ces dieux qui voudrait l'entendre. Non, ces deux adultes perdaient à ce moment-là toute dignité, celle qui nous différencie des animaux, face à ce tout-petit propulsé à la vitesse de la lumière dans ce lieu de damnation manifeste.

Marc fit un geste de sa petite main, comme pour effacer ces moments de violence inassouvie, dotés d'une perfidie extrême, qui avaient pris forme une nuit, devenue pour lui désormais synonyme de traumatismes ténébreux.

Il s'assit sur son lit, et comme pour demander à ses pensées de ne plus le harceler, une larme chaude tomba du coin de son œil bleu, rougi par tant de marasme injustifiable.

- Descends Marc, viens manger, il est sept heures, tu finiras après !

Marc entendit alors cette voix lui imposer de manger. C'était Pierre-Eric avec sa patience habituelle.

Marc sentait bien qu'il ne pourrait pas avaler, ne serait-ce qu'une bouchée, il n'y arriverait pas encore cette fois. Tout l'écœurait, c'était un sujet épouvantable qu'il aurait voulu éviter au moins ce soir.

Il se leva néanmoins du lit et descendit l'escalier lentement.

- Tu ne vas pas commencer à faire ton cirque, c'est incroyable ça, si tu ne veux pas manger, je vais te faire manger, tu vas voir !
- Mais enfin, Pierre-Eric, tu vois bien que cet enfant est perturbé, il est dans un nouvel appartement et...
- Tu ne vas commencer à lui donner raison, non, tiens assieds-toi là près de moi.

Marc reconnut sa mère et lui envoya un message de reconnaissance qu'elle ne capta pas, sans doute elle-même en proie à une de ces angoisses insidieuses, celles qu'il connaissait tellement, hélas.

- Maman, s'il te plait, pas de trop !
- Je ne t'ai pas servi beaucoup, essaie de manger un petit peu, depuis hier soir, tu n'as presque rien dans le ventre.

Marc, la main tremblante, prit une bouchée de viande et de purée, mais ça n'arrivait vraiment à passer.

- Alors, tu la finis cette bouchée ?

Marc, se leva et courut dans les toilettes rendre le contenu, pourtant une nourriture abondante et délicieuse, cela était trop pour lui.

- Et voilà, et bien tu iras au lit, c'est ça que tu voulais, dit Pierre-Eric en colère.

Véronique se leva, en colère aussi, mais pas pour les mêmes raisons, les larmes aux yeux, et alla rejoindre Marc malade par un désespoir des plus insidieux, cela lui faisait si mal.

- Excuse-moi Maman, mais je ne peux pas.
- Ce n'est rien, mon petit.

Elle le serra tout près d'elle et monta les escaliers pour s'occuper de lui, qui semblait tout à coup très exténué, comme après une bataille menée contre un de ces monstres innommables venus d'antan. Véronique comprit qu'il fallait faire quelque chose pour cet enfant qui se laissait purement et simplement dépérir depuis que tout avait basculé. Il était de son devoir de l'emmener voir un médecin qui saurait l'aider, pour lui redonner le goût de vivre, car n'est-il pas vrai que tant qu'il y a l'espoir, il y a la vie ?

Ce tourment irraisonné et intense envahit soudain Véronique, qui se culpabilisait d'avoir pris une telle décision, décision toutefois irréversible. Elle vit que Marc s'était endormi, et sortit de la chambre délicatement après l'avoir embrassé.

La porte se ferma doucement mais réveilla pourtant Marc qui, brutalement, se souvint de tout le visage embrumé.

Lorsque au coucher, notre mal-être nous torture d'une menace encore ignorée en abusant de la faiblesse de notre corps meurtri par tant de salissures profanes, au petit matin grave, comment ne pas percevoir le souffle rauque et effroyable d'une nouvelle trahison prête à nous dévorer ?

Sara Glachant

9 - Un déjeuner indigeste

Il était onze quarante-cinq. C'était l'heure de déjeuner. Mallory se mit dans les rangs et attendit patiemment qu'on lui dise de rentrer à la cantine de l'école.

Elle se sentait oppressée, mais ne pouvait pas identifier la raison qui la tourmentait.

On la plaça à une table de «grandes» qui ne lui semblaient pas du tout sympathiques. Elles les avaient déjà repérées à la récréation en train de se quereller avec d'autres enfants plus petits. Cela indiquait tout de suite leur caractéristique, «courage, fuyons...», dit-on.

Elle leur dit bonjour, car elle était bien élevée.

- Tiens, un bébé de la maternelle, dit l'une d'entre elles, qui semblait plus délurée que les autres
- Je ne suis pas un bébé, j'ai presque votre âge, répondit Mallory, qui ne se laissait pas démonter aussi facilement.
- Pas possible, pour nous, t'es une mioche, tu dois être au CP, poursuivit Fanny Verant
- Non je suis au CE1
- Et comment tu t'appelles ? Si t'as un nom ?

Mallory ne voulait pas parler à ces filles inintéressantes, qui voulaient à tout prix montrer leur supériorité.

- Mallory !
- En voilà un prénom ! dit l'autre qui n'avait pas encore ouvert la bouche, Dorine Belo
- Ouais ! T'as raison, c'est tes parents qui t'ont appelée comme ça ? ....

Mallory avait cette faculté de se fermer les oreilles si ce qu'elle entendait lui faisait du mal. Elle et se mit à finir son assiette pour quitter la table dès que possible.

- Eh bien réponds ! Dit Dorine en reprenant de l'assurance et la bousculant un peu.

Mallory sentit siffler ses bronches fiévreuses, et se raisonna

afin de faire face au nouveau courroux de son corps.
Toute petite déjà, elle avait appris à se convaincre de retrouver une respiration normale quand cela se produisait, plus facile à dire qu'à faire, mais l'idée était là tout de même.

Elle n'avait pas pu finir son plat, tellement ce triste épisode l'avait bouleversée.

Elle tourna la tête comme pour oublier ce malentendu, et vit subitement, tout seul à la table du fond, le garçon qu'elle avait aperçu par la fenêtre dans la voiture, l'autre jour.

Elle se leva d'un bond, et courut le voir.

- Et dis donc, toi, qu'est-ce que tu fais, on n'a pas fini avec toi....... lança Fanny, remplie d'une bêtise qui se voulait méchante.

Mais Mallory ne les entendait déjà plus.

10 - La douceur d'un sourire

Mallory s'élança vers la table de l'enfant égaré aux grands yeux bleus.

Elle s'assit près de lui.

- Bonjour, je m'appelle Mallory Michel, et toi, comment tu t'appelles ?
- Bonjour, je suis Marc Olivier, j'ai 9 ans, je suis en CE2, finit-il par dire en tournant la tête vers Mallory.

Et puis, il la reconnut :

- Je l'ai déjà vue, mais où ? Pensait-il pendant qu'il l'observait.
- Je suis encore au CE1, mais j'ai que 8 ans, tu sais.
- C'est dur le CE2, j'ai beaucoup de mal, je ne travaille pas très bien, mes parents, non ma mère et … dit que je suis un fainéant.
- Mais non, pourquoi, les parents ne savent pas combien c'est pas facile de travailler pour nous. Moi, aussi, j'ai beaucoup de mal.

Marc imprima sur son visage un léger sourire, comme si on l'avait cette fois compris.

- Je me rappelle que je n'arrivais pas à lire ni à écrire comme les autres, j'étais plus lent…. Et…

Il reconnaissait ce manque de motivation, la lassitude permanente de son esprit asthénique.

- Tu sais, je ne sais pas trop où est ma maman. Papa m'a dit qu'elle était partie visiter les étoiles, qu'est-ce que tu en penses ? Papa m'a dit qu'il devait me parler un jour où on aurait le temps.

Marc tourna son visage amaigri vers Mallory qui représentait pour lui une nouvelle lumière jusqu'alors occultée.

Il avait de grands yeux bleus cernés lui donnant alors un air plus triste.

- Mes parents ne s'aiment plus, dit-il enfin, ils vont divorcer, et je dois beaucoup m'occuper de mon papa Bastien. Il est si malheureux, tu sais !

Mallory sentit que sa part d'émotion était grande également, et ses yeux se remplirent instantanément de compassion, pour cette confiance soudainement prodiguée.

Puis, elle s'aperçut à cet instant, que l'assiette de Marc était restée intacte.

- Tu …ne manges pas, demanda-t-elle très inquiète,
- Non… dit-il presque en souriant. Je ne peux pas.
- Et chez toi, tu manges ?
- Un peu, j'ai du mal à avaler.

Mallory, prise d'une panique soudaine, se mit à tousser, prise à témoin d'un malheur peut-être irréparable, et comprit que Marc était très malade et qu'il fallait, par conséquent l'aider.

- Mais tu ne peux pas rester comme ça !
- Viens, il faut sortir, c'est l'heure de retourner en classe, dit Marc en s'échappant de ce guêpier.

Et c'était vrai qu'il était treize heures trente, déjà.

Ils se levèrent tous deux, et Mallory, très émue par cette rencontre, se retourna une fois encore vers l'assiette non entamée, et comprit que Marc devait se battre à tous moments contre ses propres démons, ceux qui hantaient les légendes d'autrefois, le rendant malgré tout invincible, pour mener à bien sa mission, qui n'était autre que celle de protéger son père.

« *Certains enfants sont capables de se donner la mission d'assister, de soutenir ou de soigner un de leurs parents, au prix de leur propre équilibre.* »[3]

---

[3] Jacques Salomé, Contes à aimer, Contes à s'aimer, Albin Michel, 2000

Ce que Mallory ignorait c'est que Marc souffrait d'Anorexie,[4] comme diraient les médecins avertis, compte tenu de son jeune âge, mais cela la remplissait toutefois d'une profonde tristesse, et elle s'était mis en tête de l'aider coûte que coûte.

---

[4] Anorexie : n.f. (grec Orexis, appétit) Médical – perte de l'appétit, organique ou fonctionnel. Anorexie mentale : affection psychiatrique touchant surtout le nourrisson et l'adolescente, caractérisée par un refus plus ou moins de s'alimenter (Le petit Larousse, 2003)

11 - Les parents de Marc

C'était dimanche après-midi, le soleil était pourtant doté d'une luminosité exceptionnelle pour un jour de février.

Marc avait attendu ce moment toute la semaine, de voir enfin Bastien, son père.

Le seul passage de joie inexprimable qu'il avait connu, c'était celui partagé avec Mallory, la petite fille de son école qui était venue lui parler.

Ce n'était pas son habitude d'avoir facilement confiance, car il lui avait effectivement parlé délibérément, sans honte, cette petite fille semblait vivre des instants douloureux elle-aussi.

Il lui tardait de la revoir demain. Il en parlerait à son papa Bastien qui devait venir le chercher d'une minute à l'autre.

Selon les conseils de son avocate, Véronique, connaissait les problèmes que Bastien rencontrait actuellement. Elle avait donc refusé qu'il prenne Marc tout le week end, donc il était convenu, que le père et le fils ne se verraient que pendant quelques heures dans l'après-midi du dimanche.

Pour Véronique, c'était un combat de titan, elle n'accepterait uniquement, et contre son gré, que père et fils se vissent à cette unique condition. Elle le faisait surtout pour Marc, qui vouait à son père une véritable adoration.

Mais, à chaque fois, que l'enfant et le père partaient ensemble, Véronique ne vivait pas, prise d'une terreur incontrôlable et incontrôlée pour son enfant, souvent elle s'était demandé où était le seuil de la tolérance pour ne pas sombrer dans la folie dont elle sentait le souffle froid tout près d'elle ?

Comme d'habitude, Bastien n'était pas en avance, et Marc s'impatientait dans sa chambre.

Au bout d'une heure d'attente, la sonnette de l'entrée retentit, Véronique courut ouvrir pour s'assurer comment était Bastien avant de prendre Marc. Elle en profita pour lui glisser :

- Bonjour Bastien, il faut qu'on parle de Marc, il y a un grand problème avec lui, il ne mange pas!
- Et bien il mangera mieux demain, ce n'est pas grave, dit-il en riant.
- Si justement c'est grave, lui lança-t-elle tout à coup énervée, ce n'était pas quelque chose qu'il fallait prendre à la légère, toute la semaine, elle s'était rongé les sangs, et lui, se moquait presque d'elle.
- Alors qu'est-ce qu'il faut faire ? lui répondit-il, impatient de s'en aller,
- Il faut qu'il aille voir un médecin qui pourrait l'aider, non ? Marc ne se nourrit pas, il se laisse dépérir, il fait de l'anorexie, tu comprends ! Dit-elle, mais pas trop fort, pour ne pas être entendue.

La porte de la salle à manger s'ouvrit et Pierre-Eric s'avança vers Bastien pour faire un signe de la tête, sans lui décrocher une seule parole, ce qui jeta un froid.

Véronique, désemparée, appela Marc du bas des escaliers d'un ton emporté :

- Marc, Papa est là, tu descends ?
- Oui j'arrive, cria l'enfant, en dévalant les marches quatre à quatre. Ah Papa !
- Bonjour mon grand.

Il est vrai que quand Bastien prit son enfant dans ses bras, il se rendit compte que quelque chose n'allait pas, que le corps de Marc avait maigri encore un peu plus. C'était flagrant !

Comment cela se pouvait-il ? Il se remémorait les paroles de Véronique dites dans l'entrée et se sentit une nouvelle fois coupable, et se persécutait de cet état de fait, c'était de sa faute, il n'y avait pas de doute.

- Qu'est-ce que vous allez faire tous les deux, demanda, Véronique, «pour tâter le terrain», qui sentait son pouls s'accélérer par une angoisse sourde et vivace qui se déversait dans tout son être affolé.
- Oh ! Plein de choses, dit Bastien, on a des courses à faire, peut-être aller au cinéma, hein ! On y va ?

- Allez, on y va, dit Marc souriant.
- Tu le ramènes à dix-huit heures, Bastien, s'il te plait.
- Oui, pas de problème.
- Au revoir Maman.
- Au revoir mon petit, dit-elle la voix tremblante.

Véronique vit la voiture disparaître du chemin, et ferma les yeux une nouvelle fois, pour tenter d'atténuer son anxiété croissante. Comme d'habitude, elle ne devrait compter que sur elle. Ce n'était Pierre-Eric qui pourrait l'aider, là ce n'était même pas la peine d'essayer.

Bastien et Pierre-Eric étaient, tous deux, à leurs manières, hermétiques à ce genre de traitement.

Il est vrai que Bastien avait des courses à faire, qu'il n'avait pas eu le temps de faire dans la semaine, Bastien était coursier dans une société de transport. Il aimait ce travail, car il était indépendant, et organisait sa journée comme il le voulait.

Homme de trente-cinq ans, mince et moyen, Bastien avait un regard doux et si triste à la fois, tant et si bien que beaucoup de ses amis avaient voulu l'aider mais avaient vite renoncé, compte tenu de l'imposture qu'il se permettait de subir.

Il venait juste de reprendre le travail, la semaine précédente, il avait été en arrêt maladie, à nouveau, car son état de santé s'était de plus en plus détérioré, il était sujet à des insomnies de plus en plus fréquentes dues à la dépression qu'il traversait. Il se réveillait souvent en fin de nuit sans pour autant se rendormir, il présentait des troubles de l'humeur de plus en plus fréquents.

Depuis quand tout avait basculé ? Depuis que Véronique avait décidé de le quitter, non sans doute bien avant, Tout était bien trop compliqué. Et Marc qui ne veut plus manger, par ma faute, se disait-il en sortant du centre commercial, chargé uniquement d'une bouteille de whisky, et de quelques tranches de jambon dans du papier plastique.

Bastien avait beau se sentir coupable, mais il était dans un état qui ne lui permettait plus de penser librement son esprit était trop mal, sans doute.

Marc sentit que quelque chose n'allait pas chez son père, et prit peur tout à coup.

Il osa demander d'une voix tremblante :

- Où on va ?
- Chez des copains, tu vas voir, on va se marrer.

Marc était très contrarié d'aller «chez ces copains», qu'il ne connaissait pas, il aurait préféré rester avec son Papa.

Durant le reste de l'après-midi, il s'ennuya à mourir, chez ces gens qui parlaient de choses qu'il ne comprenait pas. Il resta silencieux, et avait, de ce fait oublié de parler de sa nouvelle amie.

Mais, plus rien n'avait désormais d'importance.

Face au terrible tourment qui cognait au fond de lui, il était là pour veiller sur son papa malade, très malade, vraisemblablement.

12 - L'espérance faisant enfin route

En ce mercredi printanier de mars, Mallory savait que ce devait être un jour particulier, son Papa avait pris rendez-vous avec un de ces médecins, qu'on appelait «Allergologue» pour tenter de lui donner un traitement qui la guérirait peut-être de tous ses maux.

Elle se sentait prête à être examinée sur tous les angles.

Yohann et Mallory arrivèrent bientôt au cabinet du Docteur Eléonore Biena, et attendirent dans la salle d'attente.

- Ça me fera mal Papa ?
- Non tu penses !

Bientôt la porte du cabinet s'ouvrit, et le docteur dit d'une voix douce mais ferme :

- Mallory Michel ?
- C'est nous, dit Yohann.

Le cabinet du docteur était tapissé de couleurs chaudes, dans les beiges rosés, ce qui pouvait détendre ses patients.

- Bonjour Monsieur, Bonjour Mallory, entrez , je vous en prie, dit-elle en les laissant passer.
- Bonjour Docteur, dit Yohann.

Elle ferma la porte et s'assit, les invitant tous deux à en faire autant.

- Qu'est-ce qui vous amène ? C'est la première fois que je vous vois.
- Oui Docteur.
- On va remplir un petit dossier.

Elle se pencha vers son ordinateur et créa une nouvelle fiche.

- Mallory Michel. Ton âge, et ton adresse, s'il te plaît.

Une fois les renseignements collectés, elle continua :

- Bien Mallory, dit le Docteur, peux-tu me dire ce qui ne va pas ?
- Et bien, je tousse beaucoup, j'ai aussi beaucoup de mal à respirer, ça me réveille la nuit, ça me fait peur de m'endormir, j'ai peur de m'étouffer, Madame. Vous pourrez me guérir ?
- Oui sans aucun doute.

Eléonore sourit à l'enfant qui se sentit tout de suite en confiance, et se tourna vers Yohann pour en savoir peut-être davantage :

- Mallory a les bronches qui sifflent en cas de peur ou de contrariété, nous sommes allés voir le Docteur Georges Antonnes, qui nous a conseillés de faire des examens plus poussés. Il pense que la petite fait de l'asthme, et peut-être allergique.

Le docteur finit de taper les renseignements si précieux sur son clavier et regarda Mallory.

- Mallory, c'est un bien joli prénom, dis-moi !
- Les filles à l'école pensent que ce n'est même pas un nom.
- Elles sont ridicules de dire une chose pareille. Ce ne sont pas des amies alors. Je peux t'assurer que c'est vraiment très joli. J'aurais voulu appeler ma fille ainsi si j'en avais eu une. Je n'ai eu que des garçons, vois-tu !

Mallory sourit et se sentit de plus en plus en confiance.

- Mallory, il faut que je t'explique ce que nous allons faire à partir de maintenant.
  Je vais faire des tests sur ton dos, ça ne fait pas mal, pour enfin savoir ce, ce qui te fait tousser, quand on aura trouvé à quoi tu es allergique, on pourra décider d'un traitement qui sera long, mais il n'y a que ça à faire. Le traitement, je dois te le dire dure pour les enfants de ton âge, cinq ans, c'est une injection, une piqûre composée de l'allergène, c'est à dire de l'antigène responsable de l'allergie, et nous le ferons tous les mois. C'est long mais efficace. Tu n'aimes pas les piqûres ? je présume.
- Non, mais si je dois le faire, je le ferai, Dit Mallory d'une voix affirmative.
- Il faut que tu saches retrouver une respiration régulière en cas de crise. Apprends à respirer calmement quand tu as

peur, aies confiance en toi.

Elle se tourna vers Yohann.

- On peut dire qu'il y a une hyper-activité bronchitique. Cela ressemble bien à de l'asthme. Et pour soigner ce fléau, il faut un traitement de cheval, c'est souvent dû après un choc émotionnel, les bronches s'enflamment, et imaginez pour les enfants, c'est décuplé, le corps est plus petit et beaucoup sollicité. Un des remèdes, c'est de parler, parler avec Mallory de tout. Il faut allier le corps et l'esprit, Monsieur Michel.
- Oui, vous avez raison. C'est ce que nous tentons de faire.
- Il faut savoir que toute émotion ressentie peut provoquer une crise, ce qui est du reste, très impressionnant pour les gens qui entourent le patient.
- Oui, c'est vrai, je me sens tout à fait impuissant quand malheureusement ça arrive
- Et puis, ça arrive du jour au lendemain. Bien Mallory, si tu veux bien procéder aux différents tests, il faut que tu saches qu'on se verra souvent maintenant, tu te sens prête ? On se verra dans quelques jours, disons samedi prochain pour connaître le fameux verdict.
- Oui, dit l'enfant qui avait une forte personnalité, et surtout qui voulait en finir avec cette foudre qui l'avait maintes fois terrassée mais qu'il fallait vaincre définitivement.
- Bien ! Et si nous commencions.

Clarice Borgo

13 - Une vérité mettant à nu

Il était près de midi quand ils sortirent du cabinet du Docteur Eléonore Biena. Papa décida d'aller dans un petit restaurant, puis ils allèrent se balader au Parc de Vigny, qui à cette époque était d'une beauté exceptionnelle, et ils parlèrent, parlèrent comme ils avaient l'habitude de le faire.

Yohann voulait que cette journée restât à tout jamais gravée dans leurs mémoires avides.

Quand ils rentrèrent chez eux, la pénombre n'était pas tout à fait installée, laissant dans son sillage, une douceur inconnue.

Ils dînèrent, et Mallory se mit dans son lit, prête à écouter une nouvelle histoire. Mais, elle savait que ce genre de conte se voulait sérieux.

Quant à Yohann, il s'arma de sa plus épaisse carapace pour raconter à Mallory ce qui était arrivé à sa mère.

Julia avait été atteinte d'un cancer foudroyant, d'abord au sein puis généralisé, et Yohann ne désirait pas que les dernières images que Mallory puisse garder de sa mère fussent un fantôme au teint extrêmement blafard, sans cheveux ou presque, aux traits moribonds, ceci dû aux traitements de chimiothérapie, mais hélas, aussi dû au fait que la maladie avait aspiré le peu d'énergie qu'il restait à Julia.

Ils se partageaient avec Emma entre l'hôpital et la petite dont il fallait s'occuper. Comment étaient-ils arrivés à n'éveiller aucun soupçon, toutes ces journées à jongler dans cette tromperie, alors que leurs propres vies se déchiraient de jour en jour, quand l'espoir les avait totalement abandonnés ?

Le jour de l'enterrement, c'était Isabelle qui avait gardé Mallory, et le rôle confié à la jeune fille était très poignant, car elle savait.

Yohann ne voulait pas choquer sa petite fille, tellement sensible, il avait opté pour une métaphore de toute beauté en disant que sa mère «était partie visiter les étoiles». Mais plus les jours passaient, plus il se rendait compte qu'il lui serait de plus en plus difficile de s'extraire de cette allégorie mystique.

- Mais Papa, elle m'aimait Maman, elle m'a voulue ? Dit la petite dans un sanglot étouffé.
Les paroles du Docteur Biena revenaient à son esprit :

- «L'asthme est provoqué par des pleurs refoulés coincés dans la gorge».

- Bien sûr qu'elle t'aimait, que nous t'avons tant désirée, Toi, notre petite Mignonne.
- Oh ! Papa, je ne la reverrai donc jamais ?
- Non, Mallory, jamais, je le crains.

Papa resta dans chambre feutrée jusqu'à tant que Mallory n'eût plus de questions à poser.

Quand la petite, exténuée, se mit à dormir, ses bronches appelant à l'aide, il se leva du lit, tout décomposé, et s'aperçut que Misty ne dormait pas. Elle était assise sur son siège préféré, et les observait. Le regard de Yohann croisa à ce moment-là celui du félin.

Misty tenta un miaulement inaudible qui semblait lui dire :

- Je suis totalement avec toi.

Dans la salle, il s'assit dans son fauteuil, et essaya de dompter ses palpitations agitées et ses mains qui se tordaient dans tous les sens.

Yohann se sentit soudain libéré d'un fardeau devenu trop pesant, le mensonge meurtrier, faisant place à la vérité vêtue de son plus simple apparat : la lumière feutrée de ce nouveau jour qui s'éteignait. Cela faisait plus de deux ans, que Julia était partie, chagrin extrêmement lourd à porter pour les siens.

Il devrait, désormais, combattre ces autres maux, « L'APRÈS », bien plus redoutable quelquefois, emprunt d'une incertitude évidente. [5]

Il resta un long moment, égaré, et quand il reprit contact avec la réalité, il vit le chat installé sur ses genoux, en boule en train de ronronner.

---

[5] Incertitude et évidence, ne sont-ils pas déjà contraires ?

Il saisit le téléphone, composa un numéro de téléphone et entendit décrocher de l'autre côté.
- Allô ! Emma, c'est Yohann.

Emma qui ne dormait pas encore, se doutait bien que l'appel de son gendre à cette heure tardive, dût répondre à une urgence.

- Bonjour Yohann
- J'ai… j'ai pu enfin dire à Mallory pour Julia. J'ai eu tant de peine pour la petite, Emma, c'était vraiment très dur. Tout est de ma faute, dit-il d'une voix désespérée.
- Non ! Ne dîtes pas ces choses-là, vous avez fait pour le mieux. Je vous assure. Comment a-t-elle pris la chose ?
- Difficile à dire, elle m'a demandé de l'emmener voir où est sa mère,
- Vous le ferez bien-sûr ? Il faut qu'elle fasse son deuil enfin, comme nous essayons de le faire.
- Oui Emma, tout est vraiment trop compliqué.
- Vous avez fait tout ce qu'il fallait faire. Merci Yohann.

14 - *Mallory veut aider Marc*

Il va sans dire que la nuit fut agitée pour Mallory qui se battait une bonne partie contre elle-même, et contre des fantômes déchus tout comme l'espoir de revoir sa maman un jour.

- Tu m'aimes Maman ? Moi Je t'aime, tu m'entends ! Dit-elle d'une voix à peine perceptible dans la chambre devenue tout à coup hostile.

Ses larmes coulaient chaudes ses joues fraîches.

- Je ne te l'ai jamais dit, je suis désolée d'avoir pas toujours été gentille avec toi, d'avoir toujours pris la défense de Papa.

Ce moment d'affliction réveilla presque le chat plongé dans un demi-rêve, mais rassuré de savoir que l'ordre des choses avait été respecté, il se rendormit presque aussitôt.

Après un temps indéterminé, son esprit vagabonda vers Marc ce garçon si triste. Que pouvait-il donc dissimuler en lui de si vital et à la fois le détruire tant ?

- C'est grave, ça, quand même, qu'est-ce qu'il a dit à propos de son père, ah ! Oui, qu'il devait l'aider, car il était malheureux, je ne sais pas pour son père, mais je l'ai vu, lui, il ne peut pas rester comme ça, il a vraiment besoin d'aide. Mais qu'est-ce que je peux faire ?

Elle se mit à réfléchir longuement, une bonne partie de sa pénombre éveillée et une idée germa à brûle pourpoint dans son esprit d'enfant raisonnable.

Pour la mettre en œuvre, il fallait qu'elle soit elle-même très forte.

Où allait-elle puiser cette énergie analeptique, celle qui nous donne la force d'aller vers l'avant, nous léguant l'ultime conviction de poursuivre notre chemin quoi qu'il en soit tout bonnement par ce que notre raison nous le dicte haut et fort ?

Pour mener à bien sa mission, elle se sentit subitement investie d'une puissance étrange, qui n'était autre que celle de vouloir aider les autres à tout prix.

15 - Une grande décision

Mallory, ne se fit pas prier pour se lever et se préparer. C'était l'heure !

La journée était belle et douce, et les fleurs sentaient bon quand on passait par le Parc de Vigny pour se rendre à l'école.

Pour la première fois depuis très longtemps, Mallory avait de l'énergie à revendre.

Même son père ne la reconnut pas vraiment.

Etait-ce le fait de ne plus vivre dans le mystère qui avait peut-être affranchi Mallory de son mal tellement ombrageux ?

Il savait qu'ils devaient retourner voir le Docteur Biena dans deux jours pour comparer les différents tests subis. Il dirait là-aussi la vérité à Eléonore Biena qui comprendrait mieux Mallory après tout.

Yohann déposa la petite à l'école, et démarra la voiture après lui avoir déposé un baiser.

La petite semblait marcher avec une telle rapidité, qu'on aurait dit qu'elle volait presque.

Mallory, excitée comme une puce, avait effectivement beaucoup de mal à se concentrer, mais il le fallait pour Marc.

L'heure de la récréation arriva à point nommé, elle dévala les escaliers pour voir Marc et discuter avec lui, mais elle avait beau chercher dans la cour, il n'était pas là ! Elle croisa les deux filles mauvaises avec leur air bête de chien enragé.

- Mais, où il est ? Et si c'était grave ? Il est peut-être malade, à ne pas manger comme ça, pas étonnant !

Mallory s'inquiétait et avait presque perdu la vitalité qui l'avait tant animée au début de la matinée.

L'heure de la sortie fut pour Mallory une aubaine, il lui tardait de voir Isabelle et lui parler de Marc.

Isabelle faisait du droit, elle devrait connaître un moyen légal de le sortir de cette tempête qui pourrait lui être fatale.

Elle frissonna à cette idée, et son visage s'assombrit un court instant.

Puis, elle aperçut Isabelle qui lui souriait.

- Bonjour Isabelle !
- Bonjour Mallory ! Tu as l'air en forme !
- Oui, enfin... il faut que je te parle, c'est très important.

Mallory scrutait la rue pour essayer de deviner Marc, mais rien n'y fit.

Rentrée dans l'appartement, Mallory chercha sa petite Misty toujours en train de préparer de beaux rêves pour les heures à venir, et Mallory lui accorda quelques caresses tout de même.

- Tu m'as encore beaucoup manquée, en plus je n'ai pas vu Marc, lui glissa-t-elle tout doucement.

Puis, elle se dirigea vers le salon, et demanda, comme font les grandes personnes, à Isabelle de s'asseoir dans un fauteuil.

- Isabelle, tu sais pour ma maman ?
- Oui, je le sais. Je suis désolée, Mallory.
- J'avais encore beaucoup de choses à lui dire, et beaucoup, beaucoup..., Mallory cherchant ses mots
- De souvenirs à partager avec elle, lui dit Isabelle en accourant à son aide.
- Oui, c'est ça, ouvrant de grands yeux, mais, si elle souffrait, il vaut mieux pour elle, d'être parmi les étoiles, on dira...
   Je voulais te parler d'autre chose.
   Voilà, dans mon école, il y a un garçon nouveau. Il s'appelle Marc Olivier, et il a sans doute de graves problèmes chez lui,
- Ah bon ! Pourquoi tu dis ça ?
- Car c'est un petit garçon tellement triste, et il... ne mange pas,
- Comment ça, tu veux dire qu'il ne mange pas ce qu'il y a à la cantine ?
- Non il n'a pas touché son assiette pendant qu'on parlait tous

les deux, et je lui ai demandé s'il mangeait chez lui, il m'a répondu qu'il avait beaucoup de mal à se nourrir.
- Oui, mais tu sais, c'est peut-être passager,
- Non, car il m'a dit qu'il devait aider son papa qui était très malheureux
- Et tu sais pourquoi ?
- Non, car je ne l'ai pas vu aujourd'hui. Isabelle, ce petit garçon est malade, il faut qu'on l'aide ! Dit Mallory la voix angoissée, faisant place à une toux narquoise.
- Du calme, respire à fond, j'ai appelé ton papa pour lui demander ce qu'il pensait du Docteur Biena, il la trouve très bien, il m'a dit que tu faisais sans doute de l'asthme.
Ne t'inquiète pas.
- Tu... Tu as des cas comme... ça à l'université ? Essaya de dire Mallory.
- C'est un peu compliqué, je n'ai pas tous les éléments, mais écoute, je te conseillerai d'aller voir ta maîtresse. Tu l'aimes bien ta maîtresse ?
- Oh ! Oui, elle est gentille Mademoiselle Bontemps
- Et bien, tu lui parles de ton copain, Marc, elle te dira sans doute, que l'enfant pourra être ausculté par l'infirmière de l'école et peut-être si l'enfant a vraiment de graves problèmes chez lui, faire intervenir l'assistante sociale de l'école.
- C'est quoi une assistante sociale ?
- C'est un individu chargé de remplir un rôle d'assistance, d'aider les gens, en fait. C'est quelqu'un qui a du poids, qui peut préparer un dossier, et qui peut demander de voir les gens de la famille, pour se rendre mieux compte. Si le petit fait de l'anorexie mentale, il doit y avoir une raison. C'est terrible ça ! Voilà ce qu'on peut faire dans un premier temps, j'aimerais bien le connaître ce petit garçon.

Mallory ressentait cette ambivalence, celle d'être rassurée, de savoir qu'il y avait une solution pour sauver Marc et cela la transportait d'une joie nouvelle, et l'autre de ne pas l'avoir vu ce jour-là, ce qui la plongeait dans un tracas sans nom.

- Tu le verras, Isabelle, à la sortie de l'école, quand... il reviendra.
Merci Isabelle, je parlerai demain à ma maîtresse. Tu es formidable, Merci pour ton aide, Isabelle, dit-elle en se lançant dans les bras de la jeune fille.

Qu'est-ce qui t'a donné l'envie de faire le métier que tu veux faire, Avocat pour les enfants?
- Et bien, tu sais, je vais te confier un secret, je n'ai connu mon père qu'à l'âge de dix-huit ans, après de longues recherches. Il m'a semblé inintéressant ! Je n'ai que mépris pour lui ! Quand il a appris que ma mère m'attendait, alors, il est parti vivre sa vie, purement et simplement, sans penser une seconde au désastre que ce vent de tempête pouvait provoquer. Ma mère n'est plus toute seule aujourd'hui, elle a rencontré quelqu'un de très gentil, qui est pour moi le père que je n'ai jamais eu. Et tu sais, Mallory, j'aurais bien aimé être, à cette période représentée par quelqu'un qui avait fait du droit, c'est ce qui m'a décidé, voilà.

Mallory, émue par tant de confiance soudaine, comprit tout à coup toute la portée de ce que lui disait Isabelle, ce qui renforça son idée d'aider à tout prix les autres, les enfants, pour être exacte, bien sûr, elle était petite, encore, mais, le temps l'aiderait sans doute à accomplir sa mission qui lui permettrait de saisir toute la signification de sa vie.

Manon Comas

16 - Mallory déterminée

Le lendemain, était une vraie course.

Mallory ne désespérait plus car elle se souvenait des paroles d'Isabelle tellement réconfortantes.

En classe, elle essaya toujours d'attendre patiemment que le temps passe tout en se concentrant sur ce que lui apprenait cette grande personne qui représentait pour l'enfant la dernière carte à jouer.

A onze heures et demi, elle prit son courage à deux mains et se dirigea vers Claire Bontemps, sa maîtresse, qu'elle avait depuis deux ans, Mademoiselle Bontemps faisait deux classes de niveau, le CP et CE1. Et c'était bien pour Mallory pour la tirer vers le haut.

- Bonjour Madame, excusez-moi, mais je peux vous parler ?
- Mallory, justement je voulais te dire que je te trouvais plus concentrée sur ce que nous faisons, et que tes résultats étaient meilleurs.
- Merci Madame, heu !
- Il faudra que je voie tes parents.
- Ah ! Mon père, vous voulez dire ? Se rappelant la triste nouvelle «ne permettant aucune remise de peine».
- Tu voulais me dire autre chose ?
- Oui, c'est très important.
- Alors si c'est très important, on va aller dans la Salle des Maîtres
- Merci Madame.

Mallory espérait bien qu'en parlant de Marc et de sa famille à sa maîtresse, qu'elle saurait ce qu'il fallait faire pour l'aider, Mademoiselle Bontemps était une grande personne, non ?

Cette conversation était pour Mallory un peu comme une flamme qui produirait la dernière chaleur avant l'été encore lointain, et il était surtout devenu impératif de ne pas en perdre la moindre étincelle déjà si fragile.

Claire Bontemps avait promis à Mallory de se renseigner sur l'enfant Marc Olivier, et ferait en sorte qu'il soit ausculté par l'infirmière de l'école, et peut-être, si le besoin se faisait sentir, faire intervenir l'assistante sociale de l'école.

Mallory ne voulut pas interrompre sa maîtresse, étant tellement contente d'être entendue, il était vrai, que c'était plutôt valorisant.

Elle avait l'impression d'effectuer une grande action tout en ayant peur des conséquences lourdes que cela pourrait avoir sur Marc.

Elle en reparlerait avec Isabelle, qui lui donnerait sans aucun doute d'autres renseignements.

17 - *Le début d'un long voyage*

Samedi arriva vite, toujours prolongé par un soleil frais mais encourageant.

Mallory et Yohann se préparaient pour revoir le Docteur Eléonore Biena, comme il était convenu.

Ils n'attendirent pas, elle les reçut toujours avec le même accueil chaleureux, ce qui émut complètement Mallory, qui se sentait très proche de cette femme prête, elle aussi à aider d'autres gens.

Le docteur était une femme brune de quarante-cinq ans environ, d'un grand charme, et surtout ayant une foi des plus tenace dans ce qu'elle faisait.

Elle analysa les différents tests effectués sur le dos de la petite, et conclut à de l'asthme allergique aux acariens, entre autres.

- Tu peux aller te nettoyer le dos dans le cabinet de toilette, Mallory, si tu veux ! Dit le Docteur Biena, sentant que Yohann voulait lui parler.

Il décida de dire « la terrible nouvelle » quand le moment se prêterait, et c'était le moment, il lui résuma la situation pour qu'elle ait une vision d'ensemble.

- Ne vous étonnez pas Monsieur Michel, cela aurait été pareil si la petite avait assisté à la maladie terrible de sa mère, sinon pire. Cela l'aurait beaucoup choquée, et elle aurait dû traîner dans son esprit d'enfant de terribles fantômes la persécutant sans cesse.
Ce que vous avez fait, c'est <u>très</u> bien je vous assure.

Puis, elle attendit que Mallory revienne pour continuer, en lui souriant toujours.

- Tu as des animaux ?
- Oui, un chat, Misty, que j'aime très fort.
- Je m'en doute, moi aussi, j'aime les chats. Mais tu vas me promettre que quand tu as une crise tu ne t'approcheras pas de lui.

- D'accord
- Pas de moquette dans la chambre, veilles à ce tu ne respires plus d'acariens dans le matelas, les oreillers, la poussière, c'est très mauvais, ça pour toi ! Et bien Mallory, tu n'as pas eu mal, quand je t'ai fait les tests ?
- Non, Madame,
- Donc, tous les mois, nous nous verrons pour faire, comme je te l'ai dit une piqûre de l'allergène pendant cinq ans, et je peux t'assurer que les inoculations ne font pas vraiment plus mal que les tests. C'est ce qu'on appelle une désensibilisation. Est-ce-tu es prête ? Tu veux que l'on commence aujourd'hui ?
- Oui, s'il vous plait.
- Tu es très courageuse, Mallory, et c'est tout à ton honneur. Tu sais, si tu veux guérir, tu guériras vite, j'en suis convaincue !

Mallory se sentait extrêmement confiante vis-à-vis de cette femme, et elle avait envie de lui parler de sa maman qui ne lui avait presque jamais dit qu'elle l'aimait et qu'elle-même n'avait jamais eu le temps de le lui dire, Eléonore le comprendrait, pour sûr.

- Ma maman est... partie, vous savez Madame.

C'est la première fois qu'elle savait où était sa mère en fait, mais elle n'arrivait toujours pas à dire le mot qui peut guérir des maux. La vérité nous donne une vraie chance de survivre, contrairement au mensonge qui lui nous ôte toute perspective de lever le voile un jour.

En se tournant vers Yohann, elle ajouta :

- J'ai mon Papa qui s'occupe très bien de moi, et je le remercie.

Le Docteur Biena se sentit soudain toute petite et éprouva un grand besoin de serrer l'enfant dans ses bras pour la rassurer, mais elle dit plutôt :

(Pour elle, le fait que l'enfant acceptât de lui parler de ce grave problème était un bon signe.)

- Tu peux me parler quand tu veux Mallory, je te donne mes coordonnées, les voici, lui dit-elle en lui tendant une carte de

visite.
- Merci Madame, dit l'enfant

Puis en parlant à Yohann :

- Mallory a une très forte personnalité, vous vous en doutiez, je pense qu'elle est déterminée, et cela l'aidera à trouver sa voix. Que veux-tu faire dans la vie, Mallory ? Dit-elle en préparant l'injection.
- Je veux aider les autres
- Bien, c'est une belle vocation, nous nous ressemblons toutes les deux.

Mallory ne voulut pas interrompre le Docteur, car elle ne savait pas ce qu'était une vocation.

Elle allait de toutes façons l'apprendre un jour ou l'autre.

18 - *Le retour de Marc*

Yohann veillait constamment au grain, si le comportement de Mallory ne s'était pas altéré, au contraire, elle semblait avoir pris de bonnes assises, elle semblait avoir grandi soudain.

Elle s'intéressait plus aux choses «des grands», avait presque abandonné tous ses jouets, sauf son «Doudoune», et Misty, son éternelle compagne.

Il l'entendait jouer dans sa chambre, elle n'était pas un docteur mais quelqu'un qui lui ressemblait, elle guérissait de drôles de patients, des enfants en général, mais pas forcément des maux visibles, mais des maux bien plus insidieux, ceux qui vous pulvérisent en un instant pour ne devenir qu'une simple poussière dans un temps d'infamie notoire.

Elle se hâtait de se préparer pour aller à l'école. Elle demanda à Yohann de la déposer très tôt.

Est-ce que Marc sera-t-il là enfin ?

Elle avait tellement de choses à lui dire.

Elle dit au revoir à Yohann et s'élança vers la cour avec une agilité déconcertante.

Yohann se demanda ce qui pouvait procurer à Mallory cette ardeur subitement découverte.

Mallory se précipitait vers le préau, elle avait aperçu Marc, tout seul, appuyé contre le mur. Il lui semblait plus fatigué, plus rétréci. Mallory eut comme un pincement au cœur et courut à sa rencontre :

- Bonjour Marc ! Cria-t-elle en essayant de reprendre son souffle fantaisiste.
- Bonjour Mallory !
- Comment tu vas ? Tu as une mine, tu n'es pas malade, hein !
- En fait, j'ai été très malade.
- Ah ! bon. Raconte-moi. Tu as eu la grippe, une angine ?
- Non, tu sais, c'est plus compliqué. Comme je ne mange pas assez, j'ai eu comme un malaise, et j'ai été à l'hôpital.

- Quoi ?
- Heu ! Oui, je suis tombé d'inanition, comme ils disent, je n'avais plus de force, alors ils m'ont mis sous perfusion pour me redonner des forces.
- Mais c'est très grave ce que tu dis !
- Oui, je sais. Mais je n'y peux rien.

Pour détendre l'atmosphère, elle lui dit, d'une façon qui se voulait désinvolte :

- J'aimerais que tu viennes chez moi, voir Misty.
- Qui est Misty ?
- Mon amie, mon chat gris
- J'adore les chats !
- Ah ! Oui ?
- Mais chez moi, je n'ai jamais pu en avoir.
- Et bien tu pourras la partager avec moi, elle t'aimera sans aucun doute.
- Comment je fais pour aller chez toi ? Je ne sais même pas où tu habites,
- Mon père téléphonera chez tes parents pour leur demander la permission, et samedi, après-midi, tu viendras me voir. Il y aura mon papa. Qu'en penses-tu ?
- Comment il est ?
- Très gentil, tu verras !
- Tu rencontreras sans doute aussi Isabelle tout à l'heure,
- Qui est Isabelle ?
- C'est la jeune fille qui me garde en suivant ses études de droit. Elle voudrait être avocat pour les enfants. Je lui ai déjà parlé de toi !
- C'est un beau métier. J'aimerais moi aussi avoir un but, je crois que je voudrais m'occuper des enfants mais aussi faire respecter la loi.

Ils se regardèrent à ce moment, et comprirent qu'ils avaient les mêmes aspirations, ce qui les rapprocha encore.

Et comme, soudain mal à l'aise, Marc lança :

- C'est l'heure ! Allez à plus tard !
- On se voit à la récréation !

La journée se passa dans l'attente de ces pauses qui permirent aux enfants de se parler d'eux, de leur nouvelle vie à venir, et qui sait, de se guérir ensemble de leurs souffrances mutuelles, appartenant à un passé si proche qu'ils voulaient taire à cette heure non propice, et sur lesquelles, il leur était encore impossible de lever le voile.

L'heure de la sortie approchait, quand Marc et Mallory se dirigeaient vers la grille.

Mallory vit Isabelle et lui présenta Marc.

- Bonjour Marc !
- Bonjour, dit-il timidement. J'y vais, je suis assez pressé ce soir.
- Au revoir Marc, à demain, on téléphonera chez toi.
- D'accord. Voici mon numéro de téléphone. Il inscrivit d'une main tremblante son numéro sur un petit bout de papier qu'il avait trouvé dans son sac, et disparut dans un éclair.

Elles le virent disparaître au coin de la rue, et Mallory n'y tenant plus dit d'un air plaintif :

- Isabelle, il est allé à l'hôpital, il est tombé dans les pommes parce qu'il ne mange pas, il faut faire quelque chose et maintenant !
- Oui, je sais, Ma Puce, je sais.

Isabelle, avait accéléré le pas brusquement, très gênée. Elle n'était pas dupe, elle fut vivement touchée par la misère qu'incarnait ce petit garçon et comprit qu'il cachait quelques secrets douloureux.

Il était devenu impératif de l'aider et très vite en espérant que ce n'était pas trop tard !

19 - Un après-midi innommable

Il se mit à courir aussi vite qu'il le put comme si une ombre maléfique le poursuivait. Il en trébucha même et faillit tomber.

Il s'arrêta net et trouva la force de sangloter comme un petit enfant qu'il était.

Ses souvenirs les plus vils le rattrapaient pour s'inscrire à tout jamais dans son âme fracassée, que la vie avait déjà beaucoup malmené. Le choc émotionnel avait causé sa perte de connaissance, et son hospitalisation. Il y avait huit jours que cela s'était passé, une éternité !

Comment braver ces perturbations tempétueuses quand on n'est qu'un grain de sable, perdu dans l'immensité d'un lieu aussi sordide, tout comme l'était ce café minable dont les odeurs d'alcool et de cigarettes l'étranglaient en l'écœurant à la fois.

Ce dimanche aurait dû être un jour merveilleux, avec Papa qui était venu le chercher, le visage hagard toutefois.

Ce jour de mai, pourtant, était triste et pluvieux, le vent avait tourné, créant de véritables rafales emportant presque tout sur son passage.

Tapi au fond de la voiture, se balançant sur son siège, il se demandait si son père allait l'emmener au cinéma, mais ce n'était pas le chemin.

Enfin, il put dire, comme par miracle :

- Tu m'emmènes où Papa ?
- Je dois m'arrêter là, chercher des cigarettes.

C'était un de ces cafés miteux de la ville, encore ouverts qui attendent à bras ouverts les derniers soûlauds du coin.

Marc était encore très déçu, et surtout, une peur intangible le pénétra et provoqua comme un malaise au fond de lui. Ce n'était pas la première fois que son père l'emmenait dans ces endroits de mauvaise fortune, plus scandaleux les uns que les autres. Il était tout simplement terrorisé.

Cela faisait quelques heures, sans doute, qu'il était debout, il décida de trouver une chaise et observait les alentours.

Quelques habitués à la mine rougeaude étaient appuyés sur le comptoir et parlaient très grossièrement avec une femme qui ne devait plus être de la première jeunesse.

Le sol était jonché de paquets de cigarettes vides et de mégots qui brûlaient encore pour certains.

Des gens étaient attablés, sortant de contes pour adultes sans doute, et ne donnant pas confiance devant leur verre de vin.

Marc voulait fuir cet endroit de misère, il voulait le crier, mais ses mains tremblaient et aucun son ne voulait sortir de sa bouche sèche et nouée.

- Tu viens Papa ?
- Oui, oui, j'arrive, dit Bastien qui paraissait ne plus être dans un état normal, et ce, depuis longtemps.

Mais il ne venait pas, redemandant toujours plus de bière au type du comptoir qui ne voyait pas que son père avait du mal à tenir debout ?

- Papa, on y va ?
- Mais qu'est-ce qu'il a ce mioche, lança la femme sans dents
- C'est..... mon fils, dit Bastien, d'une manière à peine perceptible. Il veut s'en aller. Je le comprends.
- Oh ! Comme il est mignon, comment tu t'appelles ?
- Il s'appelle Marc, c'est toute ma fierté. Viens Marc, on va s'asseoir à une table, on doit parler.

Ce qu'avait à dire Bastien, Marc le savait depuis la nuit des temps et connaissait les réponses d'avance.

Marc sentit avec douleur que son père ferait, une nouvelle fois, appel lui. Pour lui, Bastien était un copain, mais surtout pas un père responsable, quant à Marc, il était devenu le père pour Bastien, peut-être celui que ce dernier ne soupçonnait pas.
Et puis, lui qui se vouait à s'occuper d'enfants, le premier dont il devait s'occuper, n'était-ce pas de son propre géniteur incapable de gérer ses problèmes ?

- Tu vois Marc, j'aime toujours ta mère.
- C'est trop tard.
- Mais, elle s'est moquée de moi, elle est avec l'autre, «le façon militaire»
- C'est parce que tu te mettais dans des états pareils, elle ne pouvait plus le supporter.
- Et bien moi non plus, je ne peux plus la supporter, et je la déteste, car c'est à cause d'elle que je suis mal maintenant !
- Non, ce n'est pas à cause d'elle, c'est de ta faute, pourquoi, tu ne fais pas ce qu'il faut pour te faire soigner.
- Je ne suis pas malade ! Ah ! Il faut que je te ramène chez toi. Quelle heure il est ?
- Il est dix-huit heures trente, et Maman va s'inquiéter. IL FAUT QUE JE TELEPHONE !
- Non, je finis mon verre et je te conduis chez toi.
- Tu ne peux pas !
- Si, si. T'inquiète pas.

La lumière blafarde donnait le ton juste à l'ambiance de ce lieu de perdition.

Marc s'essuya son visage en sueur, et aida son père à se lever tant qu'il put.

- Allez viens !

Marc sentit son sang ne faire qu'un tour, et ses larmes se dérober dans sa gorge nouée. Il monta dans la voiture, sachant que ce n'était pas une bonne idée de faire conduire son père, mais les nuages bas avait considérablement obscurci les rues, et tout petit garçon qu'il était, il faisait presque noir, il ne se voyait aller seul de l'autre côté de Vigny.

Il se demandait comment il allait encore «arranger l'affaire», il réfléchit pendant que son père conduisait d'une façon qui ne répondait plus aux normes. Il avait trouvé !

- Je dirais qu'il était pressé, qu'il devait partir. Pensa-t-il. Pourvu qu'on me croie à la maison !

Quelle pouvait donc être cette cruelle pénitence ordonnée par les Dieux en colère pour ce petit être que la vie avait déjà tant mutilé ?

A cet instant précis, comme tant d'autres, il se sentait sursitaire en priant que tout cela cesse. A cet instant précis, il voulait fermer les yeux pour ne plus avoir à les ouvrir, pour ne plus voir, ne plus penser, et surtout ne plus rien sentir, car vivre lui faisait horriblement mal !

20 - Un coup de téléphone courtois

- Bonjour, je m'appelle Yohann Michel
- Bonjour Monsieur, dit Véronique étonnée de l'appel
- Je vous appelle car votre fils Marc connaît ma fille Mallory, ils sont dans la même école.
- Je ne savais pas que Marc avait une amie.
- Mallory et moi-même aimerions que votre fils viennent à la maison samedi après-midi, je les emmènerai au Parc de Vigny, ils...
- Je ne veux pas que cela vous gêne, Monsieur,
- Non pas de problème, ma fille m'a parlé de Marc, j'ai hâte de le connaître.
  Donnez-moi votre adresse, je passerai le prendre vers quatorze heures trente, si vous le voulez.
- Et bien, nous habitons au 78 avenue des Rafales, vous savez ce sont les appartements couleur brique, Nous venons d'emménager.
- Oui, je vois très bien, A samedi donc.

Là-dessus, Véronique raccrocha, et regarda Marc :

- Tu ne m'as pas dit que tu avais une amie dans cette nouvelle école.
- Je n'ai pas eu le temps, répondit-il d'un air las.

21 - Le prochain voyage d'Emma

Emma préparait ses derniers préparatifs pour son prochain voyage à Rome, cette fois. Elle s'octroyait une fois par an un séjour d'une semaine à l'étranger avec son club.

Elle avait promis à Mallory de l'emmener dans leur centre commercial préféré le mercredi.

- Dis Grand-Mère, tu aimes bien partir ?
- Ah oui, c'est merveilleux, tu sais, tu connais d'autres coutumes, d'autres langages, c'est important ! Et puis, Rome est une ville merveilleuse, unissant le passé et l'avenir, et il ne faut pas oublier que c'est le berceau de notre civilisation.
- Je préfère rester chez moi avec Papa Yohann et Misty !
- Tu dis ça parce que tu es jeune, mais comme on dit les voyages forment la jeunesse !
- Tu sais, samedi on a un invité.
- Ah bon ! Je le connais ?
- Non, c'est un garçon qui est nouveau dans l'école, il est très intéressant, il s'appelle Marc !
- C'est bien d'avoir un ami et de pouvoir partager des choses ensemble !
- Ce n'est pas les filles de mon école que j'inviterai
- Pourquoi ?
- Elles sont idiotes, elles ne veulent faire que du mal !
- Quelle idée !
- J'ai vu le docteur Eléonore Biena, elle est allergologue, elle est vraiment très sympathique, elle me guérira, j'en suis sûre !
- C'est bien de l'asthme que tu fais ?
- Oui allergique aux acariens, je ne te dis pas dans la maison, on a fait quelques travaux pour éviter que j'aie des crises.
- Le docteur te guérira, peut-être mais toi aussi tu t'aideras, tu le veux non ?
- C'est sûr ! Elle m'a donné son numéro de téléphone et je peux l'appeler quand je le veux, c'est bien ! Elle m'a dit qu'il fallait que je respire à fond, un peu comme toi tu fais, expirer et inspirer!
- Tu parles de la relaxation, oui, c'est vrai c'est très bien d'appliquer cette méthode, inspirer et expirer permet de libérer les tensions, surtout l'expiration, répondit Emma tout à coup en baissant la voix.

Elle se rappela les idées générales de la relaxation auxquelles elle avait tant de fois songées pour se sauver :

- S'ELANCER AVEC CONFIANCE VERS NOTRE PRESENT
- JE SUIS HABITEE PAR LE PRESENT ET JE ME REJOUIS DE CHAQUE MOMENT
- REJOINDRE AVEC GRÂCE LE FUTUR

Et aussi de cette phrase culte

- « DEVIENS CE QUE TU ES » (Frederich Nietzche)

Elle se rappelait, combien de fois, elle avait fait appel à la sophrologie pour soulager son corps lourd de souffrance, pour lequel elle se devait d'accorder une chance pour se rétablir un peu.

- Et bien, je crois que c'est presque fini, ah non, j'ai besoin d'une carte mémoire pour l'appareil numérique, ah en voilà, c'est celle-là dont j'ai besoin ! On peut se diriger vers une caisse.
- Tu reviens quand Grand-Mère ?
- Je ne suis pas encore partie, je pars vendredi et je reviens le vendredi suivant. A mon retour, je vous inviterai toi et papa pour qu'on voie ensemble les photos, d'accord ?
- D'accord, je t'aide à mettre les achats sur le tapis ?
- Oui, ça ira plus vite !

Mallory voulut attendre d'être sortie du centre pour dire ce qui l'importait à cette heure.

- Tu sais Papa m'a expliqué pour Maman.
- Je le sais ma Puce.
- Je le savais qu'elle souffrait, et que vous avez voulu me protéger. Pour moi, elle restera dans mon cœur et je l'aimerai toujours.
- Bien sûr, Ma Mignonne. Et si on allait préparer cette valise ?
- D'accord !

22 - Le conseil de l'école se réunit

Dans la Salle des Maîtres, Claire Bontemps avait réussi à organiser une réunion composée de cinq personnes : le directeur de l'école Henri Dujour, homme de cinquante-six ans, qui savait se faire respecter, l'infirmière, Karen Debon, Martine Vindaux, l'institutrice de Marc, et Jacqueline Duseuil, l'assistante sociale.

- Bonjour et merci d'être venus à cette réunion. J'ai une élève dans ma classe, Mallory Michel qui m'a fait part de quelque chose d'assez émouvant, et je voulais vous en aviser. Martine cela te concerne plus, c'est un garçon qui vient d'arriver dans ta classe, Il s'appelle Marc Olivier, et cet enfant semblerait souffrir d'anorexie car il se peut qu'il ait de graves problèmes chez lui. Tu as détecté quelque chose Martine, comment est le comportement de cet enfant ?
- Non, aucun problème de comportement, si ce n'est qu'il me semble extrêmement perturbé, et que ses notes ne sont pas bonnes le plus souvent, mais effectivement, je jette souvent un coup d'œil en classe, il est littéralement ailleurs !
- Est-ce que vous avez vu s'il mangeait à la cantine, demanda M. Dujour
- J'avoue n'avoir jamais remarqué, mais je vais le faire quand je serai de cantine, répondit Claire Bontemps.
- Pensez-vous que vous vous allez pouvoir ouvrir un dossier sur Marc Olivier, je sais que les éléments sont maigres, mais peut-être allez-voir la famille, Madame Duseuil, s'il vous plaît.
- Si c'est enfant souffre d'anorexie, il doit y avoir une raison suffisante pour mener une enquête, ce n'est pas possible de le laisser ce garçon dans cet état psychique, il faut l'aider, c'est sûr !
- Il est évident qu'il faut faire très attention où on met les pieds, dit M. Dujour
- Ah ! là oui, répondit Mme Duseuil
- Mais je crois Mallory Michel, elle ne plaisante pas, d'après mes fiches, sa mère est décédée, il y a plus de deux ans, d'un cancer ! C'est son père qui l'élève et il est vraiment très bien ! Dit Claire, qui connaissait bien le sérieux de Mallory.
- Pauvre Petite, dit Martine Vindaux, c'est dur !
- Je peux aussi prétexter une visite médicale avec le médecin de l'école pour voir l'état de santé du petit Marc, dit Karen Debon, l'infirmière.

- C'est une bonne idée, conclut Claire.
- Et de mon côté, je vois de mon côté pour le petit Marc et vous tiens au courant, dit Martine Vindaux.
- D'accord, dit à l'unisson les membres de ce comité en se levant, on se tient au courant.

23 – *Un samedi au rendez-vous*

Comme le temps passe vite, samedi était venu à pas de velours.

Pour Mallory, elle avait un invité aujourd'hui, alors il fallait vraiment assurer ses arrières.

Elle parla de Marc à Yohann qui lui confirma qu'elle avait prit une grande décision, et que c'était la seule chose à faire pour le sauver, même si cela devait se faire à son insu.

Mallory demanda à son papa s'il fallait préparer un gâteau, il lui proposa un au chocolat, en général, on se laisse facilement tenter par ce genre de pâtisseries. Alors, de ses petites mains, elle créa ce gâteau aux allures gourmandes et sourit d'avance. Elle avait tellement peur que Marc ne voulût rien manger. Qu'allait-il décider ?

Quatorze heures trente arriva très vite, Yohann et Mallory se rendirent au 78 avenue des Rafales [6].

Ils sonnèrent à la porte, et d'emblée, Yohann sentit une tension exceptionnelle dans cet appartement.

Il fit la connaissance de Véronique, la mère de Marc. Son visage était tellement ténébreux, que Yohann n'avait qu'une hâte, c'était de sortir de ces murs aux souvenirs acerbes.

Pierre-Eric ne bougea pas de son fauteuil, tant tout semblait le désintéresser.

Quelle pouvait donc être cette lourde croix que devait porter cette jeune femme ?

Pour Mallory, elle ressentit les mêmes symptômes que Yohann et en un instant, elle comprit ce qu'était le combat de ces gens-là.

Arrivés à la maison de Mallory, Marc sentit le bien-être des couleurs pastelles, il se décontracta, il avait tellement peur de ne pas être à la hauteur vis-à-vis de Monsieur Michel.

---

[6] Cette rue n'existe sans doute pas. C'est pour les besoins de l'histoire, bien sûr

Misty, qui avait entendu la porte d'entrée, trouva le courage extrême de se lever et de voir qui était présent. Elle se frotta à Marc, et miaula de plaisir.

- C'est signe qu'elle t'a adopté, Marc, dit Yohann en souriant.
- J'aime beaucoup les chats, mais qu'est-ce qu'elle est belle !

Mallory montra sa chambre à Marc, le chat les suivit pour reprendre là où il s'était arrêté.

- Elle est belle ta chambre ! Lui dit Marc en souriant, ce qui faisait plus ressortir ces yeux.
- Merci, voilà mon royaume, mes jouets, je ne joue plus vraiment avec, je lis beaucoup, je joue toute seule.

Il est vrai que Mallory possédait une belle bibliothèque pour enfants, chose que Marc n'avait jamais pu avoir, parce que trop déconcentré par tout.

Le chat s'installa sur son fauteuil et ferma à demi les yeux, se laissa bercer par les paroles douces des enfants.

Et puis, tout à coup, la vérité porta un coup dans leurs cœurs affaiblis.

- Tu sais Marc, je sais où est ma maman, elle a été très malade, et n'a jamais pu revenir…. Dit Mallory confiante.
- Mon Papa, Bastien est très malade aussi, il boit…beaucoup, et c'est affreux, il se fait du mal, je dois souvent l'aider sinon, il ferait une bêtise, j'ai peur …

Brusquement, Mallory aussi avait peur, elle aussi.

- Tu sais, je fais de l'asthme,
- C'est quoi de l'asthme ?
- Et bien, parfois, je tousse, et je ne peux plus respirer, mais tu sais, j'ai un médicament dans mon sac, au cas où j'en aurais besoin. C'est de la Ventoline. Tu viendras me voir souvent ?
- Bien sûr, si ma mère veut bien.

Les mots pleuvaient dans la chambre devenue un peu comme un hâvre de paix et le cabinet de Mallory.

Vers seize heures trente, Yohann appela les enfants.

- Venez les enfants ! C'est l'heure de goûter !
- Goûter? répéta Marc, comme si ce mot était complètement étranger à son vocabulaire !
- J'ai fait un petit gâteau pour toi, au chocolat.
- C'est gentil, il ne fallait pas,

Marc sentit ses entrailles fiévreuses le persécuter.

- Tu ne mangeras pas si tu ne le veux pas.
- Merci, ton père ne dira rien ?
- Non, il sait que tu as des problèmes pour manger.

Assis devant son assiette de gâteau appétissant, Marc huma l'odeur si agréable et voulut reconnaître ou connaître le goût, celui qui lui faisait tant défaut. Il prit un morceau qui lui procura un bien énorme dans son corps amaigri. D'habitude, tous les aliments qu'on lui imposait de manger n'avaient aucune saveur, ils étaient prêts à le dégoûter jusqu'à le rendre extrêmement malade.

Mallory suivait, discrètement, tous les gestes de Marc, et se demandait ce qu'il ferait.

Yohann s'était mis dans la cuisine pour observer l'enfant qui tout à coup mangea comme s'il avait faim.

Après ce goûter miracle, tous les trois allèrent se balader dans le Parc de Vigny.

Les fleurs sentaient bon le printemps trop court, saison transitoire évoquant la renaissance de la nature, et aussi de quelques hommes.

Pour Marc, cette journée comptait parmi celles qui lui avaient donné le plus de plaisir ! Il savait que dans sa mémoire alerte, ces moments deviendraient inoubliables, et il était si facile de savoir pourquoi !

24 – Bêtise ou méchanceté ?

Les jours s'égrainaient tout doucement et si rapidement à la fois.

Le fait d'avoir connu Monsieur Michel, rendit Marc plus alerte qui reprit le chemin d'un courage qui l'avait quitté sournoisement. Il adorait l'appartement, et surtout il s'y sentait très bien. Il espérait pouvoir y retourner très rapidement.

Mallory se demandait si sa maîtresse avait fait ce qu'elle s'était promis de faire.

Mademoiselle Bontemps, parla à la petite fille de la discussion qui s'était déroulée quelques jours auparavant, et cela procura à Mallory un plaisir incommensurable ! Elle reprit confiance, et se sentait d'humeur joyeuse.

Dans sa chambre, elle s'occupait toujours de ses nouveaux patients, avec une assiduité de plus en plus flagrante !

Même Yohann se demandait d'où venait cette nouvelle énergie, et en conclut que c'était en fait une aubaine pour Mallory d'avoir ce nouveau projet.

Mais, il demeurait toutefois très tracassé pour Marc, trop maigre, et trop fatigué, selon son goût, il devait y avoir quelque chose qui ébranlait la vie de l'enfant pour se laisser dépérir de cette façon.

Il prit son téléphone et demanda à une amie, qu'il connaissait très bien, Jacqueline Duseuil, qui était assistante sociale d'ouvrir un dossier. Elle lui annonça que l'école l'avait déjà contactée et lui fit part de son intention, ce qui le rassura quelque peu.

Le cours des jours avait changé de direction, jusqu'à ce fameux jour à la récréation.

Il faisait frais et pluvieux en cette journée de juin, pourtant symbole d'un été menaçant.

Il était dix heures, quand la sonnerie retentit, moment sans doute préféré des enfants.

Marc et Mallory s'étaient retrouvés. Ils discutaient tranquillement, de choses qu'ils aimaient ensemble, comment ils envisageaient leur avenir, que l'on aurait pu juger prometteur, et surtout très déterminé.

Ils étaient assis sur le banc, quand, ils virent s'approcher, l'air plus malsain qu'à l'habitude, les deux copines, celles à qui on n'a pas surtout pas envie de parler, pour éviter les histoires.

Tiens, voilà les deux anges, lança Fanny, toujours mordante
- Ouais ! T'as raison, ils sont mignons les amoureux.

Mallory n'aimait surtout pas cette intrusion dans la conversation, et leur façon de faire !

- On vous a rien demandé, je crois ! On ne vous parlait pas !
- Non, mais nous, on vous parle, et pourquoi, tu nous parles jamais ? Toi et ton copain, Tu joues les chochottes.
- Pas de tout, mais je n'ai rien à vous dire, tout simplement.
- Tu te prends pour qui ? Cria Dorine, qui reprenait le fil de la conversation.
- Viens Marc, on s'en va !
- Ah ! Non, pinça Fanny toujours en train d'aboyer.
- Marc, il s'appelle Marc, le beau prince dit Dorine
- De quoi, je me mêle, dit Marc,
- Mais qu'est-ce que vous vous croyez espèce d'ânes, vous n'êtes rien dans cette école, et toi la pimbêche, t'es rien du tout.
- Toi, non plus, autant que moi, répondit Mallory, qui sentait que sa confiance en elle l'abandonnait de plus en plus.

Elle contrôla au mieux sa respiration, qui devenait de plus en plus gênée.

- En plus, on n'a jamais vu tes parents, ton père, pas souvent, mais jamais ta mère,
- D'ailleurs, où elle est ta mère ? Lança l'autre après avoir attendu son triste tour. Ta mère, tu veux que je te dise où elle est ?
- Non, tu ne sais pas ce que tu dis ! Tais-toi, sorcière !
- Et bien elle en avait marre de toi, et de ton père, et elle est partie avec un autre mec, c'est une traînée, je l'ai vue ! Moi, je te le dis !!!

Marc surveillait les échanges, et son cœur se mit à battre au fond de lui, il pressentit l'incontournable.

- Laissez-la, on ne vous a rien fait ! Dit-il dans un dernier sursaut !

Il vit Mallory à terre, en train de se débattre contre une force imprévisible qui la tenaillait. Elle ne toussait plus, mais n'arrivait plus à prendre sa respiration, et cela l'impressionna au plus haut point. Ses mains tremblaient. Il se sentait impuissant !

- Arrêtez, S'il vous plaît, arrêtez, elle fait de l'asthme ! ATTENTION !!!!

Il se souvint que Mallory avait toujours un flacon de Ventoline dans son sac.

Un groupe de jeunes badauds indiscrets s'était agglutinés autour des enfants belliqueux.

Comme par miracle, Marc vit Claire Bontemps se précipiter vers Mallory, il lui donna le flacon, elle saurait quoi faire pour sauver Mallory, et s'il la perdait, NON !!! Etrange pensée mordante qui l'anéantissait, lentement mais sûrement. Il suivait Claire qui tenait Mallory comme pour la protéger. Marc ne les quittait pas d'une semelle.

- Viens, je vais t'installer dans l'infirmerie pour que tu te reposes. Pauvre petite !

Et en se tournant vers les deux filles toutes penaudes,

- Et vous deux ! On va régler ça chez M. Dujour ! Rejoignez-moi là-bas ! Ça ne se passera pas comme ça !

Claire était si gentille avec Mallory, elle devait savoir que la petite faisait de l'asthme et savait vraiment ce qu'il fallait faire, ce qui réconforta les deux enfants secoués par l'épisode tumultueux.
C'est souvent quand on s'y attend le moins que la vie carnassière vous prend dans ses serres sans vouloir vous laisser la moindre chance

de vous esquiver, alors l'ancrage de la pensée douloureuse se fait irrésistiblement sentir, se moquant de vous dès la première faille.

Sara Glachant

25 – Emma dans la Rome Antique

Emma avait toujours autant de plaisir à visiter Rome, toujours avec des yeux neufs, comme si c'était la première fois.

Elle se trouvait devant la Fontaine de Trévi, illustre fontaine à Rome, parmi tant d'autres, l'implorant à faire un vœu en jetant une petite pièce.

Si on dit « Loin des yeux, loin du cœur, pour Emma, ce n'était pas tout à fait vrai.

Son vœu le plus intense, était pour ses proches, bien sûr, pour Mallory et Yohann.

Mais, soudain, une angoisse inqualifiable venait de l'étreindre sans aucune raison, aucune, elle n'arrivait plus à distinguer le faux du vrai.

Son mari, était loin, et ce, depuis longtemps, en lui laissant la charge d'une petite fille Julia. Elle en avait voulu à son époux de l'avoir abandonnée, d'ailleurs, elle avait toujours quelques rancœurs émoussées par le temps, certes, mais toujours omniprésentes, Elle le tenait souvent pour responsable d'avoir été si faible avec Julia, si difficile à vivre, hélas ! Donc il fallait être, après cette perte misérable, être le père et la mère, difficile pour un seul être de tout assumer !

Puis son esprit voguait vers le dernier contact qu'elle avait eu avec Yohann au téléphone, le fameux soir où il annonça à Mallory…..

Elle s'était appris à ne plus frissonner à cette idée tellement méprisable, depuis.

Depuis plus de deux ans, elle souffrait beaucoup du dos, d'une manière sournoise. Elle avait des lombalgies si aiguës, qu'elle ne pouvait se déplacer qu'en rampant. N'était-ce pas le symbole même de ne plus pouvoir avancer, aller vers l'avant, quand quelque part, et à un moment précis, tout s'était arrêté ? « Les vertèbres lombaires sont les paliers majeurs, même si ce ne sont pas les seuls, de notre mobilité relationnelle puisqu'elles commandent aux jambes [7]. » Son corps avait pendant longtemps perdu son harmonie, et lui avait pendant

---

[7] *Dis-moi où tu as mal, Le lexique*, Michel Odoul, Albin Michel, 2003

longtemps infligé cette souffrance qui lui parlait et lui envoyait des messages, qu'elle était en mesure de déchiffrer à présent.

Alors, elle se remémora les préceptes de la relaxation-sophrologie, ses amis qui avaient su l'aider à dompter ses maux les plus tenaces, pour panser ses blessures rebelles.

Elle avait toujours tiré profit de ces phrases toutes plus belles les unes que les autres, qui vous enveloppent d'un espoir naissant, celles qui vous redonne la foi oubliée par mégarde, les jours de grand vent, quand habités par un présent nous échappant, notre cœur aux portes closes s'est emmuré depuis si longtemps.

« Approfondir notre confiance en soi et activer votre capacité d'enthousiasme »

« On ouvre les yeux sur le monde et sur les choses comme si c'était la première fois, en se disant, aujourd'hui, est mon premier jour, Ici et maintenant. Immanence [8]»

Emma en convenait, sans la relaxation, elle aurait sûrement sombré dans un abysse absolu, dans lequel il lui aurait été impossible de revoir le jour enfin, quand son corps n'était que souffrance.

Ces douces pensées la réconfortaient encore, toujours et toujours et atténuaient la contracture musculaire qu'elle avait ressentie.

Et puis La Fontaine de Trévise à Rome, lui ramena à cette réalité présente, comme le préconisait la sophrologie,

«Etre seulement habité par le présent. »

---

[8] Selon le Larousse en philosophie, l'immanence est intérieure à un être, à un objet

26 - Tout Doux !

Après avoir indiqué à Karen Debon, ce qui s'était passé, Claire, avait installé Mallory sur le lit de l'infirmerie et parlait tout doucement à l'enfant qui ouvrait de grands yeux en se concentrant sur sa respiration fourbe, cet air obstrué qui lui faisait si mal en entrant dans ses poumons turbulents.

Karen vit Marc et lui demanda comment il s'appelait et qu'est-ce qu'il faisait ici, bien que connaissant déjà la réponse.

Je dois m'en aller Madame, je rentre en classe.
Non ! Attends, tu peux rester, tu es Marc ?
J'y vais, au revoir.

Et l'enfant aux yeux profondément bleus, se mit à courir, « non pas de question, s'il vous plaît, laissez-nous ! »

Mais Claire fit un signe de la tête à Karen qui comprit que c'était bien lui dont il s'agissait.

Claire avait téléphoné à Yohann. Cela prendrait bien une heure avant qu'il n'arrivât. Elle se souvenait du timbre clair et chaleureux de sa voix, et l'image accueillante de son visage lui apparut.

- Karen, je vais dans le bureau de Monsieur Dujour, je vais attendre là-bas Monsieur Michel. Je te laisse Mallory
- Bien sûr Claire, j'en prends soin. Ne t'inquiète pas, dit-elle en souriant à Mallory, qui reprenait son souffle de façon plus régulière, ce qui lui faisait moins peur.

Mallory était très émue de tant de chaleur prodiguée, à un moment aussi crucial.

Karen se mit à parler également tout doucement à l'enfant, et lui lut une histoire mignonnette qui la réconforta.

***

Yohann avait pris le premier train pour Vigny, le visage grave. C'est Claire Bontemps qui l'appela. Il savait que c'était elle, femme pleine d'initiative, Mallory l'avait décrite ainsi qu'il était facile de savoir au premier mot prononcé.

Il se culpabilisait encore de cet état de fait, il n'aurait pas dû attendre si longtemps pour en parler à Mallory, elle si fragile, si petite encore, à braver ces tourmentes d'antan. Il lui faudrait encore beaucoup de temps pour se reconstruire.

Il arrivait devant l'école, et rencontra dans la cour, son jeune ami Marc, qui courait presque à sa rencontre :

- Bonjour Monsieur Michel
- Bonjour Marc, que fais-tu là?
- Oh ! Il faut que je vous dise.

Et là, l'enfant qui habituellement ne parlait pas, à cet instant précis trouva les mots pour résumer la situation.

- Ne t'inquiète pas, ça va aller, Merci de m'avoir prévenu.
- Quand j'ai quitté Mallory, elle semblait mieux. Au revoir Monsieur Michel.
- Au revoir, mon petit. A bientôt, tu peux venir quand tu veux !
- Ah ! Merci, dit l'enfant en courant et en se retournant une dernière fois, vers cet homme qui lui apportait tant de bien être, tout comme le faisait Mallory.

- Comme je voudrais que Papa soit comme ça ! Pensait l'enfant qui retrouvait les antagonistes de sa propre histoire en train de le rattraper.

Yohann pénétra dans l'infirmerie, et Mallory s'estima capable de se lever en tendant les bras :

- Oh, Papa, tu es là !
- Bien sûr, j'ai fait aussi vite que j'ai pu.
- Je parlais avec Madame Debon.

Yohann fit signe à la femme en face de lui, avec un air de pure reconnaissance.
- Repose-toi,
- Mais, je fais que ça !
- Il le faut. Je dois me rendre dans le bureau du directeur. Je reviens.

Mallory était vraiment désolée de tout cela, elle aurait voulu que cette journée n'existât jamais. Elle vola un baiser à son père impatient, lui aussi d'en finir.

27 - « *Qui sème le vent, récolterait la tempête ?* »

Le bureau de Monsieur Dujour était très rustique, du bureau jusqu'aux tableaux accrochés sur un papier de couleur claire.

Yohann frappa à la porte du bureau derrière lequel il semblait y avoir beaucoup d'animation.

- Entrez, dit Monsieur Dujour d'un ton grave, comme l'était la situation

Yohann pénétra dans le bureau, et reconnut tout de suite Claire, mais pourtant la regarda comme si c'était la première fois.

Quant à Claire, elle ne se souvenait pas que le visage de Yohann était si beau ! Elle en fut presque impressionnée tout à coup, mais retrouva son aplomb habituel.

- Monsieur Michel, nous sommes désolés de tout ça et nous voudrions que ces demoiselles vous donnent leur version des faits.
- Ne soyez pas désolés, dit Yohann, qui n'était plus en colère soudain. J'espère que vous n'avez pas encore appelé les parents, cela devrait rester entre nous, s'il vous plaît. C'est déjà assez compliqué, Il vaut mieux en rester là.
- Non, nous vous attendions de toutes façons.

Il n'en voulait pas aux deux petites déjà rassurées, il lisait dans leur regard, toutes les excuses qu'elles ne pouvaient pas formuler, Yohann comprit que leur vie était sans doute fracassée, elle aussi, de voir Mallory, si intelligente, et si... Cela pouvait engendrer quelque jalousie enfantine. Yohann n'éprouvait aucune méchanceté ou aucun ressentiment.

Toutefois, il leur dit tout simplement, en regardant Fanny et Dorine dans les yeux :

- Vous savez, la maman de Mallory est décédée à la suite d'une terrible maladie, il y a plus de deux ans maintenant, dont vous ne pouvez pas l'avoir vue en ville, et ce n'était pas non plus une traînée. C'était une femme très respectable et...

Le visage de Yohann s'animait de plus en plus, ses yeux brillants de mille étincelles, se tournèrent vers Claire une seconde afin de pouvoir contempler son visage tellement réconfortant. Leur regard se croisa en y mêlant une grande complicité, une grande reconnaissance aussi, des sentiments d'admiration mutuelle, et ces autres, encore confus, en une seconde, qui prirent forme soudain dans cette pièce pourtant si neutre.

Yohann reprit son monologue, il n'avait pas fini son réquisitoire :

- Il faut savoir avant de parler, vous savez, car vos paroles peuvent être lourdes de conséquences, comme aujourd'hui, hélas ! Je ne sais pas ce que vous a fait Mallory, mais je pense que ce n'est la première fois que vous la rudoyez.

Il s'arrêta, en les regardant l'une après l'autre pour qu'elles s'imprégnassent bien de ses paroles.

- Je ne voudrai pas appeler vos parents, mais j'aimerais que vous réfléchissiez à ce qui s'est passé aujourd'hui, et que vous en preniez bonne note, et que cela vous donne une bonne leçon. Qu'en pensez-vous ?
- Oui Monsieur, dit Fanny, excusez-nous !

Claire regardait cet homme au timbre miraculeux. Elle approuvait sa réaction tellement magnanime. Elle admirait cet homme qui avait sans doute compris la bêtise ou la jalousie ou tout simplement la souffrance, qui rend parfois différent de ce qu'on est vraiment.

Les enfants sont souvent le reflet de nous-mêmes. Les deux petites filles ne sont pas plus odieuses que d'autres enfants, seulement dire que leur vie a dû s'arrêter à un point précis dans le temps…

- Et bien Monsieur Michel, dit M. Dujour, je vous remercie d'être venu aussi vite que possible.
- Je vais voir ma fille à l'infirmerie, si vous le voulez bien.
- Je vous en prie.
- Je vous accompagne, dit Claire.

28 – Retour au calme ou presque

Aussitôt dit, aussitôt regretté. Claire se sentit toute petite auprès de Yohann. Il émanait de lui un grand pouvoir de séduction, sans doute, mais surtout, une confiance absolue pour les siens. Elle se sentait extrêmement émue, tout à coup, presque tremblante.

Elle aimait l'écouter parler, perdue dans ses nouvelles pensées, Yohann, lui prit le bras et lui dit, ce qui la toucha au plus haut point :

- Mademoiselle Bontemps, je voulais vous remercier pour tout ce que vous avez fait.
- Mais je n'ai rien fait, ou sinon que mon devoir, dit-elle en ânonnant presque.
- Si, ne dîtes pas ça, c'est vous qui avez sauvé Mallory, la ventoline que vous a tendu Marc, c'est vous qui lui avez administrée.
- Ah ! Vous savez !
- Oui je sais, c'est vous qui avez prévenu l'école pour Marc Olivier, D'ailleurs, J'ai contacté une amie, Madame Duseuil qui va s'occuper de ce dossier très rapidement. Tout ce que vous avez fait, peu de personnes l'auraient fait, vous savez.
- Mallory est une fillette très intelligente, elle sent les choses. C'est elle qui a déclenché le processus, si elle ne m'avait pas averti pour Marc, jamais je ne me serais doutée que ce petit avait ce lourd fardeau à combattre, si elle n'avait pas dit à Marc qu'elle faisait de l'asthme et que le flacon se trouvait toujours dans son sac, je n'aurais pas pu la sauver à temps.
- Et bien, Mademoiselle, merci tout de même. Mallory vous a décrite d'une façon très précise.
- Nous voici arrivés, dit-elle en s'échappant de son regard inquisiteur. Et s'il savait lire dans ses pensées ? Cela lui fit peur brusquement.

Mallory était toujours avec Karen, qui lui avait raconté d'autres histoires drôles, et cela l'avait calmée considérablement.

- Tu peux y aller Karen, dit Claire, la voix toujours troublée par cet instant magique.
- Ça s'est bien passé ?
- Oui, Monsieur Michel a fait la leçon à ces demoiselles, en espérant qu'elles auront compris leur faute.

Yohann prit l'imperméable de sa petite pour l'envelopper, car dehors, il se mettait à pleuvoir des cordes à nouveau.

Comme elle aimait les regarder tous les deux, comme ils avaient l'air heureux ! Il était à ses petits soins. Comme il savait la protéger de ce monde insolite avec sa douceur, son regard chaleureux, et ses mains tendres !

Claire se souvenait des paroles de Yohann, de ses parents qui, eux en opposition, ne s'étaient pas trop occupés d'elle, sans lui parler vraiment, sinon la rabrouer, et lui faire perdre confiance en elle.

Et puis il y eut le déclic, celui de devenir institutrice, et de s'adonner à cette vraie vocation, car elle le savait, il n'y avait que les enfants qui pourraient lui donner la vraie signification à sa vie. Et comme ils le lui rendaient bien, alors, le jeu en valait vraiment la chandelle.

- Tu dis au revoir à Mademoiselle Bontemps, Mallory, on rentre chez nous !
- Au revoir Mademoiselle ! Et merci encore pour tout ! Dit l'enfant qui avait retrouvé une respiration normale à présent, mais exténuée, comme si la lutte avec une de ces chimères lui avait volé toute son énergie.
- A demain Mallory et repose-toi bien !

Claire embrassa la petite et vit ses yeux bruns cernés. Elle tendit la main à Yohann qui la recouvrit dans les deux siennes brûlantes.

Il était grand temps que Claire rentrât chez elle aussi, elle le sentit cette fois. Elle ne devait plus tarder dans cet endroit, dans cet espace-temps qui n'était pas le sien, seulement réservé à la famille Michel.

Yohann entourait Mallory sous son aile protectrice, et il se dirigeait vers la voiture qu'il avait pris le soin de garer devant l'école.

Claire les regarda s'estomper avec un sourire triste sur ses lèvres, et pourtant avec au fond d'elle, la sensation d'un enthousiasme jadis obstrué qui s'ouvrait d'une manière inopinée vers la lumière d'un jour nouveau.

29 – Claire en présence de son destin

Claire chez elle, se sentait différente, quelque chose était venu la percuter en plein fouet.

Cette journée avait été harassante, pour tout le monde, cette histoire avec les enfants lui avait rappelé que les enfants ne sont pas toujours « des anges », qu'ils sont aussi « des monstres », tout comme les adultes d'ailleurs.

Il y avait également ces morceaux de bravoure inimaginables, dispensés par des plus petits que soi, ceux qui nous donnent un sens d'utilité de notre passage, Marc s'était rappelé de la ventoline, pauvre petit, si maigre et si las et pourtant si fort, tout comme Mallory.

Ces deux enfants s'aimaient beaucoup, certes, ils partageaient sans doute leur peine, leur vie décousue. Claire avait vu le visage devenu blême de Marc quand Mallory était à terre, en train de suffoquer, et elle s'était aussi aperçue combien il prenait soin de la fillette, comme s'il avait placé son dernier espoir dans cet être qui lui apprenait à nouveau à vivre tout simplement.

Elle s'assit dans son canapé, certaine qu'elle allait tituber. La pensée refoulée était revenue à pas de géants. C'était de Yohann dont il s'agissait !

Elle se sentit investie d'une lueur exceptionnelle, celle qui vous donne la foi quand elle a été oubliée durant des millénaires incompris.

Claire trouvait aujourd'hui sa place parmi les Hommes, ceux qu'ils l'avaient ignorée durant tous ces siècles d'impatience notoire.

Yohann Michel lui avait redonné confiance, celle qui avait été bafouée maintes fois, il lui avait redessiné le sens de son utilité quelque peu estompée.

Elle tordait ses mains chaudes, et souriait devant tant de bonheur inassouvi.

Elle passa sa main délicate dans ses cheveux bruns, longs et lâchés sur ses épaules, qu'il n'y avait pas longtemps encore, elle gardait courbées.

Elle s'était retranchée dans les enfants, porteurs sains d'espoir, et s'était promis de leur donner tout ce qu'elle n'avait réussi à avoir durant toutes années d'égarement intense, elle voulait prôner enfin la confiance en soi et l'enthousiasme, afin de balayer ces images d'un temps passé qui ricanait dès les premières lueurs d'un jour qu'elle savait endurci.

Claire avait eu une première expérience très malheureuse, ce qui l'avait totalement ébranlée dans sa vie de femme. Combien de fois, ne s'était-elle pas tordue de douleur plus que son ventre ne pouvait l'endurer, et même après, lorsque tout son être se souvenait avec horreur de cette fameuse nuit. Depuis, des migraines odieuses l'empêchaient souvent d'ouvrir les yeux, alors elle restait enfermée dans le noir, chez elle, essayant de dompter le mal qui l'étreignait, sans sommation aucune.

« Les migraines représentent souvent notre difficulté à accepter certaines pensées, idées ou sentiments qui nous gênent ou nous contraignent. » [9]

Il lui était même arrivé d'avoir des crises d'eczéma, assez importantes, et ce mal pour elle, la possédait telle une disgrâce sans pareil.

« Il y a réactivité forte, rejet de l'agresseur réel ou virtuel ou interne et manifestation cutanée désagréable, avec des poussées de démangeaisons….. »

« L'eczéma est une manifestation psychosomatique tellement classique qu'elle est reconnue comme telle par la médecine occidentale. » [10]

Elle avait mis, de ce fait, beaucoup de temps à accepter son corps et même, ce qu'elle appelait sa «différence».

Elle avait même renoncé à sa sensualité et ne pouvait s'empêcher de laisser couler de chaudes larmes remplies de tristesse quand elle était avec un homme dont la relation s'avérait prometteuse. Mais les hommes ne l'avaient jamais comprise, ne lui jamais donné l'idée d'aimer l'amour, de ce pitoyable fait, Claire silencieuse, s'était enfermée en se

---
[9] *Dis-moi où tu as mal, Le lexique,* Michel Odoul, Albin Michel, 2003
[10] *Dis-moi où tu as mal, Le lexique,* Michel Odoul, Albin Michel, 2003

protégeant dans sa tour de verre.

Claire ressentait une peur instinctive des hommes. Elle n'aimait pas ou plus l'amour. Elle n'avait jamais pu, jusqu'à ce jour se libérer de ses chaînes tourmentées dans un corps déjà bien trop lacéré. Elle s'était donc égarée dans une libido quasiment inexistante qui pouvait enfin s'émouvoir quelque peu à l'unique pensée de cet homme qui la troublait tant.

Elle se persuada, à ce moment, qu'elle devait taire sa passion naissante, car jamais un tel homme ne pourrait regarder la petite Claire qu'elle l'était.

- Arrête donc ! Comment cela serait-il possible ? Se disait-elle.

Mais Yohann lui inspirait tout autre chose, une délivrance soudaine de ces jours froids de félonie, durant lesquels la lumière n'arrivait plus à l'atteindre, quand les dieux assoiffés de vengeance l'avaient battue, la laissant bien souvent plus morte que vivante.

Son cœur palpitant à nouveau en lui fredonnant une douce comptine, et sur ce, elle se prépara pour aller se coucher pour faire face à un nouveau jour qui se dessinerait bientôt.

30 - *Yohann enfin à la maison*

Yohann essaya de se décontracter en lisant une revue qui d'habitude le captivait. Mais, à cet instant précis, rien n'y fit. Son attention était dispersée ailleurs, à des milles milles.

Il était contrarié, certes, mais se sentait encore quelque peu responsable de tout ceci.

Il soupira.

Mallory était couchée, elle n'avait pas voulu dîner, tout ça pour des bêtises ! Il était resté longtemps près d'elle à lui caresser les cheveux, jusqu'à que l'enfant s'endormît.

Le visage de Claire, téméraire et courageuse lui venait à l'esprit.

Il n'était pas insensible à ce charme qu'elle avait, et dont sûrement elle ignorait l'existence, parce que souvent ballottée, jamais comprise et peut-être jamais vraiment aimée.

Il avait surtout noté sa gêne quand il la regardait, son embarras naissant quand il lui avait serré la main. Claire était surtout extrêmement sensible, et il ne fallait pas la brusquer, peut-être avait-elle en mémoire, un moment passé de parjure.

Elle incarnait la joie de vivre. Il ne faisait que se répéter qu'elle était très différente de Julia, mais soudain, l'espérance au creux d'un cœur abandonné, il y avait plus de deux ans, rejaillit comme un volcan dit éteint.

- Il faut que je la revoie, se dit-il, mais comment ?

La porte de la chambre de Mallory était ouverte, comme à l'habitude, Misty vint rendre visite à son maître pensif, qui avait oublié de la caresser en ce jour ou tout le monde semblait énervé, ému par quelque chose qui avait dû arriver à la petite qui devait dormir à poing fermé, à l'heure actuelle.

- Misty, je suis content de te voir ! Dit Yohann d'une façon à peine audible, mais que le chat avait bien entendu, bien sûr, quand on sait que l'ouïe du chat est beaucoup plus développée que la nôtre.

Le chat monta sur les genoux de Yohann, et sentit dans ses caresses quelques vibrations nouvelles, étranges même, son pouvoir de séduction était décuplé, à ce qu'il semblerait.

- Je n'y comprends rien Misty, je me sens bizarre, serai-je tombé sous le charme de Mademoiselle Bontemps ? Qu'en penses-tu?

Pour toute réponse, le chat ronronna de plus belle, sentant des heures à venir de toute beauté pour sa famille.

Misty se prépara son endroit douillet pour y dormir un peu, Yohann ne parlait plus, mais le félin savait le contenu de sa pensée inhabituelle.

31- *Mallory, dans sa chambre*

Dans sa chambre, Mallory, ne dormait surtout pas. Elle était trop énervée, tout en surveillant son souffle capricieux.

C'était décidé, elle allait demander à Emma, sa grand-mère de lui inculquer les principes de la relaxation, ressentir ses sensations par la respiration. Emma avait dit qu'ils iraient manger chez elle ce dimanche, et qu'elle leur montrerait les photos de la belle Rome.
Ce n'était plus long à attendre.

Elle ne pleurait pas et se trouvait mûrie, elle avait tout simplement mué, laissé sa peau de jeune enfant à l'aube de son adolescence.

Elle venait de réaliser l'irréparable à ce moment précis, ce qu'elle n'osait réaliser. Elle avait gardé, tout au fond d'elle, tapi dans son ventre, l'espoir de revoir un jour sa maman, ne serait-ce qu'un seul instant pour que Julia lui dît combien elle l'aimait Mallory.

Elle se leva et se dirigea vers la salle.

Misty, toujours sur les genoux de Yohann endormi, leva la tête et regarda l'enfant marcher vers le téléphone.

Mallory composa un numéro inscrit sur une petite carte de visite et entendit décrocher.

- Allô ! Bonsoir, c'est Mallory Michel.
- Bonsoir Mallory, dit la voix toujours chaleureuse.
- Je suis désolée de vous réveiller.
- Tu ne me réveilles pas, il n'est que vingt-trois heures trente.
- Je voulais vous dire… J'ai eu une crise d'asthme aujourd'hui.
- Ah ! Pourquoi ? Qu'est-ce qui s'est passé ?
- J'ai eu très très mal, je m'étouffais, je croyais que j'allais mourir !
- Tu vas mieux maintenant ?
- Oui, merci !
- Explique-moi Mallory !
- Des filles à l'école ont dit du mal de ma mère, sans la connaître.
- Comment ont-elles osé ?
- Je voulais vous dire, que ma mère est… morte.

- Oui, je sais, mon Petit.
- Samedi matin, je vais sur sa tombe.
- Cela te fait peur ?
- Non, je me sens …
- Soulagée, de savoir ?
- Oui, c'est tout à fait ça !
- C'est très bien de m'avoir appelée.
- Il le fallait. Merci de m'avoir écoutée.
- Tu peux venir me voir quand tu veux.
- Merci Docteur Biena
- A très bientôt Mallory.

    Le Docteur sentait qu'un grand pas venait d'être franchi. Car ce que Mallory pressentait, mais n'arrivait pas à formuler dans son jeune esprit, c'est qu'elle avait enfin matérialisé la mort de sa mère par des mots, et prenait le chemin de la Guérison de ces maux, Mallory en comprit soudain les conséquences lourdes, pour un enfant devenu soudain grand.

32 - *Un début de nuit*

Le chat soulagé aussi, sans doute, sauta des genoux de Yohan sans le réveiller, et alla retrouver Mallory qui venait de raccrocher.

- Ah ! Misty, tu es là, où étais-tu ?

Le chat, malin, précéda les pas de la fillette dans le salon, et Mallory vit son père endormi dans le canapé.

- Papa, tu ne vas pas te coucher ?
- Ah ! Si tu as raison, ma Puce, j'ai dû m'assoupir.
- Qu'elle heure est-il ?
- Je ne sais pas, tard peut-être.
- Non, il est vingt-trois heures quarante, dit Yohann en regardant sa montre.
- Allez, on va se coucher
- Oui Papa.

Et tout le monde alla se mettre au lit, l'esprit tranquille.

Pour Mallory, elle savait qu'elle avait réussi à dompter les créatures d'autrefois qui la hantaient d'une façon démesurée.

Pour Yohann, son esprit voguait vers un paysage aux couleurs douces et pastelles, qui le conduisait vers l'espoir.

Quant à Misty, à peine interrompue elle sombra à nouveau, très vite dans un de ses rêves magiques.

33 - Un jour d'école exceptionnel

Le lendemain, en classe, Mallory buvait les paroles de Claire comme si brusquement, tout prenait sens dans son esprit extraordinairement réceptif.

Comme elle l'admirait, avec ses yeux noirs et expressifs et ses paroles si captivantes.

Comme elle la trouvait belle dans son tailleur pantalon-veste de couleur prune qui lui allait si bien !

Au moment de la récréation, Claire demanda à Mallory de rester quelques secondes.

- Comment tu te sens aujourd'hui ? Dit-elle à l'enfant en lui prenant le menton.
- Bien, merci, j'ai très bien dormi.
- Je voulais te dire Mallory, qu'en accord avec Monsieur Dujour, nous avons demandé à Dorine et Fanny de rester en études tous les soirs de la semaine prochaine, pendant lesquels elles devront se concentrer sur leurs actes dans une rédaction qu'elles nous rendront. Un mot est écrit dans leur carnet de liaison pour prévenir les parents de ce qui s'est passé. Il ne faut tout de même pas laisser cette affaire impunie. Je voulais que tu sois au courant.
- Merci, Madame. Moi je voulais vous remercier pour tout !
- C'est de famille, pensa Claire en souriant. C'est normal. Tu veux aller en récréation, cours !

Et Mallory sauta dans les escaliers afin de retrouver Marc en espérant ne pas tomber sur les demoiselles en question, à qui elles n'en voulaient pas, puisqu'elles l'avaient aidée, en quelque sorte.

Son visage s'illumina quand elle aperçut Marc, qui semblait plus pâle que d'habitude.

- Et Marc !
- Bonjour Mallory,
- Tu vas bien ?
- Oui, tu sais, Ma mère et mon… et son copain se sont disputés ce matin, ça bardait, je me suis enfui, je ne pouvais plus

écouter.
- Ah ! Tu l'aimes bien ?
- Qui ? Lui ?
- Oui
- Non, pas de tout, il ne m'aime pas, je ne suis pas comme lui, il me m'a jamais aimé.
- Désolée, Tu viens chez moi demain après-midi ?
- Il faut que je demande à ma mère. Au fait…. Tu pourras me faire un autre gâteau ?
- Bien sûr.

Mallory était tellement contente d'avoir marqué quelques bons points qu'elle déposa sur la joue de Marc un baiser furtif.

La sonnerie venait de retentir. Et les enfants se mettaient en rang pour rentrer en classe.

34 - *Une visite à l'improviste*

Jacqueline Duseuil prit son dossier sous le bras, et son professionnalisme lui imposa de regarder si tout était dedans.

Elle regarda sur son agenda où elle devait se rendre, au 78 rue des rafales, « cas urgent », d'après ce que disait la note.

Elle descendit les escaliers, et prit sa voiture qui l'attendait et se rendit à l'endroit indiqué.

- On y est, se dit-elle.

Elle gara la voiture, et frappa à la porte. Bientôt, une jeune femme aux yeux tirés vint lui ouvrir :

- Oui, c'est pourquoi ? Demanda-t-elle sans plaisir.
- Bonjour Madame Olivier, je suis Jacqueline Duseuil l'assistante sociale, je voudrais, si vous me le permettez, vous poser quelques questions.
- Je ne comprends pas pourquoi vous venez me voir, je n'ai fait aucune demande,
- Non, peut-être, mais des faits nous ont amené à constituer un dossier. Et voyant que Véronique ouvrait de grands yeux remplis d'une colère naissante, Jacqueline rajouta : Ne croyez surtout pas que votre fils Marc soit la cause de ma visite, je ne l'ai jamais vu, il n'a rien dit de ce qu'il le perturbe, et d'après ce que j'ai entendu, il en souffre d'anorexie.
- Ah ! Vous l'avez compris ! Dit Véronique d'un ton las.
- Non, ce n'est pas nous, c'est l'école qui nous a alertés. Que comptez-vous faire Madame Olivier, je sais que vous êtes en instance de divorce avec votre mari, mais peut-être il est encore temps de sauver tout ce gâchis, toute cette misère, grâce à vous, on peut peut-être faire quelque chose pour Marc et pour votre mari.
- Oui, vous avez raison, entrez, je vous en prie.

Jacqueline nota que l'appartement était bien rangé, propre, il n'y avait que Véronique qui présentait des traits pâles qui l'inquiétait.

Et puis pour Véronique, cette rencontre avec Jacqueline Duseuil fut comme un coup de tonnerre et l'ébranla plus qu'elle ne voulait le faire croire. Elle lui expliqua qu'elle avait découvert que son ... mari, buvait même en présence de Marc, et l'emmenait dans des endroits pendables que le diable avait même déserté, qu'il impliquait beaucoup l'enfant qu'il ne pouvait plus porter sur ses petites épaules, le poids d'une telle parjure. Elle lui avait interdit de venir chercher Marc ce dimanche, par rapport à ce qui s'était passé, il y avait quelques jours, et l'avait même menacé d'en référer au Juge aux Affaires Matrimoniales, pour qu'il n'ait plus le droit de visite du tout, s'il ne faisait rien pour se «guérir» ou plutôt tenter d'y parvenir.

Soudain, les yeux brillants, Véronique prise d'une angoisse impatiente dit dans un sanglot étranglé :

- Je ne comprends pas, on était tellement heureux, avant, on s'aimait fort, trop peut-être ! Je ne comprends pas !
- Cela arrive, vous savez, ce qu'il faut faire en urgence, c'est de sauver votre fils qui « parentilise » son père, et de le sauver aussi.

Jacqueline pensa immédiatement à la phrase qu'elle connaissait tant :

« En se parentalisant, certains enfants se mettent trop souvent au service des besoins de l'un ou de l'autre des parents. Ils auront ensuite beaucoup de mal à laisser grandir leurs parents tout seul ! [11] **»**

- Ne vous en faîtes pas, nous nous occupons de tout, Je compte me rendre aussi chez Monsieur Olivier, je dois le voir, pour le rendre à l'évidence qu'il s'aide tout d'abord afin de pouvoir aider son fils. Est-ce que vous saviez qu'à l'école, Marc ne se nourrissait pas ?
- Je me doutais, ici aussi.
- Avez-vous pensé à ce que votre fils soit accompagné ?
- J'y ai songé, oui, il le faut !
- Vous m'autorisez à voir la chambre du petit ?
- Oui, bien sûr !

Véronique, de plus en plus lasse, montra la chambre à

---

[11] *Contes à aimer, contes à s'aimer*, de Jacques Salomé, Albin-Michel, 2000

Jacqueline Duseuil, tout était d'une propreté sans nom, et si bien rangé.

- Vous ne travaillez pas Madame ?
- Non pas aujourd'hui, j'avais pris une journée de congés, je voulais régler des affaires personnelles, vous voyez.
- Avez-vous rencontré un autre homme, qui pourrait soutenir Marc dans sa démarche ?
- Oui, mais il ne comprend pas l'enfant, il est trop dur, les repas sont un calvaire, et tous les jours c'est la même histoire ! Je n'en peux plus, dit Véronique tout à coup.
- Je comprends. Ecoutez, je vous laisse mes coordonnées si vous voulez me parler ou me dire quelque chose que vous jugeriez utile pour l'enquête.
- Ah ! Dit Véronique en laissant passer Jacqueline Duseuil.
- Au revoir, et Bon courage !
- Merci.

La porte d'entrée venait de se fermer, Véronique, à bout de souffle, sanglota tant que son corps contenait des larmes, à un moment, il n'était plus assez fort pour la porter, elle s'écroula dans l'entrée, et resta un long moment dans cette position à se calmer et à réfléchir, ce n'était pas un hasard si cette femme avait cogné à sa porte. Tout cela n'avait que trop duré.

Comme elle s'en voulait, d'avoir bien trop souvent fermé les yeux sur ce qui était la pire des calomnies, tout ça parce qu'elle voulait que Marc vît son père tant bien que mal, plus mal que bien, mais aujourd'hui, était un jour nouveau où tout allait changer. Elle saurait dire autre chose que « oui » pour faire plaisir, sans que cela fût réciproque, elle allait penser à partir de ce jour à ses propres sentiments, à son propre ressenti, dont elle avait fait le sacrifice depuis toutes ces années de peur logée au plus profond d'elle-même, l'empêchant de sortir la bête qui l'habitait.

Elle se leva, et prit une feuille de papier et se mit à écrire à Bastien, une longue lettre qu'elle espérait qu'il lirait, et vite.

35 - Un week end extraordinaire

Mallory se leva la première, elle avait pris l'habitude de mettre un pied parterre tôt, vers huit heures le week end et préparer le petit déjeuner à son papa.

C'était une vraie petite femme d'intérieur, même sa petite chambre était bien rangée, ses peluches, devenues ses nouveaux patients attendaient calmement dans la salle d'attente, représentée par la malle aux jouets.

Elle adorait ranger, faire le ménage, elle se rendait compte que son papa travaillait à Paris durant la semaine, et qu'il fallait aider, il n'y avait pas de doute.

Papa venait de se réveiller, Mallory l'entendait bouger dans sa chambre.

Misty commençait à s'impatienter, et montrait qu'elle avait très faim. Mallory lui donna à manger, et vit son père dans l'embrasure de la porte de la cuisine.

- Ah ! Papa ! Tu as bien dormi ?
- Oui, bien sûr. Bonjour Ma Mignonne
- Bonjour Papa, dit l'enfant en lui déposant une bise bien tendre. Heureusement que je t'ai réveillé, hier soir quand tu t'es endormi dans le canapé.

Et soudain Yohann sourit en se souvenant de son départ pour Morphée, des pensées inhabituelles concernant Claire, et qu'entre autres, il fallait qu'il la revoie absolument dans les jours à venir.

- Tiens c'est prêt, dit Mallory, interrompant les pensées vagabondes de Yohann, toujours souriant.
- Merci, Ma Puce.

Après un moment de silence, il ajouta en reprenant contact avec la réalité du moment :

- Tu veux vraiment y aller ?
- Oui, si je dois le faire, je le ferai.
- D'accord.

Ils se préparèrent et la porte se ferma, laissant la petite Misty seule dans l'appartement, qui savait très bien où ses maîtres se rendaient. Elle alla chercher son endroit préféré pour se reposer, dans la chambre de la petite, où tout était net et si bien rangé, et se prépara à un moment de pure détente. [12]

***

La matinée se déroula lentement.

Pour Mallory et Yohann, c'était très important d'accomplir toutes ces choses qui réveillent un mal inassouvi.

Ils allèrent au cimetière. Pour l'enfant, c'était la première fois qu'elle visitait un tel endroit.

Sans plus aucun ressentiment aucun, elle prit conscience de cette vérité, et à laquelle, pauvres humains, il ne nous est impossible d'en changer les composants.

Elle s'assit sur la pierre tombale et parla à sa maman, comme si celle-ci était là, présente dans le monde des vivants, et lui dit tous les mots qu'elle n'avait pas pu lui dire, et tout à coup, elle se libéra de ces années de silence imposé qui l'avait tant empoisonnée.

Alors, elle se sentit soulagée, les palpitations de son cœur lui rappela la douce mélodie de la mer au moment des marées quotidiennes, et son rythme régulier la rasséréna tout doucement.

Puis une fois, que Mallory pensait avoir fait tout ce qu'elle devait faire dans ce lieu, tous deux reprirent le chemin de leur maison, tout en sachant qu'ils avaient accompli une action extraordinaire.

***

Yohann avait téléphoné à Véronique pour demander si Marc pouvait venir ce samedi, mais cela semblait très compromis ce samedi-là, car elle avait prévu quelque chose dans sa famille, dans le sud de Paris, mais avait assuré qu'elle consentirait plutôt mercredi prochain, si c'était possible, ce qui plu tout de suite à Mallory car Marc verrait enfin Isabelle un peu plus longtemps.

---

[12] Principes même de la relaxation

Bien sûr, Mallory fit un compte rendu des plus détaillé à sa chatte Misty qui n'en ratait pas une miette.

Pour toute réponse, elle miaula d'une façon inaudible, comme à chaque fois qu'elle voulait dire qu'elle était d'accord.

Après cet intermède, elle prit son carnet de rendez-vous, et consacra une grande partie de l'après-midi à ses nombreux patients inanimés, dont un représentait Marc désormais, son cher ami, à chaque fois pour l'aider de toutes ses forces jusqu'à tant qu'il fût guéri.

Soudain, Yohann frappa à la porte de la chambre de Mallory, et il entendit une voix ferme et déterminée lui dire :

- Entrez !
- Merci !
- Ah ! Papa, tu es là ! Je m'occuperai de vous Monsieur dans un moment, dit-elle à un de ses ours en peluche.
- Mallory, je voulais savoir comment tu allais,
- Bien, comme tu le vois, je soigne mes malades.
- Oui, je le vois.

Il prit sa fille dans ses bras, puis desserra son étreinte en souriant.

- Tu sais que demain, on va chez ta grand-mère, qui a dû faire de nombreuses photos, avec son nouvel appareil !
- Ah ! Grand-Mère, elle revient aujourd'hui de Rome, il faut que je lui demande des choses sur la relaxation.
- Tu veux faire un gâteau, comme celui que tu avais fait quand Marc était venu.
- Oh ! Oui, d'accord, mais d'abord, j'aimerais faire un tour au Parc !
- Absolument ! Tout de suite alors, car après ce sera tard, le soleil sera couché !

***

Le parc de Vigny laissait évaporer mille senteurs et donnait la chance à chacun de créer sa propre aquarelle, sur laquelle chaque couleur serait venue se déposer en corolles dispersées.

Il faisait bon y marcher en comparaison avec ce matin dans le cimetière, où un vent fourbe les avaient maintes fois mordus.

Le soleil était au rendez-vous, frais et doux, offrant des images de toute beauté à fixer dans un esprit poète.

Yohann et Mallory parlèrent, comme si c'était la première fois, ce qui n'était pas le cas.

Et Yohann dit tout simplement à l'enfant en lui faisant découvrir ses dents blanches :

- Elle est vraiment gentille Claire Bontemps, qu'en penses-tu ?
- Oui ! C'est vrai, elle m'aime bien, je crois, et elle veut aider les gens, c'est …
- Sa vocation ?
- Oui, c'est ça, répondit l'enfant qui savait à présent le sens de ce mot tellement prometteur ! Moi aussi, j'en ai une.
- Toi aussi tu veux aider les autres,
- Je veux être psychologue pour les enfants.
- C'est très louable de ta part ! C'est très bien !
- Toi aussi, la tienne c'est d'aider les autres.
- C'est vrai, il le faut, nous ne pouvons pas penser qu'à nous ! Nous avons une mission sur terre, celle de raviver sans cesse l'empreinte de notre passage par nos actions, pour que ces autres qui enjamberont notre pas, se souviennent de nous.

Mallory réfléchissait à ce que venait de dire son père, et elle réalisa combien il était bienveillant et qu'elle aussi voulait acquérir l'immortalité de son passage.

Il est évident qu'elle n'utilisa pas ces mots nouveaux dotés d'une force magique, pour celui qui les pense, mais elle savait que quoiqu'il arrive, elle maintiendrait son cap tout en sachant que sa tâche ne serait pas des plus simples, et qu'il fallait être convaincu avant d'être convaincant.

- Tu sais, Papa, j'ai très bien dormi la nuit dernière, et je n'ai plus peur !
- Ah ! Bien. C'est une très bonne nouvelle !
- Dans ma chambre, je me sens maintenant bien et j'arrive à m'endormir vite.

- Comment cela peut-il être possible ?
- C'est comme ça.

En fait, Yohann savait pourquoi le miracle avait eu lieu. Il avait compris que le fait d'avoir dit la vérité à Mallory suivie de la fameuse histoire à l'école, avait levé le voile sur les mystères qui oppressaient tout simplement sa fille. Il était évident qu'il fallait continuer à l'aider, de quelque manière que ce fût. Et comme il fallait rendre à César ce qui lui appartenait, Yohann posa la question suivante, avant de rendre l'utile à l'agréable :

- Est-ce que tu sais comment on pourrait remercier ta maîtresse ?
- Oh ! Oui, c'est une bonne idée, mais qu'est-ce qu'on peut faire ?
- Et si on l'invitait à manger ?
- Chez nous ?
- Non, tout d'abord au restaurant

Pour Mallory qui savait lire entre les lignes, cela voulait dire qu'il y aurait une autre fois.

- Très bonne idée ! Mais comment ?
- Je te ferai un petit mot, si tu veux
- D'accord.

Cette fois, Mallory sourit car elle se demandait pourquoi son père insistait tellement pour revoir cette jeune femme ?
Ça, elle ne l'aurait jamais cru !

***

La soirée fut délicieuse, comme toutes celles qu'ils passaient ensemble d'ailleurs, remplie d'une tendresse partagée au fil d'une brise sereine.

Il y aurait bien sûr une nouvelle histoire pour Mallory, une légende, cette fois, inventée par Yohann, celle d'une petite princesse qui savait braver toutes les tourmentes pour devenir la princesse qu'elle était, et une très grande.

Mallory saisit l'allégorie assez simple, toutefois, c'était encore une fois pour qu'elle sache combattre les maux incertains de cette vie, et qu'elle soit assez forte pour le faire.

Après avoir embrassé sa fille fort, Yohann sortit de la chambre en laissant Misty veiller sur la petite qui n'avait plus peur, Dieu merci !

Il sentait que tout se bousculait tout à coup, lui qui avait l'habitude de planifier à long terme, quelque chose s'empara de lui, en laissant un plaisir incommensurable l'inonder d'une confiance, celle qui l'avait trahi maintes fois, dans un passé proche, hélas.

Demain serait un nouveau jour, et la chaleur de ce soleil, jusqu'alors frileux, serait omniprésente pour guider ses pas encore tremblants.

36 - Une rencontre intempestive

La nuit était clémente, la fenêtre entrouverte, et tout l'appartement était plongé dans un sommeil récupérateur.

Seule Misty, avait les yeux grands ouverts et « veillait au grain ». La petite respirait de façon calme et régulière, comme si jamais elle n'avait subi les affres de la maladie furieuse, et pourtant…

Tout à coup quelque chose d'incongru se produisit, sans aucun bruit, une lueur blanchâtre se déplaçait vers le lit de l'enfant endormi.

Le chat, cette fois, alerté par quelques dangers imminents, miaula, fort et puis se tut.

En s'approchant du lit, la lueur s'amplifiait en prenant une forme humaine, alors, Misty la reconnut tout de suite, elle sauta de son promontoire, et alla à sa rencontre.

- Misty, je suis si contente de te voir, dit la voix qui ne parlait pas, elle utilisait la télépathie.
- ……
- Je sais j'ai mis longtemps à venir vous voir, mais je m'étais égarée dans l'immense univers temporel, il fallait que je vous revoie tous une fois au moins.
- ……
- Mallory, ma petite fille, dit la voix en se tournant vers l'enfant qui avait toujours le sommeil léger.

La forme blanche, toucha de sa longue main l'épaule de Mallory.

- N'aies pas peur, Mallory, ce n'est que moi !

Cette fois, la petite se réveilla soudain, surprise, et ne montrant aucune peur.

- Quand tu dis, c'est toi, c'est Toi ?
- Oui, Mallory, c'est maman, ta maman, il fallait que je te parle avant de partir définitivement.
- Comment, ce n'est pas possible !

- Si pourtant, je crois que tu désirais ce moment aussi ?
- Oui, c'est vrai, j'avais moi aussi des choses à te dire.
- Bien !

Misty sauta aussi sur le lit pour être présente, elle n'aurait raté ce moment pour rien au monde.

- Mallory, il faut que tu saches, que je t'ai laissé un petit carnet, en fait, je t'écrivais,
- Ah ! Bon. Je ne savais pas. Qu'est-ce que tu m'as écrit ?
- Il faut que tu le lises, il est au fond de ton placard, tu le verras demain, c'est un carnet vert, comme l'espérance, personne ne l'a lu et surtout...
- Est-ce que tu m'aimes Maman ? Osa demander enfin Mallory.
- Oui, c'est pour cette raison que je suis venue aussi, absolument, saches que toutes ces fois pendant lesquelles je n'ai pas pu te le dire, je le pensais très fort. Je savais que j'étais malade, et surtout qu'il me restait peu de temps.

Il semblait que la forme souriait à Mallory, son visage était le même, son sourire chaleureux, ses yeux pétillants encore, tout ceci lui parvenait en la rendant désormais invincible.

Mallory réalisa à ce moment précis, l'imparable, ce qu'elle n'osait réaliser.

Elle avait gardé l'espoir certain de revoir, ne serait-ce qu'un seul instant sa maman, pour lui dire combien elle l'aimait. Elle savait que ce jour devait arriver.

- Oh Maman ! Dit l'enfant qui ne pleurait pas, au contraire, qui souriait aussi de vivre un moment aussi magique.
- Viens dans mes bras ! Dit Julia.

Misty tournait en rond et se blottit contre Julia qui la caressa également.

- Il faut que j'y aille, Mallory.
- Tu ne reviendras plus ?
- Non, mais je serai dans ton cœur à n'importe quel moment, pour t'aider, je serai tout le temps avec toi. Mais n'oublie pas

le carnet vert, il te racontera beaucoup de choses que tu comprendras et qui te guériront j'espère de tous tes maux. J'ai appris que tu as été très malade.
- Oui, mais maintenant, je guéris tout doucement.
- Avant de partir, je dois voir Yohann
- Tu vas lui parler ?
- Sans doute, il faut que tout soit clair maintenant.

Et la forme qui tenait toujours Mallory dans ses bras minces et immatériels, lâcha peu après l'enfant et lui dit une dernière fois qu'elle l'aimait, et qu'elle l'aimerait toujours.

Julia vola vers la chambre de Yohann et le contempla quelques minutes avant de lui déposer un baiser pour disparaître définitivement du monde des vivants, en ayant accompli sa dernière mission, remplie d'un message jusqu'alors inachevé, message qui venait de trouver son essence enfin.

37 - *Un dernier message*

Mallory était assez abasourdie après ce qui venait de se passer. Le chat avait retrouvé le sommeil si profond, celui que connaissent les bien-heureux félins.

Elle se leva de son lit, ferma la porte de sa chambre pour éviter de faire du bruit et se dirigea vers le placard, l'ouvrit.

A première vue, elle ne voyait rien, mais son impatience, qu'on pourrait juger normale, lui imposait de savoir maintenant.

Elle sortit délicatement ses affaires, pourtant si bien rangées, de la penderie, et celles qui jonchaient les étagères, elle ne vit toujours rien elle se demanda tout à coup si cela est vrai, si cela avait bien eu lieu, et si elle n'avait que rêvé ? N'était-il pas vrai que c'était un de ses vœux le plus cher de revoir une dernière fois Julia avant son départ ? Et ce fameux carnet, où était-il ?

Misty dormait toujours, comme si rien n'avait eu lieu.

Mallory prit la chaise de son bureau et monta pour inspecter les étagères, et ouvrir les derniers tiroirs du haut.

Et puis, soudain, au moment où elle n'y croyait plus, elle découvrit un petit carnet vert, effectivement sur lequel était inscrit en lettres calligraphiées comme à l'ancienne :

« *De Julia, Pour Mallory.* »

Le fait de tenir ce petit carnet dans lequel était renfermé quelques secrets d'antan, la fit vibrer et lui donna confiance pour l'explorer.

- « *Mais n'oublie pas le carnet vert* [13], *il te racontera beaucoup de choses que tu comprendras et qui te guériront j'espère de tous tes maux* », lui avait assuré Julia
- Ce n'est pas possible, comment cela se fait-il qu'elle ait pu venir à moi pour me le dire ?

---

[13] Le vert est le symbole de l'immortalité pour certains, ceux qui ont su laisser leurs traces de leur passage, ces âmes plus ou moins bouleversées par tant de créativité, que sont les Membres de l'Académie Française.

Ne serait-ce pas les lois de l'invisible qui lui répondaient ?

Julia n'avait-elle pas intuitivement raison d'avoir laissé elle aussi les traces indubitables de son passage, qu'est-ce qui est plus éternel que les mots écrits sur une page blanche, et avait-elle choisi la couleur pour ce qu'elle représentait ?

Mallory descendit de sa chaise, qu'elle rangea immédiatement ainsi que ses affaires déposées sur son lit.

Elle se mit dans son lit, et parcoura sans pouvoir lire les pages écrites sans doute d'une main tremblante, et sentant que le sommeil la narguait, posa le carnet sur son cœur éteignit la lumière, et s'endormit jusqu'aux aurores lumineuses se dessinant derrière ses rideaux.

***

Quelque chose venait de caresser le visage de l'enfant, prête à offrir un visage calme et détendu. Il devait être sept heures quand elle se réveilla.

Rêve prémonitoire ou réalité encore inassouvie ?

Mallory se demandait si tout de même tout cela avait eu lieu.

Pourtant le petit carnet, posé sur sa poitrine ouverte désormais, était la preuve incontestable d'un message non encore exprimé.

Alors, Mallory commença son périple vers sa mère qu'elle ne connaissait pas autant qu'elle aurait pu le croire, recherche mutuelle de l'un ou l'autre qui s'était égaré dans les méandres de l'incompréhension.

Puis les mots glissaient et apparaissaient beaux et puissants, tels que l'est la vérité.

« *De Julia, Pour Mallory.* »

25 mai

Bien que les mots soient limités, je dois convenir qu'aujourd'hui je les emploie car je pense que c'est la seule énergie identifiable qui me soit donnée pour exprimer ce je ressens.

« Paraître n'est pas être.

Les choses ne sont pas ce qu'elles paraissent. Ce n'est souvent que la partie visible de l'iceberg que nous pouvons discerner.
Les mots dits sont implicitement ceux que nous voulions dire, mais pas vraiment ceux qui nous poussent à agir de telle ou telle manière.

La colère franche et explicite, ne nous donne pas la vraie raison de son essence.

Quelque chose obscurcit nos tentatives d'abandon, restant à tout jamais figé dans le présent.

En l'occurrence les mots nous écorchent mais nous devons savoir les utiliser pour leur donner leur juste valeur.

Tout cela pour dire que la réalité face à nous, ne peut paraître qu'une réalité fourbe, prête à nous mentir sans sommation. »

29 mai

Mallory, ces mots te sont dédiés aujourd'hui, ne sois pas surprise, il le faut. Je ne sais pas par quoi commencer, je voudrai déjà me disculper à nos yeux encore humides car même avec du recul, comment ne pas être amère, à avoir été si impuissante à ne pas avoir su arrêter ce gâchis immonde qui m'a souvent saisie, afin de mieux m'étouffer.

Je ne m'étendrai pas sur mes regrets mordants qui ont fait que pendant toutes ces années nous avons été si proches et si loin à la fois ?

Bien sûr, il faut vivre de l'avant et non pas avec des souvenirs effrités. Ces mots représentent juste la mémoire de ces moments ténébreux que je m'obstine à abolir désormais.
Mon tout petit, je voudrais te protéger contre les autres, et

surtout ne plus avoir la sensation de ne pas avoir réussi ma mission.
Par quoi commencer ?
Mon enfance, c'est comme des points flottants à l'horizon qui dansent au gré d'un vent malin.

Et oui, Emma n'a pas toujours été ce qu'elle est aujourd'hui ! »

- Emma, Grand-Mère, pensa Mallory, différente, elle est si gentille, pas possible !

« Et oui, Emma n'a pas toujours été ce qu'elle est aujourd'hui ! Elle était autoritaire et dure, j'ai souvent eu le sentiment de ne pas être comprise d'elle. Quand mon père est mort, j'étais petite à l'époque. J'en ai beaucoup souffert et sans doute, n'ai-je jamais fait le deuil de ce proche ?

Mon père était un être merveilleux, nous étions complices, avant son départ, je vivais dans un monde prêt à tout m'offrir. Quand j'ai appris qu'il était parti selon moi « visiter les étoiles »...
- Tiens, se dit Mallory, j'ai déjà entendu cette expression quelque part... puis reprenant sa lecture
...et qu'il veillerait sur moi à tout jamais », j'ai été très violente, et ce fut la seule fois que j'ai usé de cette furie, je suis rentrée dans ma chambre et j'ai jeté contre le mur toutes mes poupées et les peluches qui m'ont si souvent assistée dans ma solitude. J'ai souvent trouvé que c'était injuste qu'il me soit enlevé. Il était si gentil, si patient, et souvent, il me donnait raison, ce qui énervait Emma encore plus.

Les colères d'Emma me terrorisaient en quelque sorte, et j'avais appris à ne pas faire de bruit, à être très sage, effacée, j'en étais arrivée à devenir transparente, même invisible afin de ne plus être vue d'elle. Pour tout le monde, j'étais l'enfant sage, et j'ai su stratifier mes émotions enfouies pour une cristallisation définitive.

J'étais en colère contre mon père adoré, je me suis souvent demandée comment j'avais fait pour survivre dans un monde insolite sans lui, durant toutes ces années d'errance redoutable.

Je me sentais comme orpheline quelque part, et souvent dans mes yeux si ternes, l'étincelle de vie s'était éclipsée.

Puis un jour, Emma décrypta que quelque chose n'allait pas, alors elle me prit dans ses bras rares, et nous avons parlé longtemps, longtemps.

Depuis ce malentendu qui brisa une bonne partie de mon enfance, je l'avais retrouvée, douce et agréable, comme elle est actuellement. J'avais compris, bien des années après qu'elle m'en avait voulu involontairement de la mort de mon père, que son attitude envers moi me mettant en porte-à-faux, reflétait un mal qu'elle n'aurait pas franchement soupçonné.

Maman décida qu'il serait bon que je fusse accompagnée pour tenter de faire le deuil de ce père idéalisé sans doute, un peu.

Cela m'a appris qu'il est très important de privilégier le moment présent.

Dans ce passé qui me torturait, j'étais persuadée qu'elle ne m'aimait pas pour agir si durement avec moi.

Mes relations avec mon père ressemblaient à celles que tu as avec ton papa, pures, tendres et complices. Combien de fois, ne me suis-je pas sentie exclue et peu digne d'être mère. »

Mallory s'imprégna de ces lignes si fortes qui lui donnaient tant de courage pour aller justement vers l'avant.

Bien que la tournure des phrases fût un peu compliquée pour son âge, elle voulait que celles-ci s'infiltrassent en elle comme un doux élixir la guérissant peu à peu.

25 juin

[14]« *Comment se peut-il ?*

Un vent nouveau est passé tout près de moi en cet instant magique et inoubliable d'une manière tant attendue.

Chaque seconde prend une couleur différente dans cet oracle où les Dieux m'ont enfin affranchie de porter un enfant et de lui consentir la vie.

---

[14] dans *Une Alchimie des plus complexes*, dans *L'Impact des Maux*, La Société des Ecrivains, 2004

Et puis, tout doucement, a pris forme dans mon ventre arrondi, tout au long de ces mois de bonheur si tranquilles... à t'attendre, une force inébranlable, nous rendant invincible, mais aussi, l'inquiétude incontrôlable et incontrôlée pour ceux qui nous sont proches.

Combien, il nous est difficile de combler ce paradoxe aux multiples facettes !

Combien de carapaces, devons-nous nous munir pour entrevoir, ne serait-ce qu'une lueur chatoyante, quand la réalité douloureuse ne donne pas le change à nos espérances, quand la culpabilité incisive nous prend sournoisement par la main ?

Cette petite vie ne nous échappe jamais, en fait, même après la naissance de l'enfant, et de la nôtre également, elle demeure partie intégrante de nous, jusqu'à la fin de notre ère, comme avant quand nous ne faisions qu'un.»

Avancer dans l'âge, nous permet toutefois de nous protéger de la menace de ces fléaux récurrents. On tente de se fabriquer une carapace, qui nous enveloppera de ses bras afin de ne plus recevoir de plein fouet ces éclaboussures aux répercutions des plus dramatiques.

Et c'est vrai aussi que chaque minute nous rapproche de notre fin inexorable, cette fin tout aussi mystérieuse que l'est notre arrivée dans cet univers.

Et toujours ces questions : D'où venons-nous ? D'une poussière d'étoiles, qui nous a donné la vie en se donnant la mort, et je suis d'accord de dire que désormais, il faut se tourner vers le visage lumineux de nos proches qui espèrent tant de nous, bienfaits que nous devons leur apporter.

Mais comme je le dis toujours, il faut être convaincu avant d'être convaincant, et pour accomplir cette mission de premier ordre, il faut trouver ou retrouver le moteur : la foi, celle qui nous a si souvent abandonnés. Alors, que faire, si ce n'est que retrouver l'énergie intérieure qui nous fait réagir dans ces moments-là, parce que l'on se doit de le faire !

Afin de tenter de me guérir, j'ai écris ces pages en vue de me réhabiliter en tant que mère et aussi de poursuivre cette relation fusionnelle que j'avais eue avec mon père, mais également pour te dire combien je t'aime... tout, comme ton cher papa..

« A trop vouloir s'impatienter sur des chemins de mauvaise fortune, on devient tout simplement différent de cet autre avec qui on faisait corps jadis. »

Mon autre mission de toute importance, afin de ne pas disparaître tout à fait est aussi de voir mon unique enfant, TOI, vivre pleinement sa vie, bien plus importante que ma propre vie déjà dénaturée, afin qu'elle puisse, elle aussi transmettre le flambeau à son petit enfant un jour avec la force nécessaire pour effectuer un tel parcours.

« C'est pourtant notre devoir de s'incliner, comme en prière, devant ces Dieux qui nous ont accordé un tel privilège, celui de perdurer le miracle de la vie ! »

- Comment cela est-ce possible ? Maman écrivait si bien, et pourtant on ne l'aurait jamais cru ! Comment a-t-elle pu cacher cette « vocation » peut-être ?

Et Mallory poursuivait lentement sa lecture passionnante.

28 juillet

« Nos enfants sont bien le résultat d'une alchimie très complexe, une partie de nous, une partie d'eux-mêmes, de nos particules combinées, mais aussi le fruit de notre passage » [15]

Je voudrais revenir sur cette période durant laquelle tu étais toute petite, pouvoir te donner enfin ce que je n'ai pas pu, à courir partout, je ne m'apercevais pas que le plus beau des trésors se trouvait à quelques pas de moi, pour ma carrière, qui aujourd'hui n'est plus rien. Je sais combien j'ai eu tort. Tous ces moments tant perdus sans toi. Je suis criblée par les remords qui m'assaillent, que même le temps ne pourra émousser.

Pourtant, durant ma grossesse, je me sentais épanouie, mon visage rayonnait de bonheur à t'attendre.
A partir du moment où je l'ai su, j'ai voulu t'épargner de tout sentiment,

---

[15] *Un jour autrement*, dans *L'Impact des Maux*, La Société des Ecrivains, 2004

je voulais t'éviter toute éraflure. Je voulais que tu connaisses dès ta conception la plénitude, que je n'ai pu t'apporter.

Je n'étais animée que par ce ventre aux rondeurs spectaculaires. Tant pis pour les rondeurs, je n'avais jamais eu un corps de nymphe ! Mes rêves prenaient forme et représentaient toujours une petite fille qui riait aux éclats.

Et un jour, pour me montrer ta présence, tu as bougé en moi, tout a basculé. On sent vraiment la vie en nous, à ce moment précis

13 Août

Je viens d'apprendre une terrible nouvelle, Mallory, je ne pourrai vraisemblablement pas rester longtemps avec toi. C'est dommage, je voulais me racheter une bonne conduite !

- Il est vrai que l'écriture était de plus en plus mal formée, et la terrible nouvelle, nous la connaissons tous. La date se rapproche, pensa l'enfant, elle n'a plus beaucoup de temps.

En effet, plus les émotions étaient touchantes, plus l'écriture devenait illisible. Julia pensait sans doute qu'elle n'aurait pas le temps de tout dire à Mallory.

22 septembre

Je me noie dans ce mal incurable et grandissant.

Je perds patience, les effets secondaires deviennent dramatiques, j'ai des nausées, je ne peux plus rien avaler, je dois faire peur à la petite, que je ne vois plus beaucoup.

Ils ont décidé, non, Yohann a décidé qu'il ne fallait pas t'offrir l'image d'une mère malade, mais saches que je ne pense qu'à toi.

J'ai beau me dire que ces phrases seront sans doute mes dernières, mais je repense à ces jours où nos paroles échangées n'aboutissaient à rien, où tout s'était obscurci.

Combien de fois, ais-je ri, alors que ma poitrine se brisait en mille morceaux pratiquement insondables dans un univers si froid..

Tu dois avoir sans doute deux facettes, la Mallory avec son papa et sa grand-mère, et la Mallory avec sa maman qui passe pour un rabat-joie. Tu fais souvent tout pour m'irriter, soyons logique, mais ce n'est pas seulement une tentative pour me tester, mais je pense que c'est un message que j'ai enfin compris, c'est pour me dire combien tu m'aimes ?

C'est vrai que Mallory avait un malin plaisir à ne pas faire ce qu'attendait Julia, tout ça pour l'irriter, la mettre en colère, pour bien montrer la sienne. Yohann avait beau se fâcher parfois, pour la chambre mal rangée ou pour les devoirs mal faits ou faits à la va-vite, sans trouver un intérêt quelconque, rien n'y faisait.

Je repense au jour de mes 30 ans, anniversaire, qui sera sans doute le dernier. »

- Non ! Déjà, pas si vite, qu'est-ce que je... ah oui, c'est vrai, pensa l'enfant, en train de se recueillir presque.

Tu m'avais passablement énervée ce matin-là, comment ne l'avais-je pas compris auparavant, tout est vraiment compliqué.

J'ai éclaté d'une colère poignante en te disant que c'était un jour pour moi, et que c'était mon anniversaire, et que tu aurais pu faire autre chose que de me mettre en colère.

Et puis, tu m'as tendu une feuille de papier et ce qui suivit fut exceptionnel. Je les lis avec une émotion croissante, et je retranscris mon ressenti sur papier :

Il faut replacer ces lignes dans leur contexte et avoir un peu d'imagination. C'est une page écrite par une enfant de 5 ans 1/2 avec ses fautes d'orthographe, puisqu'elle apprenait tout juste à écrire. Ce poème, a été créé par cette petite fille qui avait réussi à contrarier sa maman, parce qu'elle devait encore lui en vouloir, le jour de son anniversaire, j'entends encore le calme qui avait suivi notre dispute, et ses pas courir dans sa chambre pour mettre sur papier ces mots d'une chaleur insoupçonnée. Le billet fut présenté à la maman, qui à cette lecture émouvante, fut confondue, et ne savait pas que dans le cœur froissé de son petit enfant résidaient tant de beautés.

Ma Mignonne, je voulais, aujourd'hui, moi aussi te rappeler ô ! Combien, le temps m'a menacée de ces terribles orages, pardon Mallory, de ne pas avoir pu te donner tout ce temps révolu à présent, de ne pas avoir pu te consacrer quelques mercredis, parce que je courais vers un nulle part qui m'attendait, de ne pas avoir pu t'accorder le bonheur d'une autre petite sœur ou d'un autre petit frère, parce qu'il n'était pas envisageable d'avoir une seconde maternité. Pardon, pour ces mots de tendresse étouffée, enfouis dans une gorge trop serrée. Je ne peux que souhaiter que le temps referme tes blessures hurlantes. Combien de nuits, ne me suis-je pas réveillée face à mon ennemie déloyale, ma propre solitude, pardon d'avoir été si loin de toi pendant tout ce temps, je savais que ces années égarées à te chercher ne se retrouveraient jamais.

Saches que je t'aime plus fort que tout et que je serai toujours à tes côtés !

Aujourd'hui, je veux profiter de chaque seconde de bonheur avec toi.

« C'est bien la qualité des moments qui font qu'ils sont inoubliables, et non leur durée. »

Mallory ferma le carnet, et se sentit toute petite après avoir lu toutes ces lignes qui l'éclairaient, elle avait compris que le paraître est souvent loin de l'être, et qu'elle ne devait en aucun cas se fier aux apparences déloyales.

Mallory rangea ce trésor inestimable dans son tiroir de table de nuit et regarda l'heure, il était près de neuf heures, il fallait s'activer. D'un bond, elle se leva de son lit et se rendit dans la cuisine où Misty l'attendait de pieds fermes, lui faisant déjà savoir qu'elle avait faim.

« Votre respiration est calme et régulière.

*Vous n'êtes que respiration,
Et dans chaque expiration,
Vous approfondissez ce moment de bien-être
Qui vous ressource en énergie ! »*

38 - Un dimanche pas tout à fait perdu

Quand Bastien se réveilla, il devait être près de midi. Il était rentré tard, de chez des copains, et n'avait pas la tête sur ses épaules, dirait-on.

Depuis que Véronique et lui s'étaient séparés, ils avaient vendu leur maison située à quelques kilomètres de Vigny, il avait pris en location ce minuscule studio, qu'il appelait « son placard », comme pour se moquer de lui-même.

Rien ne marchait vraiment, dans ce studio qui ne correspondait pas aux normes sanitaires habituelles.

L'appartement était un peu son reflet, tout y était en vrac, laissé à l'abandon depuis longtemps, le lit, un clic-clac n'avait pas dû être fait depuis plusieurs jours, que cela en retournait le cœur.

Le ménage n'avait pas été fait depuis des décennies oubliées dans l'ombre, et l'air vicié s'y était installé mêlé aux odeurs d'alcool brûlantes et de tabac froid.

Les vêtements jonchaient le sol, sur lequel une moquette pleine de taches y était placée.

Les paquets de cigarettes vides étaient empilés sur la table de salon, et quelques bouteilles vides parsemaient le studio d'un point cardinal à l'autre.

Les ordures n'avaient pas été sorties depuis quelques semaines, et s'accumulaient devant la porte d'entrée.

Bastien avait bien créé son placard, dans lequel, tôt ou tard il étoufferait, et ça il le savait. Il ne tenait pas en place, il avait vécu dans le grand air, et s'était infligé cette punition étrange, un placard pour châtiment de sa mauvaise conduite.

Bastien regarda autour de lui, tout lui paraissait sale, triste, et lui levait le cœur, mais il se hissa pour aller chercher dans la poche de sa veste en daim marron, un paquet de cigarettes. Il en alluma une, et voulut se faire un café, sur son petit réchaud à gaz sur lequel une casserole remplie d'eau y était posée.

La solitude lui infligeait ces morsures constantes, et en plus Marc n'était pas là pour l'épauler.
Tout cela était de la faute de Véronique, elle avait refusé que Marc vît Bastien ce dimanche, ayant eu vent, d'un « dérapage incontrôlé » d'une conduite inqualifiable.

Le café était long à venir, il éteignit le feu, il irait au café d'en bas en prendre un.

Il s'habilla et prit ses clés. Il sortit et vit qu'il avait, dans sa boîte aux lettres, une missive sans doute très importante. Mais qui voulait bien prendre contact avec lui, lui, le rebut de cet univers égaré à des millions de kilomètres de sa planète d'accueil ?

Etait-ce encore un de ces créanciers qui lui redemandait de l'argent ou la justice qui voulait le saigner encore à blanc ?

Et si c'était Marc qui lui avait écrit ?

C'était fou comme ils avaient besoin l'un de l'autre. C'était la première fois qu'ils ne se verraient pas, et franchement Véronique avait poussé le bouchon un peu loin. Il irait la voir, et lui dirait deux mots, non mais !

Bastien lui en voulait, mais quelques minutes après avoir réfléchi, c'est à lui qu'il en voulait de s'être laissé-aller ainsi.

Comment avait-il pu tout gâcher ? Il n'y avait pas de doute, c'était de sa faute pour Marc, et bien d'autres choses qui lui faisaient si mal.

Son sentiment de culpabilité le harcelait à nouveau, et le fit vaciller soudain, en ouvrant la boîte aux lettres.

Il était impatient de découvrir le contenu de la fameuse enveloppe, quoique banale.

Bastien souffrait, d'après ce qu'on pouvait prétendre, depuis longtemps de Psychose Maniaco-Dépressive (PMD) ou troubles bipolaires, et son état, dû aux affres de l'alcoolisme s'était, hélas, aggravé.

« La PMD comporte des états dépressifs que l'on nomme états mélancoliques et des épisodes maniaques au sens d'excitation. Maladie a forme bipolaire avec alternance de deux pôles, parfois forme unipolaire si l'on a que l'un ou l'autre des accès. Un état de mélancolie se traduit souvent par des traits crispés, l'angoisse, un vécu pessimiste avec des sentiments d'insatisfaction, d'auto-dépréciation, une vision négative de soi-même, de culpabilité qui peut aller jusqu'à des manifestations délirantes. Le patient souffre d'une grande inhibition, une asthénie et un monoïdéisme, (n'avoir qu'une seule idée.) Il peut avoir des idées de mort, à la fois redoutée et en même temps désirée, d'où on pouvait craindre des tentatives de suicide. Le syndrome général se traduit par une forte anxiété, des troubles très importants du sommeil, soit des insomnies, des troubles du caractère, troubles alimentaires, et des troubles somatiques. Le patient a une excitation motrice qui va jusqu'à l'instabilité jusqu'à une grande agitation. Le malade, qui semble infatigable, est capable de parler beaucoup (logorrhée), a souvent des délires intuitifs, d'interprétation mégalomaniaque.» [15]

Bastien prit l'enveloppe dans sa main tremblante, et examina l'écriture qu'il reconnut tout de suite, c'était celle de Véronique, qu'est-ce qu'elle voulait lui dire encore, l'accabler un peu plus, non, il ne la lirait pas cette lettre, porteur de mauvais présage.

Il la mit dans sa poche de veste, et se dirigea vers le café d'en bas qui, lui, voulait bien l'accueillir. Il commanda un café, le but et partit, l'envie d'ouvrir cette enveloppe le gagnait à nouveau.

Il fallait qu'il rentrât chez « lui », très rapidement.

Si Bastien avait consulté, ne serait-ce qu'une seule fois, un médecin averti aurait tout de suite détecté le syndrome dont il souffrait.

Mais par tous les vents, il criait que tout allait bien et qu'il n'y avait pas de problème.
Pourtant, quel pouvait donc être le courroux des Dieux pour lui infliger une telle punition ?

Quel pouvait donc être le lourd fardeau d'un passé non encore affranchi pour se faire une telle violence ?

Il rentra de façon hâtive dans son nid, loin d'être douillet, et

---

[15] Source : http//www.psychologie.org/pdico.htm

s'assit sur son canapé-lit, enfin sur le peu de place qu'il lui restait.

Il ouvrit l'enveloppe blanche et commença sa lecture tout doucement comme pour s'imprégner de tous les mots :

«*Bastien,*

J'espère que tu pourras aller jusqu'au bout de ces lignes !

Je réalise que c'est la première fois que je te parle franchement, de toi à moi. Toutes ces années de silence inutile et dégradant qui m'ont tant pesées, aujourd'hui, je voudrai te faire-part de toutes ces choses devant lesquelles je suis restée sans mots, ces choses qui nous ont détruits

Je quitte Pierre-Eric, il ne supportait pas le petit, et le brimait sans cesse. Il ne le comprenait pas.

Je sais que tu es hermétique à ce genre de traitement, mais tu n'es pas sans savoir que Marc va <u>très très</u> mal, et que c'est notre devoir de cesser de se voiler la face pour ne pas voir. Marc est anorexique, et cela ne peut plus durer. Il est souvent tombé d'inanition, et j'ai dû l'emmener d'urgence à l'hôpital.

Marc va consulter un Psychiatre la semaine prochaine, en urgence. Nous ne pouvons pas le laisser dépérir. C'est hélas ce qu'il a l'intention de faire, je le crains !

Je voudrai également te parler d'un autre point, tout aussi important. C'est de ta survie dont il s'agit ! Il faut que tu fasses quelque chose pour toi ! Quand tout est lourd à porter, un spécialiste saura te conseiller et te guider.

Les choses simples, que tu devrais voir, tu ne peux pas, tu as l'esprit trop embrumé, un spécialiste saura mettre le doigt dessus et te donnera les indications pour faire le chemin en sens inverse. Seul, la démarche est pratiquement impossible à envisager !

J'ai toujours été ton ange protecteur, et ça tu le sais, ce n'est pas par hasard, si nos chemins se sont, un jour, croisés. Ecoute-moi Bastien, c'est ta chance. Cela risque d'être long, mais le jeu en vaut vraiment

*la chandelle. C'est notre prise de conscience qui fait évoluer les choses pour nous et qui nous pousse à chercher notre vérité.
Ce n'est pas une maladie dont tu souffres, mais un mal qu'il faut exorciser avant qu'il ne te ronge tout à fait.*

Notre vie nous appartient en quelque sorte.

Quand je parle de spécialiste, je veux dire Psychiatre ou Neuropsychiatre.

Bien sûr, tu as fait des démarches, seul, pour t'en sortir, tu me parles de quinze jours d'effort, moi je te le dis, ça fait des décennies que tu te bâts contre toi-même, continue, persévère, mais pas tout seul cette fois, fais-toi accompagner pour que tu puisses supporter le quotidien, devenu un enfer désormais.

Bastien, tu as raison, Marc et toi, vous vous ressemblez beaucoup, te rappelles-tu quand ce petit bouchon est né, nous pleurions d'un bonheur sans nom, et je crois que c'est la seule et unique fois que j'ai versé des larmes de joie ?

Nous sommes les enfants d'une supernova, l'alchimie est un miracle. Nos enfants, preuve de notre passage, sont notre raison de vivre, à nous de leur donner l'étincelle de joie, la force nécessaire, et nos valeurs, pour qu'ils soient eux-mêmes, et forts afin de pouvoir affronter ce monde difficile.

Je te le répète, Bastien, tu es un père formidable, j'en suis sûre, nous sommes parfois trop enlisés dans notre propre misère pour donner le meilleur de nous-même.

Je te vois bien, en train d'expliquer à ton fils, comment faire du cerf-volant ou mettre au bout d'une canne à pêche des vers ou bien lui apprendre à faire du vélo, celui que tu lui as offert pour son anniversaire.

Ton fils, notre fils a besoin de toi. Tu es son repère et sa ressource.

Les enfants nous adressent bien souvent des messages et nous sommes pris dans une telle spirale qu'il nous est impossible de les décrypter.

*Il ne faut pas se dire que ça va aller, que le temps va t'aider, là, je te le dis, le temps ne pourra rien faire, il ne fera que rendre tes blessures plus profondes si tu ne fais rien pour les soigner.
N'accepte plus d'être l'unique spectateur de ta vie, sois l'acteur, ne plus laisser se déchaîner les passions sans que tu ne puisses bouger.*

Comme je te l'ai dit, notre vie nous appartient. Quand tu accepteras ton passé, quand tu accepteras tes remords et tes regrets, quand tu voudras renoncer aux choses qui te faisaient mal, quand tu sauras que, ce que tu fais, c'est bien et juste, là, tu pourras dire que tu auras fait un grand pas dans ta vie.

Le temps travaille pour nous, si nous l'aidons aussi, crois-moi. Nous ne pouvons changer les gens, mais nous, nous avons le pouvoir de nous bonifier.

Ton fils a besoin de toi, et il te respecte, je te le dis, fais quelque chose pour toi, pour que tu cesses de te faire souffrir, de te détruire lentement, pour enfin que tu puisses t'ouvrir et renaître.

Il m'aura fallu quelques décennies pour te parler enfin, pour gérer mes émotions qui me rongeaient !

Mon passé ne me tourmente plus désormais.

Prends cette décision qui t'appartient, cela risque de te bouleverser, c'est une remise en question de chaque moment, et dis-toi que je veille en quelque sorte sur toi. Si je me souviens bien, je t'ai quelquefois sauvé !

Prends soin de toi, et n'oublie pas c'est ta chance !

Véronique

Il faut être fort, prêt, et je crois que tu l'es enfin ! »

Bastien eut beaucoup de mal à lire les dernières lignes, ses larmes coulaient abondamment, sans lui laisser le moindre répit. Mais c'était une bonne chose en soi, lui qui ne pleurait jamais, pour qui tout allait bien, mais il était tellement déchiré, à cet instant, que tout le pulvérisait de plein fouet, il commençait à comprendre…

C'était vrai que Véronique l'avait souvent sauvé de grandes misères irrépressibles. C'était vrai aussi qu'elle avait su, maintes fois, lui redonner confiance au moment où celle-ci l'avait totalement déserté, cette lettre en était un exemple.

Bastien pleurait de tristesse d'avoir tout gâché, mais aussi de grande compassion pour lui-même, grâce à cette lettre, symbole de bonne nouvelle.

Il passa son temps à relire, et à relire ce texte écrit d'une main toutefois sensible, qui lui réchauffait tant sa poitrine, bien souvent brisée, par la teneur de ses secrets sombres et pesants.

La nuit venait de faire son apparition dans le mince studio, et il devait être très tard.

Bastien, à bout de souffle, s'endormit dans son lit défait, avec sur son cœur, la missive porteur d'un message de toute importance : l'espérance.

39 - Un autre départ

Le jour venait mordre les maigres rideaux de la pièce, Bastien s'éveilla, la bouche sèche, comme s'il avait bu, lui qui ne buvait que de l'eau depuis quinze jours.

Véronique avait sans doute une force intuitive, comment savait-elle cela ? Etait-ce Marc qui le lui avait dit ?

Non le petit ne dirait rien.

Il se leva, tant bien que mal, et voulut déjeuner, mais c'est vrai qu'il n'avait pas fait les courses depuis longtemps.

Il se leva et s'habilla, et sortit pour acheter un croissant et de quoi de se faire un petit déjeuner.

Quand il revint de sa balade, il se prépara un petit déjeuner sympathique.

Il prit une cigarette pour couronner le tout. Il tourna la tête vers les feuilles écrites de véronique, et réfléchit.

Perdu dans ses pensées fuyantes, la porte sonna.

- On était lundi, c'est encore quelqu'un qui s'est trompé, se dit Bastien.

Non, ce n'était pas cela, Bastien vit une femme d'âge mûr, lui sourire.

- Bonjour Monsieur Olivier, je suis Jacqueline Dusseuil, l'assistante sociale, et j'aimerai vous parler, si vous me le permettez.
- Mais, je n'ai rien demandé.
- Ils ont la même réaction, Véronique et lui, c'est marrant, pensa Jacqueline.
  Je sais, mais nous sommes amenés à faire une enquête, et je dois vous poser quelques questions.

Bastien sentit qu'il ne devait pas lutter, en aucun cas, devant cette catégorie de gens, c'était inutile de lutter. Il laissa passer cette femme dans son placard mal rangé et nauséabond.

Jacqueline avait déjà tout vu, tout était passé au détecteur, cette tristesse qui s'était plantée partout dans la pièce, lui donnait froid dans le dos.

- Il était temps que je vienne, se dit-elle !

Elle avait noté également les petites babioles accrochées au mur que font les petits à l'école maternelle, comme une main d'enfant dans la terre, des dessins, tristes les dessins, des épingles à linge, représentant les parents et la plus petite, un enfant, courbé.

- Je peux m'asseoir, demanda-t-elle !
- Je ne vous ai pas autorisé, il n'y a pas de place.
- Bon, très bien. Je resterai debout. Monsieur Olivier, votre petit garçon à beaucoup à porter, je crois ?
- Non, je ne comprends pas, on est séparé avec ma femme, elle veut le divorce, mais sinon, rien.
- Marc ne nous a rien dit, vous savez, c'est l'école qui m'envoie, votre enfant a dû voir ses parents se déchirer, ce qui est déjà difficile à supporter, et vous savez la séparation pour un enfant, c'est terrible, ça signifie la perte de ses repères, la perte du noyau familial, la perte d'une identité, et cela peut briser une vie, vous en êtes conscient Monsieur Olivier.

Bastien avait retrouvé sa culpabilité, son ennemie féroce de ces derniers jours.

- Mais, qui êtes-vous Madame, pour vous permettre de tout juger, vous ne savez rien ?
- Et en plus, il voit sa mère malheureuse, lui-même étant malheureux parce que son papa a décidé de se détruire, et entre nous pas d'une façon noble. Quelle peut donc être l'envie de continuer pour un petit quand plus rien ne le retient ? Cela fait beaucoup pour un enfant, vous ne croyez pas ? Il a été ausculté par le médecin de l'école, qui s'est aperçu qu'il faisait de l'anorexie, et qu'il était sûrement anémié, ce qu'a montré la prise de sang demandée.

Bastien ne disait plus rien, il était anéanti, il aurait voulu boire quelque chose, non il attendrait qu'elle parte cette mégère ! Elle serait capable de le marquer dans son rapport.

Le regard de Jacqueline tomba sur la lettre de Véronique qu'elle comprit significative.

Jacqueline sentit que la partie était loin d'être gagnée, et elle sentit qu'elle devait utiliser une autre technique pour aborder cet homme, qu'elle regardait pour la première fois. Ces mains n'avaient de cesse de trembler, il fumait cigarette sur cigarette, il faisait partie intégrante de ce décors aux parois sensibles.

- Voulez-vous voir votre fils, Monsieur Olivier ?
- Bien sûr, que je veux le revoir, et rien ne m'empêchera de le voir, aujourd'hui, c'est exceptionnel…
- Et moi je vous le dis, l'avocat de votre femme risque de l'influencer…
- Comment ça l'influencer ?
- Vous savez, il suffit que le Juges aux Affaires Matrimoniales veuille faire une enquête sur vous, voir comment vous vivez, où vous vivez, pour vous retirer définitivement l'enfant.
- Quoi, qu'est-ce que vous me chantez ?
- Oui Monsieur Olivier, je sais qu'elle ne le fera pas ni pour vous, ni pour votre fils, mais le cas, votre cas est devenu grave.
- Grave, mais qu'est-ce que vous me dîtes ! Je travaille !
- Je parlais de l'alcool, Monsieur Olivier, vous ne pouvez pas continuer de la sorte, la vie de votre fils en dépend.

Jacqueline sentait que Bastien était sur le point de craquer.

- Il faut vous faire désintoxiquer, Monsieur Olivier, je connais un centre ainsi que toute l'équipe, médecins, psy, directeur, je vous en conjure, vous pourriez vous offrir une autre vie ! Vous travaillez, Monsieur Olivier ?
- Heu ! Pas aujourd'hui, je suis en arrêt maladie. Il n'est pas question que j'aille en cure, je perdrai mon emploi, en cas d'absence prolongée !
- Vous le perdriez de toute façon !

Jacqueline parcourut la pièce de son regard analysant les faits bien plus que misérables, laissant une brèche plus profonde à chaque minute.
- Je vous laisse mes coordonnées si vous … changiez d'avis, je

m'occuperai de votre dossier en urgence.
- Non, je ne changerai pas d'avis, pourquoi êtes-vous venue, oiseau de malheur !
- Il vous suffit de prononcer un mot pour que votre enfer prenne fin ! Je vous laisse Monsieur Olivier.

Elle fit un pas vers la porte, quand Bastien dit :

- J'ai tout gâché, c'est de ma faute..
- Il est temps de réparer, pour construire autre chose, vous valez plus que tout ça, Monsieur Olivier, croyez-moi. Faîtes-le pour vous et pour votre fils ! Pensez à ce petit, qui a tout misé sur son père. Vous ne pouvez le décevoir !
- Je l'ai déjà déçu !
- Le passé est le passé. Maintenant, dirigez-vous vers votre nouveau présent qui vous attend !
- Je ne pourrais vivre sans Marc.
- C'est une bonne raison pour accepter.
- Je ne sais pas… Laissez-moi, s'il vous plait.

Jacqueline sortit, convaincue qu'elle avait bien œuvré dans ses arguments, et que bientôt elle aurait des nouvelles de cet homme, au regard si triste.

A force de ne pas marcher sur les routes qui sont nôtres, on n'arrive plus à se ressembler.

Trois jours plus tard, Jacqueline eut un appel de l'homme au visage blafard, portant les stigmates d'un si lourd passé. Il semblait à Jacqueline que Bastien lui parlait d'une voix qui n'était pas la sienne parce que trop agitée, à peine compréhensible, comme sous l'effet de médicaments puissants ou sous l'alcool, le tout formant un cocktail explosif. - tout était à craindre.

Bastien lui dit qu'il acceptait son offre et que le plus vite serait le mieux.

« *Il est possible de commencer à marcher sans tituber, de choisir un chemin à soi, de se frayer un passage au travers des obstacles et des doutes*»

Jacques Salomé[16]

---
[16] Dans *Il y a tant de possibles… en chacun*, dans *Lettres à l'intime de soi*, de Jacques Salomé, Albin-Michel, 2001

2ème Partie

UN NOUVEL ARC-EN-CIEL

*« L'Amour, ce n'est pas un abandon de soi.
Pour moi, l'Amour, c'est consentir aux autres »,*

Isabelle Boulay [17]

---

[17] Isabelle Boulay dans *Au moment d'être à vous*, dans 2002
SideralV2 Music

2ème Partie

UN NOUVEL ARC-EN-CIEL

1 - Un horizon d'espoir

Les jours coulèrent en formant une corolle utilisant les teintes pastelles de l'arc-en-ciel.

Tout ne devenait qu'une histoire de temps redevenu l'allié tant attendu, après avoir dilué ces naufrages négligeant notre persévérance.

Il faisait chaud en ce mois de juillet, la canicule s'était installée à l'insu de tous ces gens qui n'étaient pas encore partis en vacances.

Pour Bastien, un jour nouveau s'était dessiné, il avait pris sa décision, ô combien difficile à assumer, mais il avait compris que c'était sa dernière carte à jouer.

Le centre de désintoxication était situé non loin de Vigny à une trentaine de kilomètres de là. Les jours étaient pour lui, un défi permanent, une torture infligée à tous ces hommes venus comme lui, pour trouver leur vérité.

Bastien ne perdait pas patience, il savait que son corps meurtri, se tordrait encore ce soir, que ses mains trembleraient encore, prêtes à le trahir quelques fois. Mais, il avait laissé tomber le manteau revêtant la culpabilité, celui qui l'avait tant de fois mutilé au point d'en saigner très fort, même de l'intérieur.

Et puis, il savait que sa promesse ne devait être en aucun cas transgressée, car Marc lui téléphonait très souvent, et il savait qu'il devait lui rendre des comptes. Alors, d'une voix tranquille ou presque, il racontait ses activités, en omettant les détails importants qui aurait pu choquer le petit impatient de tout savoir.

Ce que Bastien ne voulait pas dire, c'était ses moments de sévérité avec lui-même, quand le manque d'alcool se faisait sentir, le

transformant en bête féroce, pour laquelle, une seule envie instinctive lui restait, c'était de survivre après un tel enfer. Souvent, effrayé par la nuit qu'il s'était tissée, il affrontait les ténèbres prêtes à l'achever.
Il ne lui parlait pas non plus des séances avec le psychiatre, qu'il jugeait trop fastidieuses pour un petit.

Ces médecins de l'âme avaient dans leur corps, une constance démesurée, et savaient que tôt ou tard, le patient allait se dévoiler, livrer son secret, gravé dans chaque pore de la peau, le déchirant à chaque seconde un peu plus avant d'en être définitivement débarrassé. Ils avaient l'habitude.

Pourtant, le secret qui hantait Bastien pourrait sembler bien banal.

D'après ce qu'il laissait supposer, cela remontait à son enfance défaillante. Il y avait ce géant, devant lequel il se sentait si petit, ce géant maladroit et dur qui n'était autre que son père.
Souvent le petit pensait être récompensé, et c'était le contraire qui arrivait, mortifiant sa colère prête à bondir à tous moments.
Il était tout simplement persuadé *que son père ne l'aimait pas*, et que toutes ces années de mutisme absolu l'avaient amené à forger tous ces maux dans sa tête, en s'acharnant et le mutilant sans humanité aucune, le laissant souvent plus mort qu'il ne le pensait.

Comme les cicatrices pouvaient être profondes quand tout petit garçon, il s'était senti maintes fois humilié, incompris par une obstination certaine. Il s'était senti, en fait coupable de ne pas avoir su se faire aimer tout simplement.

Pourtant, il faut être sûr que ce parent ne devait pas être moins aimant pour cela, simplement dire que communiquer était quelque chose d'inconcevable, qu'il était sans doute ingérable de donner un peu d'espoir, dans un monde qui l'avait totalement déserté, même à ce tout petit qui en demandait trop ; il fallait qu'il se débrouille tout seul après tout, et comment avait-il fait, lui ? Ce que n'avait pas compris à l'époque Bastien, c'est que son père avait fait le maximum pour le tirer vers le haut, parce qu'il savait que celui-ci pourrait toujours faire mieux..
Aujourd'hui, père et fils ne se voyaient plus, brouillés sans doute, et ce père vieilli, était placé dans une maison de retraite située dans le sud de la France.

Parfois, au bout de ses nuits éveillées, Bastien, se réveillait en sursaut, possédé par ses démons d'antan. Il se levait alors en titubant, et dans la lumière blafarde de son âme en déroute, le miroir lui renvoyait l'image de sa propre faiblesse des plus perspicaces.
A présent, criblé de sourdes menaces, au vu de ses multiples morsures bravées lors d'une guerre perdue d'avance, dans laquelle plus d'un homme aurait dû tomber, Bastien devait retrouver confiance en lui, celle qui l'avait abandonné depuis des millénaires oubliés des Dieux. A ce moment-là, il se sentait serein, pardonné enfin, comme si son âme s'était délivrée de ce pesant fardeau, comme si les effluves de ce puissant « poison » n'avaient plus d'emprise sur lui.

***

Marc allait voir Bastien une fois tous les quinze jours avec Véronique, qui les laissait seuls à parler dans le parc, puis quelques heures après, elle reprenait Marc, enchanté de voir tant de progrès effectués en si peu de temps.

Marc aussi racontait à son père ses journées transformées en amies. Il faisait comme s'il voulait rattraper le temps perdu, à jamais.

Il avait réappris à se ré-alimenter tout doucement, comme s'il était redevenu le tout petit enfant, qui avait mûri, certes, mais qui demandait à ses yeux de s'ouvrir sur un monde nouveau [18], comme si c'était la première fois.

Il s'était fabriqué une autre famille, bien sûr il allait souvent voir Mallory, chez qui il avait rencontré Isabelle, il se souvenait qu'elle l'avait beaucoup impressionné, c'était étonnant tout ce qu'elle savait, comme cela devrait être bien de travailler avec ce genre de personne quand on est grand. Peu fréquemment, Marc invitait Mallory dans sa chambre plus dénudée que celle de son amie, il en faisait presque un complexe.

Ils se voyaient très souvent, ils avaient tant à se dire, tant à découvrir, que même tout ce temps qu'ils passaient ensemble, suffisait à peine à remplir ces êtres dotés d'une force inviolable.
Marc avait commencé ses séances avec un neuropsychiatre, installé en ville, Marie-Laure Vitalis, une femme de cinquante ans environ, l'air doux mais qui ne s'apitoyait pas sur le sort de chacun. Il fallait dire qu'à

---

[18] Phrase dite en séance de relaxation-sophrologie

leur premier entretien, il avait totalement refusé de parler pendant plus de la moitié de la séance, persuadé que s'il parlait, cela pourrait nuire à son papa. Et puis tout à coup, il regarda la femme installée en face de lui qui notait un tas de choses sur ses feuilles blanches, et à ce moment-là, un flot de paroles depuis longtemps incapables de trouver leur chemin, sortirent de sa bouche sèche, dans un corps où ses palpitations cardiaques résonnaient à tout fendre, où les nausées s'installaient comme s'il avait envie de rendre, comme un rejet purement et simplement.

Pourtant, quand il arriva chez lui, il ne rendit pas, mais il mangea comme jamais il avait mangé, comme un ogre s'étant échappé d'une forêt devenue enchantée. Véronique comprit que quelque chose s'était passé dans ce cabinet occulte.

Marc montrait beaucoup d'empressement en attendant le prochain rendez-vous. Il comprit, alors, qu'il fallait parler, parler pour libérer ces maux venus l'étrangler au début de sa vie inquiète et inquiétante, même s'il était impossible de les guérir, au moins amoindrir leurs traces indélébiles restant en nous comme une véritable infection, une décomposition physique et morale de l'âme perdue.[19]

Une autre fois, Marc lui parla de son désir de s'occuper d'enfants quand il serait grand.

- C'est ta vocation ? lui dit le docteur Vitalis
- Heu ! Oui, c'est quoi une vocation ?
- Et bien c'est le but que tu t'es fixé quand tu seras adulte.
- Oui, c'est ça.
- As-tu des idées précises ?
- Oui, je voudrais être lieutenant de police et m'occuper des enfants.
- Tu veux te spécialiser dans la Brigade des Mineurs ?
- Oui, pour moi c'est plus intéressant. Il y a beaucoup d'affaires sur les mineurs, et j'aimerais aider « ces jeunes. »

---

[19] Le Spleen n'est pas simplement une tristesse, une mélancolie, c'est également une décomposition mentale et physique de l'être quand celui-ci est roué de coups.
Charles Baudelaire (1821-1867) héritier du romantique a été souvent inspiré par le tragique de la destinée humaine et une vision de l'univers. *Le Petit Larousse 2003*

Marc venait de réaliser qu'il se projetait dans le futur en s'imaginant déjà adulte, en se détachant de son statut d'enfant. Il venait de comprendre qu'il pourrait aider ces jeunes comme tous les gens qui l'avaient entouré et encouragé, quand plus rien ne comptait, quand la nuit l'avait cruellement habité pour lui faire découvrir enfin, un jour, l'autre univers appelé *l'espérance*.

- Si c'est ta vocation, je peux t'aider Marc.
- Ah ! Bon, comment ça ?
- Je t'expliquerai les rouages, Pour cela, il faut être fort, je te donnerai la force d'y parvenir, et te débarrasser d'un tas de choses qui t'ont pollué jusqu'à présent.
- Merci Madame.

Depuis ce jour, Marc eut confiance en ce docteur qui était là pour le guérir tout simplement. Leur collaboration se fit plus étroite et Marc se libérait chaque fois de « ces tas de choses qui l'avaient pollué jusqu'à présent. »

Quels pouvaient donc être ces temps innommables où le chemin de la Foi restait bafoué par ces marasmes infidèles générant des tourmentes infernales désireuses de tout saccager sur leur passage ! Combien de sévices fallaient-il faire subir à notre corps et notre âme pour remarcher sur un sol non poussiéreux, pour entrevoir une lueur câline berçant l'innocence de nos premiers jours ?

***

Mallory, de son côté, avait beaucoup mûri depuis ce temps qui lui avait semblé une éternité.

Elle s'était inscrite à la bibliothèque de la ville pour trouver des livres, de son âge, sur la psychologie, sur les enfants. Mais, pensait-elle être devenue déjà une adulte ? Elle avait réellement laissé tomber sa cape d'enfant pour un manteau d'adolescente, qui était un tout petit peu trop grand à l'essayage, mais de pas grand chose.

Durant une bonne partie du mois de juillet, elle restait avec Isabelle, et Marc. Quand il venait, c'était un bonheur sans nom, il avait toujours ses yeux cernés mais il semblait avoir grossi un peu. Il remangeait, mais en petite quantité, il fallait que son corps et son estomac réapprennent tout. Le fait qu'il remangeât, pour Mallory, c'était le principal, elle avait gagné cette première victoire.

Comme il faisait très chaud, souvent il valait mieux rester à l'intérieur, et fermer les volets, comme dans le sud de la France, quand l'été se fait trop taquin, et brûle sans plus chauffer.
Mallory suivait avec assiduité, ses séances mensuelles chez l'allergologue et prenait plaisir dans cet entretien. Eléonore Biena était toujours aussi chaleureuse, et toutes les deux semblaient complices comme si elles avaient toutes les deux un secret à partager. (Ce qui était le cas, bien sûr !)

Il était rare que Mallory souffrît d'une crise d'asthme. Bien sûr, dès qu'elle était contrariée par quelque chose, même futile, cela lui rappelait le temps où elle ne contrôlait pas sa respiration et qu'elle devait faire face à ces maux chargés de mépris pour toute tentative d'accéder au bien être.

Elle avait décidé également d'aller avec sa grand-mère, Emma, le mardi soir aux séances de sophrologie, pour en apprendre les principes fondamentaux pour une vie meilleure face à soi-même. [20]

Il fallait préciser que la sophrologue qui animait ces moments de détente, était un personnage qui méritait d'être connue, car cette femme savait redonner le fil conducteur de l'étincelle de vie perdue en nous, la chaleur oubliée de notre corps, et la tendresse toute particulière face au monde envers qui, on pouvait en vouloir depuis ces décennies inguérissables.

Mallory aimait ces moments de bonheur sans fin prodigués par cette femme qui savait lui dire les mots qu'il fallait pour redonner à sa vie un vrai sens.

Toute petite, qu'elle était, elle avait compris pourquoi sa grand-mère avait entamé un tel processus de guérison après la mort de Julia, et combien il devenait difficile de vivre sans. Elle avait compris les bienfaits immédiats de cette méthode peu connue encore, celle qui avait remis « sur pieds » sa grand-mère alors que bien souvent, elle ne pouvait plus bouger tant son corps gémissait, mais aussi elle avait pris conscience de son propre pouvoir sur cette respiration qui parfois lui faisait si mal.

---

[20] Principes même de la sophrologie grâce à la respiration

Elle avait commencé à visiter le Neuropsychiatre, Marie-Laure Vitalis. Il fallait tenter le tout pour le tout, ne rien omettre ; Yohann faisait tout ce qui était en son pouvoir pour aider la petite à retrouver un équilibre si précaire.

Mallory, durant ce temps imparti lui racontait combien ses insomnies l'avaient torturé de peur, combien elle avait été effrayée par le noir l'oppressant à cette époque déjà si reculée. Elle lui parlait de ses crises d'asthme, de sa mère qui l'aimait, de l'école, de Marc, que le docteur reconnut immédiatement. Mallory montrait une vraie détermination à vouloir guérir de tous ses maux qui l'avaient tant affaiblie durant toute cette période durant laquelle sa vie avait vacillé telle une brume de chaleur au loin. Une fois, elle lui avait précisé le métier qu'elle voulait faire, et cette fois, là-aussi, le docteur tint le même langage :

- C'est ta vocation ? Interrogea le docteur Vitalis
- Heu ! Oui, c'est ma vocation ? (Mallory savait à présent ce que signifiait ce mot)
- As-tu des idées précises ?
- Oui, je voudrais être psychologue pour enfants et jeunes adolescents dans la Brigade des Mineurs
- Tu veux te spécialiser ?
- Oui, je veux être utile et aider « ces jeunes » qui auront besoin de mon aide. (Elle aussi se détachait de son enfance pour se projeter en tant qu'adulte).
- Si c'est ta vocation, je peux t'aider Mallory.
- Ah ! Bon, comment ça ?
- Je t'expliquerai les rouages, Pour cela, il faut être forte, je te donnerai la force d'y parvenir, et te débarrasser d'un tas de choses qui t'ont pollué jusqu'à présent.
- Merci Madame.

Mallory prenait délicatement son envol vers son adolescence encore engourdie par un sommeil délicat.

***

Il était mardi, et elle préparait ses affaires pour se rendre chez Emma qui devait la prendre le mardi vers 18 heures, comme convenu.

Tout en préparant ses affaires, elle parlait à Misty, de Marc qui avait retrouvé le sourire, en ce jour :
Qu'il est beau quand il sourit Misty, tu ne peux pas savoir ! Mallory rougit soudain, comme prise de regret d'avoir donné une nouvelle forme à ses émotions toutes fraîches.

Misty comprit mais fit semblant ne pas entendre.

Je te laisse mon Papa Yohann, sois bien gentille avec lui, il m'a dit qu'il a invité ma maîtresse à dîner, oui Claire, tu la connais, elle est venue ici prendre l'apéritif l'autre soir quand on est allé tous les trois manger au restaurant avec Papa. Elle est jolie, tu ne trouves pas, et qu'est-ce qu'elle est douce ! Je ne sais si je l'aurai l'année prochaine à l'école, mais c'est vraiment une bonne maîtresse, ça il n'y a pas de doute ! Je crois que Papa l'aime bien aussi, et tu ne sais pas, je vais te dire quelque chose, s'il doit y avoir une autre femme pour lui, je préfère que ce soit Claire, qu'en dis-tu Misty ?

Cette fois Misty avait bien entendu, et miaula d'un signe d'acquiescement, et se leva sur ses pattes pour s'étirer et montrer combien tout cela lui faisait bien plaisir.

2 - *Un dîner peu ordinaire*

La soirée était clémente, à Vigny, il serait donc possible de dîner sur la terrasse de ce restaurant appelé « Aux milles chemins [21]. »

Yohann aimait bien ce restaurant, il y allait souvent avec Mallory. Il avait décidé de réserver à nouveau ce soir une table pour lui et Claire, qui le connaissait déjà, puisqu'ils y étaient venus tous les trois avec Mallory fin juin. Le cadre était chaud, et les « mille chemins » n'étaient autre qu'un symbole représenté par la diversité des plats provenant de pays différents comme pour montrer la non unicité de l'être et implorer la tolérance due à cette différence logée en chacun de nous.

Yohann connaissait bien le patron et demanda une table « tranquille » à la terrasse.

Claire emboîta le pas sachant qu'elle était suivie de très près par Yohann. Elle ne pensait pas qu'un jour, cet homme l'aurait invitée dans ce beau restaurant. Le dîner avec Mallory aurait dû s'arrêter là.

Claire se souvint de Mallory, un peu avant la fin de l'année, qui insista pour la voir en fin de cours, en lui tendant une enveloppe.

- Qu'est-ce que c'est Mallory ?
- Un petit mot de mon Papa, il voudrait vous remercier pour tout, et qu'on aille tous les trois manger au restaurant ensemble avant les vacances.
- Non, ce n'est pas vrai. En disant cela, Claire sentit ses mains trembler, et son cœur chavirer, ce qui la réveilla de sa torpeur habituelle.
- Si, je vous assure c'est vrai, alors vous êtes libre ce samedi qui vient ?
- Heu, oui je crois,
- Alors, on peut réserver ?
- Oui, c'est gentil, mais….

Mallory avait déjà filé, et Claire se mit à lire le petit mot écrit d'une main d'homme, douce sûrement à caresser. L'écriture était noble et montrait une certaine assise, une forte détermination, et de grandes qualités humaines se dévoilaient tout au long de sa lecture empressée.

---
[21] Nom inventé de toutes pièces

Et puis, Yohann l'avait rappelée l'autre jour, en lui demandant de venir ce soir, pour fêter les vacances, comme il avait dit.

Cela devenait très compliqué pour Claire dont la fragilité avait dû être sans doute déjà décelée par cet homme à qui rien n'échappait.

Elle avait pourtant décidé d'être jolie dans son ensemble rouge, son petit haut très sobre, mais tellement seyant, qui laissait découvrir des épaules rondes et entrevoir un généreux décolleté.

Une fois installés, Yohann et Claire prirent le menu que le garçon leur présentait, et ils choisirent parmi ce qui leur était proposé.

Claire se sentait énormément nerveuse, et avait peur de dire des bêtises, de ne pas être à la hauteur, elle laissait le plus souvent Yohann parler. Il saurait quoi dire, elle en était sûre.

Yohann feignait de ne pas voir ce qui « tourmentait » la jeune femme et restait simple pour détendre l'atmosphère.

Ils étaient seuls, et ils apprenaient à se connaître et à s'émerveiller de l'autre.

- Vous avez prévu quelque chose pour les vacances, Claire ?
- Heu ! Oui, je pars en Vendée, début août, où j'ai de la famille pour trois semaines, après je reviens pour préparer mes cours, j'ai toujours aimé la mer.
- Ah oui ! Moi aussi j'aime la mer, cette force inépuisable me fascine.
- En fait, j'aime la mer pour ce qu'elle est, cette fusion entre l'horizon et l'eau pour ne faire plus qu'un, me remplit d'une joie indescriptible.
- C'est vraiment quelque chose, ce phénomène, il y aurait tant à dire, n'est-ce pas ?
- Oui, je dois dire, que j'ai souvent été inspirée par ce mouvement imperturbable des vagues qui symbolisent le temps immuable qui passe, et devant lequel nous n'y pouvons rien.
- On dirait que vous parlez comme vous écrivez ? Vous écrivez, peut-être ?
- Oui, cela m'est arrivé, j'ai un réel engouement pour les mots. Ils détiennent un certain pouvoir, ils vous autorisent à

- comprendre et réaliser le ressenti.
- Vous avez raison, cela permet de ne pas glisser vers un malentendu, même avec soi-même, je pense.
- C'est cela, les émotions sont retranscrites et analysées, ce qui donne une nouvelle couleur aux choses.
- Vous devez bien écrire !

Les mots lui brûlaient la bouche mais il ne voulait pas la brusquer, il aurait tout donné pour pouvoir lire ces lignes dotées d'une résignation inavouée, mais il ne pouvait le dire encore, cela aurait pu paraître déplacé ou elle aurait sans doute pensé qu'il se moquait d'elle.

- Je ne sais pas, mais les gens qui me lisent, aiment ce que je fais, car je suis convaincue avant d'être convaincante, je pense ce que j'écris.
- J'en suis sûr.

Là-dessus, le garçon s'approcha d'eux pour prendre leur commande. Et ils reprirent leur conversation interrompue de ce fait.

- Et vous, vous partez en vacances ? Demanda-t-elle d'une voix plus audacieuse, comme si elle reprenait confiance en elle.
- Nous partons, première semaine d'août aussi, Mallory et moi, à Annecy, à la montagne pour son asthme, dans un village vacances. C'est la deuxième fois que nous le faisons, et cela semble nous convenir.
- Mais qui s'occupera de votre chat Misty ?
- C'est Emma, ma belle-mère, elle le prend avec elle. Nous avons réservé pour trois semaines aussi, avant Mallory part avec sa grand-mère dans un gîte en Dordogne pour quinze jours, c'est-à-dire samedi prochain. Et je dois avouer qu'elle me manquera beaucoup.
- Je n'en doute pas, Mallory est une petite fille qui a soudain grandi, et qui montre une très forte volonté à faire ce qu'elle doit faire. Elle m'a beaucoup épatée !
- Moi aussi, je pense que ce sont les temps incertains qui vous apprennent à vous débattre de leurs épines. Il le faut, sinon, vous risquez de tomber dans un gouffre aux dents longues qui ne tardera pas à vous ensevelir.
- Comme c'est joliment et puissamment dit !

Yohann regardait cette jeune femme en souriant, tant de détermination et tant de sensibilité le fascinaient, cette fois plus encore que l'autre soir, lorsque Mallory était présente.

- Vous avez les yeux rieurs, Claire !

Elle ne sut pas comment réagir face à cette remarque, qu'elle prit en fait pour un compliment.

- Ah ! Vous trouvez ?
- Oui, on ne vous l'a jamais dit ?
- Non, pas vraiment.

Claire parvenait avec mal à se détendre, mais peu à peu, elle se sentit mieux, et ne regrettait pas d'avoir parlé de sa passion dévorante, autre que celle des enfants, elle savait qu'elle serait comprise, cette fois. Elle repensait à ses poèmes et ses nouvelles qui abondaient d'une fatalité avancée, mêlée d'un profond chagrin, cependant jamais refoulé. Elle savait aussi qu'elle devait subir ce sentiment tenace, qui l'oppressait de façon perpétuelle, cette colère tangible, tapie au fond d'elle, qui attendait sa prochaine victime pour mieux l'étouffer.

Durant cette soirée paisible, il y avait aussi ces non-dits au bord de leurs yeux envoûtés par l'autre.

Claire se rendit compte que Yohann la regardait, elle rougit immédiatement, ce qui rendait ses yeux plus pétillants encore.

- Ah ! Voici votre assiette Claire !
- Merci Yohann.

Elle sentit un poids dans son estomac nauséeux. Elle réalisa que c'était la première fois qu'elle l'appelait par son prénom, alors que lui, l'avait souvent fait, la faisant sursauter à chaque fois.

- On pourrait peut-être garder contact durant cette période d'août, on peut se téléphoner ou s'écrire, qu'en pensez-vous Claire ?
- Oui, ce serait gentil d'avoir des nouvelles de vous…, de vous deux, je vous donnerai mon numéro de téléphone chez mes parents, le portable ne passe partout dans cette région.

Yohann se rendit compte que Claire devait se sentir bien des fois seule, et il s'engagea à changer les choses tout à coup.

A un moment de calme, Yohann aperçut dans la chaleur de cette nuit sèche, qu'une goutte de sueur perlait dans son cou. Claire ne put soutenir ce regard insistant, elle baissa aussitôt les yeux, comme une petite fille prise en faute.

Le dîner passa très lentement, laissant à chacun le loisir de le fixer dans leur mémoire troublée.

Yohann raccompagna Claire chez elle, qui perdit toute sa confiance, soudain, comme si une mouche l'avait piquée, elle n'arrivait plus à parler, tout son corps était en effervescence.

Yohann le sentit, et n'insista pas, il lui prit néanmoins sa main froide, ce qui la fit immédiatement frissonner.

- Claire, je voudrai vous revoir, vous le savez ?
- Oui Yohann, moi aussi.

Il l'attira à lui tout doucement, et elle se réfugia dans ses bras tendres prêts à l'accueillir, ses lèvres brûlantes prirent les siennes dans une étreinte passionnée, et Claire se laissa glisser vers un absolu insoupçonné, le temps incertain d'un baiser non volé.

Manon Comas

3 - *Un sentiment dévoilé*

Yohann rentra chez lui, accablé brusquement par un fardeau qui n'était pas le sien. Comme il aurait voulu ne pas quitter Claire, si belle, si douce mais si forte à la fois !

Le lourd poids de ces années de solitude après le départ de Julia, l'avait fait glisser dans un mensonge qu'il se faisait à lui-même. Il survivait, pour Mallory, faisant tout pour elle, mais son cœur se rongeait, il ne pouvait l'admettre tout à fait. Ces heures passées sans plus personne à ses côtés, le rendaient extrêmement perplexe quant à son avenir en déroute.

Claire lui rendait cette force oubliée depuis si longtemps, son sourire lui inculquait les principes fondamentaux pour retrouver le chemin d'un bonheur simple, celui qu'il aspirait depuis ces lustres pauvres en évènements.

Rien que le fait de penser à la jeune femme, lui procurait un bien inavouable, et il sentait ce doux poison se déverser dans son corps encore frileux.

Non, elle n'était pas dupe, elle avait bien compris, ces regards, ces sous-entendus, et ce baiser représentait bien ce qu'ils ressentaient tous deux, une force mystique les enlaçant, pour mieux les désemparer devant un tel sentiment !

Non, elle n'était pas insensible à Yohann, qui se montrait toutefois patient, c'était le genre de choses que l'on ressentait aux premiers abords. Mais était-elle si timide ou était-ce lui qui la rendait timide ou nerveuse peut-être ? Yohann sentit que le mystère qui entourait Claire devait être percé, car cela lui faisait perdre pieds, ce qui était inacceptable. Ce qu'il voulait, c'était qu'elle restât comme il la connaissait, sûre d'elle, comme dans le bureau du directeur, l'autre jour. Yohann appréhendait le secret de Claire, et voulut l'accompagner afin que cette douleur, quelle qu'elle fût, s'évaporât afin de ne plus la nuire. Il se le promit, comme il se promit de parler à Mallory de cette étrange rencontre, qui avait fait de lui un homme heureux, brusquement.

***

Claire se sentit toute légère dans son petit appartement, mais toute peureuse aussi.

Quel pouvait dont être cet avenir qui pesait sur elle soudain ?

Cela n'avait pas de sens. Un homme comme Yohann attiré par elle ! Elle ne comprenait pas ce qui se passait, tout arriva tellement vite. Et puis, il ne la rappellerait pas, c'était certain. Il avait bien compris qu'elle était terriblement idiote face à lui, ce qu'il fallait à cet homme, c'était une femme sûre d'elle, qui l'épaulerait dans le quotidien.

Elle se trouvait ridicule, et cela la plongeait dans une profonde mélancolie. Elle aurait tellement voulu lui plaire, car elle se délectait à retrouver, de plus en plus souvent, son visage si bienveillant !

Qu'était-ce cela ? Si son esprit errait vers le souvenir de ce baiser échangé, elle en frissonnait de plaisir, ses lèvres posées sur les siennes étaient d'une tendresse oubliée, d'une douceur sans pareil. Elle n'avait jamais ressenti une telle prédisposition. Un jour différent lui avait fait signe, n'attendant qu'elle.

Elle s'assit dans le canapé, toute bizarre, un vent frais venait de l'effleurer, elle se sentit pousser des ailes, comme on dit, heureuse un bref instant.

Et puis, ses idées voguaient vers le doute envahissant des jours d'incertitude.

Et si lui aussi, avait décidé de s'installer dans l'infamie la plus grotesque, pour mieux se réjouir de cette perversion ?

Et si lui aussi, voulait la duper en revêtant cet habit de misère immonde, qu'elle avait tant rencontré durant toutes ces années de tromperie les plus infâmes ?

Elle se sentit brusquement fiévreuse, elle fut prise d'une migraine la secouant comme pour la rappeler à l'ordre, que tout cela n'était que vanité, que les hommes agissaient sous le feu de leur fourberie.
Non, elle se protégerait cette fois, elle ne laisserait aucune idylle s'immiscer entre eux, afin d'éviter toute brèche dans sa chair définitivement mutilée.

Mais elle savait que sa raison ne lui répondait pas ou plus, et que ce jeu, dépourvu de règle à présent, serait ardu et que vraisemblablement, elle ne ressortirait pas vainqueur de cet assaut des non moins tumultueux.

Il y avait quelque chose de touchant dans cette femme qui avait renoncé à sa sensualité, en faisant abstraction de ces hommes qu'elle jugeait corrompus, c'était un fait, elle n'avait plus confiance. Elle ne voulait plus y croire pour ne plus souffrir. Elle se souvenait trop bien de ces peurs inscrites dans son corps piégé.

Claire n'aimant pas ou plus l'amour, et ce depuis longtemps, elle s'était égarée dans une libido quasiment inexistante qui pouvait s'émouvoir quelque peu dans un corps presque totalement endormi, à l'unique pensée de l'homme qui la troublait tant.

Combien de désillusions l'avaient noyée dans un chagrin foudroyant difficilement oubliable ?

Néanmoins, n'était-il pas hélas déjà, trop tard ? Claire, dotée d'un charme certain, dont elle avait perdu conscience, discernait que Yohann était différent. Elle désirait ardemment expérimenter avec lui, bien sûr l'amour, celui qui peut tout guérir, mais cela supposait en subir ses affres, les plus mordants mais les plus analeptiques également !

Qu'était-ce donc ce sentiment étrange qui la bouleversait au point de mettre en péril tout son être ? Il était temps d'oser se l'avouer. Elle aimait Yohann pour tout ce qu'il représentait pour elle : un rayon de soleil matinal chauffant un cœur brisé par les vagues d'un océan violent et la perspective enjouée d'une vie différente ?

Elle l'avait remarqué quand il venait au rendez-vous qu'il lui avait fixé pour parler de la petite, durant ces moments-là, elle était effrayée de soutenir son regard vert mais obstiné. Ce qu'elle ignorait, c'est que lui aussi l'avait remarquée, et ce depuis longtemps !

Elle se disait que c'était peine perdue de s'imaginer ces choses, qu'il valait mieux tout arrêter, car pour Claire, l'unique pensée de Yohann la réveillait de sa torpeur d'enfance bafouée, pour devenir une femme…. Enfin !

Au milieu de ses nuits de plaisir inassouvi à l'espérer, elle sombrait dans un sommeil agité où il viendrait la sauver, malgré elle !

4 - *Avant les vacances*

Le soleil avait décidé de séjourner dans cette petite ville, et plus rien d'autre ne comptait.

Il est vrai que la chaleur était présente ou pressante, mais une bise légère apportait sa touche de bien-être, comme une respiration qui a enfin trouvé son chemin, et son rythme régulier.

Mallory, très consciencieuse faisait une liste de ce qu'elle devait emmener en vacances avec Emma en Dordogne. Il ne fallait rien oublier, elle prendrait son petit carnet sur lequel elle avait inscrit les phrases clés entendues durant ses séances de sophrologie. Emma lui avait promis de ne pas omettre de pratiquer de temps à autre, pour permettre au corps de se relaxer. Mallory en sourit d'avance.

Le téléphone sonna, et Isabelle prit l'appareil :

- Allô ! Oui, Ah ! Bonjour Marc, tu vas bien ?
- Oui merci Isabelle, est-ce que tu crois que je peux venir passer l'après-midi avec vous ?
- Bien sûr, Mallory prépare ses affaires, il n'y a pas de souci, tu veux que je vienne te chercher !
- Non, ma grand-mère veut bien me déposer en voiture chez Mallory.
- Alors à tout de suite.

Isabelle, sourit. Elle était contente de revoir Marc avant ses vacances. Comme il avait changé ! Il n'était plus le petit garçon qui l'avait tant effrayée devant l'école, l'autre jour. Mallory avait été formidable d'avoir réussi à le protéger.

Elle se dirigea vers la chambre de Mallory qui avait déposé ses affaires sur son lit pour mieux se rendre compte de ce qu'elle devait prendre.

- Marc vient d'appeler, il arrive, dit Isabelle, qui lut dans le visage de Mallory un plaisir incommensurable.
- Génial, il faut que je lui demande comment va son père, et que je lui donne mon adresse, il m'écrira, non ?
- Ça tu le lui demanderas.

Une demi-heure plus tard, Marc frappa à la porte, le sourire aux lèvres. Il fit une caresse à Misty, qui le lui rendit bien, et s'installa dans la chaise devant le bureau de Mallory.

- Il fallait que je te dise, mon père m'a appelé, il va bientôt sortir de sa cure de désintoxication, les médecins sont très contents, et ils ne voient pas pourquoi ils le garderaient plus longtemps.
- Ah ! Très bien, tu connais la date ?
- Non, pas encore, mais c'est sûrement bientôt.
- Dis, si je te donne mon adresse, tu m'écriras ?
- Oui, bien sûr !
- Tiens-la voilà ! Chalets de Dordogne, N° 5, 47850 Pierac [22]. Tu pars quand Marc en vacances ?
- Début août, on part avec ma mère et mes grands-parents maternels en Bretagne dans un camping, on sera dans un mobil-home. Je te donnerai l'adresse demain.
- Ça doit être bien un mobil-home !
- Oui, on dirait une maison de poupée, j'irai me baigner aussi, même si l'eau est froide.
- J'aime bien la mer aussi, mais cette année, je retourne à la montagne, en village vacances, à Annecy, en Haute Savoie.
- La montagne c'est beau !
- Oui c'est vrai.

Isabelle frappa à la porte pour demander aux jeunes s'il voulait goûter. Mallory regarda Marc, elle attendait sa réponse avec impatience. Non, tout cela n'avait été qu'un mauvais rêve, pour Marc, manger n'était plus un vrai problème, au contraire, peu à peu, son appétit revenait, et il semblait en profiter.

- Tu as fait un gâteau, Mallory ?
- Non, c'est Isabelle, et qu'est-ce qu'il est bon !

Les deux enfants sortirent de la chambre, et Misty, lasse de tant de repos, se leva et détendit ses muscles endormis, et trouva le moyen de se rassasier elle-aussi.

L'après-midi passa très vite, et laissa un merveilleux souvenir suspendu dans l'air clément.
Marc et Mallory parlèrent beaucoup de leurs vocations avec Isabelle,

---

[22] Nom inventé de toutes pièces, tout comme le restaurant.

qui leur donna quelques indications sur le cursus à suivre.

C'était fou tout ce qu'elle savait, et cela impressionnait toujours Marc.

Isabelle serait bientôt en vacances, elle partait avec des amis en Auvergne, où ils avaient loué une petite maison au calme, elle savait qu'elle pourrait apporter ses cours, et réviser encore et encore, car octobre prochain, elle devait s'inscrire en maîtrise de droit, et son sujet de mémoire était justement sur des cas précis arrivés à de jeunes enfants.

Elle savait aussi que Marc et Mallory lui manqueraient jusqu'en septembre, mais c'était comme ça. On n'y pouvait rien. Elle se disait qu'elle aimerait que leurs routes ne fussent jamais barrées, qu'elle voudrait tout bonnement garder contact avec ces jeunes gens le plus longtemps possible, mais cela faisait partie du mystère de la vie. Les chemins se croisent et se décroisent et parfois, il était triste de ne plus voir les gens auprès de qui on se sentait si bien.

Elle tâcherait de s'en souvenir !

5 - *Une petite discussion*

Yohann rentra de son travail vers dix-huit heures trente. Mi-juillet était une bonne période pour lui, car il y avait moins de travail. Il aimait rentrer tôt pour retrouver Mallory qui saurait lui raconter toutes ses journées si bien remplies.

- Bonjour Isabelle, Vous allez bien ?
- Oui, merci Monsieur Michel, nous avons eu la visite de Marc, sa grand-mère l'a accompagné. Et….
- Il a mangé deux morceaux de gâteaux Papa !
- Non, c'est merveilleux ça, viens dans mes bras que je t'embrasse !

Mallory sauta dans les bras de son père, qui l'accueillit avec toujours autant d'amour.

- Isabelle, j'ai pris deux jours de congés, demain et lundi, donc si vous voulez vous occuper de vos affaires avant les vacances !
- Ça tombe bien, j'ai pas mal de détails à régler avec mon assurance-voiture avant mon départ pour l'Auvergne.
- Voilà une bonne chose.

Isabelle prit ses affaires et sortit de l'appartement, satisfaite de sa journée, elle était vraiment enchantée de faire ce «job». Mallory était très mignonne et Monsieur Michel lui était très reconnaissant pour tout ce qu'elle faisait pour Mallory et il la rémunérait bien pour ce travail. Et puis, cela faisait si longtemps qu'elle s'occupait de la petite, « comme une petite mère », on aurait pu dire qu'elles étaient comme deux sœurs, elles n'avaient qu'une douzaine d'année de différence, après tout.

- Alors qu'as-tu fait de ta longue journée ?
- Je me suis levée à neuf heures, j'ai préparé les affaires que j'emmène avec Grand-Mère.
- Ah ! Oui !
- Montre-moi cela !

***

Le dîner était très bon, Yohann savait rendre son invitée, Mallory, gourmande et ses plats délicieux. Mallory le regardait faire en se promettant d'en faire autant, prochainement.

- Mallory, il faut que nous parlions avant que tu t'en ailles.
- Oui, bien sûr !
- Eh ! Bien, tu sais, je crois que je suis tombé amoureux d'une femme.
- Non, ce n'est pas vrai, dit Mallory qui savait combien son père souffrait de cette solitude laborieuse.
- Je la connais ?
- Avant de me demander cela, tu pourrais me demander comment je l'ai connue ou comment elle est, non ?
- Si tu veux.

Mallory n'ignorait pas que son père « faisait durer le plaisir », et voulait garder intacte le mystère entourant cette jeune femme le plus longtemps possible.

- Alors, comment elle est ?
- Pour moi, elle a beaucoup de charme, elle est belle, disons-le, une grande personnalité
- Est-ce qu'elle aime les enfants ?
- Si elle aime les enfants, Yohann allait dire, « c'est toute sa vie », mais se ravisa. Oui elle les aime beaucoup, ne n'inquiète pas pour ça.
- Est-ce que je vais la voir bientôt ?
- Oh ! Oui, il n'y a pas de doute là-dessus.
- Allez Papa, dis-moi en plus, tu gardes tout pour toi !
- Je vais te dire, je me suis aperçu qu'il devenait de plus en plus difficile d'envisager de vivre sans elle, je la vois partout, je voudrais qu'elle vive des moments avec moi, avec nous, j'ai mal chaque fois que je dois la quitter.
- Elle le sait que tu …
- Non, pas vraiment, mais à l'heure actuelle, elle doit s'en douter, la façon dont je la regarde et je lui parle.

Mallory sourit de tant de bonheurs simples et prometteurs, à vivre tout doucement, son père avait trop enduré les sévices d'une plaie difficilement refermable. Il fallait que ça arrivât un jour ou l'autre.

Elle aussi savait comment, dans son cœur, cela faisait quand on aimait quelqu'un, mais aujourd'hui, ce n'était pas de son secret dont il s'agissait.

Elle regardait son père, et se réjouissait qu'il soit si bel homme, avec ses yeux verts dont elle n'avait pas hérité. Elle avait les yeux de sa maman, preuves parlantes de son portrait. Il est évident que cette femme ne pouvait pas résister longtemps à cet homme si doux, si compréhensif, si…

- Tu vois Mallory, je pense que je vais l'inviter avant les vacances et que je vais lui faire ma déclaration.
- Tu vas lui faire une vraie déclaration ? Comme dans les films ?
- Non, pas tout à fait, à ma façon, je vais lui dire, que ce n'est pas un hasard qu'on se soit rencontré.
- J'aimerais la connaître, Papa !
- Tu l'as connais, Mallory.
- Non, ce n'est pas une dame dans ton travail ?
- Non, dit-il en secouant la tête.
- Alors, réfléchit Mallory, Je ne vois qu'une solution
- Laquelle ?
- C'est Claire, mon institutrice ?
- Oui, Mallory, c'est elle, et c'est aussi simple que ça !
- Oh ! Papa, c'est merveilleux, dit la petite fille l'entourant de ses bras.
- Tu trouves toi ?
- Oui, je l'adore, elle est géniale, et puis, je la connais, et elle me connaît.
- Qu'en penses-tu ?
- Je suis contente, contente, contente.
- Pourrais-tu garder ce secret ?
- Oui, tu le lui diras toi-même !
- Oui, je préfèrerais le lui dire.

Là-dessus, Yohann et Mallory allèrent se coucher, avec dans le cœur le son d'une douce mélodie qu'ils venaient de réentendre pour la première fois, après le tumulte de ces années comblées par un silence écorché dont les bribes commençaient seulement à s'envoler.

6 - *Le revers d'un monde moins hostile*

Bastien se leva ce matin, moins courbatu, et très aérien. Il se prépara pour aller petit-déjeuner, il avait rendez-vous vers neuf heures trente avec le psychiatre qui le suivait, le docteur Auloup.

Le miroir lui renvoyait cette fois l'image d'un homme différent, enclin à s'ouvrir sur le monde, une nouvelle étincelle se lisait dans ses grands yeux, il avait enfin repris confiance en lui, et devenait enfin le maître de sa destinée.

Il se remémorait son acharnement à faire bien les choses, et ce jusqu'au bout.

C'était en début de semaine. Il en avait assez de vivre sur des malentendus, il s'était longtemps préparé à toute éventualité. Mais ce qu'il voulait faire, il devait le faire, mais auparavant, il lui était impossible, ne serait-ce que de l'envisager.

Assis sur un banc dans le parc, quelque peu fleuri encore, il réfléchissait, puis d'un coup, il se leva, et se dirigea vers la salle des téléphones. Il saisit sa carte et l'introduisit dans l'appareil. Il composa un numéro. Au bout, quelqu'un lui demanda ce qu'il désirait, il l'expliqua. Il dut attendre encore quelques minutes. Soudain, une voix connue, et rauque prit l'appareil et dit :

- Oui ?

Bastien, la gorge nouée, trouva le moyen de dire :

- C'est moi, bonjour,
- Bonjour, Bastien, je sais ce que tu as fait, et je voulais te dire que je trouve ça très bien.
- Merci Papa.

***

Quand la raison nous fuit, que devient notre discernement ?

Son cœur volait en éclats de joie, ce jour exceptionnel lui avait enfin souri, quelque temps auparavant, il n'aurait jamais pu faire ce genre de démarche.

Etait-ce la vie qui lui souriait ou lui plus apte à la comprendre ?

Bastien, l'homme, dont l'âme s'était effacée de son corps, reprenait ses couleurs initiales, et une forme plus humaine venait de se profiler.

Que dire, si ce n'est qu'il n'est jamais trop tard pour tenter de changer les choses, et qu'il est possible de réparer ses erreurs.

En fait, tout homme a le droit de rédemption, illuminé par la délivrance tant attendue de ceux que sont les siens pour le sauver. Il se sentait prêt à combler tout ce temps perdu.

Son visage, autrefois brumeux, respirait enfin. Quelque chose venait de l'animer. Avec l'accord de son médecin, il avait diminué de plus de moitié ses médicaments puissants, et ne voulait surtout pas les reprendre.

***

A neuf heures trente, il entra dans le bureau du Docteur Jean-Pierre Auloup, responsable de l'équipe des médecins depuis plusieurs années.

Le Docteur Auloup donnait l'impression d'être un homme juste, et son ton chaleureux lui avait souvent valu la préférence de certains patients.

Il savait discerner les qualités humaines, souvent pulvérisées en éclats, et lui, comme tout sorcier de l'âme savait leur rendre leur forme.

- Bonjour Monsieur Olivier.
- Bonjour Docteur.
- Comment allez-vous ce matin ?
- Bien, très bien, de mieux en mieux.
- Tant mieux, et c'est bien ce que je pensais.
- Ah ! Oui ? Cela se voit tant que ça ?
- La joie, tout comme la tristesse se lisent sur les visages, Monsieur Olivier, même si on veut cacher ses sentiments, les autres arrivent à les débusquer tôt ou tard. Je vois que vous

avez fait un grand chemin depuis votre arrivée, est-ce que je me trompe ?
- Non, c'est vrai, j'ai pris conscience de beaucoup de choses, et je veux réparer mes erreurs. Vous savez que j'ai appelé mon père ?
- Non, je ne le savais pas, est-ce que cela faisait partie d'un de vos projets ?
- Il fallait que je sache, et comme je vais au bout des choses, je l'ai fait.
- Et je vois que le résultat obtenu de cette démarche vous procure plus de joie que vous ne l'aviez escompté ?
- Oui, ça s'est bien passé.
- Je vais vous dire quelque chose, Monsieur Olivier, vous êtes très volontaire, il n'est donc pas nécessaire que vous restiez plus longtemps dans cet établissement.
- Que voulez-vous dire ?
- Eh ! Bien, que vous pourrez nous quitter d'ici un mois ou six semaines maximum.
- Déjà ?
- Oui, vous nous avez montré que votre détermination est des plus présentes, et que quand vous voulez quelque chose, vous vous donnez les moyens de l'obtenir.
- C'est vrai, mais pendant de longues années, je ne voulais plus rien, vous savez !
- Le passé est loin derrière vous, ce qui nous intéresse, c'est désormais un présent souriant qui vient à votre rencontre.
- C'est super, je rentre chez moi ?

A cette idée, il eut un petit pincement de cœur, son placard l'attendait mais lui ne voulait plus en entendre parler, il aurait un autre appartement plus convivial, et mieux pour accueillir Marc quand il viendrait passer le week end avec lui. Tout devenait plus facile tout à coup et prenait un ton tellement plus enjoué.

- Il va sans dire, qu'il ne vous faut pas une goutte d'alcool, Monsieur Olivier, quand je dis pas une goutte, c'est pas une goutte.
- J'ai bien compris, je dois dire que cela m'écœure plutôt.
- Je ne dirai pas tant mieux, mais c'est tout comme, nous nous sommes compris, aussi continuez vos séances quand vous serez chez vous avec un bon psychiatre, tenez, je vous en recommande un qui se trouve près de chez vous, qui est bon,

c'est le Docteur Chatel.
- Oui, Docteur, merci
- A très bientôt, en attendant, je vous reverrai la semaine prochaine, à la même heure si vous voulez.
- D'accord, Docteur.

Là-dessus, Bastien se leva et se dirigea vers la sortie, vers la salle des téléphones et décida d'aviser Marc de son prochain retour.

Combien il aimait son fils, c'était si beau, et si douloureux à la fois !

Son esprit voguait vers ses anciennes idées furieuses, celles qui nous offensent quand notre corps las de répondre à un tel châtiment prend sa revanche.

Il aura fallu qu'une dernière étincelle attise quelques braises pratiquement éteintes en Bastien, pour lui donner une autre chance. Une autre vie lui tendait les bras d'où il puiserait une énergie nouvelle, un espoir peu commun, celui-là même qui l'avait profondément blessé, il y avait bien longtemps, faisant déjà partie d'un cauchemar qui, soudainement, n'était plus terrifiant.

7 - Un petit au revoir

Mallory ouvrit ses rideaux de chambre vers huit heures, radieuse d'avoir si bien dormi.

Misty devait sentir que quelque chose se passait car elle ne se levait pas comme d'habitude, et faisait la sourde oreille.

Elle n'aimait quand la petite s'en allait, elle l'aimait tant, c'était sa petite maman, celle qui avait tant insisté pour l'avoir auprès d'elle, ça elle le l'oublierait jamais.

Elle sentait que Yohann était différent, prenait un ton joyeux quand il parlait, et le félin avait discerné un halo dans ses yeux, ce qui leur donnait une couleur presque étrange.

Mais Misty n'avait pas besoin de réfléchir, tout était clair pour elle.

Mallory finissait de ranger sa chambre de manière imperturbable, quand la porte s'entrouvrit.

- Ah Papa, tu es réveillé !
- Je n'aurais pas manqué ton départ pour rien au monde.
- Je t'ai préparé ton petit déjeuner, c'est prêt dans la cuisine.
- Merci, tu es mignonne. J'irai tout à l'heure, je préfère rester avec toi ces quelques moments encore.
- A quelle heure arrive Grand-Mère ?
- Vers neuf heures, il me semble.
- Nous avons du temps.
- Il vaut mieux éviter les facteurs de stress quand on peut.
- Oui, c'est vrai, dit la petite en souriant.
- Viens me voir.

Mallory lâcha tout ce qu'elle avait dans ses mains et courut se blottir dans les bras de son père, ce qui lui procura toute la chaleur demandée durant ces instants de pure beauté.

Misty ne décollait toujours pas de son fauteuil, au moins ils ne m'oublieront pas, se disait-elle. C'est vraiment malin un chat !

- Tiens on a frappé à la porte !

- Ça doit être ta grand-mère.
- Elle est à l'heure !
- Il n'y a pas plus ponctuelle qu'elle !

Yohann alla ouvrir la porte, et c'était bien Emma qui l'accueillit avec un grand sourire. Elle adorait partir en voyage d'une part et en vacance avec sa petite fille. Elles allaient souvent se balader dans les petites villes faire du shopping, visiter les différents musées et tout ce qu'on aime quand on est en vacance.

Leur emploi du temps semblait déjà chargé avant que ne commence ce nouveau périple.

- Bonjour Yohann.
- Bonjour Emma, comment allez-vous ?
- Bien, très bien. Elle est prête Mallory ?
- Oui, elle vous attend dans sa chambre.
- Alors, j'y vais.

Emma vit en entrant une chambre très ordonnée, dans laquelle rien ne traînait.

- On peut entrer ?
- Grand-Mère, tu es là ?
- Et oui, tu es prête ?
- Bien sûr, dans quelques secondes. Je crois que Papa t'a préparé un petit café.
- Tu crois ?
- C'est sûr.
- C'est gentil.

Effectivement dans le salon, deux tasses de café étaient posées sur la table.

- Merci Yohann.
- Je vous en prie Emma.

Mallory savait que son papa voulait parler à sa grand-mère, donc elle les laisserait tous les deux sans interférer.

Yohann déchargea avec rapidité et douceur son cœur, parlant

de Claire comme une rencontre potentielle, qui elle était pour lui, pour Mallory. Emma le dévisagea, c'est vrai qu'il était plutôt beau garçon et cela aurait été du gâchis s'il n'avait rencontré personne, comme ces deux années de deuil sombre qui venaient de s'écouler, survivant, parce qu'il le fallait et non parce qu'il le voulait. Emma était plus que consciente que Yohann, depuis trop longtemps avait abandonné les sols doux à fouler, et voulait qu'il soit heureux enfin.

- J'ai hâte de rencontrer votre nouvelle amie, Yohann, je suis vraiment très contente pour vous. Il était temps pour vous d'avoir une autre vie. Si cette jeune femme est aussi bien que vous me la décrivez, je pense que vous êtes sur la bonne route.
- Merci Emma, je savais que vous comprendriez !
- Cela me semble évident !

Mallory sentit qu'elle pouvait sortir enfin de sa chambre. Quant à Misty, elle semblait sourire, c'était fou comme depuis un moment, elle ressentait toutes ces ondes positives, ce qui la rendit encore plus affectueuse avec ses maîtres.

Une fois partie Mallory, Yohann éprouva une grande solitude peser sur lui, il prit ses clefs et sortit.

8 - *Vacances improvisées pour Marc*

Les grands-parents maternels de Marc, en fait, lui proposèrent de partir quelque temps dans leur petite maison de campagne, située en Normandie. Il est vrai que pour ces gens, c'était un vrai miracle de voir leur petit-fils de nouveau rieur, sachant s'occuper, et surtout d'avoir quitté son air profondément émouvant dont l'affliction réelle pouvait se lire sur son visage désormais épanoui.

Depuis qu'il se nourrissait, c'était un vrai plaisir de le voir ainsi. Il faut dire que les derniers temps ses grands-parents ne prenaient plus Marc, cela devenait trop compliqué, ils ne voulaient ou ne pouvaient pas prendre la responsabilité de le voir dépérir ainsi.

Marc les avait toujours aimés, mais depuis qu'ils étaient à la maison avec sa maman, il avait réappris à les connaître et pouvait enfin parler avec eux, c'était en fait une renaissance pour chacun d'entre eux.

Il est vrai que depuis que Véronique avait décidé de rompre avec Pierre-Eric, elle n'était plus la même femme. Il ne devait pas être bon pour elle non plus, non pas bon du tout !

Marc préparait sa valise pour ces petits congés auxquels il aspirait, car cela devait faire bien longtemps qu'il n'avait eu la possibilité de se reposer vraiment, compte tenu des circonstances lourdes qu'il avait dû endosser.

Tout en poursuivant ses activités, il pensait à Mallory. Il savait qu'elle partait en Dordogne ce matin avec sa Grand-mère Emma, dont il avait beaucoup entendue parler.

Marc adorait penser à Mallory, il l'adorait tout simplement. Elle était tellement merveilleuse, et ce n'était sans doute pas un hasard que leurs routes s'étaient croisées. Comment une petite fille peut-elle prendre autant de responsabilité ? Elle devait être un ange, car elle diffusait des ondes positives tout autour d'elle et répandait le bien partout et pour tous, tout comme son papa d'ailleurs.

Marc savait qu'il lui devait *tout* entre autres. Mais ce qu'il ignorait, c'était bien grâce à cette petite fille que son papa fut pris en charge pour « guérir », sinon dans quel état il serait à présent. Rien que d'y songer, on pourrait en frissonnait d'horreur. S'il l'avait su, je crois qu'il l'aurait aimée davantage encore.

Marc savait qu'il allait bientôt retrouver son père et qu'il serait un autre homme, différent, il n'y avait aucun doute là-dessus.

Puis, il vit sa maman souriante ouvrir la porte de sa chambre qui ne revêtait plus ses chimères de jadis.

- Alors Marc, tu as fini ? Tu veux que je t'aide ?
- Non ça va Maman, tu ne vas pas t'ennuyer sans moi ?
- Si bien sûr, de toi toujours, mais si je sais que tu es bien, je le suis aussi, c'est ça aimer, on est heureux quand ceux qu'on aime le sont. Qu'en penses-tu ?
- Oui, c'est vrai, dit-il en réfléchissant, comme si sa maman venait de lui verser une vérité qu'il venait juste de comprendre.
- Tu me téléphoneras ?
- Oui bien sûr.
- Alors, tu me fais un câlin ?
- Oh ! Maman, tu es …
- Je suis ta maman, et ne l'oublie jamais.
- Non, je te le promets. Papa vient de m'appeler, il a vu son médecin, et il pourrait sortir dans un mois, un mois et demi !
- Ah bon ! Ça c'est une bonne nouvelle, tu vois tout s'arrange, il faut du temps pour tout.
- Tant mieux ! Je suis si content de partir en vacances, de savoir que Papa guérit et que toi aussi tu ailles mieux, je le sais !
- Tu l'as vu aussi, rien ne t'échappe !
- Non.

Son cœur battait fort dans sa poitrine cette fois, car il semblait qu'il avait du mal à gérer ce flux d'allégresse qui le submergeait tout à coup.

La vie avait décidé de lui sourire, et une étoile chaude s'était dessinée dans ses yeux bleus, toujours bleus, immensément beaux !

9 - *Le temps coule comme un ruisseau*

Claire ne savait plus où donner de la tête et ne savait plus quoi penser d'ailleurs, Yohann l'avait rappelée, oui, quoiqu'elle eût dit, il l'avait fait. Il voulait l'inviter manger chez lui, mais elle préférait qu'il vînt chez elle. Elle ne voulait pas subir l'anxiété oisive qui risquait de la surprendre, elle voulait essayer de tout contrôler, se persuadait-elle.

Elle pouvait prétendre au titre de « cordon bleu », car elle était une excellente cuisinière.

Elle s'affairait dans la cuisine, et le temps paraissait avoir adopté une échelle différente, toutes ces secondes qui s'écoulaient sans vouloir prendre fin vraiment, la rendaient folle, et son ancienne terreur lui montrait son habituel rictus cinglant.

Mais cette fois, elle tenta de ne plus s'en soucier, pour le moment du moins, mais elle n'ignorait pas et c'était inévitable quand la sonnette allait retentir, elle allait redevenir la petite fille qui n'avait pas pu grandir, du fait de l'absence d'amour ressentie durant ces centenaires abattus où elle avait dû franchir sous ses propres tempêtes les cimes les plus hautes.

Son œil était rivé sur la pendule qui poursuivait inlassablement sa course dérisoire, jusqu'au point précis de rencontre.

Partagée entre l'attente qu'elle jugeait longue et les minutes qui s'égrainaient à la vitesse de la lumière, elle s'évertuait à calmer ses émotions trop fortes se déversant en elle, pillant son bonheur, et faisant déborder son anxiété récurrente.

Mais, elle devait préparer ce repas, qu'il ne manquerait pas d'apprécier.

Il était près de dix-huit heures, lorsqu'elle finit. Elle commença à se préparer, sa poitrine ne répondait plus aux échos rapides de ses palpitations, ses mains tremblaient, plus rien n'était à son écoute ou elle n'était plus à l'écoute de son propre cœur désabusé par ces meurtrissures au goût amer traduisant une infâme trahison.

Qu'elle était pourtant jolie ! Son ensemble jean et son petit haut montrant ses formes avantageuses, lui allaient à ravir, et personne n'aurait pu dire le contraire !

Il devait être près de vingt heures, enfin et … la sonnerie de l'entrée tinta.

Elle tressaillit, et alla vers la porte d'entrée.

Elle ouvrit la porte, et dans l'embrasure, Yohann se tenait souriant et plus séduisant que jamais ! Il fallait qu'elle fût confiante, non ? Il était différent, pour sûr.

Il portait un joli bouquet rond de fleurs fraîches, et une bouteille de champagne. Il avait bien sûr remarqué Claire, cela allait de soit, si belle à cette heure éternelle.

- Bonjour.
- Bonjour, comment allez-vous ?

Elle s'effaça pour le laisser entrer, mais au lieu de lui répondre, il s'approcha d'elle et la prit dans ses bras tremblants, ce qui la fit vaciller toutefois.

Il huma pendant une seconde son parfum afin de le garder intact dans sa mémoire active. Il chercha sa joue ardente pour y déposer un baiser qui se propagea au gré d'un vent partageur, et murmura à son oreille attentive ces mots magiques :

- Tu m'as tellement manquée !

Après quelques secondes, qui semblèrent une éternité pour Claire, il relâcha son enlacement et dit, les yeux brillants :

- Mais dis-moi Claire, ça sent très bon ici, qu'as-tu fait à manger ? Je suis curieux, montre-moi, dit-il l'entraînant, et lui prenant sa main.

Il se rendit à la cuisine. Claire, soulagée, s'appliquait, à dominer ses peurs ancestrales, tout doucement, elle ne désirait pas qu'elles ressurgissent durant ces instants mémorables de pure beauté, bénis par les Dieux.

- Tu as vraiment beaucoup œuvré Claire, comment as-tu eu le

temps de préparer tout cela ? lui dit-il en se tournant vers elle, d'un œil admiratif.
- J'aime cuisiner. Quand on aime, tout devient plus facile !
- Tu as commencé quand ?
- En début d'après-midi.
- Non! Si je comprends bien, cuisiner est une autre passion dont tu ne m'as pas parlée l'autre jour au restaurant, pourtant c'était l'endroit idéal.
- Oui, je sais, dit-elle en haussant les épaules d'un air modeste.

Yohann effleurait sa main dans la sienne comme pour mieux sentir le toucher de sa peau frêle.

- Et si on prenait l'apéritif ? Tu veux un peu de champagne ? Demanda Yohann.
- Oui merci. « Non se disait-elle, ne pas boire, il ne faut pas. » Pourtant, elle accepta le verre que lui tendit Yohann. Asseyez-vous, non, assieds-toi, je t'en prie.
- Merci. Je dois te parler Claire, je pense qu'il ne faut plus attendre.
- Vous croyez, heu, tu crois ? S'appliqua t-elle
- Oui, nous nous le devons bien. Bon dis-moi si je me trompe, il semblerait que nous soyons tous les deux attirés l'un vers l'autre, et cela depuis bien longtemps, mais les sentiments se sont déclarés depuis peu, n'est-ce pas ? Yohann observait Claire, assise à l'autre bout du canapé, comme pour se protéger d'un quelconque assaut.
- Oui, répondit-elle presque en souriant.
- Tu sais, Claire, je n'ai pas eu beaucoup de femmes dans ma vie, il n'y a eu que Julia qui ait compté pour moi, jusqu'à aujourd'hui et puis il y a toi à présent. J'aime quand tu es près de moi. J'aimerai faire un long bout de chemin avec toi car j'aime tout en Claire, sauf quand tu prends cet air criblé d'incertitude, tu dois me croire, Claire !
- On se connaît à peine ! « Idiote », se dit-elle, « tu vas le faire fuir ! »
- C'est vrai, mais nous avons tout le temps pour ça, non ? Dit-il en buvant une gorgée de son verre.
- Vous savez… tu sais, moi non plus, je n'ai eu pas beaucoup d'hommes dans ma vie, et, mes …
- Oui….
- Expériences ont été…, et …

Yohann, posa sa flûte, se leva du fauteuil et alla s'asseoir tout près d'elle, et passa son bras autour de ses épaules.

- N'aies plus peur Claire, je vais prendre soin de toi, je te le promets.
- C'est vrai ? Dit-elle en se pelotonnant dans ses bras empressés de la serrer tout contre lui.
- Oui c'est vrai, je vais te donner ce que tu n'as jamais eu jusqu'à aujourd'hui.

Elle se réfugia totalement dans ce havre des plus troublants. Il prit entre ses mains ardentes, son visage et surprit ses lèvres déjà entrouvertes à l'attendre.

Ce baiser reçu eut le même impact que celui qu'il lui avait laissé l'autre soir, quelque chose de nouveau s'installait en elle la faisant chavirer dans une houle tiède et vaporeuse jusqu'à l'inconnu.

- Tu as faim Yohann ? Elle s'étonna du tutoiement rapide et devenu banal.
- Oh ! Qu'oui ! Tu n'as pas fini ta coupe ?
- Heu ! Non, mais je vais la boire, Yohann, il me faut du temps, tu sais. « Comme pour tout », pensait-elle.
- Oui, je sais, répondit-il (comme s'il avait lu dans ses pensées), mais nous avons le temps, n'est-ce pas ?
- Oui c'est vrai !

Puis, ils se levèrent en même temps du canapé, Yohann tenait le bras de Claire comme s'il ne voulait pas qu'elle lui échappe, et ils se dirigèrent vers la table de la salle, dressée avec beaucoup de goût, ce qui le frappa considérablement.

Des bougies se consumaient tout comme leurs cœurs chancelants par la passion, donnant à la pièce chaleureuse, une atmosphère des plus douces.

Ils s'étaient installés à table et leur regard scintillant diffusait une aura de volupté qui les rendaient sereins.
- Tu sais, j'ai parlé de toi à Mallory !
- Déjà !
- Oui. Je suis sûr de moi Claire, et toi, tu veux plus de temps pour réfléchir ?

- Oui, peut-être, tout est si soudain ! Dit-elle brusquement lasse
- Non, cela fait bien trop longtemps. Mais, Claire c'est vraiment très très bon. Qu'est-ce que c'est ?
- Du soufflé au fromage.
- Délicieux !
- Merci. Alors, Elle est partie Mallory ?
- Oui depuis la fin de semaine dernière. J'ai eu déjà des nouvelles, elle est très bien avec sa Grand-Mère Emma, et il fait très beau.

Il saisit un moment, la main de Claire et y posa délicatement ses lèvres ce qui la brûla instantanément.

Claire ne toucha à presque rien, elle ne faisait que semblant, pour se donner une contenance, ce que Yohann remarqua aussitôt.

Il l'écoutait parler, il avait du mal à cesser de la regarder, il la trouvait si charmante, si belle !

Claire se décontractait au fur et mesure que le dîner se déroulait. Elle parlait plus d'elle. Il aimait l'écouter parler, il trouvait qu'elle s'exprimait bien et qu'en fait, il était aisé de penser qu'elle écrivait. Yohann espérait qu'un jour Claire lui ferait lire ses pages nouées d'une profonde tristesse. Un jour peut-être !

Le dîner fut merveilleux grâce à son menu des plus originaux mais aussi, grâce à l'atmosphère qui régnait dans la salle.

- Je vais apporter le dessert, dit Claire, qui avait oublié ses tourmentes pendant un moment.
- Tu veux que je vienne t'aider ?
- Non pas la peine.

Elle passa devant le grand miroir de l'entrée, et se mira dedans. Son visage rayonnait d'un bonheur singulier. Elle n'y croyait pas ! Tout paraissait avoir pris une nuance feutrée, un peu comme dans des rêves trop beaux, dans lesquels on veut rester éternellement. Mais cette vision plutôt romanesque leur appartenait en ce jour précis.

Perdue dans ses pensées, elle n'avait pas perçu son pas s'approcher. Soudain, elle sentit son souffle derrière elle. Il était là, tout près. Ses émotions s'entrechoquaient. Néanmoins, il posa ses mains avides sur son ventre affolé. A cet instant, elle crut défaillir. Elle voulut esquiver cette embrassade trop entreprenante, mais se sentant désarmée, elle n'était plus en mesure de lutter, elle courut vert sa destinée des plus attendrissantes.

Une douce chaleur s'inscrivit dans leurs âmes éperdues, et se répandit en eux.

- Et si je ne faisais pas partie de ta vie ? Demanda-t-elle, effrayée par la réponse qu'elle pourrait entendre.
- Ça, ce n'est pas possible, et c'est déjà trop tard…

Dans cette étreinte, dont chaque pore de sa peau en frissonnait encore à la moindre pensée, il ne lui était plus possible de combattre les feux de cette nouvelle passion qui l'incendiaient totalement, désavouant son dégoût pour tout ce qui touchait l'amour.

Elle n'entendait plus rien, si ce n'était qu'un battement de cœur trop rapide dans un corps fébrile. Elle se laissa transporter par ce gréement aux voiles déployées, se hissant vers un vent porteur pour une destination qui lui était totalement inconnue. Tout en elle vibrait d'une manière différente, elle se tourna vers lui. A cet appel répondant à une force occulte et surprenante, leurs lèvres se cherchèrent pour se rencontrer dans une frénésie démesurée, puis de temps à autre, il laissait vagabonder sa bouche dans son cou fiévreux tout en caressant son corps, pris d'une brusque ivresse, devenu extrêmement sensible à ce moment-là, et ce, pour la première des toutes premières fois.

Claire, pensait qu'elle allait mourir maintes fois en ces heures audacieuses. En fait, l'amour s'inscrivait en elle, à tout jamais, dans des termes d'une très grande tendresse, termes qu'elle n'avait jamais entendus jusqu'à présent. La peur et le dégoût l'avaient entièrement désertée.

Tout le passé incisif derrière lequel cette jeune femme se cachait, était révolu grâce à cet homme qui s'était juré de changer le cours impétueux de leurs existences aléatoires. En fait, tel un phénix, elle renaissait de ses cendres finalement.

Elle glissa, sans peur, cette fois vers un plaisir inexploré. Son corps envoûté par quelque élixir inconnu, tremblant en alerte, semblait réveiller sa vie de femme par tant d'amour à venir. Elle ne devait plus réprimer ses jeunes émotions, les effluves de ce doux poison lui prodiguaient une volupté des plus inavouables, qu'elle se devait d'affronter désormais.

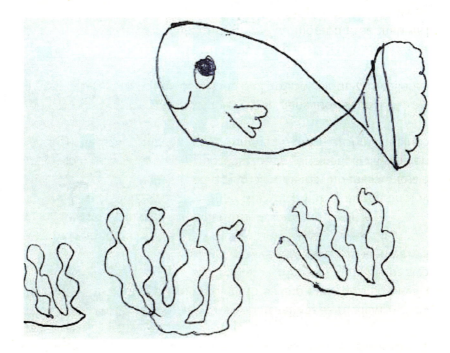

Nelly Borgo

10 - La vie reprend le dessus

Les jours qui suivirent furent merveilleux avant le cri douloureux de la séparation. Il n'y avait pas un soir sans qu'ils ne se vissent pas tous les deux, apprenant à se connaître pas à pas, en se demandant pourquoi ils avaient attendu si longtemps avant de se parler vraiment.

L'amour les illuminait, inondant de toutes parts leurs corps en éveil.

Yohann aidait Claire à reprendre confiance en elle, et en l'avenir qu'elle avait jugé bien des fois si fourbe.

Yohann, l'homme si doux, si prévenant, savait lui offrir des mots fleuris, des gestes affectueux, ce qui animait Claire au plus haut point, se sentant tout à coup comprise.

Claire savait apporter à Yohann tant de bien être, celui qui lui avait tant manqué dernièrement. Il n'envisageait pas qu'elle puisse le quitter. Cela lui faisait si mal à chaque fois.

Parfois, Yohann serrait Claire dans ses bras comme s'il avait peur de la perdre vraiment.

Souvent ils se retrouvaient chez Yohann, cela faisait une belle compagnie à Misty, qui adorait Claire et qui savait le lui rendre. Souvent, le félin se lovait sur les genoux de la jeune femme, qui l'accueillait à bras ouverts. Misty n'allait plus dans la chambre de Mallory, pour la simple et bonne raison qu'elle savait que l'enfant n'était pas là.

La canicule avait perdu de son impact, il faisait meilleur dans les maisons durant ces derniers jours de juillet.

Yohann et Claire savaient donner à leur regard une ampleur toute particulière qui déchargeait une connivence avertie.

Ce soir-là, Yohann voulait appeler Mallory en Dordogne, elle lui manquait tant !

Il composa le numéro et tomba sur Emma, l'air enjoué :

- Bonjour Yohann, nous venons juste de rentrer, nous avons

visité les petits villages aux alentours, ce sont des villages médiévaux, et je dois dire que j'ai pris beaucoup de photos, elles sont superbes ! Et vous comment allez-vous ?
- Bien, je suis à la maison, pouvez-vous me passer Mallory ?

A ce mot, Misty, presque réveillée, ouvrit grand ses yeux, leva la tête et ronronna de plaisir.

- Bonjour Papa !
- Bonjour ma puce, comment se passent tes vacances ?
- C'est super, avec Grand-Mère, on fait beaucoup de tourisme, on a pas mal marché aujourd'hui, mais vraiment c'était très beau, les villes fortifiées, comme dirait Grand-Mère ! Comment va Misty ?
- Misty va très bien. Elle sait qu'on parle d'elle et de toi, elle est aux anges ! Tu sais, j'ai une invitée ce soir.
- Claire, elle est là ?
- Oui, je ne veux plus la laisser partir, dit-il en souriant à Claire.
- Je suis contente, Papa, c'est bien que tu ne sois pas tout seul !
- Non, Claire me fait de très bons petits repas, je ne savais pas qu'elle était maître en la matière. Je vais te quitter, je te rappellerai, plus tard, et continue de profiter de tes vacances.
- Merci Papa, et toi amuse-toi bien ! Je te manque un peu ?
- Non, énormément, mais on se voit bientôt !
- Oui, c'est vrai !

Là-dessus, il raccrocha. Il prit Claire dans ses bras, le cœur un peu lourd et lui demanda :

- Et si après le dîner, on allait se balader ?

11 - *Une missive peu ordinaire*

Marc ne se souvenait de rien de la Normandie, aucune image n'avait pu donc être gravée dans sa mémoire troublée ? Comment cela se faisait-il ? Pourtant il était déjà venu ici, dans cette maison, où il avait déjà passé quelques vacances.

C'était drôle ce phénomène, on aurait dit qu'il avait volontairement ou inconsciemment effacé certaines pages de son histoire, celles qui remémoraient un passé fracturé et douloureux. Plus rien n'avait la même forme, les alentours n'arboraient plus les mêmes couleurs. Tout semblait différent.

Il ne se souvenait plus également de ses dernières vacances, car elles lui semblaient trop loin et trop attristantes.

Il profitait de ce que la vie voulait bien lui remettre, et respirait l'air dans ses poumons comme si c'était la première fois, comme s'il venait de renaître après les périodes inquiétantes d'une déchirure avertie.

Il adorait la mer, son souffle presque régulier le rassurait tant, il restait des heures à la contempler.

Ses grands-parents faisaient tout ce qui était en leur pouvoir pour lui faire plaisir, et lui se laissait aller dans cette nouvelle vie qui lui allait si bien.

Il décida d'écrire une petite lettre à Mallory, pour lui donner un peu de ses nouvelles. Il venait de réaliser qu'écrire n'était pas son fort, mais il le lui avait promis.

Il s'installa à la terrasse et prit un stylo et du papier blanc. Il réfléchit quelques instants puis commença :

« *Mallory,*

Tout va bien ! Ici, il fait très beau, on va souvent à la plage avec mes grands-parents.

La mer est très belle et de plus en plus.
Je mange bien, si on peut dire, mieux qu'avant, ma grand-mère fait

bien la cuisine, et ses gâteaux sont très bons.

Tu me manques, tu sais... Mais on se verra en septembre.

Je t'embrasse et te dis à bientôt.

Marc »

Il relut sa lettre, écrite d'une écriture minuscule, comme si cela masquait une peur de s'ouvrir aux autres, la mit dans une enveloppe prête à s'envoler pour sa destination.

Il écrivit l'adresse que Mallory lui avait donnée et déposa la missive dans la boîte aux lettres.

Il était content de l'avoir fait !

En Dordogne, quand Mallory reçut cette lettre, elle la lut et la relut, surtout la phrase où Marc disait qu'elle lui manquait. Elle en aurait presque pleuré de joie !

12 - *Un tournant important*

Véronique, encore pour quelques moments se sentait exaltée par cette journée différente passée à son travail.

Véronique était maquettiste dans une agence de publicité. Elle adorait son métier, et montrait beaucoup d'enthousiasme dans ce qu'elle faisait. Elle travaillait surtout sur les brochures des différents produits à commercialiser et savait qu'un jour elle serait amenée à prendre d'autres responsabilités.

Elle avait rendez-vous avec son supérieur hiérarchique à dix heures. Son cœur tremblait quand elle frappa à la porte de Monsieur Saunier, directeur Marketing de sa société qui admirait beaucoup son travail.

- Entrez !

Véronique n'hésita pas à entrer dans ce bureau des plus modernes.

- Asseyez-vous, je vous en prie, Madame Olivier.
- Merci.
- Depuis combien de temps travaillez-vous avec nous, Madame Olivier ?
- Cinq ans.
- Cinq ans. Bon. Je vous ai convoquée, car j'ai une mission de très haute importance à vous confier. Nous avons un client très important spécialisé dans le maquillage hypoallergénique que vous connaissez sans aucun doute « Vien dal » [22].
- Ah ! Oui, je les connais, ils prennent beaucoup d'ampleur. Vous avez eu une commande ?
- Mieux que ça ! Vien Dal veut refaire toutes ses brochures et fait appel à nous. La maison mère se situe aux USA, et des succursales sont installées en Asie, et en Grande-Bretagne. Je vous confie ce dossier, vous aurez la possibilité de vous y rendre et voir avec eux ce qu'il leur convient. Si vous décrochez ce contrat avec eux, je ferai en sorte que vous ayez une belle promotion à la fin de l'année.
- Mais Marc ? Dit-elle soudain.
- Oui, je sais, mais c'est votre chance !
- Il faut que je voie, que je prenne mes dispositions.

---

[22] Nom tout à fait inventé pour les besoins de l'histoire.

- Il est évident que si cela se concrétise, vous changerez de poste, de statut et de salaire, bien sûr. Pourriez-vous me donner votre réponse début septembre dernier délai, car j'ai d'autres candidats intéressés. Mais vous êtes la première à qui j'en ai parlé.
- Oui, je vais y réfléchir. Je vous remercie de m'en avoir avisé la première.
- Je vous en prie Madame Olivier, vous partez en vacances ?
- Oui, en Bretagne avec mon fils et mes parents, dans le Finistère sud.
- Je vous souhaite de bonnes vacances, alors.
- Et vous ?
- Je vais à la campagne, j'ai une maison en auvergne, il n'y a que là que je sais me reposer.
- Bonnes vacances à vous aussi !

Là-dessus, Véronique se sentit toute légère, car cette proposition était une vraie aubaine, on avait enfin reconnu ses valeurs ! Elle en était toute comblée.

Et puis, au fur et à mesure que la journée s'accomplissait, elle pensait à Marc, son fils qui avait encore grandement besoin d'elle, comment allait-elle faire pour allier les deux, l'enfant et/ou la carrière ?

Elle avait déjà plus ou moins pris sa décision.

13 - *Un mois d'août prospère*

Bastien reprenait confiance en lui de jour en jour, il commençait à voir pour un autre emploi. Il avait été évincé de son entreprise en mai dernier.

Rien que de songer à cette période néfaste de sa vie, cela lui donnait des nausées, celles qui vous rendent littéralement malade. Mais il avait appris depuis peu à faire la part des choses, le passé c'était une chose, et le présent en était une autre.

« *Il ne faut être habité que par le présent, ne pas naviguer dans le passé, ni pas se projeter dans le futur, rester dans le moment.* » [23]

Le temps, pour lui, venait d'arrêter sa course inexorable. Il s'était décuplé pour lui laisser plus de minutes vagabondes à faire ce qu'il n'avait jamais pu faire jusqu'à ce jour.

Il téléphonait tous les jours à son père, comme s'il voulait rattraper ce temps perdu à tout jamais à lutter contre des guerres vaines. Ils parlaient beaucoup, afin de réchauffer ces âmes engourdies par un trop lourd passé.

Pour Bastien, c'était une histoire de jours, qu'il comptait avidement, car il savait qu'après il aurait une autre vie, faite à son image, une vie qui lui ressemblerait enfin !

Ses séances avec le Docteur Auloup approfondissaient sa faculté à discerner les choses, pour ne plus qu'il soit heurté de plein fouet comme il l'avait été jusqu'ici.

Le docteur semblait vraiment très confiant vis-à-vis de Bastien et approuvait sa démarche de rechercher un emploi dès maintenant.

- Vous resterez dans la région, Monsieur Olivier ?
- Je ne sais pas, je vais voir, en tout cas, je veux un autre appartement.
- Vous avez entièrement raison.
- Je ne pourrai vraiment m'en occuper qu'une fois sorti d'ici.
- C'est bientôt, Monsieur Olivier. Chaque chose en son temps.

---

[23] Principes mêmes de la relaxation, pour ne pas se sentir frustré. Se donner tous les moyens pour connaître un bien être, celui de l'instant présent, unique et mémorable, puisque dès qu'on y a songé, il s'est déjà envolé.

Il ne faut pas brûler les étapes.
- Oui vous avez raison, mais j'y pense sérieusement.
- C'est normal, Lui dit le Docteur Auloup. Je vous aiderai, si vous voulez, pour trouver un emploi et un appartement.
- C'est gentil de votre part.
- Ne vous inquiétiez pas, chaque jour suffit sa peine.
- Je peux vous appeler de temps à autre ?
- Oui, mais je pense que ce ne sera pas la peine.

***

Annecy était vraiment superbe. Ce site avait gardé son caractère pittoresque. Une fois qu'on l'avait connue, il était difficile de se séparer de sa vieille ville et de son pont sur le Thiou.

Pour Mallory et Yohann, c'était un vrai plaisir de revisiter Annecy, restée telle qu'elle l'avait été l'année précédente.

Les journées s'égrainaient sans bruit sous un soleil chaud. Ils avaient toujours quelque chose de prévu à faire, tout était très bien planifié.

Le village de vacances était plutôt agréable, il y avait même des activités réservées aux enfants.

Mallory savait que Yohann téléphonait tous les jours à Claire, dont il devait s'ennuyer ! Elle savait aussi qu'il avait apporté plusieurs cahiers sur lesquels, elle reconnaissait l'écriture de sa maîtresse.

Mallory savait qu'il fallait laisser son père seul à quelques moments précis de la journée. C'est ce qu'elle fit.

Elle se promenait souvent dans l'après-midi dans le village, comme pour garder en mémoire ces images si belles.

Elle avait même réussi à rencontrer des petites filles de son âge, avec qui elle se lia tout de suite, ce qui était extraordinaire. C'est une petite fille qui avait mûri, elle avait une « multitude » de choses à faire, mais cela lui convenait.
Entre son cahier de vacances, ses nouvelles amies, le tourisme, et le courrier qu'elle écrivait à Claire, Emma et Marc, le temps passait tout simplement.

Quant à Yohann, il se sentait submergé. Il aurait tant voulu que Claire fût là avec eux, mais cela semblait impossible, hélas ! Il en prenait son parti, et donnait des nouvelles tous les soirs à Claire. Il lui répétait qu'il la remerciait de lui avoir confié ses cahiers écrits merveilleusement, et que son style était si émouvant qu'il en était vraiment attendri.

Il savait que l'année prochaine, tout serait différent, tout allait prendre une nouvelle destination, ce qui lui réchauffa le cœur, un peu triste toutefois.

***

Marc aimait vraiment la mer, il n'y avait pas de doute. En Bretagne, il assistait souvent à des minis raz de marée, ce qu'il ne vit pas en Normandie. Et puis les couchers de soleil étaient d'une pure beauté, touchant sa sensibilité au plus haut point, car des chevelures nacrées laissaient des sillages de couleurs irisées dans le ciel somptueux.

Il se sentait heureux, comme on dit, il mangeait de mieux en mieux chaque jour. Ses grands-parents étaient si gentils avec lui, que lui-même devenait extrêmement agréable aussi. Sa maman revivait aussi, quoique par moments, elle semblait réfléchir à quelque chose d'important. Souvent Marc lui demandait ce qu'elle avait, mais elle répondait avec le sourire que tout allait bien et que c'était ses « premières vraies vacances. »

Souvent l'après-midi, ils partaient tous en balade, visiter les petites villes voisines, comme Bénodet, et toutes ces autres pouvant inspirer plus d'un peintre pour une aquarelle de rêve.

Il écrivait souvent à Mallory, le contenu était pratiquement le même. C'est vrai qu'elle lui manquait, que son sourire lui manquait, il aurait voulu ne jamais la quitter, mais, c'était ainsi, ils se verraient en septembre, et cela, c'était superbe, rien que d'y songer.

***

La Vendée était toujours aussi accueillante. La jetée de Jard/Mer était toujours là à attendre quelques pêcheurs devenus pour un moment, badauds.

Claire se sentait seule et désemparée sans Yohann, qui lui manquait considérablement, comme s'il était le seul à pouvoir lui insuffler l'énergie pour continuer.

Elle avait confiance en lui, elle lui avait délibérément permis d'emmener ces autres écrits. Elle avait apporté de nouveaux cahiers qu'elle remplissait comme à l'habitude de pages émouvantes, mais cette fois, elles connaissaient les mots d'amour, les mots de tendresse qu'il lui avait dits, les caresses échangées. Ce n'était plus ces mots durs, plongés dans une tristesse sourde. Un ordre nouveau venait de s'inscrire dans ces jours de transition incontournables.

Elle avait apporté ses livres, également pour voir un peu son programme. Elle ne savait pas encore à quelle classe elle allait être affectée, mais septembre semblait encore si loin.

Pourtant les jours passaient lentement et si vite à la fois.

Ses parents étaient restés les mêmes, toujours aussi peu disposés à parler avec elle. Claire avait toutefois mentionné le nom de Yohann à sa mère qui l'écouta à peine, tout juste contente de voir son enfant heureux, pour la première fois.

Pour ne pas rester dans la maison silencieuse, Claire décidait souvent de partir pour la Pointe de Payré [24], accompagnée de Gispsy, la chienne labrador noire de ses parents, avec qui elle avait tant d'affinités. Le chien savait lui prodiguer beaucoup d'affection, et c'était ce dont elle avait besoin en ce moment, il était vrai !
La Pointe de Payré était merveilleuse, une fois arrivée en haut, le panorama offrait un tableau de toute beauté, mettant tous nos sens en éveil, odorat, vue, et toucher, car elle s'asseyait sur la dune ensablée. Alors, elle mettait sur papier ses sensations, et caressait le chien assis tout près d'elle, et cela lui redonnait la force indispensable pour aller de l'avant.

Elle se demandait où cette histoire avec Yohann allait les mener. Tout était si vaporeux avec lui, si tendre, qu'elle en avait des frissons d'un doux plaisir chaque fois que son esprit vagabondait vers lui. Elle n'avait jamais ressenti un choc semblable ! Que deviendraient-ils à la rentrée ?

---

[24] Pointe à Jard sur Mer, Sud Vendée

L'amour, c'est ce sentiment ambivalent, qui comporte la joie d'aimer l'autre et d'être aimé de lui mais aussi, la peur de le perdre, pour un rien. Ne serions-nous pas trop fragiles ?

Pourtant, il semblait tellement heureux auprès d'elle !

***

Misty n'était pas trop perturbée par sa nouvelle compagne, la grand-mère de Mallory. C'est vrai qu'elle s'occupait bien d'elle, lui achetant les petites choses au marché qui font bien plaisir.

Elle venait souvent rejoindre Emma, assise dans le canapé, pour s'endormir dans ses bras.

- Tu t'ennuies, n'est-ce pas ?
- ….
- Oui, je m'en doute, tes maîtres seront là bientôt, ne t'inquiète pas.
- …

Le chat se laissait caresser par ces paroles réconfortantes, et s'étirait avant de plonger dans un sommeil profond.

14 - *Une rentrée prometteuse*

Après le tumulte des jours estivaux, les arbres étaient pris au piège de l'automne, et revêtaient des couleurs aux nuances variant de l'or au rouge.

Septembre apportait un peu de calme à cette nature désabusée, criblée de servitude endurcie.

Les vacanciers étaient revenus de leurs périples et s'activaient pour préparer, à chacun son rythme, la nouvelle rentrée.

Claire était de retour dans son appartement, qui lui semblait bien vide tout à coup. Elle s'inquiétait toujours pour son avenir, elle avait jugé son présent tellement exceptionnel, et cela lui donnait l'impression que la vie lui avait menti, peut-être…

Yohann et Mallory avaient réintégré leurs pénates, et Misty savait que la petite fille, qui avait changé quelque peu, aurait beaucoup de choses à lui raconter incessamment sous peu.

Marc venait de quitter la Bretagne et avait promis à ses grands-parents de leur écrire très vite et de les appeler très vite aussi. Il avait un peu le cœur serré de les laisser, mais il le fallait aussi.

Bastien savait qu'il sortirait de l'établissement dans deux ou trois jours, il avait déjà préparé sa valise, elle n'attendait plus que lui.

Emma préparait déjà son nouveau voyage en Irlande, elle avait déjà la tête ailleurs de ces images que l'on se fait d'un pays dans lequel on n'a jamais mis les pieds.

15 - *Une nouvelle déroutante*

Marc sonna à la porte d'entrée de chez Mallory. C'est Claire qui lui ouvrit.

- Ah ! Bonjour Mademoiselle Bontemps, dit l'enfant à moitié surpris de la voir.
- Bonjour Marc ! Très contente de te voir ! Comment vas-tu ? Tu as bonne mine !

Et c'était vrai, il avait grandi, grossi, son visage était néanmoins toujours un peu amaigri, et ses yeux étaient toujours cernés, mais si grands et si beaux !

- Je vais bien, merci !
- Tu veux voir Mallory ? Elle est dans sa chambre.

Marc frappa à la porte, et Mallory sauta pour l'ouvrir :

- Marc !
- Mallory !

Ils se jetèrent dans les bras de l'autre, en voulant aux temps impies de les avoir séparés pendant une période aussi longue.

- Tu vas bien ? Demanda Mallory
- Oui, très bien !
- Assieds-toi dans le fauteuil du bureau. Alors raconte-moi tes vacances.

Ils parlèrent interminablement, comme la première fois qu'il était venu, il y avait déjà quelques mois, alors qu'il n'était pas le même petit garçon.

- Il faut que je te dise, Mallory.
- Oui, je t'écoute !
- Mon père sort à la fin de semaine, et …
- Oui Marc …

Mallory sentit que Marc lui cachait quelque chose d'important, qu'il avait du mal à parler.

- Marc, dis-moi, s'il te plaît…
- Mon père a la chance de vivre dans le sud de la France, il a repris contact avec son père, mon grand-père, avec qui il était fâché, il veut repartir là-bas près d'Avignon. Et moi… je pars avec lui.
- Comment ?
- Je pars avec mon père dans le sud de la France.
- Mais, Marc, tu ne peux pas, je viens de te retrouver, et tu repars, et l'école ?
- J'irai dans le sud. Je suis déjà inscrit ;
- Ça veut dire que tu pars bientôt ?
- Oui, dans quelques jours. Je ne peux pas laisser mon père tout seul, je dois rester avec lui. Il le faut. Ma mère a eu une promotion, elle devra aller de plus en plus à l'étranger, et je veux rester avec mon père.

Tant de détermination de la part d'un si petit garçon, cela était plutôt étonnant. Mallory était devenue toute pâle. Elle n'aurait jamais envisagé une telle chose !
Elle n'arrivait plus à parler. Ne plus le revoir, était inconcevable et insupportable, et tout son être torturé, la mit soudain en danger.

- On s'écriera, et on se verra.
- Oui, bien sûr, comme on avait fait durant les vacances !
- Tu ne m'oublieras pas ?
- Non, jamais, tu me manques déjà !
- A moi aussi.

A ce moment, Claire frappa à la porte de la chambre, et sentit quand elle ouvrit que quelque chose d'important venait de se dérouler.

- Vous voulez goûter ?
- Ah ! Oui les bons gâteaux, je me rappelle.
- C'est Mallory qui l'a fait celui-là.
- Alors il ne peut être que très bon.

Mallory n'arrivait plus à sortir un mot de sa bouche, c'était bloqué quelque part dans sa gorge, contre qui elle se battait.

L'après-midi se passa difficilement. Mallory n'avait de cesse de regarder Marc. Elle se disait que c'était peut être la dernière fois qu'elle le verrait, ça lui faisait si mal de penser qu'il ne serait plus près d'elle.

A la fin de l'après-midi, quand Véronique vint le chercher, elle lui dit en lui prenant le bras :

- Tu reviendras demain ?
- Oui, d'accord. Ça va aller Mallory, en prenant dans sa main froide son visage quelque peu suppliant.

Quand Yohann vit la mine décontenancée de Mallory, il s'inquiéta immédiatement. Alors, la petite fille lui relata les dernières nouvelles, il savait que pour elle, c'était très triste, il savait que les enfants s'aimaient déjà beaucoup pour des enfants. Il tenta de réconforter Mallory, en lui disant que c'était vital pour Marc de vivre avec son père, et qu'ils s'écrieraient et auraient même la possibilité de se voir.

Claire fit tout son possible pour tranquilliser Mallory. Elle la prit dans ses bras maternels, et cela la réconforta un peu. Pour dîner, ils décidèrent de l'emmener manger « Aux Mille Chemins.» Mais la soirée avait un goût amer, que Mallory avait détecté dans les plats, pourtant si bien préparés.

***

Puis, Yohann raccompagna Claire chez elle, le cœur doublement lourd. Arrivés à la maison, ils allèrent se coucher, un long moment après, car Yohann voulait s'assurer que la petite allait mieux.

Quand l'appartement était feutré de silence, Mallory se mit à pleurer, pour elle-même et à ceux qui voulaient l'entendre, car elle n'avait jamais envisagé cette cruelle éventualité. Et les larmes qu'elle avait depuis trop longtemps gardées, s'étaient stratifiées dans son âme sensible. Une toux vengeresse la saisit. Elle avait matérialisé la tristesse et savait enfin l'exprimer.

Misty, déconcertée par les pleurs soudains de sa maîtresse, se leva d'un bond, et par tous les moyens dont elle disposait, elle tenta de réveiller Yohann, car lui saurait quoi faire.

16 - *Une décision prise à l'unanimité*

Le dimanche suivant, Véronique s'était proposée de venir chercher Bastien. Marc avait préféré rester avec Mallory, il verrait son père dans la soirée. Mais Mallory l'inquiétait, elle était devenue si peinée, elle si gaie, d'habitude. Pourquoi ? C'est vrai que c'était une grave décision, mais il ne pouvait pas lutter contre ça.

Véronique gara sa voiture dans le parking réservé aux visiteurs et vit Bastien qui l'attendait.

Elle sortit de la voiture, un peu gênée.

- Bonjour Bastien ;
- Bonjour Véronique.
- Tu es prêt ? Tu as tout ?
- Oui, tu sais, je n'ai pas grand chose !
- Alors que vas-tu faire ?
- Je prends le train lundi pour Avignon. Tu as vu pour les affaires de Marc ?
- Oui, j'ai presque fini ses bagages.
- J'ai un nouveau travail, je commence lundi en huit, et j'emménage dans mon nouvel appartement mardi 1er.
- Qu'est-ce que tu feras ?
- J'ai trouvé un job comme coursier dans une société de transport. Au fait, félicitations pour ta promotion !
- Ah ! Merci.

Bastien avait tout de suite dit à Véronique que Marc désirait venir avec lui dans le sud. Marc lui avait présenté la chose pendant les vacances tout doucement. Au début, Véronique n'y croyait pas, et puis le temps l'avait aidé à peser le pour et le contre. C'était vrai que Bastien semblait posé, mûri et capable de s'occuper d'un enfant, de donner à l'enfant une vie stable, chose dont elle n'aurait jamais entrevu le moindre soupçon, quelques mois auparavant.

Véronique allait pas mal bougé durant ces prochains mois, et cela deviendrait difficile pour Marc.

Elle le verrait pendant les vacances et autres week ends. C'est vrai qu'en TGV, c'était tout proche, et puis il y avait aussi le téléphone.

C'est avec le cœur serré qu'elle donna son accord, de ne plus vivre avec son petit qui fêterait bientôt ses dix ans, le 10 septembre prochain.

Quand Véronique déposa Bastien devant l'hôtel qu'il s'était choisi, elle ne manqua pas de lui dire :

- Prends soin de toi.
- Merci, toi aussi.

***

Le soir dans l'appartement, Véronique veillait à ce que rien ne manquât pour Marc qui vérifiait avec elle.

- Et puis tu sais, on va vivre avec mon papi, que je ne connais pas, c'est fou, cette année, je fais la connaissance de pleins de gens dans ma famille ou je refais leur connaissance.
- C'est comme ça ! Tu m'appelleras ?
- Bien sûr, souvent, je crois que Papa n'a plus besoin de moi, mais je ne vois pas comment je pourrai faire autrement !
- Juste le temps de décrocher le contrat à l'étranger…
- Ne t'inquiète pas.
- Après je serai basée sur Paris ou dans une autre région de France, Tu pourras venir me voir souvent !
- Tout ira bien !
- S'il y a un quelconque problème, tu me le dis, et j'accoure !
- Tu sais, il n'y aura pas de problème !

17 - *Quelques brins de vies*

Mallory assise à son bureau en train de réfléchir sur un devoir d'anglais, elle donnait le mieux d'elle-même.

Agée de douze ans maintenant, elle était au collège et éprouvait un grand plaisir à faire ce qu'elle devait faire. On pourrait même dire qu'elle était devenue perfectionniste, et voulait toujours apporter la dernière touche du maître dans tout ce qu'elle entreprenait.

Sa chambre n'était plus le reflet d'une enfant, mais bien celle d'une adolescente prête à croquer la vie à pleines dents.

Elle trouvait sa nouvelle vie merveilleuse, et n'aurait jamais voulu revenir en arrière.

Son père et Claire avaient décidé de conjuguer le verbe aimer à tous les temps, et s'étaient mariés. Ils étaient complices, s'offraient en partage une grande tendresse devenue leur alliée intime. Ils étaient heureux, tout simplement. Claire se sentait libérée par la chaleur prodiguée par cet homme, qui partageait sa vie à présent, et Yohann était devenu un autre homme.

Il était vrai que, depuis qu'elle était à demeure avec eux, la maison semblait rire de tout, de rien, de petits chuchotements riants se faisaient entendre dans le silence de la nuit qui n'appelait plus jamais les monstres terrifiants de sa jeunesse troublée.

Après tant d'amour et de complicité, Yohann offrit le plus beau présent à sa jeune épouse, qui n'était autre qu'un petit enfant, nommé Kelly.

Kelly était tout pour Mallory, elle avait déjà deux ans, et il fallait voir comment la grande s'occupait de la petite, et comment elles jouaient ensemble, l'écart d'âge entre les deux enfants ne se décelait pas. Pour Mallory, Kelly était une vraie aubaine, car en étant près d'elle, Mallory retrouvait définitivement le sens de son utilité. Elle s'occupait de sa sœur « comme une petite mère ».

De temps à autre Isabelle, qui travaillait dans un cabinet d'avocat, passait voir Mallory et toutes les deux discutaient de la vocation de Mallory, des nouveaux cas d'enfants qu'Isabelle avait à étudier dans son école pour être elle-même avocat pour enfant. Mallory buvait littéralement ses paroles et prenait des notes précieuses pour enfin comprendre le pourquoi du comment.

Mallory se souviendrait toujours de ces moments durant lesquels elles travaillaient en silence ou quand Isabelle lui expliquait avec beaucoup de patience quelque chose.

C'est bien la qualité des moments qui fait qu'ils sont inoubliables et non pas leur durée.

Au début, Mallory recevait quelques nouvelles de Marc, et puis de plus en plus rare, et puis un jour plus rien. Cela ne voulait pas dire qu'il l'avait oubliée, oh non ! Au contraire, elle remplissait tout son temps. Mais la distance n'aidait pas toujours à les rapprocher. Pourtant Mallory se jurait de faire tout son possible pour le retrouver, dans un avenir plus ou moins proche. Elle ne s'était jamais fait à l'idée de ne plus le revoir.

Misty était aux anges, rien n'était plus beau que cette existence feutrée à laquelle appartenaient tous ces personnages en quête d'un brin de bien être.

***

Marc aimait le soleil du sud, cela lui réussissait. Il apprit à se nourrir correctement.

A treize ans, il avait beaucoup mûri, et lisait beaucoup, entre autres des romans policiers. Il s'était inscrit à la bibliothèque de sa ville, et dévorait tout ce qu'il n'avait pas eu le temps de lire jusqu'ici, dès qu'il avait fini ses devoirs du collège.

Marc avait un intérêt dans tout ce qu'il faisait, et cela il le devait à Mallory qui avait eu une très bonne influence sur lui. Combien il lui en était reconnaissant ! La vie n'avait plus la même saveur, ses ennemis d'autrefois l'avaient quitté, et plus rien ne revêtait les teintes sombres de jadis. L'environnement y était pour quelque chose, certes, mais...

Il est vrai que tout s'était précipité ces derniers temps, rien à voir avec ces heures moribondes appartenant à un passé auquel il ne faisait plus du tout partie.

M. Olivier, père, faisait, tous les jours la connaissance de son petit-fils Marc, avec qui il partageait beaucoup. Ils avaient emménagé tout d'abord dans un appartement, celui que Bastien avait eu grâce au docteur Auloup. Et un an après, Bastien prit la décision d'acheter une petite maison dans la banlieue d'Avignon.

Bastien s'épanouissait dans son nouveau job, il avait été tout d'abord coursier, mais, son chef ayant compris que Bastien avait un certain potentiel, il lui proposa de suivre des cours du soir, pour devenir agent de maîtrise.

Marc et lui faisaient leurs devoirs ensemble, côte à côte, et cela les rapprochait, pendant que M. Olivier préparait le repas.

Au début, Marc écrivait beaucoup à Mallory, non pas beaucoup, car écrire n'avait jamais été son fort, mais il écrivait quelques lignes en disant que tout allait bien, et que son père aussi, allait bien.

Pour Mallory, c'était des sautillements dans la pièce dès qu'elle recevait ces missives porteuses de nouvelles de Marc.

Ils s'appelaient de temps à autre, aussi, mais n'avaient grand chose à se dire, c'était fou comme la distance peut affecter des sentiments purs.

Et puis un jour Marc écrivit à Mallory que son grand-père venait de mourir, d'une crise cardiaque, et qu'ils avaient tous deux beaucoup de peine. Ils allaient sans doute vendre la maison, car Bastien allait être amené à voyager dans toute la France et même peut-être se rendre à l'étranger, en Europe, pour être précis, pendant des périodes plus ou moins longues, et Marc irait au Lycée International. Les choses se compliqueraient pour garder contact. Il lui en dirait plus dès qu'il en saurait un peu plus.

Pour Bastien, qui avait toujours besoin d'espace, ce nouveau travail, était pour lui une mission de confiance dont il était honoré.

**

Véronique savait bien ce qu'elle devait faire pour décrocher les nouveaux contrats. Elle avait, tout au long de ces années, su comment vendre ses produits, et avait réussi son pari. Elle avait tellement travaillé dur pour en arriver à ce stade !

Après avoir sillonné la Grande-Bretagne de long en large, elle avait la possibilité de s'arrêter dans le sud, près de Marseille, où une nouvelle antenne de sa société venait de se construire.

Elle avait décidé de s'installer définitivement à cet endroit, car il lui rappelait ses vacances quand elle était enfant.

Elle voyait Marc durant les vacances, les petites et les grandes, comme il avait changé, c'était devenu un vrai jeune homme ! Et elle savait qu'elle le reverrait bientôt et que Bastien s'était largement racheté !

Elle lui avait fait part de ses nombreux voyages à venir, elle le félicitait de pouvoir connaître, lui aussi les coutumes, les langues d'un pays, toute notre force pour comprendre les gens, lui disait-elle ! En fait, elle était très contente pour lui qu'il eût cette promotion, probablement moteur de la motivation.

D'après ce qu'on disait, elle avait rencontré un gentil garçon avec qui elle voulait refaire sa vie.

***

En fait, aucune ombre funeste ne se dessinait sur leurs visages enjoués par leur nouvelle existence aux teintes bleutés, si ce n'est que la détermination de Mallory de retrouver les traces enfouies de Marc, coûte que coûte, enfouies dans son cœur immensément grand !

3ème Partie

NOTRE COURAGE MIS À L'EPREUVE

« Qui aide un seul homme, aide l'humanité tout entière »

Ecrit dans le Talmud Thora, et repris dans un anneau en or donné à **Oscar Schindler par un juif au nom de tous les juifs sauvés par cet homme, dans** *La liste de Schindler.* [25]

---
[25] *La liste de Shindler*, film de Steven Spielberg, film sorti en 1993

3ème Partie

NOTRE COURAGE MIS À L'EPREUVE

1 - Le temps de grandir

Il y avait longtemps que le soleil avait terminé sa course, pour mieux renaître plus tard.

Mallory avait fini sa journée. A vingt-neuf ans, elle travaillait depuis cinq ans dans un hôpital parisien, après son stage pratique, au service « Psychiatrie». Elle savait qu'elle devait aider ces laissés pour compte, ceux pour qui la vie n'avait jamais voulu assister.

Après son DESS en psychologie, elle savait que sa mission serait de venir apporter un peu de chaleur dans ce service. Elle passait beaucoup de temps avec chacun d'entre eux, revenait les voir dans la journée. Mais on pouvait remarquer qu'elle se sentait encore bien plus proche des enfants.

N'avait-elle pas durant toutes ces années, voulu alimenter une chaude lumière à ces visages qu'elle avait rencontrés, exténués de souffrance?

« ***Notre quête éternellement laborieuse se tourne vers des sentiments nobles, nous qui errons dans un monde qui ne nous comprend pas, et qui nous fuit.***

Nous nous préparons à une action de grande envergure et sans doute impossible à accomplir, parce qu'après tout inaccessible »[26]

Mallory se sentait submergée tout à coup, Les jours s'esquissaient depuis quelque temps sombres et moqueurs. Parfois, le courage, celui qu'elle vantait tant, s'égarait dans les méandres capricieux d'un aléatoire prévisible et tellement vivant quelquefois.

---

[26] Dans Commentaires composés, dans L'Impact des Maux, La Société des Ecrivains, 2004

Pourtant dans ses yeux, se lisait toujours cette étincelle, comme au premier jour, cette flamme qui lui avait fait prendre sa décision irrévocable, qui était celle de venir en aide aux déshérités.

Mallory se consacrait uniquement à son travail, elle ne s'accordait aucun répit. Le soir, elle apportait quelques dossiers à la maison, et les parcourait avec avidité, pour essayer de comprendre telle problématique, tel phénomène…

Elle allait bientôt changer de travail, et s'en réjouissait, elle allait pouvoir plus se consacrer aux enfants.

Mallory vivait seule dans son appartement avec son chat noir. Misty l'avait quittée depuis longtemps déjà, et ça, elle ne pouvait l'accepter. Vénus l'accompagnait à la pointe de l'aube jusqu'aux ténèbres de la nuit, tout comme Misty qui avait été son amie fidèle.

Mallory ne laissait aucune place à quelques sentiments qui auraient pu l'effleurer, elle avait d'ailleurs peur de se lancer dans l'amour. Elle demeurait toutefois persuadée que l'amour, le vrai l'attendait quelque part, tout près d'elle, dans cet univers en expansion. Oui, il devait être là, et elle le savait. Elle avait tellement de charme, qu'il aurait été impossible de ne pas le remarquer.

Elle prit ses affaires, elle allait dîner avec son père Yohann et Claire. Kelly serait là également, Tout cela la ravissait et lui coûtait à la fois, ce soir entre autres.

Elle sortit dans un froid mordant, et se dirigea vers la station de métro la plus proche.

Parfois, elle était à bout, et se sentait impuissante, inutile, même, quand la consultation avec les patients n'avait pas donné tous les fruits attendus. Alors, malgré elle, les mots lui revenaient, comme pour lui redonner l'espoir pour ces autres, plus que pour elle-même, cette phrase culte lui redonnait, peu à peu ce courage tant éprouvé :

«Je ne suis pas fort, je ne suis pas faible, je suis vulnérable parfois» [27]

---

[27] Dans Je prends conscience, dans Lettres à l'intime de soi, Jacques Salomé, Albin Michel, 2001

Prise dans un tourbillon qu'elle n'était plus en mesure de maîtriser, elle suivait le flot, perdue elle-même dans ses pensées mélancoliques.

Mais brusquement, son visage contracturé, s'éclaircit, presque comme par miracle, elle avait cru reconnaître un visage familier, celui de Marc, son ami d'enfance, noyé dans une foule impossible à dissocier. Elle essaya de courir vers lui, mais c'était impossible à se frayer un autre chemin que celui déjà tracé par le «rush» de la vie moderne.

Elle se persuada, à ce moment, qu'elle avait dû rêver.

- Comment cela serait-il possible ? Il est si beau, se dit-elle.

Elle n'avait revu Marc depuis près de vingt ans, cela lui fit toutefois chaud à son cœur tremblant ce soir-là où sa vie avait presque perdu son essence première, celle qui consistait à soutenir les autres.

***

Depuis plusieurs années, Marc attrapait une conjonctivite allergique, au mois de novembre. Il réfléchissait, quel pouvait donc être le chagrin qu'il n'avait pas encore pleuré, enfoui dans ses entrailles malades ou bien est-ce que son corps lui rappelait quelque chose qu'il refusait de voir d'une manière inconsciente. Qu'est-ce qu'il l'avait autant affecté et affaibli, au point que sa mémoire cellulaire soit en alerte à ce moment. Les conjonctivites se produisaient à l'entrée de l'hiver. Il essayait de se souvenir plus encore. Les yeux, étant notre média principal par l'intermédiaire duquel, on peut voir les choses, alors, qu'était-ce tout cela ? Qu'est-ce qu'il refusait de voir ? Ses yeux étaient sans cesse gorgés de larmes, comme si ses yeux étaient plongés dans une amertume omniprésente.

A cet instant, il sursauta, comme s'il avait été surpris par un bruit étrange venu d'un endroit innommable. Il se souvenait, à présent, enfin, un jour, lorsqu'il était enfant.

Un soir d'automne, son père était dans un état d'ébriété, peut-être plus que d'habitude, et plus ou moins violent. Les voisins apeurés avaient alerté la police, combien il leur en était reconnaissant d'être venu. Cette scène l'avait pourtant littéralement terrorisé. La police avait emmené son père à l'hôpital le plus proche, dans le service psychiatrique. Il devait y rester quelques jours, le temps de reprendre ses esprits.

Sa mère et lui étaient allés lui rendre visite, dans cet endroit des plus étranges. Il ne comprenait pas ce qui se passait, cette tension croissante le tiraillait de toutes parts. Après un échange de mots incompréhensibles et explosifs, sa mère le prit brutalement par la main, et lui dit :

- On s'en va !

Et Marc, qui n'avait toujours pas saisi les événements, se retourna et vit son père dépité qui restait là.

La tristesse de ces lieux l'avait étreint comme une sourde menace. Il avait été si malheureux d'avoir connu, ne serait-ce que quelques minutes cet emplacement sordide. Il comprit qu'il avait dû garder dans sa mémoire chagrinée ce passage immonde où survivaient ces âmes abîmées qui l'avaient souvent hanté dans ces nombreux cauchemars d'autrefois, mais tout cela faisait partie de la période préjudiciable, avant que son père décidât de se faire soigner, il y avait si longtemps, près de vingt ans, et depuis, les choses avaient pris une autre tournure, heureusement !

***

Marc se réveilla en sursaut, cela ne lui était pas arrivé depuis des lustres. Il se leva, alla dans la salle de bains, et se passa le visage à l'eau. Ses grands yeux bleus lui donnaient beaucoup d'assurance qu'il avait enfin trouvée au cours de ces années plus limpides.

Il était parti vivre avec son père, à dix ans, dans la banlieue d'Avignon dans un premier temps, avec son grand-père, qui lui avait voué, avant de disparaître, une véritable adoration. Et ils partirent sillonner l'Europe pendant de longues année, où tout était devenu plus simple pour lui.

Il avait fait des études supérieures, une Licence de Droit, pour pouvoir accéder au métier de Lieutenant de Police, et cela faisait cinq ans qu'il était muté à la Brigade des Mineurs dans Paris, et cela lui convenait en tous points.

Il se sentait utile pour ces victimes torturées, les enfants, ces proies faciles pour le monde adulte, si hostile.

Il se recoucha, mais, c'était en vain, il souffrait quelquefois d'insomnies.

Il prenait son travail tant à cœur.

Il tournait dans son lit, et les images vengeresses se superposaient, lui laissant un goût amer dans sa bouche sèche. Il se disait sans cesse : « j'aurais pu mieux faire. »

2 - *Une affaire 'close'*

Il se souvint de sa première grande affaire, celle qui l'avait tant troublé, il y avait plus de deux ans. Son équipe et lui venaient de débusquer un réseau de prostitution infantile. Ils étaient sur la brèche, excités comme des puces, ils savaient qu'ils allaient aboutir !

C'était des enfants mineurs, venus d'Asie, que les parents avaient dû vendre au premier venu pour pouvoir se nourrir, trois petites filles de huit, dix et douze ans, et un petit garçon de onze ans. Ils avaient perdu leur papier, comme pour souligner leur perte d'identité.

Ils travaillaient tous sans relâche sur ce dossier afin de trouver le ou les fameux coupables. Pour Marc, quand tout fut réglé, il se sentait réellement soulagé. Bien sûr, il y en aurait d'autres, mais chaque chose en son temps. Les mécréants étaient deux hommes, âgés de quarante et cinquante ans, qui faisaient marcher « leur affaire », en se frottant les mains, dans une petite maison isolée et lugubre dans le Nord de Paris. Ils produisaient des cassettes à volonté, pour pouvoir s'admirer une fois encore face à la déchirure hurlante de ces malheureux.

Ces deux hommes avaient une couverture et avaient fait tout leur possible pour ne pas se faire prendre au piège, et cela supposait des filatures jours et nuits de ces types, pendant trois longs mois pour trouver enfin la maison du diable, prendre contact avec l'un d'eux, en lui faisant croire que cela intéressait. Cette mission avait été confiée à Marc, il devait devenir un homme vil. Il fallait « qu'il se fasse les dents », comme on dit.

Le jour où tout fut démasqué dans la maison, il avait une certaine satisfaction d'avoir résolu « un des problèmes », mais il ne décolérait surtout pas. Ce qui l'avait frappé au-delà de tout, c'était la violence ressentie sur les visages meurtris de ces jeunes enfants, pour qui la vie s'était bien moquée. Leur corps maltraité était recroquevillé, comme en signe d'un deuil non encore compris. Il passa devant la salle de séjour où une cellule était là pour les accueillir, il n'eut juste le temps d'entendre :

- Ça fait mal !

Et de croiser le regard du petit garçon dont les yeux gorgés de larme le fixaient en guise de reconnaissance.

La police scientifique était sur place aussi, pour trouver des indices plus ou moins choquants dans les pièces.

Les deux hommes avaient été renvoyés à la Police Judiciaire pour les besoins de l'enquête.

Aujourd'hui, les voyous étaient sous les verrous, et cela pendant un très long moment, d'après ce qu'il avait compris, ils devaient faire face à la méchanceté gratuite des autres détenus, qui leur faisaient probablement subir le même sort, car les prisonniers ne font jamais de cadeaux, ni aux violeurs ni aux proxénètes, surtout quand il s'agit d'enfants.

Les enfants étaient placés dans des foyers, et semblaient heureux, tentant de se reconstruire après tant de haine diffusée. Ils allaient à l'école, et apprenaient et la langue française, et entre autres, à sourire.

Une demande était en cours pour retrouver leur famille et les ramener dans leur pays, mais avant que le tribunal ne pût statuer sur ce dossier, cela pourrait prendre encore quelque temps…

Revenons à l'Homme, et toute sa grandeur.

Comment peut-on être aussi pervers dans le but de prendre les traits du diable le plus vil afin d'assouvir un plaisir aussi barbare ?

Cela pourrait nous faire penser à ces sacrifices d'antan répondant à des religions obscures et sanguinaires, qui lacéraient leurs victimes avant de les dévorer.

Cet épisode lui revenait imperturbablement, quand il ne trouvait plus le sommeil.

Il avait vraiment hâte que le psychologue arrivât au commissariat, afin de l'aider dans les interrogatoires, il se sentait un peu désarmé parfois. Une personne était attendue prochainement, et son absence se faisait cruellement sentir. Même au sein de son équipe, parfois un petit coup de pouce n'était pas de refus. Il était évident qu'il fallait avoir les reins solides pour s'occuper de certaines affaires douteuses. Il s'en rendait bien compte. Même avec la meilleure volonté du monde, il ne pouvait pas remplacer la personne qui arriverait à point nommé.

Il plongea dans un sommeil agité au petit matin.

Vers sept heures, il entendit le réveil sonner. Il se leva et se prépara pour perdurer sa mission de toute importance.

3 - Des jours de lutte

Les jours se suivaient, certes, mais ne se ressemblaient pas, pour Marc, toujours par monts et par vaux, en train vouloir sauver le monde.

Il aimait son travail et il était vraiment un bon flic, comme on dit. Il savait élucider les affaires. Il collaborait avec ses collègues et son unique but était de résoudre les enquêtes pour protéger les enfants.

Dès huit heures du matin, il était déjà sur la brèche, et compulsait les nouveaux dossiers de délinquance juvénile, de maltraitance, de drogue et de viols. Cela l'émouvait, bien sûr, « mais il y croyait dur comme fer », et c'était ce qui l'animait.

Il devait aussi se rendre sur le terrain ou dans les archives afin d'examiner comment d'autres affaires avaient été tranchées.

Il se leva de son siège et se dirigea vers les archives quand il reconnut la voix claire et enjouée d'Amandine Verdier, Gardien de la paix qui faisait parfois office de standardiste le matin.

- Salut Marc, tu vas bien !
- Oui, merci et toi ?
- Bien ?
- Tu veux un café ce matin ?
- Pas de refus, il est prêt ?
- Oui, tiens.
- Merci, pas de nouvelle du psy ?
- Non rien, oh ça ne devrait pas tarder !
- J'espère ! Allez j'y vais.
- Où vas-tu ?
- Aux archives, je dois voir quelque chose sur un dossier !
- Ah !
- Merci pour le café !
- Je t'en prie.

Marc appréciait beaucoup Amandine, mais il sentait qu'elle l'aimait un peu trop, et cela le mettait mal à l'aise.

Il prit son café, et lui tourna volontairement le dos.

Dans le bureau paysager, le commissariat était bruyant et animé comme tous les jours, mais ce jour-là, Marc le sentait plus encore que d'habitude. Cela ne le gênait pas outre mesure. Tous les employés avaient leurs lots d'interrogatoires. A sa droite, il reconnut André Bilost, Gardien de la Paix, en train de prendre une déposition avec un jeune délinquant, problème de vol de voiture, ce n'était pas la première fois que Marc le voyait ce garçon, encore un récidiviste ! A sa gauche, Jean-Emmanuel Faulier, Gardien de la Paix qui prenait une autre déposition, histoire de cannabis, cette fois-ci.

Il s'apprêtait à traverser le commissariat quand son collègue Lionel Béron, lui fit signe. Lionel Béron avait un visage rond et optimiste.

- Salut Marc !
- Salut Lionel !
- Tu vas ?
- Oui, et toi ?
- Bien. Le patron veut nous voir !
- Ah ! Bon quand ?
- Vers neuf heures !
- Très bien, il est quelle heure, là ?
- Huit heures quarante.
- Ça va, j'ai le temps d'aller au Archives.
- Tu rigoles !
- Non, pourquoi ?
- Parce que j'ai une grande nouvelle pour toi. Tu te rappelles, la fameuse histoire de recherche dans l'intérêt des familles ?
- Ça date un peu ça ?
- Oui, deux ans, je dirai, eh bien, on a retrouvé le mineur.
- Non !
- Si. Tu te souviens, c'est sa sœur aînée qui avait fait la démarche…
- Oui, une jeune femme d'une vingtaine d'années environ, oui et…
- Et bien, elle t'attend dans mon bureau.
- Et le jeune, où est-il ?
- En bas !
- Tu veux dire, dans la fosse aux lions ?
- Tu veux que j'aille le chercher, je vois.
- Oui s'il te plait, ne le laisse pas avec ces fous furieux, ils seraient capables de le dépouiller, il est sûrement déjà assez

traumatisé.
- Oui, c'est vrai, tu as raison, je te l'amène.
- N'y va pas seul, demande à André de t'accompagner. Ils pourraient te dépouiller aussi.
- Tu crois, ils n'oseraient pas !
- Non, ils vont se gêner. Je cours dans ton bureau !

Marc se souvenait très bien de cette affaire, vieille de plus de deux ans, déjà ou enfin, il ne savait plus que dire. Malgré lui, il faisait le procès de la lenteur de la machine judiciaire. Ce jeune aurait pu vivre des jours heureux bien avant ! Qui sait ?

C'était lui qui avait pris la déposition de cette jeune femme, Joëlle Favre, qui n'avait pas revu son demi-frère depuis plus de dix ans, sûrement âgé de seize ans, aujourd'hui, appelé Xavier Favre.

Il se remémorait le temps passé avec elle, en train de lui promettre que d'ici trois mois maximum, l'enfant serait retrouvé, et en fait deux ans se sont passés, silencieux et destructeurs pour la famille proche.

Le petit était le fruit d'un second mariage, mais à la mort prématurée de sa mère, leur père ne voulait pas s'encombrer d'un tout petit, qui n'arrivait pas à guérir de la perte brutale de l'être le plus cher pour un enfant. Le père avait placé le petit dans un orphelinat, le petit Xavier, du haut de ses quatre ans, avait perdu dans un seul tenant son père et sa mère.

Il importait à Joëlle de retrouver ce jeune frère dont l'âme devait s'être égarée, pour faire office de sœur, si de mère, ce n'était pas possible.

Ce que Joëlle voulait surtout exprimer c'était sa rancœur contre ce père qui n'avait déjà rien fait pour elle quand elle était enfant. Après le divorce de ces parents, elle n'avait pas revu son père pendant plus de quinze ans, sans que cela puisse effleurer la conscience de ce père ô combien inconscient de tout le mal qu'il pouvait faire. Et c'était elle qui avait fait les démarches pour le revoir, fait les recherches pour le retrouver. Quand elle l'avait revu, elle était extrêmement déçue, ce n'était pas l'être qu'elle avait en vain tenté d'idéaliser, c'était le même personnage, insipide et si vide, qui avait déjà perdu de vue son fils, mais que cela ne dérangeait surtout pas.

Marc pénétra dans le bureau rangé de son collègue, sur lequel rien ne traînait. Il se remettait la jeune femme.

- Bonjour Madame,
- Bonjour Lieutenant.
- Comment allez-vous ? Asseyez-vous, je vous en prie, lui demanda Marc en lui indiquant le fauteuil.
- Bien, merci, dit-elle en se rasseyant. J'ai appris que vous aviez retrouvé Xavier ?
- C'est exact, il sera là dans un moment, on est parti le chercher.
- C'est votre collègue, Le lieutenant Béron qui m'a appelée hier soir pour me prévenir.
- Oui, c'est vrai je n'étais pas là hier, j'étais sur le terrain pour une affaire. Que pensez-vous faire avec ce jeune ? Pensez-vous qu'il va vouloir rentrer chez vous, avec vous ? Ou qu'il refera une autre fugue ?
- Je ne sais pas, mais j'aimerai m'en occuper, lui procurer un peu de chaleur oubliée, lui donner l'impression qu'il a retrouvé une famille éclatée, certes, mais…

A ce moment, Xavier rentra dans le bureau accompagné de Lionel Beron qui souriait toujours.

- Xavier !
- Joëlle ! *Tu m'as retrouvé !*
- Oui, il le fallait, si tu veux, je vais m'occuper de toi.
- Que veux-tu dire par-là ?
- Tu viendrais vivre avec moi, chez moi.
- Je ne sais pas si cela est possible.
- Si, tu verras ça ira !

Joëlle se leva d'un bon de son fauteuil pour serrer dans ses bras ce corps amaigri qui lui ressemblait tant.

Marc et Lionel quittèrent le bureau, pour laisser un peu d'intimité à cette famille tenant à un rien.

On ne pouvait que remercier le ciel que Xavier fût retrouvé, en bonne santé, de surcroît !

Il était parti dans les Pyrénées Orientales et avait survécu grâce à des petits boulots. Il n'en pouvait plus, de cette danse si macabre que depuis si longtemps, il essayait, par tous les moyens, d'oublier les pas, ceux de la honte.

Il n'y avait qu'une seule chose à espérer, c'était que Joëlle et Xavier trouvent un terrain d'entente, pour vivre ensemble comme une vraie famille, concept, qu'apparemment ils n'avaient jamais connu.

Il était plus de neuf heures quand Marc et Lionel rentèrent dans le bureau du Commissaire Claude Narvé, leur supérieur hiérarchique, fort et grand par son grade mais aussi par sa corpulence, et ses qualités humaines.

Il aimait rassembler ses troupes, souvent le matin, pour faire le point.

Marc fit un signe d'excuse d'être en retard, mais Monsieur Narvé ne semblait pas en colère. Il devait être au courant. C'est vrai qu'il savait tout ou presque tout.

4 - En attendant un signe

Les couloirs blancs de l'hôpital se reflétaient sur le sol lumineux, lui aussi.

Ils étaient bondés de personnes qui étaient chères à Mallory, preuve certaine, chacun lui adressait un sourire au passage.

Mallory connaissait tous ces visages aux mutilations multiples, affolés par des temps colériques pour une existence aux mains nues, qui n'avait pas su les choyer.

Le plus émouvant, c'était ces absences de la tombée du jour au crépuscule endormi. Souvent même les familles ignoraient ou voulaient ignorer, que des membres de leurs propres familles souffraient dans des conditions extrêmement dramatiques dans un lieu dégradant. La solitude était leur lot.

- Ah Bonjour Mallory !
- Bonjour Madame Adan, Comment allez-vous ?
- Bien, Bien, mais vous n'avez pas vu Victor ?
- Ah ! Non Madame Adan.

Madame Adan était âgée de soixante-cinq ans, elle avait perdu la notion du temps et de la réalité. Victor, c'était son mari, décédé il y avait plus de dix ans, Madame Adan ne l'avait jamais accepté.

Mallory continuait son périple et elle tomba sur Henri qui semblait déjà l'attendre.

- Bonjour Mallory !
- Bonjour Henri, qu'avez-vous prévu ce matin ?
- Oh rien de spécial. J'ai rendez-vous avec vous je crois. Ça c'est très important !
- Oui effectivement, à onze heures, je dois voir quelqu'un d'abord.
- Alors à tout à l'heure, dit-il déçu.

Mallory se souvenait bien de ce cas. Henri Ventel était arrivé il y avait plus de deux mois. Cadre informatique dans une grande boîte parisienne, il avait été licencié pour cause de restructuration. Non seulement, il avait perdu ses repères sociaux, mais également, sa propre famille l'avait totalement abandonné, il était réellement méprisé par les siens, se sentant eux-aussi trahis d'avoir à changer leurs habitudes appartenant à un autre monde, honteux celui-là.

Un jour, quand il était au bout de sa nuit noire, quand il ne croyait plus en rien, il décida d'éteindre par un cocktail explosif, des anxiolytiques avec des antidépresseurs, à haute dose, la faible lueur logée dans ses yeux bouleversés.

Mais, la Vie rusée, ne l'entendait pas ainsi. Elle le rappela à elle, en le hissant dans ses serres magiques, et lui redonna une chance parmi le monde des vivants. Il venait des urgences.

Son fils aîné devait travailler pour se faire de l'argent de poche, et lui reprochait « *de ne pas prendre ses responsabilités vis-à-vis de lui.* », « *Qu'il n'avait jamais été concerné par sa famille* » ou disait pour blesser plus encore « *tu nous fais subir tes états d'âmes, cela en était de trop !* »

Sa femme vociférait dès qu'elle le voyait et le harcelait sans cesse, en lui répétant qu'elle voulait divorcer. Elle le considérait condamnable de ce qui arrivait, qu'elle devait trouver un travail, pour le rapide recouvrement des factures qui s'empilaient.

Il ne lui restait que sa fille, sa dernière âgée de dix ans qui semblait vouloir lui apporter un peu de chaleur. Souvent, quand elle le voyait aussi désespéré, elle courait dans ses bras pour l'embrasser devant les yeux furibonds de sa mère et de son frère.

Mais la petite, qui souffrait de tant d'incompréhension, aimait son père, et son père aimait son enfant, était-ce trop demander ?

***

Mallory entra dans la chambre étoilée de mille couleurs par les nombreux dessins accrochés au mur. C'était la chambre d'Anna, aux grands yeux verts en amande. Anna Mignot, avait à peine dix ans. Elle ne parlait plus depuis plus de cinq ans. Mallory l'avait toujours connue à l'hôpital.
Mallory sentit la chaleur douce qui régnait dans ce lieu fabriqué de toutes pièces par Anna.

- Bonjour Anna !
- ………
- Tu vas bien, oui, je vois que tu vois bien. Tu as fait d'autres dessins ?
- ………

Mallory posa ses affaires sur la chaise près d'elle.

- Je peux m'asseoir ?
- ………

Cette enfant n'avait connu que la violence et avait décidé de se confondre dans un monde qui lui sourirait, voire aiderait à oublier….

Quand les cris résonnaient de plus en fort et terrorisaient Anna, la voisine, quand elle le pouvait, ayant pitié de cet état de fait, prenait l'enfant au teint blême chez elle pour qu'Anna puisse être épargnée, ne serait qu'un seul moment, jouer ou faire semblant de jouer avec ses propres filles, par exemple.

Son père à Anna avait eu raison de sa mère, bien des fois, agonisante sur le sol. Parfois, sous l'effet de la colère mêlée à des alcools périlleux, il criait à Anna dans toute dans la maison :

- Où tu es, petite garce, je vais te trouver, ne t'inquiète pas et là, tu sauras qui je suis !

Là-dessus, comme un couperet elle devenait terrifiée, tapie au fond d'un placard, tremblant de tous ses membres, attendant sa fin prochaine.

Les cris l'avaient rendue sourdes, au sens figuré du terme, mais elle semblait vivre heureuse dans cet univers prêt à l'accueillir. A avoir crié haut et fort et trop souvent sa douleur, elle en avait perdu littéralement la voix.

Mallory s'assit tout près de l'enfant qui ne la regardait pas, et qui semblait sourire quand elle dessinait. Cela faisait tellement bien de la voir ainsi. Mallory se souvenait dans quel état la petite était arrivée. Elle était devenue, par la force des choses, une bête, si quelqu'un l'approchait, elle criait et criait, elle voulait garder intact son espace vital. Maintenant, elle tolérait Mallory proche d'elle, et ce point était très positif.

Mallory continuait de parler de son chat, Vénus et de sa petite sœur Kelly à qui elle devait donner souvent de bons conseils, et qui l'avait réveillée ce matin de bonne heure pour lui dire qu'elle n'avait pas été reçue à son examen d'entrée aux Beaux-Ars. Mallory trouva, comme à l'habitude les mots pour calmer sa jeune sœur, en lui rappelant que la vie est faite de réussites mais d'échecs également, et que les échecs font partie des réussites.

Soudain, il se produisit un phénomène étrange, Mallory vit que le regard d'Anna se déplaça vers elle pour croiser le sien. Mallory s'immobilisa afin de perpétuer cet instant d'une magie insoupçonnée.

- Magnifique ! Dit-elle quand la petite fille reprit son air rêveur, et quand le charme fut enfin rompu.

Anna venait de terminer son dessin. Il n'était autre que l'intérieur d'une maison montrant un géant, sûrement un adulte et un enfant tout petit qui prenait un chien dans ses bras minuscules.

Le géant avait l'air féroce et à la place du cœur, il n'y avait qu'un contour d'un coup de crayon agressif et le tout petit personnage, en train de jouer avec l'animal chaleureux, avait un cœur débordant de couleur rouge pulvérisée en éclats.

Anna tendit la feuille de papier à Mallory, preuve d'une confiance incontestable.

- Merci Anna, je vais l'accrocher dans mon bureau, il est superbe ! Je dois te laisser, je dois voir d'autres gens, tu sais ?
- ………………………

Et Mallory se leva de sa chaise, et reprit ses affaires et dit au revoir à Anna.

Tout à coup, Anna se leva d'un bon et courut dans les bras de Mallory, surprise par le comportement inhabituel de l'enfant. Mais au fond d'elle, Mallory se sentit très heureuse d'avoir vécu ce moment doté d'une force la rendant désormais invincible.

- A très bientôt Anna. Et merci pour ton très joli dessin.

Elle sortit de la chambre feutrée, et repensait à cette journée triomphale qui la rendrait forte chaque jour de grand vent.

Elle se dirigea vers son bureau pour accueillir Henri qui l'attendait déjà. Mais avant, elle prit une respiration profonde pour se protéger de ces moments extrêmement sensibles.

- Vous êtes … Vous êtes allée voir Anna ?
- Oui Henri.
- Vous savez qu'Anna a le même âge que ma plus jeune fille.
- Je sais Henri, quand allez-vous la revoir, bientôt, à ce que je crois !

Henri ne répondit pas. Mallory aperçut son œil humide et elle comprit qu'il avait beaucoup de peine.

Nelly Borgo

5 - *Un de ces jours*

Marc arpentait les rues de Paris. Il était tôt le matin, à peu près sept heures. Il n'arrivait plus à dormir.

Il savait que cette journée serait dotée d'un pouvoir exceptionnel, qu'elle serait déterminante à tout jamais.

Il se sentait léger, et sa conviction n'avait jamais été affectée jusqu'à présent, même dans les moments les plus difficiles à gérer, émotionnellement parlant. Sa sensibilité était toujours omniprésente, mais il savait, tout au fond de lui, que le chemin qu'il s'était tracé était la bonne cause, quoiqu'il advînt.

Il rentra dans le commissariat, à cette heure, vide ou presque.

Il rencontra Lionel, son co-équipier qui prenait déjà une déposition de petits larcins commis la nuit précédente, par des adolescents, en cavale.

Marc prit un café, et allait se plonger dans ses dossiers quand tout à coup, Lionel ouvrit la porte de son bureau avec fracas :

- Marc, il y a appel d'urgence, meurtre, il faut qu'on y aille, dans le Marais, rue Vieille du Temple.
- Quoi ?
- On y va, je prends la voiture.

Marc prit ses affaires, et suivit son collègue.

- Qu'est-ce que tu sais ?
- Pas grand-chose, c'est la voisine qui nous a alertés. Elle a entendu du bruit et la détonation.
- Il doit y avoir de sérieuses bonnes raisons, tu ne crois pas ?
- Si, hélas !

Arrivés à l'endroit indiqué par le message, il grimpèrent les escaliers quatre à quatre et ouvrirent la porte avec violence.

L'appartement était mal entretenu, et sentait mauvais, des meubles de la salle étaient renversés.

Au bout du couloir, une femme vint vers eux :

- Ah ! Bonjour, vous êtes les policiers, c'est moi qui vous ai appelés. Je suis Madame Audut
- Bonjour Madame, Brigade des Mineurs, dit Marc irrité par le comportement badaud de la femme qui voulait rentrer dans l'appartement en montrant un peu trop de curiosité.
- Bonjour, je vous attendais. Puis-je voir vos cartes ? Dit-elle.
- Bien sûr, Je suis le Lieutenant Olivier, et voici le Lieutenant Beron.
- Bien, oui c'est moi….
- Merci, Madame. On viendra vous voir dans un moment, Madame, rentrez chez vous Madame Audut.

La femme, mal avisée, rentra penaude chez elle, en se disant qu'elle leur dirait un peu plus quand ils lui demanderaient de témoigner.

La Police scientifique était déjà là, examinant le corps, que la mort avait transfiguré sous tous les angles, relevant tous les indices qui pourraient être utiles pour l'enquête.

Marc s'adressa à l'un d'entre eux, en train de chercher l'identité de la victime.

- Bonjour, Bertrand.
- Bonjour Marc.
- Qu'est-ce qu'on a ici ?
- Pas grand chose. Pas de papiers.
- Comment ça ?
- Non, rien on dirait que le portefeuille a été délibérément retiré.
- Des empreintes, pour retrouver son identité.
- C'est fait, on aura les résultats dans quelques heures.
- A quand remonte la mort ? Et quelle est l'arme du crime ?
- Oh, il n'y pas longtemps, je dirai une heure à peine, c'est un coup de feu qui l'a tué.
- Que s'est-il passé ?
- Il y a une gosse de seize ans environ, qui est là, pétrifiée dans la chambre. Je pense qu'elle en sait un peu plus long que nous.
- Où sont les parents ?
- Il n'y avait personne.

- André, tu vas voir sur la boîte aux lettres qui habite ici, il faut alerter les parents. Merci.

Sur ce, André était déjà parti.

Marc se dirigea déjà vers la chambre, dont la porte était déjà ouverte, et aperçut une jeune fille, au teint extrêmement pâle, ne laissant apparaître que deux fines lèvres inexistantes. Elle était assise sur le lit défait, et regardait le sol. La chambre sentait le danger.

- Bonjour, je m'appelle Marc Olivier, je suis Lieutenant de Police. Pouvez-vous me dire ce qui s'est passé ?
- Je l'ai…. Je l'ai tué, dit la jeune fille d'une façon à peine audible, en se tordant les mains.
- Il faut qu'on vous pose quelques questions, vous le savez ?
- Oui, dit-elle en levant les yeux vers Marc.
- On y va !

Marc et l'adolescente sortirent de la pièce, à vous soulever le cœur, et rejoignirent Lionel, qui essayait toujours quelques pistes en ouvrant quelques tiroirs.

Le trajet parut interminable pour la jeune fille mais, elle se sentait mieux, d'avoir accompli ce qu'elle devait faire, à son sens.

Le Commissariat s'était rempli depuis deux heures, tout le monde était là, au grand complet.
Claude Narvé, le Commissaire, ayant croisé le trio, prit Marc à part, déjà chargé de s'occuper de l'affaire, il fallait « tirer cette histoire au clair » très vite, pour sûr.

- Mais, avant de commencer l'interrogatoire, demandez à Amandine d'installer la suspecte dans la salle des photos, et venez me rejoindre dans mon bureau, je voudrai vous parler.
- Ah ! Bon, de quoi, chef ?
- Je voudrai vous présenter le psychologue, il est arrivé.
- Très bien, ça tombe à pic. Le besoin d'un psy se fait cruellement sentir pour certaines affaires
- Et bien là, vous allez être servi, cette personne sera affectée pour les besoins des enquêtes mais également pourra, en cas de nécessité, aider le personnel.
- Voilà une bonne chose.

- J'en suis convaincu aussi, dit Claude Narvé en ouvrant la porte de son bureau.

Marc pénétra dans la pièce et vit que la personne qui lui tournait le dos n'était pas un homme, mais une femme.

- Je croyais que ce serait un homme, pensa-t-il.
- Marc, laissez-moi vous présenter, Mademoiselle…

Marc fronça les sourcils, car cette silhouette….

Cette fois, la personne se retourna d'un bond, et Marc reconnut ce visage si doux, celui de Mallory en un clin d'œil.

- Pas possible ! Dit-il
- Mallory Michel, répondit la jeune femme en souriant.
- J'y crois pas !
- Vous vous connaissez ?
- Si on se connaît, on se connaît depuis toujours, dit Marc, encore sous le poids de l'émotion. « Mallory ! »
- Marc, je n'y crois pas, dit-elle, « Toujours aussi beau avec ses yeux bleus cernés », pensa-t-elle.

Des larmes de joie rendirent leurs yeux plus scintillants encore, Mallory toussa, et resta un long moment sans voix.

Ils tombèrent dans les bras l'un de l'autre, comme s'ils ne s'étaient jamais quittés, comme si la vie ne les avait jamais séparés, ils retrouvaient les sentiments intacts et purs qu'ils avaient eu, depuis toujours, l'un pour l'autre.

- Je ne te laisserai jamais plus partir, lui dit-elle.
- Et moi, je resterai toujours près de toi. Comme tu m'as manquée !
- Toi aussi, tu m'as manqué !
- Tu tombes vraiment bien, tu sais, on a une sacrée affaire qui nous tombe dessus, dit Marc en enveloppant la jeune femme de ses bras et se dirigeant vers la salle des auditions.
- Ah ! Vraiment, c'est pour cette raison que je suis là, si je peux aider.
- Oh ! Ça, tu vas pouvoir le faire !

Mallory, heureuse, tout à coup, se blottit dans les bras puissants de Marc, qui lui procuraient une véritable chaleur. Et brusquement, elle se sentit, comme affranchie par les Dieux qui avaient entendu maintes fois sa toute petite prière.

6 - *Une sentence trop lourde*

Les résultats et la séance photo n'avaient rien donné. Pour la simple et bonne raison, que cette jeune fille n'était pas fichée. Sur l'arme, des empruntes avaient été discernées, celles de la jeune fille, qui faisaient d'elle le suspect numéro un.

L'interrogatoire, paraissait difficile à mener. Il était plus de trois heures de l'après-midi.

Marc et Mallory étaient assis l'un à côté de l'autre dans la salle des auditions.

Marc était toujours autant impressionné par la patience légendaire dont Mallory faisait preuve.

Les questions pleuvaient sans qu'une réponse ne soit donnée le plus souvent.

- Connaissez-vous la victime ?
- …Non.
- Est-ce que cet homme vous harcelait ?
- …Non.
- L'avez-vous tué ?
- Oui !
- Oui ! Quelle était la raison ?
- Vous savez Camille, que nous sommes là pour vous aider. Vous êtes suspecte du meurtre, dit Marc, soudain, las de pas en savoir plus.
- Je suis suspecte ?
- Oui, vous étiez sur les lieux de l'accident, vous devez en savoir un peu plus que nous. Vos empruntes sont sur l'arme. Il faut nous dire ce qui est arrivé. Votre déposition est enregistrée, et si besoin, vous avez à votre disposition un avocat qui s'occupe des mineurs.
- Un avocat !
- Il se peut que vous soyez inculpée pour ce meurtre, et que ce soit meurtre avec préméditation.
- Non !
- Où vous êtes-vous procuré cette arme Camille ?
- On me l'a vendue.

- Qui ?
- Je ne sais plus.
- Est-ce un cambrioleur que vous auriez aperçu dans l'appartement ?
- …
- Que s'est-il passé ?

La jeune fille, appelée Camille, se renfermait dans un silence presque absolu. Elle montrait beaucoup de mal à s'exprimer, ceci dû au choc qu'elle traversait. Elle était âgée de seize ans, l'âge de l'insouciance, à ce qu'il paraît. Son visage était décomposé, ses mains se tordaient dans tous les sens, et sa respiration montrait qu'elle n'avait pas trouvé le repos depuis bien des nuits.

Marc et Mallory se demandaient quel pouvait donc être le mobile de cette jeune fille, au demeurant muette le plus souvent, pour sans doute taire un douloureux secret ?

Quant à Camille Revers, elle avait enfin décidé de donner son nom, elle était littéralement pétrifiée de ce qui lui arrivait.

Marc, soudain se leva, et dit :

- Je vais nous chercher à manger, Tu veux quelque chose Mallory ?
- Oui, merci prends-moi la même chose que pour toi.
- Et vous Camille ?
- Non merci, je ne veux rien. Je ne pourrai rien avaler.

Marc sortit de la pièce. Il était ennuyé pour cette jeune fille. Quelque chose d'horrible avait dû arriver. Mais quoi ?

Lionel le prévint, la mère de la jeune fille était là, en pleurs, disant qu'elle voulait voir son enfant. Lionel était en train de la questionner, pour voir si quelque chose sortait de ce méli-mélo terrifiant.

***

Dans la salle des auditions, Mallory qui essayait toujours de comprendre le pourquoi du comment, se sentit lasse, Elle regardait ses notes, sans trouver l'issue fatale.

Et puis, Camille, exténuée par ces années silencieuses et fourbes, se mit à ânonner quelque chose qui retint l'attention de Mallory. Elle sentit que ce serait sans doute plus facile, du fait qu'elles seraient toutes les deux, entre femmes, cela pourrait aider...

- Je l'ai tué, lança-t-elle d'une voix rauque, qui ne pouvait être la sienne.
- Il semblerait Camille. Tout nous prouve que c'est vous la coupable. Pouvez-vous nous dire pourquoi ?
- « Ce n'était pas la première fois que je le voyais...Il m'avait déjà suivie bien souvent, une fois, il y a plus trois ans, j'avais treize ans alors, je rentrais du collège.. Il avait vu où j'habitais, et quand j'ai voulu entrer chez moi, il m'a sauté dessus, et il a ouvert la porte brutalement, et m'a donné un coup de poing pour m'assommer. Mais j'étais encore consciente quand j'ai senti ses grosses mains, et son haleine puante sur moi. Il me murmurait de ne rien dire rien à ma mère, qu'il m'aimait trop, que j'étais trop belle ! Je ne comprenais pas, et puis, je pleurais toutes les larmes de mon corps de jeune femme, je comprenais soudain, que je n'aurais jamais la force physique de le combattre, qu'il me ferait très mal, et que j'étais à sa merci. Depuis ma vie a basculé, je n'ai jamais pu en parler à qui que ce soit, et je lui dis dans mes sanglots répétés « Si tu recommences, je te tue ! »
- Camille, est-ce que vous le pensiez ?
- Oui, bien sûr, je ne voulais pas laisser ce crime impayé, et toutes les secondes je forgeais ce vœu le plus cher d'une vengeance bien préparée. Je ne vous parle pas des moments quand je le rencontrais, il me regardait avec ses yeux de porc, en me montrant des insanités inoubliables, et moi je ne dormais plus, je passais mon temps qui me restaient à me battre avec lui, moralement. Et souvent je courais pour lui échapper. J'étais terrifiée, tandis que lui, ça l'amusait.
- A-t-il reproduit le geste sur vous ?
- Une fois, j'étais prête à l'accueillir cette fois, il avait fait une autre tentative, de viol, (ce mot était prononcé d'une façon presque inaudible), il y a deux ans, il me suivit, vers l'école, je parlais à une amie, mais, je tournais la tête pour scruter les environs. Et quand je me suis retrouvée seule sur la route, il était derrière moi, il était prêt à bondir sur sa proie. Mais entre temps, j'avais demandé à ma mère de prendre des leçons de self-défense sans lui donner la raison, j'avais appris quelques prises, et je le mis sur le tapis, avec une épaule démise. Je

voulais durant ces combats mettre à terre l'horreur de ce monstre qui m'épiait pour mieux me surprendre. Je lui répétais : « si tu recommences à me toucher simplement, je te tue, avec tes mains sales et baladeuses… »
- Et que s'est-il passé ce matin ?
- Il savait que ma mère travaillait de bonne heure,
- Il connaissait votre mère ?
- Oui, il surveillait nos habitudes. La nuit, j'avais tellement peur, que je bloquais la porte avec la chaise de mon bureau. Le moindre bruit me faisait tressaillir. Je ne dormais plus. Ce matin, ça été le coup de grâce pour lui et ses vieux os. Il ouvrit la porte quand je m'apprêtais à sortir pour aller au lycée. Il me donna quelques coups de poing pour m'assommer. J'ai perdu connaissance, le temps qu'il fasse son affaire… quand il eut fini de cracher son venin, je me relevai tant bien que mal, en ne quittant pas d'une semelle ses yeux glacés d'un diable, et j'allai chercher l'arme cachée dans ma chambre et au moment où il se méfia le moins je vidai le chargeur dans ses tripailles maudites, sans qu'il puisse faire le moindre geste. Et vous savez, je ne regrette rien, dit Camille en regardant pour la première fois dans les yeux de Mallory.
- Quel est le métier que vous aimeriez faire Camille ?
- Puéricultrice, j'ai toujours aimé les petits. Mais aujourd'hui, c'est fichu.
- Non, ne croyez pas ça. Je peux vous aider, si vous le souhaitez. Et …

Là-dessus Marc entra dans la salle. Il avait bien sûr tout saisi derrière le miroir sans tain, et ne voulait en rien bouleverser les aveux de la jeune fille. La déposition était enregistrée.

Il était profondément désolé et inscrit dans le dossier nouvellement constitué, L'homme tué est un voyou, pour clore l'affaire. Il espérait désormais que Camille fût jugée pour légitime défense

Cette fois, Camille ne se tut pas, même en présence de Marc et le regarda dans les yeux cette fois.

- Vous allez me mettre en prison, Monsieur.
- Pas tout de suite, vous allez dans un centre pénitentiaire pour mineurs en attendant d'être jugée.

- Je recommencerai, si je le devais, ce gros porc, vous me suivez ?
- Oui, dit-il en posant les sandwiches et les boissons sur la table.

Camille continuait de parler de l'homme dont on ne connaissait toujours pas l'identité, celui qui l'avait tellement terrifiée, de cet acte répugnant qui l'avait tant fait chavirer.

Comment était-il possible quand nous gâchons notre énergie à nous battre contre ces chimères incontournables, de retrouver cette même force pour nous-mêmes, en proie de vaciller sous le poids de ce vent des plus violents ?

Comment Camille allait-elle faire pour ne pas sombrer, retrouver la confiance déchue et trahie de toutes ces années d'infamie ? Comment Camille allait-elle faire pour payer de sa vie restante, ce lourd tribut ?

« Brisée de l'intérieur, par le fardeau redoutable d'un passé accablant, symbolisation iconographique représentée par le Christ courbé sous la pression de sa propre croix, elle s'était souvent demandée où se situait la frontière de la folie, quelles étaient les limites de l'endurance ? »[28]

Pourtant, lorsque lacéré de toutes parts, n'étant plus que lambeaux de souffrance, son corps avait su imprimer des stigmates bien trop ancrés, physiquement et moralement. Camille infligeait de lourdes cicatrices à ce corps qu'elle rejetait à présent, comme par dégoût. Elle passait son temps à se laver, et à se relaver comme se purifier sans y parvenir vraiment.

Mallory se passa la main dans ses cheveux, quand la porte s'ouvrit. Amandine sourit à Marc, et un terrible pincement de cœur alerta Mallory, qui comprit que ce sourire était plus qu'un simple sourire, mais plutôt l'offrande d'un plus beau cadeau.

Amandine portait un bout de papier, qui n'était autre que le résultat des empruntes de la victime. Toujours souriante, elle le montra à Marc, un peu mal à l'aise des élans habituels d'Amandine. Il lit, et le passa à Mallory, qui ne sourcilla pourtant pas.

- Merci, dit Marc.

---
[28] Dans *Une Aquarelle de rêve*, dans *L'Impact des Maux*,
La Société des Ecrivains, 2004

Et elle sortit, ce qui soulagea Mallory.

- Dites-moi Camille, est-ce que ça vous dit quelque chose ce nom-là ? Daniel Judans ?

A ce mot, Camille, se mit à sangloter, chose qu'elle n'avait pas pu faire depuis des millénaires incompris.

- Vous connaissez cet homme ?
- Heu… Oui …C'est mon père !

***

Ce que Camille Revers appelait son père, n'était autre que son beau-père, Daniel Judans.

Sa mère était séparée de son père, un bon à rien, qui mangeait les maigres économies que sa mère Corinne essayait de garder en cas de nécessité.

Camille ne l'avait jamais connu.

Daniel Judans, avait décidé de prendre en charge cette petite famille, parce qu'il avait reluqué autant sur la mère abîmée par ses heures de travail que la fille, jeune et fraîche, qui lui semblait tout à fait à son goût, et qu'il en ferait son affaire bien vite.

Il travaillait dans une petite entreprise, et bientôt ce fut la dégringolade pour ce fameux coureur. Des plaintes pour harcèlements avaient été déposées sur le lieu de son travail, et cela l'avait conduit à un licenciement pour faute grave.

Sur ce, il traînait avec d'autres types de son espèce. Mais surtout, il surveillait nuit et jour Camille. Elle l'attirait cette petite, c'était fou, et pourtant, pour Camille, tremblante et se méfiant de tout, passait son temps, criblée de haine, à subir cet homme aux dents acérées et vivre sous le même toit ce qui supposait beaucoup de hasard chanceux pour ne pas tomber entre les mains de Judans, l'autre diable.

Camille, effectivement s'était mis à apprendre des prises de self-défense pour le combattre, Lui au moment venu. Mais, elle savait au bout du compte, que cette affaire finirait mal, affaire qui risquerait de l'anéantir dans une spirale infernale.

Quand Camille sortit de la salle des auditions, il devait être près de huit heures du soir. Marc et Mallory l'accompagnaient pour qu'elle vît sa mère, qu'on avait demandé de partir et redemandé de revenir à un moment plus opportun.

Mère et fille se regardèrent, sans se dirent mot, mais se comprirent.

Camille s'assis face à sa mère. Elle allait être transférée dans un centre pénitentiaire pour mineurs, et le Lieutenant Olivier téléphonait à un de leurs avocats qui s'occupait des enfants, et adolescents, Maître Lermer, une femme âgée, qui avait demandé sa retraite. Camille serait apparemment son dernier cas. L'avocat se présenterait le lendemain, pour « sauver » Camille.

Camille fut emmenée dans une cellule d'en bas, celles qui étaient réservées pour la « garde à vue » pour passer sa première nuit dans une cage en attendant le procès. Mais, elle s'y sentit en sécurité pour la première fois depuis si longtemps.

Elle devait être sur place, car demain à dix heures, car l'avocat, aurait à la questionner pour la défendre aux yeux des hommes et des tribunaux.

7 - *Des retrouvailles enfin fêtées*

Mallory et Marc se sentirent soudain seuls dans le commissariat.

Leur première journée ensemble avait été plus qu'active, et ils n'avaient pas eu le temps de se retrouver.

Ils décidèrent d'aller « manger un morceau » dans un restaurant de la rue.

Ils devaient avoir faim, il était plus de dix heures du soir.

Mallory ne se sentait pas fatiguée, au contraire, elle retrouvait son sens de l'utilité.

Ils parlèrent de Camille, bien sûr :

- C'est fou, cette gosse, elle voulait taire le fait que la victime soit son beau-père, elle devait bien se douter qu'on aurait découvert le pot au roses tôt ou tard.
- Oui, mais, elle voulait gagner du temps, pour sa mère peut-être ?
- Tout ce stratagème ! Mais j'ai confiance, Maître Géraldine Lermer, devrait la défendre pour légitime défense, elle a sauvé plusieurs des gosses de la prison, tu sais !

Cela les amenèrent bien sûr à survoler des choses et d'autres qui les ramenaient vers un passé déjà lointain :

- Et ton père Marc, comment va-t-il ?
- Très bien, On a beaucoup voyagé, tu sais, en Europe, j'ai pu travailler les langues comme l'anglais et l'espagnol. Mais il n'a jamais failli à sa promesse, celle de s'occuper de moi. J'avais fait le serment de le suivre et lui d'être vraiment un père pour moi.
- A-t-il rencontré une petite amie ?
- Non, il a eu des copines, mais il n'avait jamais cessé d'aimer ma mère.
- Et elle ? Qu'est-ce qu'elle est devenue ?
- Elle s'est fixé à Marseille après son périple de quelques mois, et elle a rencontré un homme très gentil qui l'a comblée,

et qui continue toujours, du reste. Et toi Mallory, je n'arrive toujours pas à y croire qu'on se soit retrouvé, c'est fort !
- Oui, c'est la destinée, dit-elle en souriant.
- Comme tu dis ! Qu'est-ce que tu as fait jusqu'à présent avant d'atterrir à la Brigade des mineurs ?
- Eh bien je travaille dans un hôpital depuis cinq ans, je suis habituée aux gens que je suis, je ne peux pas me résoudre à les quitter définitivement. Je me sens très utile. Ma mission est de les aider, ceux-là aussi.
- Et qui t'aide toi, Mallory ?
- Je ne sais pas, peut-être un ange protecteur !
- C'est toi mon ange protecteur Mallory, et ça l'a toujours été.

Marc ne croyait pas si bien dire !

Mallory sans doute rougit un peu, oubliant qu'ils se connaissaient depuis des années. Pour se donner une contenance devant ce regard intense et différent qui ne la quittait pas, elle dit :

- Je crois que je vais travailler mi-temps à la Brigade, et mi-temps à l'hôpital. Ce sera plus riche encore, les cas seront plus divers.
- C'est vrai, On s'attache aux gens, n'est-ce pas ?
- Oui, ils sont parties intégrantes de moi-même.
- Je te comprends.

Marc ne pouvait cesser de regarder Mallory qui était plus jolie encore dans la réalité que dans ses rêves. Il remerciait le ciel d'avoir été entendu et de l'avoir retrouvée, à ce moment crucial de sa vie d'homme.

Il devait être plus d'une heure du matin, quand ils sortirent du restaurant.

Marc ne pouvait s'en retourner chez lui, et décida de faire un bout de chemin avec Mallory, chez elle.

L'appartement qu'elle occupait, dans la partie sud de la capitale, respirait les fleurs des champs, et apportait beaucoup de lumière contrairement au sien situé sur la moitié est.
Misty n'était plus là, mais Vénus, le chat noire de Mallory montrait déjà des signes d'adoption à Marc qui savait le lui rendre.

- Elle est belle ! Elle a quel âge ?
- Deux ans.
- Et ton père Mallory, Comment va-t-il ?
- Et bien, il s'est marié avec Claire Bontemps !
- Ça je le savais depuis toujours, ils se regardaient bizarrement tous les deux !
- Elle a été merveilleuse pour moi ! J'ai eu une petite sœur, Kelly. Elle est formidable, je me suis vraiment beaucoup occupée d'elle, comme une petite mère, et elle m'en a été toujours reconnaissante. Je passe mon temps à la réconforter, à chaque minute et chaque seconde. Marc, tu as un frère ou une sœur ?
- Non, je suis toujours enfant unique, comme on dit.

Et puis, le temps passait tout doucement.

Assis dans le canapé, Marc s'était endormi dans les bras de Mallory, qui caressait doucement son visage.

Elle se disait, que dans la confusion étrange de ces sentiments égarés, ils s'étaient enfin retrouvés et cela comptait plus à ses yeux que n'importe quoi d'autre.

8 - Un autre lendemain

Le téléphone portable sonna, et fit sursauter Marc. Vénus, assise sur ses genoux, se réveilla à peine, en train de penser à tous ces rêves à venir.

- Oui, Olivier.
- Salut Marc, j'ai appelé chez toi. Où tu es ?
- Salut Lionel, dit Marc en souriant.
- Maître Lermer ne viendra pas, elle a réfléchi et a passé le dossier à un autre avocat, en fait. Ce sera une de ses consœurs qui viendra vers neuf heures trente interroger Camille Revers. Tu pourras être là ?
- Oui bien sûr !
- Salut, à plus tard.
- A plus.

Il regarda l'heure, sept heures trente.

Il se leva d'un bond, et trouva le mot que lui avait écrit Mallory.

« *Bonjour Marc,*

Je ne dirai pas que tu as bien dormi.
Moi, je n'ai pas dormi du tout, pourtant, je ne suis pas fatiguée.
J'ai dois voir les médecins de l'hôpital ce matin à huit heures, et j'ai des rendez-vous après.
Tu peux te servir dans le frigo et Vénus a déjà été servie, ne t'inquiète pas pour elle. A plus tard. Tire la porte quand tu pars.

Je t'embrasse. Mallory. »

Il reconnaissait l'écriture bien formée de Mallory, presque la même que quand ils étaient enfants.

Marc savait qu'il serait en retard à son travail. Mais ce serait la première fois.

Il prit ses clés de voiture, et sortit de l'appartement après avoir caressé Vénus, toujours aux anges quand Marc la câlinait.

Il démarra et se rendit chez lui pour se changer.
Il ne se sentait pas fatigué, lui non plus. Mais ce soir il dormirait un peu plus, il se le promit.

**

Mallory se sentait presque légère. Sa vie venait de prendre un tournant audacieux, elle comprit qu'elle était devenue, ces dernières heures, pratiquement imbattable.

Elle ne pouvait croire à ce hasard capricieux, elle venait de retrouver le seul homme qui l'avait toujours impressionnée, et pour qui, elle avait fait tant… Elle revoyait son visage enfant, quand la douleur trop franche le courbait d'un chagrin funeste.

Assise à son bureau, elle composa un numéro de téléphone, celui de Yohann son père.

- Bonjour ! C'est Mallory !
- Bonjour Ma Chérie, comment va-tu ?
- Très bien, j'ai rendez-vous tout à l'heure avec les médecins, et j'ai beaucoup de patients à consulter aujourd'hui. Tu sais, j'ai commencé à la Brigade des Mineurs, hier.
- Ah oui, comment cela s'est-il passé ?
- C'est autre chose que l'hôpital, mais c'est vraiment très intéressant, et figure-toi que j'ai retrouvé quelqu'un !
- Qui, dis-moi ?
- Tu te rappelles Marc, Marc Olivier.
- Bien sûr, je me souviens de lui, et tu l'as retrouvé ?
- Oui, il est Lieutenant de police là où je suis affectée, j'ai travaillé avec lui hier, toute la journée, pratiquement.
- Ça alors, le destin, c'est quelque chose !
- Oui, comme tu dis. Je suis tellement heureuse de l'avoir revu, et de pouvoir le revoir tout le temps, Papa, tu me comprends ?
- Oh oui, je te comprends, comme j'ai toujours compris ta motivation vis-à-vis de lui !
- C'est une autre histoire qui commence Papa, je suis comblée.
- Je te crois, tu es comme un petit oiseau ce matin, as-tu du temps pour m'expliquer les affaires que tu traites à la Brigade ?

- Oui, je compte venir vous voir demain soir, je dînerai avec vous. Je vous raconterai tout ça.
- Demande à Marc s'il veut venir, ce serait avec plaisir que je le reverrai, Claire est près de moi, elle le sera aussi d'ailleurs.
- D'accord, je ne sais pas s'il viendra, mais je le lui demanderai. Je t'embrasse, je dois aller en réunion, avec les psychiatres pour faire le point sur certains cas.
- Je t'embrasse aussi, Ma Mignonne, à demain.
- Je te rappellerai pour te dire l'heure à laquelle on viendra.
- Bisous.
- Bisous.

Mallory posa l'appareil, et sortit du bureau. Elle se dirigea vers la salle de réunion, devant laquelle, les médecins qu'elle connaissait, s'agitaient. Elle sourit à un bon nombre d'entre eux, mais ses yeux avaient puisé l'ultime lueur qui manquait pour leur donner cette nuance si merveilleuse. Aujourd'hui, elle avait la faculté d'être là, et d'être ailleurs aussi, à des milliers d'années lumière, dans un endroit synonyme de bonheur indiscutable, si proche de son cœur envolé.

***

Marc était en retard, mais, se sentit heureux. Il arrivait au Commissariat vers huit heures quarante cinq. Il croisa le Commissaire Narvé :

- Alors Marc !
- Oui, chef, je suis un peu…
- Bravo pour l'affaire de la gosse, c'est terrible, bon sang, si je ne me retenais pas, je les tuerais ces hommes.
- Oui c'est vrai, mais Mademoiselle Michel y est pour beaucoup, vous savez ! Elle a pu avoir l'aveu de Camille Revers, une fois que je suis sorti de la salle.
- Je n'en doute pas. Elle revient quand Mademoiselle Michel ?
- Demain, je crois, demain matin.
- Dîtes-lui que j'aimerai la voir quelques minutes quand elle pourra.
- Je n'y manquerai pas.

Marc avait la triste impression que quelque chose oppressait sa poitrine. Pourtant, tout était beau, tout venait de revêtir des couleurs plus somptueuses que jamais. Pourquoi ? Alors, pourquoi ? Il s'arrêta à la machine à café, il en aurait sûrement besoin de quelques-uns pour faire face à cette dure journée. Puis, il réalisa tout à coup d'où venait son angoisse, Mallory n'était pas là, à ses côtés. Il avait, tout simplement, peur de la perdre à nouveau. Il ne réalisait toujours pas cet exploit de la destinée, les ayant rejoints tous les deux, après toutes ces ères silencieuses. C'était de sa faute, il aurait pu lui écrire plus… Ah ! C'était fait, et puis, elle était là désormais. Mais elle avait peut-être quelqu'un dans sa vie… Il se refusait de sombrer dans la mélancolie, non, il n'avait pas le droit. Tout était dessiné d'un coup de crayon si pur, donc rien ne devait glisser vers l'absurdité.

***

Assis dans son bureau, il relisait le dossier de Camille en attendant l'avocat.

Absorbé dans ses recherches, il n'avait pas entendu la porte frapper la première fois. C'est à la deuxième qu'il dit d'entrer.

Une femme de quarante ans, l'air sûr pénétra dans le bureau de Marc.

- Bonjour, Je suis Maître Fervent-Dujardin, on ne se connaît pas encore, je viens pour le cas Revers
- Non, pensa-t-il tout haut, quoique ce visage lui rappelât quelque chose de familier, qu'il n'arrivait pas à détecter à cette heure confuse.
- Lieutenant, veuillez m'excuser, mais il semble que je vous ai déjà vu,
- Moi aussi, mais…
- Puis-je vous demander votre nom ?
- Lieutenant Olivier
- Olivier ?
- Oui, pourquoi ?
- Marc Olivier ?
- Oui,
- Mais enfin Marc, je suis Isabelle !
- Non pas possible !
- Si, c'est inespéré de se revoir ! Que deviens-tu ?
- Quand Mallory va savoir ça !
- *Mallory*, NON ! Parce que tu la vois toujours ?
- En fait, je viens de la retrouver. Elle travaille ici et à l'hôpital.

- Ça me ferait très plaisir de la revoir, ah ça c'est quelque chose !
- Elle aussi, il n'y a pas de doute. Je ne lui dis rien, on lui fera la surprise. Si tu veux,
- Bonne idée, je passe demain matin, elle est là demain ?
- Oui,
- Quelle destinée ! Ça alors ! J'espère qu'on se verra plus longuement, après, d'autant plus que Maître Lermer va cesser son activité, je serai l'avocat nommé d'office, on dira. Bon, là dis-moi, on a une sacrée affaire, peux-tu m'en dire un peu plus ?

Marc vit instantanément le professionnalisme d'Isabelle et se sentit rassuré pour Camille.

- Absolument, il y a une chance de sauver la gosse ?
- On peut la sauver, cas de légitime défense je suppose, j'ai déjà ma plaidoirie dans la tête et je sais ce que je vais dire aux jurés. Pauvre petite ! J'ai beaucoup de mal à contenir ma colère dans des cas comme ceux-là. JE NE COMPRENDS PAS LA MOTIVATON DE CERTAINS HOMMES, il faudrait tout de même QUE NOTRE SOCIETE REAGISSE CONTRE CES FLEAUX qui pervertissent à tout jamais la vie de nos enfants, dont les retombées ne peuvent être que fatales !
- Tu as tout à fait raison ! C'est le but que je me suis fixé aussi. Viens, je voudrai te présenter Camille, elle est dans la grande salle de l'entrée. Elle t'attend.
- D'accord.

***

Camille Revers était installée dans un des bureaux paysagers du Commissariat, et attendait Maître Fervent-Dujardin. Ce n'était plus Maître Lermer qui s'occuperait d'elle, mais cette autre dame. Elle avait les menottes aux poignets. Mais cela lui était égal. Elle avait passé une merveilleuse nuit, et cela faisait longtemps que cela ne lui était pas arrivé, elle était presque confiante, c'était elle qui devait avoir raison ! La justice devrait comprendre ça !

Pourtant, une odeur de pourriture l'étreignit à la pensée nauséabonde d'un tel monstre qui l'ébranlait, une fois encore, tel un hurlement profond, qui n'était autre que son propre cri lancé dans sa nuit terrifiante.

Quelque peu tremblante, elle regarda autour d'elle, il y avait beaucoup de remue-ménage dans ce commissariat. Tout bougeait à la vitesse de la lumière. Les gardiens de la Paix étaient vraiment très gentils avec elle, comment cela était-ce possible ? Celle qu'ils appelaient Amandine, lui apporta un café et des tartines, et l'accompagna prendre une douche, elle s'habilla des affaires propres qu'elle s'était emportée dans son sac à dos comme Marc le lui avait conseillé la veille.

C'est vrai qu'elle était tombée sur une équipe super, le lieutenant et la psy, si proches l'un de l'autre, il aurait fallu être aveugle pour ne pas le remarquer.

Ils semblaient la comprendre, elle Camille ou du moins comprendre son geste irréparable. Ils étaient là pour l'aider, il n'y avait pas de doute. Mais il y avait toujours l'imparable, auquel on ne peut rien faire.

Elle parcourut la pièce de son regard neuf, jusqu'aux frontières de son champ de vision. Plus loin, elle vit l'autre lieutenant, celui qui riait tout le temps avec un… Suspect ? Qu'avait-il pu faire pour atterrir dans un lieu aussi sordide ? Elle n'arrivait pas bien à apercevoir le visage car la personne en question lui tournait le dos, mais en regardant mieux, elle comprit que ce n'était pas un adulte, c'était vrai que cet endroit était destiné pour les Mineurs ici, c'était un jeune de son âge visiblement qui était là en train de subir un interrogatoire pas drôle du tout.

Le Lieutenant Béron, se leva de sa chaise et disparut quelques moments, l'air ennuyé, cette fois.

Le jeune garçon baissa la tête, et fit pivoter sa chaise, comme le font les enfants, quand plus rien d'autre ne peut les atteindre.

Brusquement, son regard arriva à la hauteur de celui de Camille. Le contact oculaire existe vraiment, quelquefois. Ils ne pouvaient se parler, mais ils se comprirent à la première seconde.

Ils auraient certainement voulu faire un bout de chemin ensemble, las d'avoir été autant lapidés par une vie qui ne leur ressemblait pas.
Camille était comme hypnotisée par le regard si angélique de ce garçon. Elle aurait aimé décharger les lourdes peines qu'elle avait depuis trop

longtemps gardées ancrées dans son corps heurté. Et lui de son côté, il aurait bien aimé lui raconter pourquoi il avait atterri là, pris en flagrant délit d'achat de stupéfiants. Mais hélas, on ne leur permettrait pas.

Le temps avait perdu sa signification, Camille comprit que le jeune homme avait une histoire des plus sombres tapie au fond de lui, et se disait qu'elle aurait voulu l'aider.

Peut-être dans une autre vie, ils seraient rapprochés pour connaître ensemble d'autres sentiments lumineux, ceux qu'ils avaient négligés depuis les tristes lunes d'antan.

- Bonjour Mademoiselle Revers.

Elle avait du mal à quitter ce regard qui connaissait tout d'elle, jamais elle ne pourrait éteindre le visage tellement amical, l'unique éclipse perçue en quelques minutes qui valait une vie non vécue. Jamais, elle ne pourrait effacer le visage de ce garçon aux traits presque trop féminins…

A contre cœur, elle détourna son regard, c'était le Lieutenant de police Olivier, qui venait d'arriver avec l'avocat, des choses sérieuses allaient débuter pour elle. Elle maîtrisa presque un haut de cœur et ferma les yeux quelques secondes.

Elle se leva, et jeta un dernier coup d'œil, le jeune garçon, devenu son ami pour toujours, lui tournait le dos à nouveau. L'autre Lieutenant était revenu à sa place et poursuivait son interrogatoire, le sourire aux lèvres à nouveau.

***

La réunion s'était terminée depuis quelques minutes. Les médecins sortaient déjà de la salle.

Mallory discutait d'un cas avec un des docteurs, celui de Anna Mignot, exactement. Mallory expliquait les progrès énormes et sensibles qu'elle avait discernés chez l'enfant depuis quelque temps. Le docteur, lui répondit qu'il était un peu trop tôt pour bâtir une conclusion.

Tout cela, Mallory le savait, et elle fut irritée tout à coup.

Elle quitta le médecin, et parcourut son agenda.

Elle devait voir ses patients qui n'attendaient qu'elle.

Elle traversa les couloirs de l'institution, d'un pas très rapide. Elle était un peu contrariée d'avoir presque perdu son temps si précieux durant cette réunion, alors qu'elle aurait pu avancer...

Elle retrouva Madame Adam, accompagnée d'un infirmier, qui cherchait toujours Victor.

Et Mallory imperturbable, disait les mêmes phrases pour réconforter :

- Non Madame Adam, je n'ai pas vu votre mari.
- Ah ! Si vous le voyez, dîtes-lui que je le cherche.
- Très bien, Madame Adam, je viendrai vous voir cet après-midi, on papotera, si vous le voulez.
- D'accord.

Puis Mallory croisa Henri Ventel, l'air heureux tout à coup. Il courut vers Mallory.

- Bonjour Mallory.
- Bonjour Henri. Vous avez une mine superbe. Que vous arrive-t-il ?
- Vous ne savez pas, vous ne savez pas, dit-il tellement excité. Il avait du mal à parler tant la nouvelle devait être importante.
- Du calme Henri, je ne pourrai jamais savoir ce qui se passe si vous ne vous calmez pas.
- Ma femme et mes enfants viennent me voir tout à l'heure. Je suis tellement heureux, C'est grâce à vous.
- Je suis très heureuse pour vous, et puis, je n'ai rien fait, c'est grâce à vous. Les choses s'arrangent d'elles même parfois. On se voit tout à l'heure ?
- Oui, à tout à l'heure, Mallory.

Ce qu'ignorait Henri, c'est que Mallory devait être née ange gardien. Elle avait pris l'initiative d'aller voir sa famille et de trouver les arguments percutants pour persuader sa femme et son fils de mettre un peu plus d'humanité envers Henri, car il avait franchi la frontière de l'endurance et pouvait de ce fait sombrer dans sa folie, voire pire, et cela sans aucun doute, il était tellement las de combattre. Et, il semblait que Mallory avait réussi, cette fois encore !

Mallory, souriant, rejoignit le pavillon des enfants avec une légèreté surnaturelle.

Il lui tardait de retrouver ses petits.

Un nouvel arrivé était installé dans une chambre aux murs blancs. Antoine Leclerc n'avait que sept ans, et sa vie remplie de monstruosités lui avait valu plusieurs séjours à l'hôpital, en chirurgie orthopédique, en l'occurrence.

Tout comme Anna, il dessinait, et écrivait en déposant ses malheurs sur le papier amical. Mais lui était un hyperactif, contrairement à l'autre enfant qui s'était murée dans un silence de plomb.

Les dessins d'enfants, source de pureté, ne sont-ils pas révélateurs de faits bien plus cachés que la vérité que l'on exige d'eux ?

Ne sont-ils pas le reflet de nos âmes tourmentées ? Et quand bien même, si des couleurs vives sont utilisées, n'est-ce pas pour induire en erreur l'adulte en face d'eux ? Chaque nuance apporte pourtant une réponse à la nature de la balafre suintante, laissée là par hasard, pendant une éternité douloureuse, sans que personne ne vienne la panser afin d'amoindrir le mal tenace.

Mallory pénétra dans la pièce. Le gosse sauta de sa chaise et vint l'embrasser.

Bonjour Antoine. Comment vas-tu ? Tu ne devrais pas trop bouger, avec ton plâtre.
Oui, je sais, mais ce n'est pas marrant de rester sans rien faire.
Tu as dessiné aujourd'hui ?
Oui, tout ça, dit-il en montrant un tas de feuilles utilisées sur la table.

Mallory ne laissait rien au hasard. Elle regardait, non elle scrutait les dessins, l'air de rien, pour avoir, on ne sait jamais quelque indice si précieux.

Elle eut un pincement au cœur, il y en avait un qui disait simplement :

« *C'est Maman qui m'a poussé dans les escaliers.* »[29]

Antoine comprit que ce mot choqua Mallory, mais n'en démordait pas, car c'était malheureusement vrai.

Sa mère montrait des signes de déséquilibre depuis quelques temps, et ne pouvait plus s'occuper du petit trop turbulent à son goût. Et un jour, alors qu'elle traversait une de ces crises terribles, elle saisit le petit et le poussa. Au début, on le crut mort. Le père, heureusement présent, prit l'enfant dans ses bras et l'emmena tout de suite à l'hôpital. Il était interdit que la jeune femme restât seule avec l'enfant. Ce n'était pas la première fois, mais celle-ci fut décisive pour son jugement. Elle fut déclarée irresponsable, et placée sous haute surveillance dans une unité psychiatrique en prison.

Il faut dire que la grand-mère d'Antoine souffrait de crises fréquentes, et avait fait de nombreux séjours dans les hôpitaux. Et la mère d'Antoine, ne reproduisait-elle pas le même schéma avec son propre fils ?

Le père du petit venait tous les jours le voir et prendre des nouvelles. Il avait hâte de retrouver son petit qu'il fût extrêmement turbulent ou pas.

Le papa d'Antoine avait annoncé à sa maman qu'il voulait la quitter, et qu'il ferait tout son possible pour avoir la garde de l'enfant.
Depuis ce jour, ce fut une multitude de plaies inexpliquées et inexplicables que devait subir le petit Antoine, pourtant si attachant.

- Alors Antoine, ta jambe ? Demanda Mallory.
- J'ai plus mal ! Dit enfant en montant sur la chaise.
- Tu connais Anna ?
- Anna, oui, elle est super ! Elle ne parle pas, mais elle dessine bien, mieux que moi.
- Ne dis pas ça, elle est plus grande que toi.
- Tu dis ça pour me faire plaisir.
- Pas du tout, et tu le sais. Je dois aller la voir aujourd'hui. Vous pourriez passer quelques heures ensemble, je vais le soumettre. Je reviendrai te voir plus tard Antoine.
- D'accord Mallory, j'aime bien quand tu viens me voir.

[29] Mot déconcertant d'un enfant effectivement trouvé dans une clinique de

la région parisienne, dans la salle d'attente.
- Moi aussi, tu me fais une bise ?
- Oh ! Oui.

Sur ce, Mallory récompensée par ce geste très affectueux, regarda sa montre, il devait être plus de treize heures. Elle sentit dans son corps la faim qui la tiraillait.

Elle sortit de la pièce et rencontra Henri et sa famille qu'il serrait très fort dans ses bras. Il était comme métamorphosé cet Henri. Quel bonheur de pouvoir le regarder vivre heureux, étincelle fragile des moments de bonheurs que nous octroie la vie capricieuse ! A ce moment-là, Henri voulut les croquer à pleines dents.

**

Camille avait quitté le Commissariat pour un Centre de détention pour mineurs en attendant le procès. L'entretien avec l'avocat, Maître Fervent-Dujardin, s'était très bien passé. Camille avait répété les faits, tels quels, en n'ajoutant rien qui puisse dénaturer l'affaire. Elle était forte Camille, et cela devenait très réconfortant. Mais, il serait bon que le temps pût se pencher sur elle et lui témoigner un peu de consolation tellement convoitée ? Marc semblait optimiste sur cette histoire.

Assis dans son fauteuil, il repensait pendant quelques instants, à ces dernières vingt-quatre heures, inoubliables.

Mais, le calme propice, ne dura pas longtemps. Le téléphone le tira de ses pensées :

- Allô ! Lieutenant Olivier.
- C'est moi, dit la voix.
- Mallory, tu vas bien ?
- Oui, beaucoup de travail.
- Moi aussi, J'ai téléphoné à mon père, tu te souviens de lui, il nous invite demain soir à manger, tu peux ou veux venir ?
- Ce serait avec plaisir, mais ici, on ne finit pas trop tôt.
- Quand tu pourras ! Il voudrait te revoir.
- Moi aussi.
- A demain, alors, tu passes me prendre chez moi à huit heures et je te conduirai.
- A demain. Merci d'avoir appelé.

- Je t'embrasse.

Sur ce, il raccrocha et regarda le jeune assis en face de lui qu'on venait d'amener dans son bureau.

Le jeune homme de dix-sept ans, pris en flagrant-délit d'achat de substances amphétaminiques. [30]

Si jeune, si doux, plongé dans l'univers de la drogue, des « amphé », comme on dit, le « speed » dans la rue.

Avant de subir l'interrogatoire de fortune, Marc voulait regarder dans son fichier, si ce garçon était fiché ou pas, et lui demander les questions d'usage, nom, prénom, adresse, statut...

Installé dans la salle des auditions, le jeune garçon montrait beaucoup de bonne volonté à répondre aux questions de Marc. Il se nommait Jérôme Le page. Il avait dix-sept ans, et était lycéen, mais cela faisait longtemps qu'il n'était pas allé à l'école. L'adresse du domicile donnée était fausse. Ce qui interloqua Marc. Pour quelles raisons ?

- On a retrouvé des capsules, de la poudre marron sur vous, en bon nombre. Après analyse du produit, on a détecté que c'était de «l'ecstasy» ou du «speed». Vous savez ce que c'est, je suppose et quels en sont les méfaits ? Pourquoi avez-vous ce genre de drogue sur vous ?
- Pour ma propre consommation.
- Ça fait beaucoup, non ?
- J'en prends beaucoup !
- Vous en vendez ?
- Non.
- Depuis combien de temps prenez-vous ces substances ?
- Depuis l'adolescence.
- C'est-à-dire ?
- Depuis l'âge de douze ans.
- Avez-vous pris d'autres stupéfiants ?
- Oui, du cannabis, de temps à autre, mais cela ne me procure pas le plaisir recherché.
- Et que recherchez-vous ?
- N'être jamais fatigué, rester éveillé le plus longtemps possible, cela permet d'accroître l'endurance, j'ai une pêche d'enfer ! Je

---

[30] L'amphétamine est une substance qui stimule l'activité cérébrale, diminue le sommeil et la faim, dans *le Petit Larousse 2003*

me sens si bien et cela me donne une grande confiance en moi, que je n'ai jamais en temps normal.
- Vous savez qu'après tout ce temps, vous êtes sans doute dépendant ?
- Oui, mais je ne veux pas arrêter, je ne peux pas !

Marc eut un léger pincement de cœur, et regarda en face de lui, le jeune homme, toujours calme et si triste.

Quel pouvait donc être le mystère impénétrable et sournois de Jérôme pour être devenu autant soumis à ces molécules chimiques qui lui apportaient « le paradis artificiel » tant attendu ?

- Vous en vendez ?
- Non, je vous l'ai déjà dit !
- Votre cas est ennuyeux, vous me faîtes penser au cas typique du dealer. Nous, ce qu'on veut, c'est des noms, pour remonter la filière, vous comprenez, car demain, si ça se trouve, des gens comme vous, iront vendre leurs saletés devant la porte d'un Lycée, et tueront des jeunes, qui n'on rien demandé. Si vous en vendez, votre situation est plus compliquée vis-à-vis de nous, et vous êtes coupable, et répréhensible par la loi.
- Je ne les vends pas, et je ne veux surtout pas en vendre aux jeunes de mon âge. Je ne suis pas fou.
- Vous connaissez le nom de la personne qui vous a vendu ces produits ?
- Oui, mais, je ne peux pas vous les donner, vous comprendrez !
- Non, je ne comprends pas. Vous savez les effets immédiats après la prise, la tension artérielle augmente, la bouche devient sèche, les sueurs sont abondantes, la pupille s'élargit, vous êtes au courant des risques cardiaques encourus ?
- Oui.
- Ça ne vous gène pas ?
- Non, j'ai l'habitude.
- Vous connaissez les conséquences d'une prise régulière ?
- Oui !
- Et bien, il y a une évidence certaine qu'un bon nombre de cellules du cerveau peuvent être endommagées, et cela engendre des risques de perte de mémoire. Comment vivez-vous ? Vous ne travaillez pas ?
- Non, je vis dans un squat chez des copains.

- Pourquoi pas chez vous ?
- Il y a longtemps que je n'ai plus de chez moi, vous savez !
- Pourquoi dîtes-vous ça ?

Jérôme sourit jaune, comme pour cacher un traumatisme dont il n'était pas encore guéri, ce qui fit frissonner Marc soudain.

Il était plus de seize heures. Marc ferma les yeux. Il se leva et sortit de la salle pour mettre un peu d'ordre dans ses idées, et demanda à Lionel de prendre le relais.

Jérôme n'avait pas l'air d'être bête, mais tellement « accro » de cette drogue, surtout s'il la prenait depuis si longtemps. Il était si maigre ! Que cela en faisait de la peine ! L'appétit devait être inexistant, et cela, malgré lui, rappelait à Marc quand, dans sa vie noire, il ne pouvait rien avaler.

Mais que pouvait-il donc être arrivé à ce garçon de si terrible pour ne plus vouloir rentrer chez lui ?

***

Mallory était contente d'avoir eu Marc au téléphone, il n'avait pas dit non pour le dîner, non plus. Génial, se répétait-elle, en volant vers la chambre d'Anna, qui semblait l'avoir reconnue de suite.

- Bonjour Anna !
- …
- Tu vas bien ? Ça me fait très plaisir de te voir.
- …

En entrant dans la pièce, Mallory s'arrêta net, quelque chose était bizarre. Sur tous les pans du mur, habituellement colorés, à cet instant, des dessins accrochés, avec de grosses lettres, sur lesquels on lisait :

« JE T'AIME MALLORY » «JE T'AIME MALLORY » « JE T'AIME MALLORY » « JE T'AIME MALLORY »

Pour Mallory, il n'y avait plus de doute, Anna voulait à nouveau communiquer, si ce n'était pas avec le monde extérieur, c'était au moins avec elle.

Mallory eut une idée, qui se voulait méritante.

Elle prit une feuille blanche à son tour et écrit sur presque toute la totalité de la feuille :

« MOI AUSSI ANNA et TRES FORT ! »

Anna lut la feuille en question et semblait sourire de tant de beautés à venir. Là-dessus, elle se coucha sur son lit, elle avait l'air tellement fatiguée.

Mallory embrassa la petite, et sortit.

***

Vers dix-neuf heures, Marc informa Jérôme qu'il resterait dans le commissariat ce soir, ils avaient encore besoin d'informations que le jeune homme n'était pas pressé de leur donner.

Il appela André, le Gardien de la Paix pour mettre le jeune homme en cellule. André demanda :

- On prévient les parents, chef ?
- On verra demain, dit-il en scrutant le visage torturé presque trop efféminé devant lui.
- ***Non, Lieutenant, pas ma mère, s'il vous plaît ! Je ne dois pas rentrer chez elle, je ne dois pas rentrer ! Vous n'avez pas compris, c'est pour cette raison que je prends ces trucs, c'est pour rester éveillé, pour ne pas rentrer « chez elle » !***
- Ne t'inquiète pas, on en reparlera demain. Essaie de dormir un peu.

Quel pouvait donc être la lourde pénitence pour ce jeune garçon forcé de prendre des molécules chimiques dangereuses pour ne jamais s'endormir au risque de se perdre !

Marc se trouva chez lui vers vingt heures, tout en sachant que ce cas le triturerait comme tous les autres, avec l'aide de Mallory, demain, peut-être, il en saurait un peu plus long.

***

Mallory ferma la porte de son appartement bien calme. Seule, Vénus vint lui faire la fête comme à l'habitude, et cela lui rappela les qualités inoubliables de son amie féline.

- Ah ! Ma Vénus, comment vas-tu ce soir ? Je sais, tu me diras que la journée a été longue, mais j'ai bien avancé, maintenant je suis là, je m'occupe de toi.

Puis, Mallory sentant les effets de cette longue journée, mit une musique de décontraction. Elle s'allongea sur son lit et commença à faire de la relaxation-sophrologie, celle qui apaise tant les tensions démesurées. Elle fit attention à sa respiration qui devenait de plus en plus calme et régulière.

Elle savait que ce moment serait source d'inspiration, et c'était ce dont elle avait véritablement besoin.

Une fois que tout son corps avait trouvé le chemin de la simple détente, elle s'évadait vers un paysage imaginaire qui incarnait la tendresse à l'état pur, et permettait à ses cinq sens de s'émoustiller devant tant de merveilles. En général, c'était souvent une plage sur laquelle elle était assise, devant un superbe coucher de soleil, en apportant la dernière touche de l'artiste peintre, le rayon vert, était aussi du spectacle. Après cette vision paradisiaque, elle donnait à ces sens la possibilité d'apprivoiser le toucher du sable, l'odeur de la mer, le bruit des vagues se décuplant inexorablement sur le bord de la plage, ceci afin de pourvoir s'en souvenir de temps à autre.

Ensuite, avant de reprendre contact avec la réalité de la pièce, elle répétait ces mots de chaleur qui l'avaient tant émue, quand elle n'était qu'une toute petite fille :

« *Approfondissez les trois qualités en vous, qui vous permettront de ponctuer l'entretien avec votre corps :*

- *votre capacité à entreprendre et votre enthousiasme,*
- *l'harmonie physique et mentale et*
- *votre confiance en vous et en l'avenir »*

Son avenir, c'était quelque chose qui semblait assez brumeux, pour le moment mais elle venait de découvrir, depuis peu, qu'une franche étincelle lui avait permis de voir le bout de sa route piétinée.

Après cet intermède, elle se sourit à elle-même, et se coucha en attendant avidement demain.

9 - *A chaque question, une réponse*

Il était près de huit heures trente quand Marc arriva au Commissariat, suivie par Mallory qui semblait voler littéralement.

- Mallory ! Lui dit-il, en la prenant dans ses bras.
- Bonjour Marc, tu as pu dormir ? Dit-elle en s'imprégnant de cette force interne et en sentant son parfum délicat.
- Oui, et toi ?
- J'ai fait une bonne séance de relaxation et j'ai dormi comme un bébé.
- Oui, c'est vrai que tu as l'air très reposé. Il faudra que tu m'expliques pour la relaxation.
- D'accord, quand tu veux, tu verras, quand tu commences, tu ne peux plus t'arrêter, c'est comme une drogue.
- C'est une excellente entrée en matière, nous avons le cas d'un jeune qui est là depuis hier, il a été pris en flagrant-délit d'achat de stupéfiants, qu'il dit pour sa propre consommation. Il en prend depuis l'âge de douze ans. C'est bien que tu sois là, car c'est un malin, mais aussi, il m'a profondément touché hier. Il est maigre. Il doit y avoir quelque chose, il a une peur dès que je prononce le mot « mère » ou « chez vous », qui ne l'est plus depuis longtemps.
- Bien, où est-il ?
- Amandine, tu peux aller le chercher s'il te plait ? Merci

Sur ce, Amandine, qui ne souriait pas du tout, cette fois, alla chercher le jeune homme qui l'attendait déjà. Le cas lui semblait grave, sans doute était-elle alertée par cette intuition féminine qui savait braver tous les dangers ou presque.

Marc, en souriant, accompagnée d'une femme de quarante ans, l'air certain, dit à Mallory

- Mallory, je voudrai tout d'abord te présenter Maître Fervent-Dujardin qui assurera la défense de Camille.
- Bonjour, Mallory Mi..., Attendez là, Isabelle ?
- Oui Bravo Mallory tu es vraiment physionomiste, c'est bien moi, je serai l'avocat désigné d'office à présent.
- Tu n'as pas changé !
- Tu parles, quelques kilos et quelques rides engendrés par le

mariage !
- Tu as des enfants ?
- Oui, deux filles, huit et cinq ans.
- Isabelle, Je suis si contente de te voir, dit-elle en se jetant dans les bras de cette femme qui s'était tant occupée d'elle, « comme une petite mère », quand elle était enfant.

Une minute s'écoula pour le temps de ces retrouvailles merveilleuses.

- Bon, les jeunes, il faut que je file, mais on va se revoir, je vous appelle bientôt pour qu'on mange ensemble, un de ces jours.
- Oh ! Oui, ce serait avec plaisir. On va mettre ça au point.

La-dessus, Isabelle, le sourire aux lèvres, s'en retourna vers ses dossiers des plus vulnérables.

***

Dans la salle des auditions, Marc menait l'interrogatoire, puis Mallory reprendrait la relève pour tout ce qui paraissait être plus sensible.

- Alors Jérôme, tu ne veux rien dire de plus qu'hier ? Tu vois, nous avons un problème car nous pensons que tu es un dealer, et ça c'est impardonnable, comme ce que tu fais subir à ton corps.
- Non, je vous l'ai dit, je ne vends pas.
- Quelle est la fréquence de ces achats ?
- Une fois tous les quinze jours.
- Ça fait beaucoup, non ? Tu ne crois pas ?
- Oui, je sais…
- Vous voudriez arrêter, Jérôme, demanda brusquement Mallory.

C'était la première fois que leurs regards s'échangèrent. Mais Mallory comprit qu'il devenait très mal à l'aise, ce n'était pas tant la question, mais le fait d'être questionné par une femme, et de soutenir son regard inquisiteur.

- Oui, sans doute, mais c'est trop tard !

- Ce n'est jamais trop tard, Jérôme. Des centres de désintoxication sont là pour vous permettre de vous en sortir ! Il suffit de dire que vous être prêt !
- Je ne sais pas !
- Comment tu vis Jérôme si tu ne vends pas cette saleté ?
- Je fais des petits boulots.
- Quoi, par exemple, demanda Mallory qui avait des doutes certains sur la capacité de travailler du jeune, compte tenu de son état de santé.
- Dans les magasins, je place dans les rayons les marchandises.
- Oui, autre chose ?
- Je m'arrange, j'ai des copains qui me donnent des tuyaux sur des boulots.
- Ça ne fait pas grand chose dans la balance ? dit Marc
- Non c'est vrai ! Mais je me contente de peu.

Marc comprit que Jérôme cachait quelque chose de très important à ses yeux. Il fallait, de gré ou de force ouvrir l'abcès.

- Et tes parents, qu'est-ce qu'ils font ?
- Je n'ai jamais connu mon père, quant à… ma … mère,

Jérôme se sentait de plus en plus asphyxié par la vérité qui se resserrait sur lui, telle un étau.

- Oui, Jérôme, redemanda Mallory, qui saisit le regard affolé de l'adolescent.
- Je ne peux pas rentrer chez moi.
- Pourquoi ?
- Parce qu'on ne s'entend pas, là, voilà.
- Vous êtes sûr Jérôme que c'est tout ?
- Oui, elle m'a mis à la porte.
- Depuis combien de temps êtes-vous à la porte ?
- Ça fait deux ans, maintenant.
- C'est à la suite d'une dispute ?
- Oui, si on veut.
- Quoi, si on veut ?
- C'est vrai on s'est disputé et elle m'a mis dehors, mais j'attends parfois qu'elle ne soit pas là et je rentre dans l'appartement. Mais l'autre jour, elle m'est tombée dessus.

Brusquement, il porta la main à son cou, comme s'il voulait respirer un air difficilement respirable.

- Et, continua Marc
- Elle… me hait, et je ne comprends toujours pas pourquoi.
- Il va falloir qu'on prenne sa déposition, on va aller chez toi.
- Non, s'il vous plait, elle croira que je vous ai parlé. Elle me tuera.
- Tu as des choses à nous dire alors, on t'écoute, mais on ira tout de même la voir.
- Va-y Jérôme, nous sommes là pour t'aider. Tu peux parler ici.

***

Marc, Mallory et Amandine garèrent la voiture de police au parking situé devant l'appartement, au 19 rue des Blancs Manteaux.

L'escalier était raide, mais ils les gravirent tout de même jusqu'au troisième étage.

Marc sonna à la porte. Une femme de quarante ans à peine vint leur ouvrir, bien habillée, bien maquillée.

- Madame Lepage ? Demanda Marc
- Oui pourquoi ?
- Lieutenant Olivier, Mademoiselle Mallory et le Gardien de la Paix Verdier.
- Pouvons-nous entrer Madame, nous avons quelques questions à vous poser ?
- Pourquoi, et je dois vous avouer, que je suis assez pressée, j'allais sortir.
- Oui, mais nous ne pouvons attendre. C'est à propos de Jérôme, Madame Lepage.
- Ce chien de gosse. Qu'est-ce qu'il a fait encore ? Il est né pour me rendre folle.
- Non, je ne crois pas, Madame.
- Il a fait encore des bêtises, il va mal finir, mais il ne veut rien entendre cet imbécile !

Mallory, Amandine et Marc demeuraient quelque peu choqués du comportement de la mère de Jérôme. Mais ils approchaient de leur but.

- On peut entrer ?
- Oui, dit-elle à contre cœur.
- Vous avez remarqué que Jérôme avait beaucoup maigri ces derniers temps ?
- Non pas du tout.
- Qu'il avait hélas sombré dans la drogue, les amphétamines pour être exacts.
- Je ne ferai pas plus que ce que j'ai fait pour lui, il se débrouillera. Je ne veux plus avoir affaire avec lui.
- Où est votre mari, Madame ?
- Mari ? Lança-t-elle avec un sourire narquois. Pas de mari, pas de mari.
- Vous êtes divorcée ? Séparée ?
- Non, cria-t-elle presque, dans un sanglot refoulé.
- Vous savez que Jérôme a pris durant cinq ans des produits toxiques, et nous voudrions comprendre pourquoi et l'aider désormais. Comment faisait-il pour se payer des substances excessivement chères, quand on sait qu'il n'avait pas d'argent ?
- Il ne vous l'a pas dit, ce misérable ?
- Non, enfin peut-être.
- Il se prostitue, oui, il se prostitue, quand je disais qu'il était anormal. Il m'aura tout fait !
- Quand vous dîtes qu'il se prostitue, nous sommes d'accord qu'il va avec des hommes ? Nous le savons, il nous la dit.
- Bien oui, il faut vous faire un dessin, c'est un pervers.
- Ce n'est pas ce que nous pensons de lui, Madame Lepage. Il est tombé bas, car il s'est retrouvé seul au monde, sans aide de ses proches.
- Je l'avais prévenu de ne pas faire ses magouilles, qu'il serait pris par la police.
- Nous pouvons voir sa chambre, Madame Lepage ?
- Chambre, vous n'avez pas le droit ?
- Si, Madame, on vous suit.

Madame Gloria Lepage, hésita un moment avant d'ouvrir la porte, d'une chambre... Ciel, ce n'était pas une chambre ! C'était un misérable placard, sans électricité dans lequel il y avait la place que pour un matelas sans drap, ni couverture !

Mallory écrivait ce qu'elle voyait, Amandine recula d'horreur, et Marc lança un regard rempli de colère à cette femme.

- Bon maintenant, Madame Lepage, nous voulons en savoir plus sur vous, sur votre vie, sur votre fils, car vous m'étonnez beaucoup si vous pensez que cela est une chambre, je pourrai vous dire que je ne le crois pas. Et cette autre pièce ?
- C'est pour me détendre !
- Vous plaisantez !
- Non !
- Comment est votre chambre, comme celle-ci ? Vas voir Amandine !
- Qu'est-ce que vous voulez à la fin, je dois partir, j'ai rendez-vous !
- Votre rendez-vous attendra. Asseyez-vous et expliquez-nous pourquoi votre fils vivait dans ce placard ? Dit Mallory très sèchement.

Gloria Lepage sentant qu'elle ne pourrait se débarrasser d'eux, s'assit en se tordant les mains.

Sans doute, ne savait-elle pas par quoi commencer.

Et puis, à force de ressasser toutes ces peines depuis des années de ténèbres, les mots sortaient tout seuls, lui donnant un air extrêmement cruel.

- Je n'étais qu'un pari,
- Comment ça un pari ?
- Le père de Jérôme avait fait le pari avec ses copains de me séduire, et je ne me doutais pas du piège, je croyais qu'il m'aimait tout simplement comme des gens heureux. Donc après cette nuit, je suis tombée enceinte. Dès cet instant, j'en ai voulu à cet enfant que j'attendais. Je le détestais déjà. Le pire, c'est quand je croisais le père avec ses copains, ils riaient de me voir grossir, et moi, je me sentais de plus en plus mal, rêvant de vengeance inassouvie, je passais ma hargne sur le gosse, qui était très dur. Il était dans mes pattes, je ne pouvais pas vivre ma vie comme je l'entendais.

Ce que racontait Gloria était prodigieusement monstrueux, Amandine et Mallory écoutaient très attentivement, et Marc posait les questions. Ce que voulait dire cette femme, c'est qu'après cet épisode malheureux, elle avait décidé qu'elle n'aimerait pas l'enfant de la haine, qu'elle lui ferait payer ses misères et le culpabiliserait.

Pendant la petite enfance de Jérôme, c'était sa grand-mère qui s'occupait de lui, elle n'était pas tendre, mais au moins elle ne lui faisait pas de mal. Et puis, un jour, elle s'était éteinte, et c'est à partir de ce jour que les choses s'aggravèrent pour l'enfant.

Elle lui attribua cette minuscule chambre noire qui le terrorisait tant. Souvent, le soir, le petit hurlait parce qu'il entendait du bruit, et cela la dérangeait considérablement, elle recevait des hommes, du même type, qui ne venaient là que pour une nuit de plaisir avec elle qui s'était vouée à cela depuis la fameuse nuit.

Elle se levait et se mettait à crier sur le gosse a demi-endormi ou le ruait de coups pour lui apprendre à ne pas la déranger la nuit.

Souvent, c'était les hommes qui l'arrêtaient en lui disant que c'était un môme et qu'elle était folle, sur ce, ils sortaient de la pièce en claquant la porte.

Peu à peu Jérôme, quand il eut l'âge de comprendre les choses des grands, eut un réel rejet de sa mère, de la femme en général, d'où son attirance pour les hommes, auprès de qui, il recherchait le père idéalisé. C'était très rare qu'il les fît payer, mais étant sans ressources, parfois il n'avait pas le choix.

Souvent, il ne comprenait pas pourquoi elle le détestait tant, quand elle lui posait une question, elle le rabrouait, en lui disant qu'il était bête et qu'il ne comprenait rien.

Quand elle avait ses crises, il lui arrivait de le cogner jusqu'à qu'il soit à terre. Après cela, le petit se sentant inutile et mal aimé voulait en finir. Bien sûr, en prenant ces molécules chimiques, il avait choisi un moyen bien singulier de vouloir mettre un terme avec sa vie torturée, et il savait que cela prendrait des années avant que tout fût terminé, il fallait que la sentence soit terrible. Il n'avait pas réussi à susciter l'amour de sa propre mère, il se sentait donc coupable. Il n'avait pas pu vivre correctement son « Œdipe » et tout son corps en était recouvert de plaies profondes. Les amphétamines qu'il prenait calmaient le désespoir grondant au fond de lui, jusqu'à une prochaine fois plus ou moins endurcie.

Ce sale gosse, je ne veux plus le voir ici, je l'ai déjà mis dehors. Je l'aurai, un jour c'est sûr !

- Oh ! Ce n'est pas la peine, il a voulu maintes fois en terminer avec tout ça, il a choisi ce chemin, un des plus redoutables, la drogue.
- Qu'avez-vous fait de toutes ses affaires ?
- Je les ai jetées.
- Jetées, comme ça, il n'y a plus rien ici qui lui appartienne ?
- C'est exact, je ne supportais pas de trouver des choses à lui.
- Pensez-vous que c'est un endroit pour un enfant ?
- C'est tout ce qu'il mérite ! Je me souviens, il faisait des crises par terre, « épilepsie » ont dit les médecins, mais je lui ai passé l'envie de recommencer.
- Jérôme a de nombreuses traces très anciennes de coups sur le corps, même de brûlures de cigarettes, qu'avez-vous à dire ?
- Il faisait tout pour me rendre folle.
- Pensez-vous que quelqu'un d'autre que vous le frappait ?
- Il l'aurait bien mérité, je ne le vois plus.
- Nous avons dit anciennes, pas récentes.
- Et pour les brûlures ?
- Je ne vois pas ?
- Vous auriez oublié ?
- Non, mais c'est fait, et s'il fallait que je recommence, je le referais, il a tout gâché, il a gâché ma vie ! IL A GACHE MA VIE….
- Et bien, Madame Lepage, dit Mallory, nous pensons qu'au départ, Jérôme était un enfant privé de son père, a reporté tout son amour pour vous et vous l'avez dénigré, maltraité psychiquement et physiquement pendant des années. Et que par la force des choses, il est devenu hors de la société. Nous pourrons peut-être l'aider encore…
- Je ne pouvais pas le supporter, je voulais le tuer à chaque moment.
- Nous avons aussi décelé des marques de strangulations sur le coup.
- Ça date de la dernière fois, d'habitude il ne se rebiffait, mais cette fois, il avait failli me mettre à terre.
- Savez-vous que vous si vous n'aimiez pas Jérôme, lui, vous a aimée et chérie très longtemps. Mais quand il s'est aperçu que vous ne l'aimiez pas, il s'est senti inutile, ce qui la conduit à faire des choses qui l'auraient dévalorisé tôt ou tard. En fait, il vous a envoyé plusieurs messages de SOS, que vous n'avez pas su ou pu décrypter. Si vous aviez entendu ses

cris d'enfants, vous auriez pu l'aider à combattre ces fléaux qui l'ont perverti, et qui le tuent à petits feux. Pourquoi tant de haine vis-à-vis de votre enfant, il aurait fallu que vous l'aimiez, que vous lui donniez tout l'amour qu'une mère peut donner à son enfant et redoubler cet amour pour combler l'absence du père. Vous auriez pu être unis contre tout. Au lieu de cultiver la haine, il aurait fallu accroître l'amour pour cet enfant qui vous l'aurait rendu au centuple.
- Jamais, je l'aurais tué plutôt que de le prendre dans mes bras et l'embrasser.
- Vous allez nous suivre Madame !
- Comme vous avez dû souffrir Madame Lepage ! Dit Mallory, d'une voix éteinte.

Marc et Mallory se regardèrent en proie à une forte émotion suite à cette séquence des plus anarchiques.
Personne ne parlait dans la voiture. L'ambiance était pesante.

***

Jérôme était toujours dans la salle d'audition, Marc et Mallory lui racontèrent ce qui s'était passé, pendant que Lionel, assis à son bureau, prenait la déposition de la mère, qui venait de prendre dix ans brusquement.

- Qu'est-ce que tu voudrais faire, Jérôme après ça ?
- Et bien je réfléchissais, je pense que je vais arrêter ces bêtises !
- C'est vrai, nous pouvons t'aider si tu le veux, je connais des adresses pour une désintoxication et des centres de réinsertion, dit Mallory, on peut passer quelques coups de fil et placer ton dossier en urgence.
- Quelle est ta vocation ?
- J'aurais aimé être luthier ?
- Ah ! Oui, pourquoi « aurait aimé » ?
- J'aime le son du violon, il semble pleurer, il a son âme.
- Connais-tu la musique ?
- J'ai une méthode de solfège, mais j'ai tout abandonné depuis…
- Bon, Jérôme, le passé est le passé, on va pouvoir t'aider. Tu vas voir. Mademoiselle Michel va prendre soin de toi. Et tout devrait s'arranger, mais ceci c'est au prix de sacrifices et de

douleurs aujourd'hui.
- Je sais.

Soudain, la porte de la salle s'ouvrit, et André se précipita :

- Chef, Amandine craque, elle pleure, je n'arrive pas à la calmer.

Marc regarda Mallory comme un SOS.

- J'y vais, André, j'arrive.

Là-dessus, Mallory vola hors de la salle, et se dirigea vers les toilettes, dans lesquelles il y avait trop de monde à son goût.

Mallory vit effectivement Amandine, pleurant à chaudes larmes, après avoir vraisemblablement vomi, comme pour montrer son rejet. A cet instant, Mallory pensait qu'elle ne présentait plus aucun danger.

- S'il vous plait, Messieurs, laissez-moi passer, et sortez !
- Bon, Bon Bon.
- Dîtes-moi Amandine, que se passe-t-il ? Vous êtes choquée par ce qu'on a vu aujourd'hui ?
- Oh Oui, c'est affreux, je n'ai pas pu, excusez-moi !
- Mais vous êtes excusée, Je sais que c'est dur, mais vous savez, hélas ça existe bien plus souvent qu'on ne le croit. Notre rôle, c'est de venir en aide à ces autres qui en ont besoin, d'informer les gens pour que cela se passe le moins possible, désormais.
- Je ne peux pas m'y résigner, c'est vraiment affreux. Une propre mère qui fait ça à son enfant !
- C'est, hélas le lot quotidien de certains enfants misérables ! Mais je vous promets que nous les aurons. JE VOUS LE JURE, et nous les châtierons, ces adultes qui mettent en péril l'avenir égaré de nos enfants ! Que ce soit la maltraitance, que ce soit la prostitution, la drogue ou le viol.
- Comment s'y prendre ?
- On y arrivera. Vous avez été choquée par cette situation difficile. Vous avez eu une famille unie ? Ou du moins une mère qui vous aimait ?

Amandine se souvint de ses parents, combien ils avaient été bons pour elle.

- Oui, mes parents ont été merveilleux. Ils me comprenaient beaucoup.
- Et Bien, Amandine, c'est ce qu'il faut vous souvenir, des moments les plus beaux pour les garder en mémoire, car il n'y a que ceux-là qui comptent.
- Merci, vous êtes si bonne. Vous connaissez bien Marc ?
- Oui, on se connaît depuis plus de vingt ans, et on s'est perdu de vue, et la vie nous a réunis cette fois encore.
- Elle est belle votre histoire.
- Nous ne sommes que des amis ! Dit-elle en rougissant un peu, ce qu'Amandine perçut comme un message percutant, c'était que ces deux-là s'aimaient sans le savoir encore !
- Merci Mallory.
- Venez, nous allons manger un morceau, qu'en pensez-vous ?
- Je n'ai pas très faim, cette histoire m'a vraiment secouée.
- Moi aussi, vous savez, vous verrez avec le temps, on s'endurcit.

Elles sortirent de la pièce, Mallory prenait le bras d'Amandine, pour lui rappeler qu'elle serait près d'elle à tous moments, en tant que philanthrope. Et c'est à ce moment-là qu'elles se comprirent implicitement, elles passaient du stade de rivales à celui d'amies. Mais Mallory restait sur ses gardes, comme pour tenter de protéger, envers et contre tout, ce qu'elle avait de plus cher.

Oui c'est vrai, qu'avec les années, notre carapace nous protège plus des assauts perfides que la vie nous joue, et c'est ce qui nous permet de continuer, de respirer vers l'avant.

Comme une terre lasse, pillée de toutes ses ressources, portant en elle les cicatrices trop profondes d'un univers définitivement corrosif, l'enfance terrassée, subit passivement les méfaits des *hommes*, dénudés de toute conscience, avant d'atteindre un point de non-retour, qu'il faudra expliquer le Jour du Jugement Dernier, sûrement plus proche qu'on ne le croit.

10 - Un dîner familial

Il était près de vingt heures quand Marc sonna à la porte de l'appartement de Mallory. Elle lui ouvrit, le regard malin. Elle était si jolie dans sa tenue sport. De plus en plus Mallory ressemblait trait pour trait à Julia sa maman. Marc se souvint avoir vu une photo, il y avait bien longtemps, c'était le même visage, les mêmes yeux, et les mêmes expressions faciales.

- Merci d'être ponctuel, lit dit-elle quand il entra.
- Je t'aurais appelée si j'avais eu un empêchement !
- Oui, bien sûr !
- Tu es prête ?
- Oui, je t'emmène.

Là-dessus, il verrouillèrent la porte d'entrée et descendirent presque en volant les escaliers habituellement si raides.

***

Le voyage pour arriver jusqu'à Vigny était mémorable. Marc et Mallory aimaient parler du passé, de leur passé, à peine franchi, à cette heure merveilleuse et riante.

L'accueil des Michel était toujours aussi chaleureux, Monsieur Michel n'avait pas changé, ou si peu. Claire, en train d'embrasser Mallory, était toujours séduisante même à son âge. Et Kelly, belle jeune fille ressemblait à Yohann, pour sûr.

- Ah ! Mallory et Marc, vous voici ! Dit Yohann enchanté.
- Bonjour Papa, Marc n'a pas trop changé, hein ? Grand-mère, tu es là aussi, c'est une surprise, dit Mallory en voyant Emma, qui devait avoir pris une ride ou deux, pas plus.
- Bonjour ma chérie, oui je dîne avec vous, enfin je connaîtrai Marc !
- Bonjour Madame !
- Bonjour Marc, appelez-moi Emma !
- D'accord !
- Non, tu n'as pas trop changé, affirma Yohann à Marc, elle a raison Mallory, mais entrez, je vous en prie.

Marc se souvenait de l'appartement comme si c'était hier, tout était resté à la même place, sauf un labrador de couleur sable qui vint les accueillir comme il se doit.

- Ah ! Bonjour Andy ? Tu es belle, ma fille, dit Mallory en voyant le chien tellement heureux de revoir sa maîtresse. « Marc, voici Andy, elle est belle, n'est-ce pas ? »
- Oui, très belle, dit-il en s'agenouillant pour caresser la bête.

Dans l'appartement, qui sentait bon, Claire avait sans nul doute préparé de bons petits plats, comme d'habitude, car c'était un fin cordon bleu qui était passé par-là.

Le dîner était des plus conviviaux, quelque chose de sûr était établi dans ces lieux qui respiraient le bonheur inscrit en toutes lettres dans le cœur de tous les occupants.

Soudain, Marc plongea dans un passé pas si lointain et ressentit comme un serrement dans sa poitrine, constatant qu'autour de lui, il avait une famille des plus unies. Mallory, à cet instant inopiné, chercha le regard triste de Marc, et son cœur tressaillit car elle savait lire, et ce depuis toujours, dans ses pensées, entre autres l'appel mordant qui le terrassait si souvent. Il avait pourtant appris durant toutes ces années silencieuses à se protéger de ces moments de colère irréparable.

Durant la soirée, il regardait souvent Mallory, et la trouvait si belle et si heureuse, qu'il aurait tout donné pour la tenir dans ses bras et lui dire combien tout prenait un sens pour lui, enfin !

- Ces tableaux, c'est toi Kelly qui les a faits ? Demanda Marc au dessert.
- Oui, ils te plaisent ?
- Ils sont si purs et si sensibles, les couleurs aussi sont bien choisies, c'est purement et simplement une merveille.
- Merci Marc. Pour tout te dire, j'ai raté les beaux-arts, cette année, je repasse le concours l'année prochaine.
- Bonne décision, lui dit-il. Il ne faut pas baisser les bras, à cause d'un échec.
- C'est ce que me disent Papa, Maman et Mallory, dit-elle en regardant sa sœur aînée dans les yeux.
- Ils ont raison, tu y arriveras avec le talent que tu as, il faut croire en toi.

- C'est gentil, je vais te faire cadeau d'un des tableaux, si tu veux.
- Avec plaisir !
- Tu choisiras avant de partir.
- Ça marche Kelly.
- Dîtes-moi Marc, qu'est-ce qui vous a poussé pour faire ce métier ? Lui demanda Emma.
- J'ai toujours voulu aider les enfants, depuis que j'ai été tout petit, d'ailleurs Mallory m'a gentiment poussé vers cette voie aussi.
- Ah ! Oui c'est vrai que pour moi cela devenait vital aussi de m'occuper des gens plus des petits peut-être, et j'avoue que j'aime ce que je fais à l'hôpital tout comme ce que je fais à la Brigade des Mineurs.
- C'est drôle cette histoire de destinée, quand on y pense, dit Claire en regardant Marc dans les yeux.
- Oui, on peut le dire, et c'est tant mieux, dit Marc en entourant ses bras tout autour de Mallory pour bien lui faire comprendre qu'il en était extrêmement comblé.

Mallory sentait la vigueur de ses bras si maigres autrefois, elle se laissait glisser tel un voilier comme si elle était ivre, elle faisait route sous une brise de béatitude.

- Et vous Monsieur Michel, vous travaillez toujours dans votre société ?
- Tu peux m'appeler Yohann, oui, dans quatre ans je serai à la retraite et avec Claire, on a décidé de faire comme Emma,
- Qu'est-ce que vous ferez ? Emma posa la question, tout en sachant d'avance la réponse.
- On fera des voyages partout dans le monde, c'est comme ça que je vois la retraite, et toi Claire, que dis-tu ?
- Tout à fait, cela me semble une saine occupation, tout comme vous Emma, voir et connaître d'autres gens et leurs coutumes et qui sait apprendre, dans ce laps de temps leur langue, j'ai toujours été attirée par les langues étrangères, il n'est jamais trop tard pour apprendre.
- Oui, c'est vrai.

Le dîner se termina comme il avait commencé, laissant de beaux souvenirs et des sourires sur les visages éclairés par tant de joies.

Marc et Mallory prirent congés de leurs hôtes, ainsi qu'Emma, qui devait préparer ses bagages pour se rendre à Corfou, en Grèce dans quelques jours.

Sur le pas de la porte, Emma demanda à Mallory si elle pratiquait toujours la relaxation-sophrologie.

- Bien sûr, pas plus tard qu'hier soir, je me suis détendue.
- Etes-vous partant Marc ?
- Oui, je crois que je dois le faire tôt ou tard, je dois avoir quelques tensions qui méritent qu'on leur accorde quelques temps aussi.
- C'est bien, j'ai été très heureuse de vous rencontrer Marc, dit Emma !
- Moi aussi Madame.
- J'espère qu'on se rencontrera à nouveau, et très vite.
- Absolument.
- Au revoir Mallory.
- A plus tard, Grand-Mère passe de bonnes vacances.
- A plus tard mes enfants.

11 - Un grand retour

Avant de rentrer dans la voiture, Marc déposa le tableau offert par Kelly dans le coffre. Il avait choisi une petite toile aux couleurs bleue et orangée représentant la mer grondant face au lever d'un soleil radieux. La vague se déferlant sur plage montrait toute la force des pinceaux utilisés, et également une grande sensibilité face à son intensité. Marc aimait ce tableau tout simplement.

- Je te remercie Mallory pour cette superbe soirée.
- Tu ne t'es pas ennuyé ?
- Non, dit-il en mentant un peu. Ta famille est géniale, je le savais, mais maintenant, j'en suis convaincu.
- Nous n'avons pas parlé de Jérôme, ce soir, nous n'avons pas eu le temps.
- Ah Oui ! Dis-moi, tu as pu appeler le centre pour l'inscrire en priorité. C'est bien qu'il ait changé d'avis.
- Oui, il sera accueilli par le Directeur jeudi prochain. Il a réfléchi, il n'est pas bête, il a compris que c'était la seule solution qui s'offrait à lui pour s'en sortir.
- Tu connais le centre ?
- Oui, j'ai des contacts avec le directeur et les docteurs, ils prendront soin de lui, en diminuant les doses d'amphé chaque jour afin de ne pas trop le décourager au moment du sevrage. Des éducateurs vont le prendre en charge.
- Tu crois qu'il aura la volonté d'en finir vraiment avec ces saletés et de se construire une nouvelle vie ?
- Oui, nous avons beaucoup parlé, il a un projet, devenir luthier, mais jouer de musique l'a toujours fasciné également, et jusqu'à présent, il n'a jamais pu se consacrer à cette passion. Il *VEUT Y ARRIVER !* Il est évident qu'il faudra beaucoup de patience pour le sauver.
- Il est où en attendant jeudi prochain ?
- Dans un foyer pour mineurs, bien sûr, pour lui ce n'est pas idéal, mais le manque de structures se fait cruellement sentir.
- Où est le centre déjà ?
- A Saint-Martin, dans le Vexin, Les Soleils. Je passerai le voir de temps à autre.
- Nous passerons le voir, rectifia Marc, ce qui fit sourire Mallory.

Sur ce le téléphone de Marc sonna :

- Oui, Bonjour !
- Bonjour Marc, c'est moi
- Ah ! C'est toi ? Bonjour papa, tu vas bien ?
- Très bien ! Dis-donc, Qu'est-ce que tu fais pour Noël ?
- Rien pour l'instant, pourquoi ?
- Je pense monter sur Paris, pendant quelques jours. Je vais réserver une chambre d'hôtel, dans le quartier latin.
- Très bonne idée !
- Où es-tu ? J'entends des grésillements.
- Dans la voiture de Mallory.
- Mallory, Mallory, *ta Mallory ?*

A cet instant précis, les deux jeunes gens échangèrent un regard d'un air complice.

- Oui, tu ne me croiras pas, je l'ai retrouvée à la Brigade des Mineurs, elle travaille aussi à l'hôpital, génial, non ?
- C'est le moins qu'on puisse dire. Tu ne sais pas, je dois venir avant Noël pour la rencontrer. Je te rappelle quand j'ai mis ça au point.
- D'accord, à plus.

Sur ce, Marc raccrocha :

- C'est mon père, Mallory ! Il veut venir sur Paris te rencontrer, et passer Noël avec nous, heu ! Avec moi.
- Et pourquoi pas Marc ? Ça me ferait tellement plaisir de le rencontrer. Te voilà arrivé devant ta voiture.
- Déjà, je peux monter quelques minutes ?
- Oui, mais que quelques minutes, je dois…
- Et moi, je dois te parler, Mallory !

La jeune femme sentit son cœur sortir de sa poitrine.

- «Ah ! » Etait la seule chose qu'elle put répondre.

Les marches de l'immeuble étaient hautes à cette heure tardive pour accéder à l'appartement.

Vénus vint au devant de Marc afin d'obtenir des câlins encore et encore.

Puis, Marc prit le bras de Mallory, l'installa confortablement dans le coin du canapé et lui s'assit sur la table basse, juste en face d'elle. Il avait soudain le visage sérieux. Il ne se fit pas prier pour parler :

- Il faut que je te dise, Mallory, Tu sais, j'ai souvent prié pour que tout s'arrête, quand je n'en pouvais plus de tant d'acharnement. Mais, ce que je voulais te dire c'est que tout a basculé quand je t'ai rencontrée. Tu m'as donné un but, et tous les courages. Tu m'as insufflé l'unique étincelle dont mon corps était privé durant cette enfance insultée, qui ne pouvait être la mienne.
- Ecoute….
- Non, laisse moi parler, dit-il en se levant de la table basse. Sinon je n'aurai peut-être pas le courage d'aborder ce sujet plus tard. J'ai toujours marché dans la lumière de tes pas. Quand j'ai dû prendre cette… grande décision, j'étais comme déchiré, entre mon père et toi. Partir ou rester. Je ne pouvais pas rester. Mais, je veux que tu saches, qu'à tous moments, je n'ai pensé qu'à toi, ton sourire et ta force m'ont guidé pour devenir ce que je suis aujourd'hui. Tes paroles m'ont réconforté quand je réalisais que je t'avais vraiment perdue, et cela me rendait extrêmement malheureux. J'ai dû réapprendre à marcher sans toi sans perdre l'équilibre, respirer sans toi sans m'étouffer. Tu es toute ma vie, Mallory, et je ne peux que me réjouir d'avoir rencontré ton regard un samedi après-midi, quand tu étais chez toi, et moi à l'arrière de la voiture de mon père. Je… Je n'aurais jamais dû te laisser,tu es mon ange protecteur, tu sais…

Entre temps, Mallory émut par tant de sincérité soudaine se leva, elle aussi, du canapé et se dirigea vers lui. Elle mit sa main contre la bouche de Marc pour l'empêcher d'en dire plus, pour l'instant du moins.

Puis, elle se noya dans les bras de Marc pendant cette durée de bonheur indicible. La notion de temps avait totalement disparu. Ils s'étaient retrouvés aux antipodes d'un univers, devenu brusquement amical pour toujours et pour un espace qui se voulait sempiternel. Elle sentit pendant cet instant magique, la chaleur des mains de Marc sur son corps désarmé, comme si la foudre voulait laisser, tout au fond d'elle-même, sa trace indélébile. A ce toucher, elle frémit d'un plaisir qu'elle n'avait jamais éprouvé. Dans ce contact triomphal, leurs deux cœurs palpitaient au rythme d'une salsa endiablée, dans un mouvement rapide et régulier répondant à l'écho d'une seule et unique voix.

Elle se recula pour se libérer de cette étreinte passionnée. Ses yeux s'étaient remplis de larmes… de joie. Elle posa, tout doucement, ses mains brûlantes sur les joues de Marc, brûlantes elles aussi. A ceci, Marc répondit immédiatement. Il la serra tout contre lui, avec une tendresse indescriptible, et leurs lèvres empressées se cherchèrent dans une ivresse inégalable, suscitant un délice mystérieux dans leurs êtres assoiffés comme un doux poison n'ayant jamais été privé de ses vertus nébuleuses.

- J'ai attendu ce moment depuis toujours ! Pensa-t-elle.
- Il y a si longtemps Mallory ! dit-il. Il émane vraiment quelque chose de toi, quelque chose de si fort et si doux à la fois !
- Moi aussi, comme une aveugle, je tâtonnais vers l'étoile de vie qui me mènerait jusqu'à toi. Au cours de mes nuits sans sommeil, je t'ai vainement cherché, et je t'ai enfin trouvé TOI!

A ce moment inscrit dans l'histoire, une douce tiédeur s'empara d'elle et se répandit dans le creux de son ventre, ce qui la rendit plus vulnérable encore, mais elle tenta de se rassasier d'un bonheur intense tout particulier.

Leurs mains caressantes s'effleurèrent et ils ouvrirent délicatement la porte d'un jardin aux mille senteurs, doté de sensations multiples, dont la vue imprenable donnait sur les cimes d'un horizon aux couleurs d'un velouté infini. Au-delà de toutes raisons éphémères, dans un parterre parfumé de fleurs innombrables, ils effeuillèrent chaque pétale et s'abandonnèrent, éperdus, afin de mieux pérenniser leur amour imprégné d'une vérité incontestée.

Tout en remerciant les Dieux de les avoir, si souvent entendus, leurs corps avides et tremblants voguèrent sur un océan d'oubli vers une extase insoupçonnée. Et leurs âmes, bouleversées, tout en s'élevant au-dessus des cieux apaisés, s'acheminèrent vers l'Absolu inaltérable.

**

Il devait être près de deux heures du matin. Mallory repensait à cette nuit de bonheur assuré, auquel elle ne croyait toujours pas. Marc, tout près d'elle s'était endormi dans ses bras. Une lumière pénétrait dans la chambre sans volet. Mallory essaya de se lever lentement, sans le réveiller. Elle alla tirer les rideaux et vit la lune et son reflet lui sourire.

Puis Vénus, interloquée par ce réveil inhabituel, vint au devant de sa maîtresse.

- Je ne peux pas dormir, Vénus. Tout est *trop* merveilleux. Je l'ai retrouvé, c'est forcément un signe. Oui, je sais, tu te demandes ce que c'est tout ça, mais tu savais bien que cela ne pourrait pas finir autrement.
- …
- Cela fait bien longtemps que je suis imbibée de lui, et de tout ce qu'il représente, J'aime tout de lui, sa voix quand il me parle, son regard tendre sur moi m'impressionne au plus haut point. Cela a été des années durant mon secret, je peux enfin ouvrir mon cœur. C'est merveilleux Vénus, tu comprends ?
- …
- Tu sais, je pense que la vie nous a séparés pour nous permettre de mieux nous retrouver et vivre pleinement cet amour qui nous a mis si longtemps à l'épreuve. Je ne réalise pas Vénus, la vie m'offre, désormais une palette de couleurs exceptionnelles que je ne voudrais surtout pas perdre avant de pouvoir restituer toute leur essence sur la toile se révélant à moi, tout doucement.
- …
- Il m'a sauvée, une fois à l'école, le fameux jour, tu te rappelles ? C'est lui qui a dit à Claire, que j'avais de la ventoline dans mon cartable, alors que j'étouffais littéralement.

Vénus, afin de prouver à Mallory qu'elle la comprenait, s'approcha d'elle pour frotter sa tête contre celle de sa maîtresse tout en ronronnant.

- Je sais que tu vois ce que je veux dire. Il fallait bien que je le sauve aussi, un peu. Mais ça, il ne doit pas le savoir. Je compte sur toi. Mais, au fait, ce n'est pas toi qui peux te souvenir de l'épisode de l'école, c'est Misty, bien sûr. Je vais voir dans la cuisine ce qu'il y a de bon, et je retourne me coucher, j'ai une grande journée, vendredi, c'est-à-dire tout à l'heure.

Mallory prit le chemin de la cuisine, suivie de sa grande amie Vénus qui avait écouté ce discours avec la plus grande attention, bien qu'elle sût d'avance de quoi il en retournait.

Nelly Borgo

12 - Un jour nouveau

Marc se leva de bonne heure ce matin-là, heureux comme jamais il ne l'avait été. Comme un père protecteur qui veille sur son enfant, il regarda un long moment Mallory dormir profondément. Puis, il alla dans la salle de bain.

***

Tout à coup, il apparut dans l'encadrement de la porte de la cuisine, lui souriant. Il venait de prendre une douche, mais ne s'était pas rasé, et cela lui donnait un air à croquer. Ses grands yeux bleus étaient fixés sur Mallory, en train de préparer son petit déjeuner.

Il n'était plus le petit garçon décharné qu'elle avait connu, sa profession lui demandait un entraînement intensif qui se voyait à présent, lui donnant fière allure. La veste en cuir qui l'étoffait, lui allait « comme un gant. »

Il s'avançait vers elle, tel un dieu, comme au ralenti. Qu'il était beau ! Elle se surprit à penser à leurs étreintes voluptueuses et ce souvenir, si fugace fût-il, la fit frissonner au plus haut point, ce qu'il remarqua instantanément. Elle baissa la tête quand il arriva à sa hauteur. Habituellement si loquasse, elle avait presque perdu la faculté de parler. Il saisit une chaise, près d'elle, en souriant toujours, lui prit la main sur laquelle il déposa un baiser frauduleux et dit l'air très ennuyé :

- Je dois m'en aller,
- Oui, …
- Je crois qu'il faut qu'on parle… de nous !
- Oui, je le pense aussi, j'ai des tas de choses à te dire.
- Je t'invite chez moi ce soir, que tu ne connais pas encore. Je te ferai la cuisine, je suis devenu bon en cuisine, tu sais !
- Et Vénus,
- On l'amènera !
- Non !
- Bon, pas tout de suite, mais il faudra bien qu'elle s'habitue tôt ou tard à venir chez moi. Pour ce soir, on viendra d'abord ici, je te prends vers dix-huit heures trente devant l'hôpital, sauf imprévu, de toutes façons on s'appelle vers treize heures pour confirmer. Je ne sais pas si je travaille ce week end, je le saurai tout à l'heure.

- D'accord, on parlera…
- Tu …tu me raccompagnes ?
- Oui, bien sûr !

Il ne lâchait toujours pas la main qu'il tenait dans la sienne

Arrivés dans l'entrée, avec la sensualité dont lui seul détenait le secret, il l'enlaça amoureusement et la plaqua tout doucement contre la porte. Mallory eut beaucoup de mal à respirer profondément, il en profita pour l'embrasser passionnément. Ses lèvres chaudes avaient le goût de la rosée du matin sur des fleurs, que le soleil n'avait pas encore frôlées, ce qui la rafraîchit quelque peu.

Dans cet état de grâce, elle luttait sans merci contre ce désir inassouvi et sournois qui s'infiltrait en elle insidieusement.

Elle sentit dans son cou enflammé sa bouche audacieuse faite pour partager cette aliénation tant espérée.

- Tu vas me manquer … et terriblement !
- A moi aussi.
- A ton avis, je reste ou je m'en vais ? Dit-il en maintenant son emprise périlleuse sur sa proie, déjà succombant à des baisers de plus en plus fougueux.
- Je voudrais…
- Il suffirait de presque rien pour que je reste avec toi. J'éprouve beaucoup de mal à te quitter.

Il semblait que lui aussi voulait rattraper ce matin-là, le poids de toutes ces années perdues sans elle.

- Tu… Tu y vas alors ?
- Oui, hélas, je dois vraiment y aller cette fois, mais on se retrouve tout à l'heure, dit-il en reculant pour ouvrir la porte. «Je te laisse malgré moi.»

En fait, il écouta sa raison à contre cœur ou « contre son cœur », et se prépara à sortir dans un froid d'hiver qui ne l'atteindrait sûrement pas.

- A tout à l'heure, alors.
- Saches que je ne pense qu'à toi, je suis là, près de toi à tous

moments.
- Moi aussi.

Quand elle ferma la porte, elle chancela sous le poids d'une telle émotion, elle reprit très difficilement ses esprits. Elle tenta de marcher jusqu'à la fenêtre de la cuisine pour le retrouver une dernière fois, même si cela ne devait qu'être la durée d'un éclair.

Puis elle le vit, qui s'était retourné, en train de lui envoyer des milliers de baisers, qu'aucune matière ne serait en mesure d'arrêter. Ensuite, il disparut au détour de la rue d'en face, portant sous le bras, la toile que lui avait donnée Kelly.

C'est à ce moment-là qu'elle réalisa ce qu'elle ressentait, et ce pourquoi elle s'était battue jusqu'à présent, tout simplement, pour ce bonheur si rarement tangible. Elle avait envie de crier haut et fort combien elle était *heureuse*. Elle resta un moment dans ses pensées vagabondes et tumultueuses avant de pouvoir reprendre une respiration normale. C'est avec un sourire dessiné à tout jamais sur son visage épanoui, qu'elle se rendit dans la salle de bain où un petit bout de papier manuscrit était accroché dans la porte de l'armoire de toilette :

« Merci Mallory pour tout cet amour que tu sais prodiguer, sans jamais rien demander en retour, Toi, mon ange protecteur. Je t'embrasse très tendrement. Marc »

Elle prit, dans sa main tremblante, ces mots générant une plénitude extrême, et se prépara pour cette nouvelle journée.

Les vents avaient tourné, et lui donnaient un autre regard. Une force imparable, en ce jour précieux, se serrait tout contre elle.

Une douce mélodie s'inscrivait, comme un velours pour l'éternité, dans sa mémoire exaltée qui ne demandait qu'à faire revivre ces heures de bonheur indescriptible auprès de cet homme qui habitait chaque fibre de son être, désormais, transcendé.

Elle s'occupa de Vénus, dont rien de tout cela n'avait échappé, et une fois prête, elle verrouilla sa porte d'entrée. Elle descendit les marches en volant, avec dans sa poitrine, les assauts tumultueux de ces moments de pur ravissement, appartenant hélas déjà au passé, devant lesquels, vulnérable, elle était sans défense. Mais, ces moments-là, elle les avait logés, là tout près du cœur et ne pouvait que s'en féliciter.

Elle se dirigea vers la bouche de métro la plus proche, qui n'avait déjà plus du tout la même odeur.

Son sourire radieux la rendait plus attirante. Et personne n'aurait pu ne pas remarquer cette lueur inexplicable qui résidait à présent dans ses yeux si pétillants, telle une étoile incandescente qui n'aurait pas encore fini sa course.

13 - Un pas l'un après l'autre

Marc arriva au commissariat vers huit heures. Il avait ce quelque chose de changé, que chacun pouvait traduire comme un enchantement gravé dans son enveloppe charnelle, ainsi que dans son regard lui donnant un charme fou.

Amandine le vit la première et comprit que *jamais il ne viendrait vers elle*, ce qui lui procura comme un vif malaise à cet instant inopiné. Mais, tout en tentant de ne sombrer dans la mélancolie galopante, celle qui vous détruit au quotidien, vous ôtant tout espoir là vous en aviez amassé un peu, au creux de votre cœur si sensible, elle voulut repousser le souvenir du temps durant lequel il lui avait fallu plusieurs mois avant de pouvoir affronter le regard si profond de Marc sans rougir, tant ce garçon l'impressionnait au plus haut point. Tout son être l'appelait sans le moindre écho de sa part, et pour cause…

Marc voulut prendre un café et vit Lionel toujours souriant.

- Ah ! Bonjour Marc !
- Salut Lionel, tu vas ?
- Oui ! Je crois qu'on a réunion ce matin.
- Oui c'est vrai, toute l'équipe ? On fait une petite une réunion d'information sur les dossiers en cours ?
- Oui ! Tu as préparé tes rapports ?
- Je les avais déjà faits.
- Bien ! Tu as l'air en pleine forme, dis-moi !
- Tu crois ?
- Oui, tu sais que je travaille ce week end, pas toi, sacré veinard. Bon, il est l'heure, tu es prêt ?
- Absolument. Je n'ai même pas regardé le planning, et bien tant mieux, car j'ai des choses à faire durant ce week end.

Là-dessus, ils se dirigèrent vers la salle de réunion où le Commissaire Narvé, qui les attendait déjà avec les autres membres de l'équipe de la Brigade.

- Bonjour Messieurs !
- Bonjour Monsieur.
- Asseyez-vous là. Je voulais qu'on fasse le point sur les différents dossiers en cours, car je pense que rien ne doit nous échapper. Et j'aimerai avoir votre avis, une réunion, comme

- celle-ci pourrait bien se tenir une fois par mois. Qu'est-ce que vous en pensez ?
- Oui, oui, crièrent d'une seule voix les gens présents dans cette salle.
- Bon, j'ai fait une petite liste, le premier dossier sensible qui me vient à l'esprit c'est le réseau de prostitution infantile avec les gosses asiatiques.

Lionel prit la parole, ça tombait bien.

Marc se surprit, de temps à autre, à penser à mille et une choses localisées à des milliards d'années lumière. En autres, le visage merveilleux de Mallory souriant et soumis lui revenait à l'esprit si souvent, celui qu'elle avait quand il le prenait dans ses mains avides pour y déposer un tendre baiser.

- Monsieur, Les jeunes ont eu l'accord du tribunal de retourner dans leur pays d'origine, et dans leurs familles de surcroît. Les voyous sont sous les verrous, mais ça vous le saviez, non ?
- Oui, continuez Lionel.
- Le tribunal a statué sur le cas des enfants il y a deux semaines.
- Bien. Qu'est-ce que se passe pour Patrick Feloi, le petit voleur de voitures récidiviste ?
- Il a été relâché, mais il sera convoqué dans quelques mois, et ce sera toujours la même chose, vous le savez, il sera de nouveau condamné à payer une somme qu'il ne pourra jamais verser, car il n'est pas solvable, continua Lionel.
- Comment cela se passe avec Maître Fervent-Dujardin qui s'occupe de Camille Revers ?

Marc, à ce moment, se coupa, de façon nette de son rêve, et répondit.

- Je connais très bien Maître Fervent-Dujardin, en fait, je la connais depuis plus de vingt-ans…
- Non ! Firent les voix à l'unisson.
- Donc je suis sûr qu'elle fera *tout* ce qu'il sera en son pouvoir pour sauver la petite. Nous allons bientôt nous voir et elle m'en parlera à ce moment. Je sais que les entretiens se passent très bien avec sa cliente.
- Bien, je vois que vous avez bien travaillé, vous tous, car tout

comme chacun le sait, nous avons tous un rôle déterminant.
- Au fait, l'affaire de la recherche dans les familles ?
- Elle s'est bien conclue, Xavier Fabre est parti avec sa sœur, et je crois que tout se passe très bien entre eux.
- Et pour ce qui est du jeune Le Page ?
- Il est prévu qu'il aille dans un centre de désintox dans le Vexin, jeudi prochain. Il sera pris en charge par des médecins et des psy. C'est d'ailleurs Mallory Michel qui s'est occupé de son inscription en priorité. On peut la remercier, elle a fait toutes les démarches !

Marc aimait parler de Mallory, vanter ses mérites, et crier son nom comme un doux présage.

- Oui, vous avez raison Marc. Depuis que Mademoiselle Michel est là, on peut le dire, elle nous a déchargés d'un lourd fardeau.
- Oui, c'est vrai, dirent les voix avec une conviction de plus en plus présente.

Amandine, regarda avec son regard intuitif et féminin Marc, et comprit les causes d'une telle animation, elle retrouva ses maigres espérances, soudain fracassées dans l'inévitable, il ne pourrait tout simplement jamais l'aimer comme il l'aimait, *elle !* Mais, afin de ne pas sombrer dans ces tempêtes déloyales, elle persistait à se dire qu'elle le retrouverait tôt ou tard dans une autre vie, peut-être, il serait là pour elle, et rien que pour elle. Elle se répétait sans cesse, qu'elle le rejoindrait, il ne pouvait en être autrement. Elle ne se sentait pas de taille à lutter contre Mallory. Des larmes brûlantes voilèrent ses yeux déjà humides, qu'elle voulut effacer, vite, très vite.

- Quant à Gloria Le Page, elle est en prison pour l'instant et attend son procès pour « maltraitance sur un enfant », sur son enfant en l'occurrence.

- Bien, je pense ne rien avoir oublier. Ah, si, j'ai dans l'entrée, une mère de famille avec ses deux petites qui attend qu'on écoute sa déposition, je crois que ça a l'air grave !

Marc entendit cet appel et rompit d'une manière plus ou moins temporaire les chaînes du songe pour refouler un sol d'une réalité si mordante, parfois. Mais, n'était-il pas là dans le but d'enrayer toutes les dérives d'une société établie par des Hommes qui ne considéraient, ni les femmes, et qui ne voulait surtout pas entendre les plaintes acerbes des enfants ?

- Je m'en occupe, Monsieur, si vous le voulez. Je crois que Lionel voudrait travailler sur ses rapports.
- C'est exact Lionel ?
- Oui Monsieur.
- D'accord Marc, mais marchez sur des œufs, cette histoire m'a l'air bien compliqué.
- Bien !

Sur ce, Marc sortit de la salle ainsi que les autres membres de cette réunion. Il se dirigea vers l'entrée pour ouvrir une nouvelle page, de son livre d'histoires constituées d'enfants, mais non faites pour eux, protagonistes principaux et impuissants dans ces terribles contes de fée aux visages effrayants et lugubres.

Il s'approcha très lentement. La femme devait avoir trente-cinq ans, pas plus. Elle était accompagnée de ses deux petites, âgées de quatre et sept ans.

Ce qui le frappa le plus, c'était leurs visages errant dans un vide absolu, sur lesquels plus aucune expression ne pouvait être lue, sauf la *peur* imperceptible à première vue. Seul, un œil averti, tel que Marc pouvait détecter ce sentiment, celui qui, pour des raisons différentes, l'avait si souvent fait basculer dans les ténèbres plus profondes, implorant tous ses démons de l'anéantir dès que possible dans un enfer aux parois des plus vengeresses.

Marc s'approcha d'elles, mais les petites semblaient terrorisées et se serraient inévitablement contre leur mère. Marc s'arrêta, ne voulant pas les brusquer. Il en conclut malgré lui qu'un gigantesque cataclysme avait dû s'abattre sur cette famille désarticulée, et que lui, entre autres, s'était fixé le but de réparer, tel un médecin méticuleux, ces entailles les plus immondes.

- Je peux vous aider, Madame ?
- Oui, je voudrai porter plainte.
- Vous voulez me suivre dans mon bureau pour que je prenne votre déposition ?
- Oui, merci ! Dit-elle dans un sanglot étouffé, en tournant son

visage, comme pour effacer ce moment douloureux. « Il a touché aux petites ! » Ajouta-t-elle.

***

L'hôpital avait perdu son odeur habituelle d'éther, ce qui incommodait souvent Mallory. Mais cette fois, elle semblait frôler le sol en marchant et cela semblait lui donner une agilité démesurée.

Dans le pavillon des adultes, elle vit Henri l'attendre devant son bureau, c'était son dernier rendez-vous avec lui, elle ne l'aurait manqué pour rien au monde.

- Bonjour Henri.
- Bonjour Mallory, Comment allez-vous ce matin ? Il en conclut qu'elle allait bien, en regardant son visage.

Mallory sourit en ouvrant la porte du bureau qui sentait bon les fleurs.

- Asseyez-vous Henri, s'il vous plaît.
- Merci. Je… Je voulais vous remercier.
- De quoi Henri ? Je n'ai rien fait de particulier, c'est vous qu'il faut remercier, vous avez retrouvé votre confiance en vous, vous vous êtes octroyé le droit de revoir votre famille, je crois. C'est vous qui avez gravi tous ces pas.
- Peut-être, Mais, heureusement que vous avez été toujours près de moi, durant les moments où je me suis senti si seul. Merci tout simplement, Mallory.
- Merci à vous Henri de votre grande détermination. Qu'allez-vous faire désormais ?
- Je vais suivre une formation pendant quelques mois, et je rechercherai du travail.
- C'est bien Henri, et prenez soin de vous !
- Vous aussi.
- Qui vient vous chercher ?
- Ma femme et mes enfants dans moins de dix minutes.
- Ah ! Très bien, Au revoir Henri, je vous laisse et cours voir Anna et d'autres patients qui m'attendent, dit-elle en se levant.

Lorsqu'elle sortit de son bureau avec Henri, elle avait remarqué que la famille d'Henri l'attendait déjà dans la salle d'attente pour l'accueillir comme il se doit.

- Mallory, je voudrai vous présenter ma femme et mes deux enfants.
- Bonjour, Mallory Michel, Dit-elle en jouant le jeu de faire semblant de les rencontrer comme si c'était la première fois.
- Bonjour Madame, et merci pour tout.
- Je vous en prie.

Sur ce, elle quitta les lieux et se dirigea vers le pavillon des enfants.

Elle passa devant la chambre d'Antoine, vide, en effet, il était rentré chez lui avec son papa. Mais il avait laissé un petit dessin pour Mallory sur la table. Mallory le prit dans ses mains et ce qu'elle lit l'émut énormément.

« Mallory, je pars avec mon papa, et merci pour tout, je t'aime fort ! »

Décidément, tout le monde voulait la remercier aujourd'hui, ce qui la fit sourire, en la rendant plus belle encore.

Cette chambre accueillait un autre petit enfant qui s'était lui aussi déconnecté avec la réalité trop tranchante, pour vivre tout doucement au gré d'un univers plus doux. Ce petit garçon était, d'après les spécialistes, schizophrène [31] et Mallory avait hâte de le rencontrer, afin de pouvoir l'aider, qui sait ?

Elle pénétra dans la chambre de l'enfant, trop préoccupé à écrire pour entendre le bruit de pas.
Il avait un visage candide, et semblait tout à fait équilibré, à cet instant précis du moins.

Mallory fit les présentations et s'installa dans la pièce rassurante.

---

[31] Psychose délirante chronique caractérisée par un autisme, une dissociation, un délire paranoïde, générant une perte de contact avec la réalité et une dissociation de la personnalité.
Définition Le Petit Larousse

Elle avait consulté le dossier, maintes fois, et savait que ce serait un cas difficile, qu'il lui faudrait beaucoup de patience, et … de temps.

Cet enfant, Arnaud, âgé de onze ans, montrait parfois des troubles du comportement. Quand ses délires le torturaient, le monde réel n'avait plus d'emprise sur lui.

Arnaud était tout simplement terrorisé depuis qu'il avait assisté à une scène terrible laissant de grandes entailles dans son petit corps d'enfant âgé de quatre ans seulement. La police était venue chercher son père un soir d'automne, « pour faux et usage de faux », en utilisant la force comme seul moyen dissuasif. Le petit tremblait de tous ses membres et ne comprenait surtout pas ce qui arrivait à sa famille si heureuse avant ce fameux soir. Il revivait tout simplement, de temps à autre, l'épisode cyclonique, synonyme de ravages tellement profonds.

Ce petit Arnaud, par moments, était persuadé que des monstres l'épiaient, le poursuivaient, afin de le rattraper, quelque fût l'endroit où il se trouvait, que ce fût sous les lits, « dans les murs » ou dans toute autre matière, comme dans un mauvais cauchemar dans lequel, toute tentative de « se sauver » resterait absolument vaine. Il était évident, que lorsque Arnaud subissait ce genre de crises, même les traitements les plus féroces avaient du mal à en venir à bout.

Mais, à cette heure, le petit Arnaud était très calme et semblait faire confiance à Mallory, ce qui pour la jeune femme était une excellente entrée en matière.

Elle le quitta après ce premier rendez-vous, et marcha vers d'autres portes, occultées par un soleil des plus glacials.

Elle allait rentrer dans la chambre d'Anna, quand elle entendit du bruit. Elle jeta un œil et vit Anna blottie dans le bras d'une jeune femme, qui devait être sa maman, vraisemblablement.

Mallory ne rentra pas, et respecta ainsi l'intimité de ce qui restait de ce noyau familial fracassé. Elle fut très heureuse de voir Anna en si bonne compagnie.

Puis elle regarda sa montre qui indiquait douze heures trente. Elle avait faim, et se dirigea donc vers la cafétéria.

Il n'y avait pas une seconde sans qu'elle rencontrât quelqu'un de sa connaissance, un médecin, une infirmière, et elle leur sourit à tous, d'un sourire généreux et communicatif.

Quand elle finit, elle voulut retourner dans son bureau, pour se « recueillir » un peu.

Il était vrai que depuis la veille au soir, tout s'était bousculé, et depuis, elle n'avait pas eu une seconde pour se retrouver «avec elle-même.»

La pensée de Marc fit bondir son cœur encore trop ému de tant de tendresses partagées, au gré d'une ère nouvelle et chaleureuse pour ces deux êtres que l'amour avait béni dès leur premier regard échangé.

***

Dans le bureau de Marc, Jenny Vendoux et ses deux petites, Milène et Claudie regardaient le lieutenant de police, comme si lui détenait la source de l'espoir enfoui, depuis un temps oublié, arborant des nuances brisées.

- Je veux porter plainte contre mon mari, dit Jenny Vendoux, Georges Vendoux.
- Puis-je vous en demander la raison ?
- Oui, il y a eu attouchements sexuels sur les petites, et je ne veux plus lui donner les enfants.
- Vous êtes séparée ou en instance de divorce, peut-être ?
- Oui. Je veux divorcer le plus vite possible, maintenant, souffla-t-elle dans un murmure étranglé.
- Votre mari, vous verse-t-il une pension alimentaire ?
- Non, car il dit qu'il n'a pas de revenu ou quand il en verse, c'est parce qu'il se sent menacé.
- Etes-vous séparée de votre mari et depuis quand ?
- Cela fait six mois que nous sommes séparés. En fait, depuis toujours, je me suis aperçue que son comportement n'était pas normal. Il ne s'est jamais occupé des enfants, il en avait peur, il ne s'est jamais occupé dans la maison à faire quoi que

ce soit, et de plus, c'est un grand manipulateur, vous savez, il faisait peur à Milène, dit-elle en montrant de sa main tendue la plus âgée.
- Comment ça, il lui faisait peur ?
- Il lui disait toujours qu'elle n'avait jamais été voulue, qu'elle détruisait sa vie…
- Que me dîtes-vous ?
- Oui, il reprochait à Milène de vivre, ce qu'elle a très vite compris, d'où un mal de vivre extrêmement puissant pendant de longues années d'agonie, anorexie, incapacité de travailler à l'école, peur, quand je dis peur, c'est peur de tout, incapacité de s'endormir, car c'est souvent le soir… qu'il faisait ses saletés !
- Et la petite ?
- Non, il ne s'est jamais occupé d'elle, donc c'est différent. Je veux protéger mes enfants, et je … je viens de m'apercevoir seulement de son manège avec les gosses, comme je le regrette, comme je m'en veux !
- Non, ne vous en voulez-pas, vous allez avoir besoin de toute votre énergie, Madame Vendoux, car la justice demande du temps et de la patience.
- J'en aurai pour dix, que ne fait pas une mère pour sauver ses enfants d'un quelconque naufrage ?
- C'est vrai. Je vous expose le problème, vous risquez d'avoir des soucis avec la justice, dans la mesure où vous refusez de donner vos enfants à votre mari, vous lui refusez le droit de visite en quelque sorte.
- Je peux aller en prison pour empêcher un malade de faire ce qu'il veut faire sur elles, je vais aller en prison pour tenter de les protéger ? Non, ça je ne l'accepte pas !
- Peut-être, s'il porte lui aussi plainte contre vous, vous devrez comparaître devant le tribunal correctionnel.
- Et bien, c'est la meilleure, mais, ça il ne les aura plus.
- Vous serez sans doute forcée de revenir faire un enregistrement des dépositions, si vous le voulez, avec l'aide d'un psychologue. Cet enregistrement sera envoyé au Parquet durant l'instruction. D'autre part, je vous informe que vos enfants peuvent avoir l'opportunité de parler à un avocat chargé des mineurs, et qu'à la suite de ça, leurs souhaits peuvent se réaliser, si elles ne veulent plus voir leur père, dans ce cas, ce sera stipulé par la justice, et elles seront représentées par cet avocat qui constituera un dossier dans

ce sens, dit Marc en regardant les petites qui buvaient ses paroles comme l'évangile auquel on ne croyait plus.
- En attendant, que fait-on ? Je ne veux plus le voir, et les petites, dès qu'il sonne à la porte, elles s'enfuient en pleurant dans leur chambre ! Alors !
- En attendant, il va falloir passer par le centre de Médiation,
- Vous pouvez expliquer ?
- Oui, c'est un centre dans lequel on essaie de regrouper les antagonistes des familles bousculées, en l'occurrence, le père et les enfants.
- Je ne veux pas qu'il reste avec elles tout seul.
- Non, non, des psychologues restent avec le père et les enfants, et discutent avec le parent concerné.
- Bon, je préfère ça.
- Il se peut, qu'à la suite de ces dépositions sur cassettes avec notre psychologue, que votre mari subisse un interrogatoire par nos services, et si besoin, nous pouvons demander une expertise psychiatrique.
- Tant mieux, mais, comme je vous le disais, c'est un grand manipulateur, et il peut retomber sur ses pattes comme un chat. Et la vie de mes gosses a tellement été fracturée, dit-elle en se levant, une fois que les petites étaient sorties du bureau en se tenant par la main.
- Nous reprendrons contact avec vous sous peu, Madame Vendoux, pour cette fameuse déposition et voir avec le centre de médiation ce qui est possible de faire très vite. Ne vous inquiétez pas, nous sommes là. Il ne sera plus en état de nuire qui que ce soit désormais.
- Je suis prête à tout, tant qu'il ne reste plus jamais seul avec elles. Je ne veux plus le voir, et les petites non plus, elles en ont tellement peur ? Comment j'ai fait pour ne me rendre compte de rien !
- Ne vous culpabilisez pas Madame Vendoux. Vous avez bien fait, et vous avez fait ce qu'il fallait. Je vous raccompagne ?
- Oui, merci Lieutenant.

***

Mallory, perdue dans ses pensées, sursauta lorsque le téléphone sonna.

- Allô ! Mallory Michel.
- Bonjour, comment tu vas ?
- Papa !
- Tu vas bien, ma Chérie ?
- Très, très bien.
- J'ai été très content de voir Marc.
- C'est vrai, lui aussi ça lui a fait plaisir de vous revoir.
- Il est…
- Merveilleux, je sais.
- On peut le dire.
- Je suis si heureuse Papa !
- Je te comprends.
- Tout a pris un doux reflet, si différent !
- Je suis si content pour toi.
- Merci.
- On vous voit quand ?
- Très, très bientôt.
- Bises, à plus tard.
- A plus tard Papa.

Il n'y avait pas trente secondes qu'elle avait posé le téléphone, que celui-ci retentissait une nouvelle fois.

- Oui, Mallory Mi…
- C'est moi, tu te souviens de moi ?
- Bien sûr, tu es bête, ça va ?
- Oui, très bien, je me sens seul sans toi, mais …
- Moi aussi. Tu travailles ce week end ?
- Non, On ne pourra le consacrer que pour nous. Ah ! Au fait, j'ai eu un appel d'Isabelle, elle voudrait nous voir demain pour nous parler de Camille. Ça te va ? Elle viendra manger avec nous, chez moi. Elle voulait au restaurant d'abord, mais j'ai dit que c'était plus intime chez moi.
- Tu as eu raison.
- On se voit tout à l'heure comme on a dit ?
- Oui, tu seras là ?
- Ah ! Ça c'est sûr que je serai là. Je dois parler avec toi, tu te rappelles ?
- Oui, c'est vrai, nous devons parler…de nous.
- Oui, Mallory, de nous, j'ai hâte. Je te laisse, il y a une affaire terrible qui vient de nous tomber dessus, je t'en reparlerai. Je t'embrasse très très fort.

- Moi aussi, plus fort que toi peut-être !
- Cela m'étonnerait.

Elle posa l'appareil. Tout son visage semblait briller de cette étrange lueur estivale, celle que le bonheur avait bien voulu toucher de justesse, pour mieux s'y refléter dans chaque particule de son corps si réceptif.

14 - Un soir comme jamais

Marc avait travaillé tout l'après-midi sur ce nouveau dossier, dossier extrêmement sensible, et pourtant si commun, hélas !

Il était près de dix-huit heures quand il sortit du commissariat, pour ne pas être en retard à son rendez-vous.

Il gara la voiture quelques rues plus bas, et attendait Mallory, qui ne devait plus tarder.

Et si elle n'était pas là, et si elle ne voulait pas que je lui parle vraiment, et si…

C'était les mêmes questions qui le hantaient, cela le persécutait insolemment.

Pour se détendre, il marchait de long en large, quand soudain, il la vit, plus radieuse que jamais, lui souriant dès la première minute.

- Bonjour, tu vas bien?
- Oui, maintenant que tu es là !
- Pour moi aussi, tu sais !

Marc entoura de ses bras Mallory qui sentit immédiatement la chaleur de ce corps parfumé délicatement.

- C'est bien, que tu ne travailles pas ce week end !
- J'ai de la chance, je n'avais même pas consulté le planning, c'est mon collègue qui me l'a annoncé ce matin. Viens !

Il lui prit la main, toute froide qu'elle était et ils se dirigèrent vers la voiture qui n'attendait qu'eux.

***

Vénus était tellement heureuse de voir qu'elle n'avait pas été oubliée, qu'elle ne lâchait plus sa maîtresse et… son nouveau maître si attentionné.

Pendant que Mallory préparait ses affaires dans sa chambre, Marc l'observait pendant un long moment, se culpabilisant encore et encore de l'avoir laissée si longtemps, au risque de la perdre pour toujours.

Puis Marc marcha vers elle, l'interrompant dans ses activités pour la prendre dans ses bras si câlins, elle avait déjà succombé à ce doux plaisir qui l'enveloppait telle une ouate légère lui donnant plus de fluidité.

Après ce pur moment d'émotion, ils se rendirent dans la voiture jusqu'à l'appartement de Marc, qu'elle ne connaissait pas, il était vrai.

Dans la voiture, Marc ne se fit pas prier pour parler de la mère et de ses deux enfants, de cette mère de famille qui voulait sauver contre toutes ces tempêtes, ses deux petites filles.

Mallory fronça les sourcils, car elle savait qu'elle devrait intervenir très vite, ne serait-ce que pour déculpabiliser, rassurer, redonner espoir, à plusieurs vies pulvérisées.

***

Arrivés dans l'appartement, un parfum fort agréable flottait, celui de Marc. Le studio était plus petit que celui de Mallory et laissait peu de lumière s'infiltrer.

Marc alluma la lumière, il faisait déjà nuit, à cette heure hivernale où tout semblait parfait, où tout semblait être déjà dit.

- Alors il te plait ? Demanda pourtant Marc.
- Oh ! Qu'oui, répondit Mallory. C'est tellement bien arrangé. Depuis combien de temps tu vis ici ?
- Au moins plus de cinq ans. Tu vois, je voudrai accrocher le tableau de Kelly dans la salle, juste au-dessus de la table, comme ça « *on* » le verra tout le temps.

Mallory décoda le message, et sourit en posant sa main sur le bras de Marc. Elle se dirigeait vers la chambre pour déposer ses affaires, mais Marc la retint, et l'attira à lui.

- Tu aimeras vivre ici dis-moi ?
- Il n'y a pas de problème, je t'assure !

- Viens t'asseoir dans le canapé, je dois te dire des choses.
- Je t'écoute, dit-elle en s'asseyant, d'une façon si agile, qu'on aurait dit qu'elle était devenue presque immatérielle.
- Tu sais, cette journée a été longue sans toi. Le seul réconfort que j'avais, c'était celui de savoir que j'allais te retrouver. Mallory, je n'envisage pas ma vie sans toi. Je veux que tu fasses partie de chaque moment, que tu sois là à tous les instants. Qu'en dis-tu ? Je suis sérieux, ne souris pas.

Mallory souriait car elle avait depuis la veille inscrit le mot *bonheur* sur chaque pore de sa peau, donner à toutes les lettres leur vraie signification, et voulait savourer pleinement chaque souffle de ce vent nouveau. Elle se souvenait de ses longues prières, tapies au fond d'elle-même, elle avait aimé Marc depuis ce fameux jour, et elle l'aimerait sans doute toujours. Et maintenant, il lui proposait de parcourir ensemble ce chemin.

La vie lui souriait de toutes parts.

Elle prit la main de Marc, et cette fois, y déposa un baiser tendre en lui disant :

- Marc, c'est merveilleux, je suis tellement heureuse, je n'ai plus de mots, tu as tout dit.
- Non pas tout, je veux qu'on se marie !
- Qu'on se marie ?
- Oui, je veux t'épouser, que tu deviennes ma femme. Il le faut. Je ne pourrais pas m'y résoudre !
- Mais quand ?
- Quand tu veux, demain.
- Je te prends au mot.
- Tu plaisantes !

Sur cette déclaration de tout premier ordre, Marc prit Mallory dans ses bras, et embrassa ses lèvres tendues si délicates, celles dont il avait tant rêvé durant cette journée arrivée à son apogée, dessinée d'une façon si différente…

- Et si on allait faire des courses pour le week end ?
- Tu as raison.
- Je vais te faire visiter mon quartier.

Ils sortirent de l'appartement qui portait encore les traces de cette étreinte si pure, et partirent main dans la main, faire des courses pour leur invitée de samedi, Maître Isabelle Fervent-Dujardin qui aurait beaucoup de choses à leur dire, probablement.

15 - Une invitée de marque

Ce samedi-là, Mallory et Marc se levèrent assez tôt, pour pouvoir profiter de chaque moment qui leur réservait une surprise de grande envergure.

Dans leur regard insistant, se lisait l'amour pour l'autre, se lisait la béatitude sous ce ciel bleuté sans nuage aucun.

Chaque geste, était accompagné d'une part de tendresse, estampille ineffaçable qu'ils ne négligeraient en aucun cas.

Il faisait doux dehors, le froid avait cédé sa place à un soleil éloigné, certes, mais si doux.

Ils faisaient la cuisine ensemble et souriaient à tous instants à l'autre, tout simplement aussi heureux que celui qui souriait.

Il était prêt de douze heures trente quand la table fut mise et ils venaient de terminer quand le carillon de la porte retentit.

Marc alla ouvrir et vit Isabelle, toujours aussi élégante.

- Salut Marc, tu vas bien ?
- Nous t'attendions, entre, je t'en prie !
- Elle est dans la cuisine Mallory ?
- Oui, elle a voulu faire un truc nouveau, je suppose.
- C'est vrai que ça sent très bon ici !

Isabelle entra dans l'appartement, et eut la même réaction que Mallory.

- Il est vraiment très bien arrangé cet appartement !
- Merci, j'y habite depuis plus de cinq ans.
- Oh ! Mais qu'est-ce que c'est ce tableau ?
- Ça, c'est un tableau réalisé par Kelly Michel, la sœur de Mallory qui prépare les Beaux-Arts ! C'est superbe, non ?
- J'adore, elle a du talent.
- Moi aussi je trouve !
- Je n'ai pas connu Kelly, dit Isabelle, perdue dans ses pensées.

Sur ce, Mallory apparut et sourit à Isabelle, en l'embrassant.

- Bonjour Isabelle, je suis si contente de te revoir !
- Moi aussi, on aura un peu plus de temps pour parler.
- Enlève ton manteau et mets-toi à ton aise !
- Bien sûr.
- Assieds-toi dans le canapé.

Ils étaient tous deux à ses petits soins, en train de satisfaire ses moindres désirs.

Le déjeuner se passa très bien, il est vrai que le repas, préparé avec amour, était succulent.

Marc était très content que la conversation puisse dévier vers Camille Revers.

- J'ai de bons contacts avec la jeune fille, elle sait ce qu'elle veut, et je pense faire quelque chose pour elle.
- C'est vrai ? Dirent-ils à l'unisson.
- Oui, je le pense, sincèrement, mais il faut toujours penser à l'avocat de la Partie Civile, ce n'est pas un drôle.
- Et quand le procès aura-t-il lieu ? Demanda Mallory.
- Je pense d'ici un mois, un mois et demi.
- Bien, j'espère que son séjour n'est pas trop un calvaire dans ce lieu si sordide !
- Elle a été prise en charge par les autres détenues. Elle devrait s'en sortir.

Isabelle semblait tellement confiante que cela désarma quelque peu Marc et Mallory.

- Ayez confiance en elle !
- Tu as préparé déjà des notes ?
- Oui, bien sûr, je vais être franche avec les jurés cette fois, je vais leur faire comprendre ce qu'est devenue une vie à la merci d'un miroir fracturé.
- Tu as l'air en colère, dit Mallory. Je retrouve cette même colère quand tu as commencé à me parler de ta future vocation, il y a si longtemps !
- C'est normal Mallory, il faut être convaincu avant d'être convaincant ! Pas vrai ?
- Certainement, oui, je suis tout à fait d'accord avec toi Isabelle.
- Montre-nous ce beau dessert. Superbe cette crème brûlée !

- C'est Marc qui l'a faite.
- Bravo, tu te débrouilles très bien aussi. Quand vous viendrez manger à la maison, quand je vous présenterai ma petite famille, vous vous apercevrez bien vite que je ne sais pas faire la cuisine.
- On ne peut pas être bon partout !
- C'est sûr ! Délicieux !

Le repas se termina sur une note d'espoir, mais d'après ce que disait Isabelle, l'avocat de la partie civile n'était pas facile et qu'il fallait s'en méfier.

« A chaque jour, suffit sa peine. »

Isabelle les quitta dans l'après-midi, travailler sur d'autres dossiers épineux pour réserver son dimanche à sa famille.

***

Les heures qui suivirent, furent jalonnées de mots tendres, et de déclarations improvisées, pour retrouver des phrases chaleureuses, celles que l'on veut entendre, dans une rue parisienne, à se balader, main dans la main, pour profiter de chaque moment ensoleillé.

Arrivés à la maison, ils reprirent leurs affaires pour le dimanche et allèrent chez Mallory pour rendre visite à Vénus qui leur fit une fête exceptionnelle.

Tout semblait calme dans cet appartement dédié à l'amour, si ce n'est que leurs cœurs tremblants vibraient ensemble sur le même tempo, celui qui leur montrait le chemin vers un bien-être inépuisable.

- Je voudrais que tu m'inities à la relaxation, Mallory.
- C'est vrai, cela te plairait vraiment ?
- Oui, je crois, tu ne vois pas que je suis noué de partout ?

Mallory s'approcha de Marc, et feignit un massage sur les trapèzes, mais il était vrai, qu'il semblait avoir de très grandes tensions, qu'elle se jurait d'apaiser, et ce, à partir de ce soir-là.

- Il faut vraiment commencer à te détendre. Tu en as besoin !
- Tu vois, je ne plaisantais pas !

- Non, c'est le moins qu'on puisse dire, alors, pour commencer, je vais te mettre un disque avec de la flûte, la flûte devrait te décontracter, tout doucement. Viens !

Mallory mit le disque en question, et utilisa les paroles destinées à « lâcher-prise », à permettre au corps malade de ne pas stratifier les maux qui nous éclaboussent sans crier gare.

A la fin de cette première séance, Mallory demanda à Marc ce qu'il ressentait.

- Et bien, je crois que j'ai dû m'assoupir, je ne t'entendais plus, tu sais le passage de marcher sur le sable pieds-nus, et de sentir la mer, j'ai dû dormir.
- On dit «lâcher-prise». C'est bien pour une première fois, mais tu sais, tu le sentiras mieux dans quelques temps, tu arriveras à gérer tes émotions, tu pourras contrôler tout ce flux nuisible qui t'empêche de respirer, de dormir, de vivre, en un seul mot. Et surtout, cela te permettra de retrouver ta confiance en toi et ton enthousiasme.
- C'est toi, mon enthousiasme, Mallory !
- Oui, mais, la sophrologie te permettra de le garder plus ancré au fond de toi.
- Cela pourrait m'aider à retrouver le sommeil, peut-être ?
- Oui, aussi, c'est vrai que tu ne dors pas bien. Grâce au media du corps, tu peux retrouver un certain équilibre, bafoué dans notre société d'occident basée sur la compétition, la rapidité, et l'efficacité. Dans la sophrologie, aucun élément de compétition, aucun élément d'efficacité n'intervient. Il suffit de se réaligner, et à son rythme.
- C'est fort, quand même, tu penses pouvoir me guérir de toutes mes tensions ?
- Absolument.
- Tu ne m'as répondu à ma question ?
- Quelle question ?
- Tu le sais ! Lui dit-il en la prenant dans ses bras forts et si doux à la fois.

Déjà Mallory succombait à ce désir jamais rassasié. Dans les bras irrésistibles de Marc, elle sentait qu'elle n'aurait plus jamais rien à craindre.

16 - Le Temps d'une étoile filante

Les jours qui suivirent furent dotés d'une lumière exceptionnelle. Ils s'écoulaient lentement au gré d'un vent porteur et doux.

Durant cette période, de travail sans relâche, Marc demanda à Mallory comment s'était passé le transfert de Jérôme dans le centre qui l'accueillait. Mallory, comme d'habitude lui assura que tout s'était fort bien déroulé, et que Jérôme lui confirma qu'il tiendrait bon et qu'il ferait tout pour s'extirper de ces ronces dont les racines s'étaient implacablement infiltrées partout en lui. Depuis toutes ces années passées à se détruire, il fallait sans doute une unité de temps semblable pour faire pourrir ces racines néfastes loin de soi…

Marc réfléchissait beaucoup sur ce dossier Vendoux, il lui était requis de faire de son mieux pour faire activer la justice, qui devait intervenir vite car il y avait danger.

De nombreux protagonistes comptaient sur lui, il fallait agir dès que possible !

Il se souvenait souvent des enfants Vendoux, des yeux remplis d'une peur incontrôlable, déterminée néanmoins à la combattre par tous les moyens mis à sa portée chez la plus âgée, et des yeux privés d'étincelles chez la plus jeune, qui ne voulait lâcher la grande, pour rien au monde.

Plus les jours passaient, plus sa colère montait. Surtout depuis qu'il avait en face de lui, le « coupable », inconscient du mal qu'il avait fait, et persuadé de n'avoir fait que jouer.

Marc avait convoqué une première fois Georges Vendoux en garde à vue. Il voulait le questionner, le faire avouer ses crimes innommables. Mallory n'était pas là ce jour-là. Elle participait à une conférence dans le sud de la France sur le thème « Qui est le coupable en cas de perversité ? » Justement.

Elle pourrait, peut-être, demain lui poser les questions fatales, savoir lui tirer les aveux tant attendus.

Marc sortit de la salle d'auditions, il n'en pouvait plus, cet homme, en face de lui, était un fin manipulateur, comme lui avait dit sa femme. Il niait en bloc les accusations portées contre lui et ne cessait de dire qu'il «ne comprenait pas».

Il alla dans son bureau et s'assit pour réfléchir.

Il prit son téléphone et composa le numéro de Jenny, qui lui répondit aussitôt.

- Bonjour Madame Vendoux.
- Bonjour Lieutenant Olivier.
- Je voulais vous tenir informée Madame Vendoux, nous détenons votre mari, il est interrogé, et il restera cette fois le temps qu'il faudra, il est en garde-à-vue. Je voulais vous dire que vous aviez raison, c'est un grand manipulateur. Il est coriace mais on arrivera à lui faire avouer ses crimes encore impunis !
- Je ne vous avais pas menti, il fait un peu de magie, et ce n'est sans doute pas pour rien. Et bien, avec les enfants, il faisait pareil. Tout est un jeu pour lui, mais pour elles, ce n'est la même chose !
- Après cet interrogatoire, vous allez venir pour faire une déposition complète, comme nous en avions parlé l'autre jour, mais je voudrais, si vous le permettez, que vous rencontriez Mademoiselle Michel, notre psychologue spécialisée dans les enfants de surcroît, elle verrait vos petites aussi, et nous adresserons un dossier « béton » au Procureur de la République, comme il se doit.
- Quand voulez-vous procéder à cet enregistrement ?
- Le plus vite possible, Madame Vendoux, dans un mois maximum. Je fais les papiers nécessaires pour activer la procédure.
- Vous me redonnez espoir Lieutenant, vous savez. Ma fille, la grande, veut parler à un avocat et lui dire, si ce n'est pas lui crier, qu'elle ne veut plus voir son père, et la petite, c'est pareil.
- Dîtes à votre fille aînée Milène de préparer une lettre dans laquelle elle explique toutes ses motivations pour ne plus le voir. Cette plainte sera déposée au tribunal, et ce sera entre les mains du juge, et je pense que ce plus, constitue de l'or pour le procès. Je pense qu'on peut même demander une expertise psychiatrique !
- Oui, on va préparer cela. Merci de votre appel, Lieutenant.

Marc retourna dans la salle des auditions, plus convaincu encore et reprit avec fermeté son interrogatoire interrompu :

- Bon Monsieur Vendoux, nous reprenons.
- Je vous ai déjà tout dit, Lieutenant, dit l'homme en arborant ses dents blanches dans un sourire diabolique.
- Et bien, reprenons. Votre femme est venue porter plainte contre vous car elle vous accuse d'avoir accompli des attouchements sexuels sur vos enfants, qu'avez-vous à répondre ?
- Bien sûr ce n'est pas vrai, c'est comme ça qu'on me traite, ce sont mes filles, et ma femme et je les aime tant ! Je dois avoir le droit de visite, je dois les voir !

Cette fois-ci, il ne riait plus, mais montrait des larmes réelles comme celle d'un reptile répugnant.

- Il aurait fallu y penser auparavant, ne put s'empêcher de dire Marc, d'un ton sévère. Vous rendez-vous compte de ce que vous avez fait ?
- Mais qu'est-ce que j'ai fait ?
- Il semblerait que vous aimiez tout particulièrement vous balader nu dans la maison en courant après vos filles déshabillées elle aussi !
- C'est un mensonge, ce ne sont que des mensonges, vous n'avez aucune preuve !
- Si, vos filles ne veulent plus vous voir, elles disent que vous leur faite peur.
- Mais non, jamais de la vie, je les aime trop pour leur faire du mal. Il faut que je les voie !
- Pour l'instant ce n'est pas possible !
- Et bien je porterai plainte contre ma femme et je gagnerai, vous ne pouvez rien prouver contre moi !
- Vous avez raison, pour l'instant du moins, mais !

Là-dessus, Marc appela André pour qu'il vienne le chercher et le remette en cellule avec les autres lions placés dans la même cage.

17 - Une visite agréable

Maintenant que novembre avait revêtu son lourd manteau, la gare semblait toutefois les préserver des derniers frissons.

Marc et Mallory attendaient le train de dix-huit heures dix-sept venant d'Avignon qui rentrait en gare.

Bastien descendit, le visage lumineux. Il semblait avoir peu vieilli, seuls quelques cheveux blancs parsemaient sa chevelure noire. Marc lui ressemblait tellement que la part génétique avait vraiment laissé ses traces dans l'intemporel toujours immuable.

- Bonjour Papa !
- Bonjour Marc !
- Tu as fait bon voyage ?
- Oui merci. Je suppose que vous êtes Mallory ?
- C'est exact Monsieur Olivier.
- Je peux vous embrasser ?
- Bien sûr.

Bastien avait la même carrure que son fils, et la même odeur.

Mallory comprit l'attachement de Marc pour son père, et se devait de lui pardonner d'avoir choisi, il y avait si longtemps, de partir loin d'elle pour assurer sa mission si délicate.

- Viens, on va chercher la voiture, dit Marc encore ému par ce moment intense.

***

Bastien fut amené chez Marc pour dîner. C'était la première fois qu'il s'y rendait. Il était comblé, son fils avait un bel appartement dans Paris, il avait près de lui une jeune femme des plus douces, et ces petits riens de la vie le rendaient heureux en cette heure exceptionnelle, dont il appréciait chaque détour.

Mallory avait préparé un repas succulent, comme d'habitude, assisté par Marc. Vénus était présente aussi, il devenait difficile de la laisser dans l'appartement de Mallory, car avoir deux maisons a ses avantages mais aussi des inconvénients. De ce fait, Vénus, serait présente de toutes façons. Elle s'y était bien faite et semblait retrouver ses qualités félines plus encore. Elle activait son odorat, tout le temps, passant son temps à sentir, et à regarder partout, pour prendre connaissance avec le lieu, nouveau pour elle toutefois.

- Tu restes combien de temps à Paris ?
- Et bien, quatre jours, j'ai réservé dans un petit hôtel dans le sixième arrondissement, je dois visiter Paris cette fois, je crois bien ne jamais y avoir songé !
- Tu le sais sans doute, Mallory et moi, nous voulons nous marier !
- Oui je le sais, et ce serait pour quand ?
- Au printemps, vraisemblablement.
- Très bien, c'est succulent Mallory, qui vous a appris à cuisiner de la sorte ?
- Claire, ma belle-mère.
- Bravo pour elle. Au fait, vous êtes toujours libre à Noël ?
- Bien sûr.
- Tu as eu des nouvelles de ta mère ?
- Oui, la semaine dernière, elle allait bien, je lui ai dit que tu venais nous voir.

Marc vit à ce moment-là son père fermer ses yeux et il s'inscrivit dans ses traits une mélancolie décuplée.

Mallory découvrit que le visage de cet homme offrait une palette émotionnelle omniprésente, ce dont Marc avait également hérité.

- Dîtes-moi Monsieur Olivier, Je suis d'un naturel curieux, pourriez-vous me raconter ce qui vous a le plus marqué dans vos multiples voyages, dit Mallory afin de redonner une couleur moins opaque à ce tableau.
- Oui, avec plaisir, dit Bastien en soupirant. Et bien les pays qui m'ont totalement conquis, ce sont les pays scandinaves, avec leurs grandes forêts et leurs lacs parcourant le pays. Les gens y sont très aimables et…..

Bastien ne cessait de donner des détails intéressants sur ces déplacements nombreux, ce qui donnait vraiment envie de visiter ces lieux inconnus pour certains.

Il devait être minuit passé quand Marc et Mallory reconduirent Bastien à son hôtel. Ils étaient tous les trois heureux de ces retrouvailles, et Bastien ne cessait de sourire aux « enfants » devenus adultes, en face de lui. Il ne cessait de répéter qu'il leur dirait au revoir avant son départ et qu'il avait hâte de les revoir à Noël, la fête des enfants, comme on dit !

Bastien dans sa chambre d'hôtel, était partagé entre plusieurs sentiments, celui qui prévalait les autres, était celui d'avoir vu son fils extrêmement heureux avec Mallory. Il prit le combiné et voulut composer le numéro de Véronique pour le lui dire. Mais, à la dernière minute, et voyant l'heure tardive, il se ravisa.

Endormi au petit matin, il se leva vers huit heures, et cette fois, il voulait faire ce qu'il devait faire, rien que la pensée du geste, lui demanda beaucoup de courage, car ses mains ne cessaient de trembler.

18 - Devant les yeux des Hommes

Et les heures se déroulaient sur un tapis de fleurs pour certains, mais pour d'autre, c'était un jour où tout pouvait se jouer.

Marc et Mallory ne purent venir au tribunal que le dernier jour du procès, jour des plaidoiries des avocats de la Partie Civile et de la Défense.

Ils avaient, bien sûr, lu les minutes du procès avec un grand intérêt et espéraient désormais que justice serait rendue.

La salle était bondée, et chacun se demandait ce qu'il allait advenir de la petite Camille Revers.

Le juge donna la parole à l'avocat de la Partie Civile, Maître Raffalo, dont le discours était attendu avec une impatience démesurée.

- Merci Votre Honneur. Nous voici devant un cas de **crime avec préméditation notoire**. L'accusée, ici présente, Camille Revers, est inculpée pour homicide volontaire contre son beau-père, Daniel Judans. Je vais être franc avec vous, je ne vais surtout pas m'apitoyer devant cette jeune fille pour la bonne raison c'est qu'elle est **coupable** de son crime. Regardez ! Sa façon de se vêtir est très significative, mettant en avant son corps, aux formes aguichantes. Cette jeune fille est une « *allumeuse* », comme on dit, elle passait son temps à exciter son beau-père. Il n'y a pas de doute, elle a très mal vécu son complexe d'Œdipe, et a fait un transfert de père-amant sur son beau-père qui ne s'est pas fait prier pour satisfaire la petite mangeuse d'hommes. Car croyez-moi, ce n'était pas son premier coup d'essai.

Non, ce n'était pas suffisant, non seulement, elle a séduit son beau-père, mais une fois que c'était fait, elle l'a tué. Elle l'a tué, Mesdames et Messieurs les Jurés, un homme qui la nourrissait, qui l'avait accueillie sous son toit, et presque adoptée comme sa propre fille ! Quelle ingrate ! Comment a-t-elle pu penser qu'elle allait obtenir grâce des jurés ! Ce qu'elle risque aujourd'hui, c'est la peine maximale et ce serait justice rendue. Elle aura, tout bonnement, mérité ce qu'il lui arrive.

Je ne vous parle pas de la mère de Camille, ici présente, courbée sous le poids d'un tel fardeau, avoir perdu mari et fille d'un seul tenant. Comment cette fille a-t-elle pu se comporter de la sorte, se permettre de faire ces choses innommables et les faire à quelques mètres de sa propre mère ? Non vous voyez, il a un vrai problème chez cette adolescente, elle aime l'amour et en a même usé, on dira.

Cette petite peste a harcelé son beau-père et entretenait des relations sexuelles avec lui tant que cela l'arrangeait, et le jour où elle comprit qu'elle ne s'en sortirait pas, elle s'en est débarrassée, aussi simple que ça ! Elle a récolté ce qu'elle a semé. Je ne verserai aucune larme pour cette fille, au passé litigieux. Je vous le dis !

L'avocat de la Partie Civile continuait son long monologue sarcastique en enlisant chaque seconde un peu plus Camille dans une fange des plus redoutables, celle créée par les Hommes.

- Cette fille est une nymphomane, reprit-il dans un dernier sursaut. Elle devait avoir fait un pari avec ses copines pour mieux raconter les détails croustillants, car elle avait soif de sexe, et, a perdu le contrôle des évènements, et ça elle ne l'avait pas prévu !

De sang froid, elle a tué cet homme. Elle nous raconte des histoires depuis le début, en essayant de nous faire apitoyer sur son sort. Elle nous dit qu'il l'avait violé à l'âge de treize ans, qui nous dit que c'est vrai ? Car elle vit dans son propre monde, et les mensonges sont devenus ses derniers amis. Nous devons rester maîtres de nous-mêmes, et se méfier de telles paroles, cette argumentation est vraisemblablement loin de refléter la réalité.

Il faut que ce crime ne reste pas impuni. Et c'est là raison pour laquelle je demande, je vous demande, Mesdames et Messieurs, la peine capitale.
J'ai terminé Votre Honneur !
- Merci Maître Raffalo. A vous Maître Fervent-Dujardin ! Nous vous écoutons.
- Merci Votre Honneur !
L'Enfance devrait être le plus beau moment de notre vie, c'est

celui qui devrait nous insuffler l'amour de soi et des autres, celui qui devrait nous préserver de tous les maux aux formes belliqueuses qui nous heurtent de plein fouet. L'Enfance devrait revêtir l'insouciance, mais malheureusement, l'Enfance devient le plus souvent victime de ces adultes prêts à tout pour satisfaire leurs envies les plus perverses. Les enfants ne sont, de ce fait, pas prêts pour se réaliser en tant qu'adultes eux-mêmes, et soit reproduisent souvent le même schéma qu'ils ont subi, soit sont en désaccord violent avec la réalité. Il ne faut pas se leurrer, il faut peu de temps pour anéantir la vie d'un enfant face à un tel cataclysme, et souvent il en ressent encore, adulte, les répercussions diaboliques, sans toujours pouvoir comprendre ce qu'il lui est arrivé.

Nos enfants se retrouvent soudain seuls, pris au piège dans une tornade la plus terrible, ne leur laissant aucune chance d'échapper à leurs tristes destins.

Aujourd'hui, nous traitons le cas de Camille Revers, mais sachez, que ce n'est pas un cas isolé, nous le retrouvons décuplé, nous plaquant le plus souvent contre une réalité des plus acerbes !

C'est avec la rage au ventre, que jour après jour, on apprend les méfaits d'êtres mal intentionnés sur l'enfance, sur l'adolescence, Mesdames et Messieurs les Jurés. Et ça, c'est une chose inacceptable !

Notre société est malade, nous concoctant des images de plus en plus libidineuses, mais où va-t-on ? Que va-t-on devenir ?

Que sommes-nous donc devenus, nous les Hommes, race humaine décadente au teint pâle qui périra vraisemblablement d'un mal incurable : la désertification de nos cœurs étranglés ?

Où est passée notre dignité, celle qui nous différencie peu ou plus de l'animal, aux comportements parfois douteux ?

Cette société bâtie par des hommes, élimine d'office femmes et enfants.

- Objection, Votre Honneur
- Objection accordée.
- Ne nous leurrons pas, il est inutile de dire que l'homme gagnera, du fait de sa force physique.
  Comment voulez-vous qu'une petite fille de treize ans, lutte contre l'un de ces monstres de cette espèce, la laissant plus morte que vivante après avoir abusé d'elle ?

Quelle peut donc être la perspective d'une enfant, avec logées au fond de ses entrailles fiévreuses, ces souffrances méprisables. Vous comprendrez qu'on ne peut pas résister longtemps à une telle tornade de cette envergure !

Comment se reconstruire une vie avec en nous de telles cicatrices béantes ?

L'homme se sent sûrement à l'abri grâce à l'image pervertie de lui-même, que lui a renvoyée la société, le bon père de famille, le beau-père violeur, etc. Pourtant, l'homme se construit une image de plus en plus dégradée, par ses actes les plus vils qu'il accomplit, et de ce fait, perd de sa crédibilité.

Aujourd'hui, il me semble que les médias favorisent un tel comportement malsain chez certains hommes ou certaines femmes, devenus si abjectes avec eux-mêmes, que pour se frayer une place au sein de notre société, ils se sentent obligés d'accomplir des choses qui répondent à de vils besoins «hors-norme. » Je ne peux laisser passer de tels crimes réalisés contre l'enfance. Et vous comprendrez aisément pourquoi.

La vie mordante n'aura jamais épargné cette jeune fille, l'éclaboussant de ses violentes bourrasques, dont celle-ci est sans doute la plus terrible, la persécutant jusqu'à aujourd'hui même !

Elle n'a jamais connu son père, bien plus attiré par l'aventure que l'amour de son tout-petit. Et voici que l'homme qui pouvait le devenir, trompe sa confiance sans vergogne aucune, alors que son unique rôle était de protéger l'enfant et surtout pas d'abuser d'elle. La mère n'était pas suffisante à ces yeux, non franchement, cet homme aimait courir les jupons comme on disait, il y a quelques années. Il avait ça en lui. C'était un « libidineux ».

Aujourd'hui, notre rôle consiste à devenir les protecteurs universels de l'enfance trahie par ce monde d'adultes devenu tout à coup irrespirable.

Notre ultime vaillance, c'est cette volonté des plus tenaces de prêter une oreille attentive aux plus déshérités pour les guérir de leurs maux *immondes*, (un monde auquel le préfixe ajouté le prive de son essence même, n'est-ce pas suggestif ?

Comme une terre pillée de ses ressources, l'enfant subit les méfaits de l'Homme, sans que la moindre chance de salut lui soit accordée.

Parents, je vous mets en garde, et je vous rappelle que notre passage est loin d'être éternel, et que hélas, les traces atténuées que nous laisserons à nos enfants, ne seront qu'appauvries par notre propre concupiscence.

Regardez cette jeune fille, a-t-elle l'air d'une « allumeuse », d'une fille écervelée qui n'avait qu'une seule chose en tête, celle de séduire son beau-père ?

Je ne crois pas, les hommes lui ont déjà laissé de grandes plaies ouvertes, qu'elle devra panser afin d'amoindrir tout juste le mal.

Observez son visage criblé de souffrance, tyrannisé par de sourdes menaces. Ses yeux ne peuvent plus s'ouvrir sur un enfer qu'elle voudrait oublier.

Mais, ne pensez-vous pas que la proie est un peu trop facile ? CELA SUFFIT, JE VOUS LE DIS !

Depuis l'âge de treize ans, elle ne fait que subir la violence physique de cet homme. Les femmes, dans cette salle, comprendront à quoi je peux faire allusion. Nous ne pouvons tout simplement pas lutter contre la force physique, impossible de contourner le problème, si ne ce n'est qu'il faut se rendre.
Camille a subi ces viols sur son corps d'enfant anéanti par une

telle parjure, devant vivre jour après jour avec ses salissures logées en elle. Camille a subi ces viols aussi sur son âme étranglée par ce tourbillon des plus méprisables.

Depuis tout ce temps égaré, Camille Revers avait gardé, tout au fond d'elle, l'espoir de devenir puéricultrice. Elle a bien sûr tenté de trouver le repos en faisant mûrir tout doucement sa vengeance sur l'homme, Daniel Judans.

Il est vrai qu'elle s'est procuré une arme avec l'intention de tuer, mais qui ne l'aurait pas fait ? Qui n'aurait pas eu envie d'assouvir une soif de justice durant ces années ténébreuses ?

Notre société devrait être plus attentive aux appels des enfants, elle devrait se prévaloir de cette qualité essentielle : faire justice. Ne vous laissez pas induire en erreur. L'homme, tel qu'il nous apparaît aujourd'hui, ne serait-il pas le reflet de notre société décadente ? Je ne peux qu'y dénoncer les « rouages grippés », et il est largement temps d'y remédier enfin.

Et puis, un jour, le coup fatal est parti, c'était une fois de trop.

Daniel Judans n'était pas un saint, il a été licencié pour harcèlement sexuel, nous le savons !

Combien de fois, il a profité que la petite fût seule pour l'attaquer, comment a-t-il pu diriger ses nombreux assauts agressifs contre une toute petite fille incapable de riposter, et trahir de ce fait, sa propre femme !

Mais la petite fille a grandi, plus mal que bien et s'est vengée. Elle a utilisé l'arme criminelle pour se protéger une dernière fois, Mesdames et Messieurs les Jurés, **pour assurer sa propre défense, pour assurer sa propre défense.**

Cette situation douloureuse n'avait que trop duré !

Ouvrez votre cœur, et tâchez de comprendre le geste désespéré de cette jeune fille qui attend de nous un véritable soutien, de notre société, la vérité au grand jour.

Ne la condamnez surtout pas, mettez-vous à sa place, vous les mères de famille, ne seriez-vous pas en colère après tant de disgrâce dispensée gratuitement !

Après avoir été pulvérisée par cet homme, son unique espoir réside en nous, pères et mères de famille, pour enfin l'aider à retrouver sa forme humaine. La souffrance rend humble, Mesdames et Messieurs les Jurés, soyez cléments vis-à-vis de Camille Revers.

En tant que mère, moi aussi, j'aurais un souhait, qui n'est pas une utopie en soi, c'est que ces crimes contre enfants soient sévèrement punis par nous, par notre société qui se veut juste, que ce soit les viols, les attouchements sexuels, la prostitution infantile, et aussi la maltraitance, et ces autres que ma colère étouffe.

Essayez, ne serait-ce qu'un instant de vous mettre à la place de cette jeune fille et laissez votre cœur parler.

Camille Revers a besoin de nous, de notre société pour se reconstruire après tant de ravages causés, dont nous pouvons entendre encore aujourd'hui les échos néfastes ! Désormais, il faut lui donner l'opportunité de marcher vers un avenir plus serein, de bâtir une nouvelle existence aux reflets plus doux, une vie meilleure à laquelle elle aspire elle-aussi !

Donnez-lui en donc les moyens !

Voyez Camille, comme elle est lasse de porter ce manteau de misère, elle s'est rendue. Et qui dit «se rendre la mort dans l'âme, c'est éteindre l'étincelle d'espoir de la vie ».

Je vais sans doute vous choquer, Mesdames et Messieurs les Jurés, mais parfois le comportement barbare de certains hommes se rapproche de celui de l'animal qui est en eux, et ne font plus la **distinction entre bien et mal** ! Et ceci, Mesdames et Messieurs les Jurés, c'est inadmissible !

Ce n'est pas tant cette agressivité des plus scandaleuses que je condamne, mais c'est aussi ces autres préjudiciables exercées contre ces innocents qui ont appris, à leur dépend, la signification du mot trahison !

L'accusé, aujourd'hui, n'est pas Camille Revers, mais bien Daniel Judans, et tous ces autres qui salissent notre société en mal d'amour ! Je veux parler du vrai mot « amour », celui que l'on chérit tant, celui qui réside dans nos rêves les plus fous. Où se cache t-il ? L'amour c'est bien celui que l'on donne aux autres pour qu'ils soient heureux, et le bonheur, c'est de les savoir heureux ! Nous sommes loin, hélas du schéma original !

Merci Messieurs, Mesdames les Jurés de votre attention, Votre honneur, j'ai terminé.

Un silence glacial s'était engouffré dans la salle d'audience, afin de laisser tout à chacun, la volonté de s'imprégner de toute la teneur de ces mots ou *maux*.

***

Les jurés s'étaient réunis dans la salle réservée à cet effet. Cela faisait plus de trois heures qu'ils délibéraient, ils considéraient point par point à l'insu de leur verdict qui risquait de tomber comme un couperet.

Camille restait prostrée dans la salle où elle se trouvait, seule, sans personne pour la réconforter. Que l'attente peut être longue quand elle nous dévoile ses incertitudes féroces !

Puis la porte s'ouvrit, les jurés venaient de rentrer dans la salle et étaient prêts à donner leur verdict.

Une des femmes se leva et parla haut et fort, mais sa voix trahissait de fortes émotions, qu'elle avait été incapable de refreiner tout au long de ce procès.

- A la première question, Votre Honneur, l'ensemble des jurés a répondu OUI
- Vous pouvez peut-être rappeler Madame quelle était la première question.
- Heu, oui votre Honneur ! La première question était : « Est-ce que l'accusée a commis un meurtre avec préméditation ? » A

- cette question, nous avons répondu oui.
- Poursuivez Madame, je vous en prie.
- La deuxième question était : « Est-ce que l'arme utilisée dans le cadre de ce meurtre a bien été utilisée pour se protéger, en d'autres termes si l'accusée est coupable ou pas, si ce délit est considéré comme de la légitime défense ? » La réponse à cette question est : « l'accusée n'est pas considérée comme coupable, elle a utilisé l'arme en légitime défense.

Sur ce, un brouhaha général s'infiltra dans la salle devenue un vrai champ de bataille.

- La séance est donc levée, relaxant Mademoiselle Camille Revers !

***

Maître Fervent-Dujardin semblait si belle par cette animation qui se lisait dans ses yeux déterminés. Elle mettait tant de conviction dans ses plaidoiries, qu'il devenait difficile de gagner la partie contre elle. Elle parlait, avec les mains, avec son corps avec un des jurés qui l'avait trouvée superbe dans son monologue.

Marc et Mallory s'approchèrent de Camille, qui ne réalisait toujours pas ce qui lui arrivait. Sa mère la rejoignit et l'entoura de ses bras protecteurs. Elle avait la cruelle sensation d'avoir échoué quelque part.

- Tu ne m'en veux pas, lui demanda Camille ?
- Non, c'est moi, est-ce que tu voudras bien me pardonner, je n'ai rien vu.
- Ne t'inquiète pas Maman.
- Nous sommes très contents pour toi, Camille, dit Marc
- Merci pour tout, finit-elle à dire dans un sanglot étouffé.
- Que veux-tu faire maintenant ?
- Je veux passer mon bac pour être puéricultrice.
- C'est une très belle vocation, je peux t'aider si tu le veux, dit Mallory.
- Merci, je savais que je pourrais compter sur vous.
- On gardera le contact, dit Marc.
- Absolument !

Soudain, Camille changea la trajectoire de son regard et comprit que son œil avait décrypté un nouveau message, le jeune garçon aux traits presque trop féminins, la regardait, elle le connaissait, elle l'avait déjà vu quelque part, sa mémoire l'aurait juré. Il n'était autre que celui qu'elle avait aperçu au Commissariat, un fameux matin.

Elle se dégagea de l'étreinte de sa mère qui continuait de parler avec Marc et Mallory, et leur dit :

- Excusez-moi.

Puis elle se dirigea vers Jérôme, comme attirée par un enchantement qu'elle n'était pas en mesure de comprendre.

Marc et Mallory suivirent des yeux Camille et comprirent que c'était Jérôme l'objet de ce pas déterminé. Ils lui diraient bonjour plus tard. Ils comprirent que l'instant répondait à un grand appel et qu'ils ne voulaient, en aucun cas interférer.

19 - *Notre courage mis à l'épreuve*

Noël viendrait bientôt déposer ses traces feutrées pour annoncer son arrivée imminente.

Le soleil n'était pas masqué dans un ciel trop bas en ce jour doté d'une luminosité frappante.

Marc avait convoqué Jenny Vendoux et ses deux filles pour pouvoir enregistrer la plainte sur cassette et écouter les enfants.

Mallory était dans son bureau avec Jenny. Mallory enregistrait depuis le début de leur conversation.

Amandine avait réussi à prendre les petites dans le bureau paysager et leur avait demandé de faire de beaux dessins. Seule la plus petite pouvait allier crayons et feutres pour des traits plus ou moins parlants. La plus grande marchait de long en large et montrait une réelle impatience d'être, elle aussi reçue par la jeune femme qui parlait avec sa maman.

***

- Vous êtes suivie Madame Vendoux ?
- Oui bien sûr, depuis deux ans. J'ai voulu faire une thérapie familiale avec mon mari, je voulais connaître les procédures pour mettre à l'abri mes enfants. Mais il est persuadé qu'il va bien, qu'il n'a pas « à subir ce genre de traitement », je reprends ses termes.
- Et vos filles, le sont-elles ?
- Absolument, Mylène depuis deux ans aussi, et Claudie depuis un an.
- Vous savez, j'ai rencontré votre mari, il veut faire une expertise psychiatrique, j'ai déjà fait mon rapport vous savez.
- Quand va-t-elle avoir lieu ?
- Très vite, je vous le promets, nous faisons tout pour que cela soit ainsi. J'ai bien compris que cet homme est malade, ayant des troubles du comportement [32], que pour lui, il n'y a pas

---

[32] Les troubles phychotiques sont caractérisés par des symptômes psychotiques à la base de leur définition. Le terme psychotique a reçu plusieurs définitions à travers les années. Dans son sens le plus strict, il réfère à des idées délirantes et des hallucinations prononcées dont la personne ne reconnaît pas le caractère pathologique. Une définition plus large inclut des

de vrai problème, il en est à se demander pourquoi nous le poursuivons ainsi.
- Je m'en doute, mais c'est pourtant vrai, nous n'aurions pas inventé tout ça, dit Jenny d'une voix lasse. Pour moi, c'est un manipulateur de premier ordre, qu'il sait parler de façon charmeuse pour mieux refermer ses griffes sur ses proies choisies sur le volet,
- Non, c'est sûr vous n'auriez pas inventé tout cela. Pour lui, c'était un de ses jeux, qu'il jouait avec les petites. Il ne faisait rien de mal. Il n'est pas dans la même problématique que nous. Il voulait sans doute et certainement prendre sous son aile maléfique vos filles, et même les initier au plaisir pour se déjouer de vous, pour vous punir de cette arrogance qui vous habite depuis quelque temps.
- Je vois, mais il fallait bien faire quelque chose, et depuis combien de temps, cela a duré ?
- Pas depuis si longtemps que ça, il me semble, ces épisodes traumatisants n'ont été que l'ébauche d'un nouveau plan machiavélique, les prémices d'une honte qu'il ne pouvait endosser à l'heure qu'il est. Pour l'instant, il est dans le déni de ses actions. Il ne voudra jamais croire qu'il est malade, et ce qu'il a fait est mal. Votre mari est l'enfant qui n'a jamais pu grandir. Il y a eu dans son enfance un ou plusieurs chocs qui l'ont empêché de devenir adulte. Il a subi des déficiences dans sa petite enfance, qui vient des parents. Il s'est senti maintes fois bafoué, qu'il en est devenu suicidaire, dans les mots du moins, pas dans les actes. Il veut faire endosser son mal de vivre par votre fille aînée. Avant la naissance de vos enfants, cela se passait-il autrement ?
- Oui, on arrivait à trouver un terrain d'entente. Oui je crois que ses parents ont reproduit le même schéma sur lui et sur ses frères.
- C'est bien ce que je pensais. C'est bien le manque d'amour de ses parents qui est le principal protagoniste. En fait, il reproche à vos filles d'être nées et d'avoir un plus grand pouvoir sur vous que lui-même, avant c'était lui l'enfant et vous étiez la mère qu'il n'a pas eue.
- Oui c'est vrai, il ne cessait de m'appeler « maman ! » C'est moi qui lui disais de faire ça et ça. Il ne prenait aucune initiative.

---

hallucinations que la personne reconnaît comme telles et des symptômes de désorganisation tels que le discours et/ou le comportement désorganisé

Source : http://www.Psychomedia.qc.ca/qfr47.htm

Quand mes filles sont arrivées, il s'en est pris inconsciemment à Mylène, en lui transmettant son désir de mort, en lui répétant qu'il était mieux avant qu'elle ne naisse, etc. Donc, Mylène l'ayant cru, elle s'était comme éteinte de cette vie si farouche, ne pouvant ni manger ni se concentrer à l'école. Elle perdait pieds dans un monde qui l'avait totalement oubliée. Seule la peur avait laissé dans son être fragile, ses traces indélébiles.

- Comment est-elle aujourd'hui ?
- Elle est mieux, elle recommence à manger un peu, et à s'intéresser à l'école, le maître m'a convoquée, il est content du trimestre passé. Elle ne redoublera pas si elle continue. Elle a fait un dessin l'autre jour qui montrait une petite fille souriant les bras ouverts, et elle a dit à mes parents que c'était elle qui renaissait enfin, après la mort, elle était enfin vivante. J'ai eu beaucoup de peine quand j'ai vu ce fameux dessin ce jour-là. Mais elle a toujours peur de la nuit, elle a peur de s'endormir parfois, souvent elle dort avec moi.

Jenny passa sa main dans ses cheveux, elle semblait ratatinée, mais également grandie par une cause certaine qui lui procurait toutes les assises nécessaires pour ne pas sombrer.

Elle glissa un papier à Mallory, extrait d'une rédaction qu'avait faite à l'école Mylène.

Mallory frissonna à la lecture de ces mots spontanés et comprit une fois de plus la gravité de l'affaire.

- Je vais la voir tout à l'heure, je pense qu'elle a toutes les chances pour s'en sortir, car vous avez fait le bon choix. Et Claudie ?
- Il ne s'en jamais occupé, elle dit qu'elle a peur de lui, c'est tout !
- C'est un tout important, vous savez. Aujourd'hui un enfant a le droit de dire « NON » et d'être entendu. Ce n'est pas pour rien quand les enfants disent qu'ils ont peur de leur père, et c'est déjà beaucoup quand ils le disent ! Les enfants ont du mal à discerner la réalité dans leurs cauchemars. Il suffit de leur dire que c'est vrai ce qu'ils ont entendu ou vécu pour les rassurer. Votre mari « victimise ». Il se complait dans le rôle qu'il s'est donné. Il nie tout pour gagner du temps, mais nous arriverons à lui faire avouer la vérité, tôt ou tard.

Mallory réfléchissait durant son entretien avec Jenny. Elle se demandait comment sortir indemne d'un tel cataclysme, où la foudre a laissé de telles meurtrissures aux dents acérées ?

- Vous savez Madame Vendoux, notre but est de déculpabiliser les victimes, les enfants en d'autres termes, les disculper après ces gestes interdits. Tant que les coupables ne sont pas appréhendés par la justice, tant que les crimes seront toujours impayés aux yeux des enfants victimes, ce qui est inadmissible, les enfants garderont en eux leur part de culpabilité, le plus souvent inavouable. Le sentiment d'injustice est très fort chez l'enfant, vous savez, et tout coupable doit être sévèrement puni, c'est un peu comme dans les contes de fées, c'est blanc ou c'est noir, les méchants devront payer et très cher de leurs tributs. Etant très demandeurs de justice, ils ne comprennent pas les motivations des adultes quand les crimes des coupables restent impunis. Il faut qu'il y ait châtiment pour les dédouaner de leur culpabilité. Souvent, hélas, la victime se sent coupable et nie son vécu. La culpabilité vient du doute, et il faut lever ce doute désormais. Souvent, les enfants portent une culpabilité qui n'est pas la leur pour se protéger des adultes qui les ont maltraités. La proie est toujours facile quand il s'agit d'enfants. En extrapolant, on arrive à des situations irréversibles par la suite, les enfants ne sont pas encore des adultes et il leur est inconcevable de devenir adulte, c'est-à-dire d'être parent, d'être père en l'occurrence. Comme ces enfants n'ont pas eu de « bons modèles », ils sont perdus et n'ont plus de repère. Comme il faut du temps pour se reconstruire, la peur des adultes est toujours présente. Si cette problématique n'est pas réglée durant l'enfance, cela peut générer des troubles du comportement importants étant adulte. L'enfant met du temps pour prendre conscience des problèmes qui le hantent, il lui faut du temps pour se protéger enfin, de se nettoyer totalement de ces éclaboussures, il faut beaucoup de patience pour l'amener à suivre des thérapies, à faire taire sa deuxième personnalité faisant écho avec pulsions. Votre mari rentre dans cette catégorie, il n'a pas la même problématique que nous, il ne se sent pas coupable, mais aux yeux de vos filles, il l'est, et aux yeux de notre société, il l'est, nous sauverons vos petites, soyez-en sure. Avez-vous quelque chose à ajouter ?
- Non, je veux divorcer très vite, et … je vous remercie pour

tout !
- Je vous en prie Madame Vendoux.

Jenny se leva de sa chaise et soudain, une terrible révélation lui mordit son âme déjà si bouleversée : son mari, un malade, certes, avec qui elle avait vécu durant tant d'années avait pris maintes fois les traits les plus vils d'un terrible monstre également.

De cette pensée douloureuse, naquirent deux flots intempestifs qui roulaient le long de sa joue fraîche.

20 - Notre ultime vaillance

Mallory était toujours assise à son bureau, elle avait en face d'elle les deux petites gamines qui en disaient long sur un passé fracturé.

La plus petite ne voulait pas lâcher la plus âgée durant l'entretien.

- Dis-moi Mylène, tu es en colère contre ton papa ?
- Oui, beaucoup, et il me fait peur.
- Moi aussi, il me fait peur, fit écho la plus jeune !
- Raconte-moi pourquoi il te fait peur ?
- Et bien la nuit, il me raconte des choses que je ne comprends pas. Je t'ai apporté une rédaction que j'ai faite un jour en classe, si tu veux, tu peux la lire. Je ne veux plus le voir. Il a fait pleurer maman, ça je ne lui pardonnerai jamais. Je ne veux plus le voir.
- Moi non plus, je ne veux plus le voir, dit Claudie dans un écho toujours audible.

Mylène tendit le même papier que lui avait tendu Jenny. Elle en frémit d'avance. De devoir ne pas contourner ces mots audacieux la rendait malade, une fois encore. Elle ouvrit la feuille pour en découvrir les mots qui la tiraillaient de part et d'autres, mots écrits d'une main tremblante par une enfant effrayée, qui avait perdu la confiance en son père, mais également par une enfant volontaire et qui avait déjà fait le deuil de sa propre enfance.

« J'ai eu peur que mon père me fasse du mal. Je n'arrivais pas à dormir, comme tous les soirs, et je criais Maman ! Et au lieu que ce soit ma mère, je vis mon père qui me dit :

- *Qu'est-ce qu'il y a ?*
- *Je n'arrive pas à dormir.*
- *J'en ai assez que tu n'arrives pas à dormir !*
- *Mais ce n'est pas de ma faute !*
- *Si, c'est de ta faute. Je t'emmène au bois...*
- *Il fait noir, et je ne veux pas.*

A ce moment-là il me pousse du lit, j'ai cru qu'il voulait me tuer et il sort et revient avec un drap. Il voulait que je dorme parterre et non dans mon lit ??? Deux minutes après, il me fit un bisou sur le front, et j'entendis ma mère lui demander :

- *Qu'est-ce que tu lui as fait ?*
- *Rien, rien du tout !*

Elle l'a disputé le lendemain après que je lui ai raconté ce qui s'était passé.

J'ai eu vraiment peur cette nuit-là de mon père. »

Mallory regardait les enfants l'une après l'autre et poursuivit ses questions infatigables.

- Qu'est-ce qu'il te dit quand il te fait peur, comme cette fameuse nuit ?
- Qu'il était mieux avant que je naisse, que sa vie avec maman était mieux, plus belle, qu'il voudrait que je sois morte.
- Tu as une idée, Mylène de ta vocation.
- Qu'est-ce que la vocation ?
- La vocation c'est le métier que tu voudrais faire plus tard ?
- Oui, je voudrai être Juge pour enfants.
- Et pourquoi ?
- Un avocat, ça n'a pas de pouvoir réel, un juge a plus de pouvoir.
- Je pourrais t'aider si tu le veux.
- Merci. Ou juge pour enfants ou alors, comme vous, Psychologue pour enfants.

Mallory sourit de tant de bonne volonté.

- Je t'aiderai, quoique tu fasses. Tu sais que tu vas bientôt être écoutée par un avocat, spécialisé dans les enfants, qui va prendre ta déposition comme moi je le fais, pour que tu sois entendue, que tes souhaits et ceux de ta petite sœur soient enregistrés, et tu sais cet avocat, elle va passer dans quelques minutes, et je vais même te dire que je la connais très bien, c'est elle qui me gardait quand j'avais ton âge et elle s'est occupée de moi « comme une petite mère », comme tu le fais pour ta petite sœur. Elle a toujours voulu être avocat pour les enfants, pour les aider, comme nous voulons tous t'aider Mylène.
- Merci Madame Mallory.

- Mallory est mon prénom comme le tien est Mylène.
- Merci Mallory, dit Claudie qui avait fini ses dessins, et dont rien de tout cela n'avait échappé.
- Vous pouvez venir me voir quand vous le voulez.
- C'est gentil. Nous reviendrons.

***

Dans le bureau paysager, les enfants rejoignirent leur mère qui les attendait. Les deux petites se rapprochèrent de leur maman, l'entourant.

- Ah ! Au fait, Madame Vendoux, dit Mallory, je voudrais vous présenter Maître Fervent-Dujardin qui se fera un plaisir d'écouter les dépositions de vos enfants, et prendre leurs souhaits en considération. Je connais très bien Maître Fervent-Dujardin, elle est spécialisée dans les enfants, et j'ai une totale confiance en elle.

Mallory sourit à Isabelle qui la remercia d'un regard plein de complicité.

- Bonjour Madame Vendoux, je vous propose que nous prenions un rendez-vous très vite, nous sommes le jeudi dix-neuf décembre, disons samedi prochain à dix heures. Voici mon adresse. Venez avec tout ce qui pourrait nous être utile pour notre dossier.
- Bien sûr Maître. Merci encore et à samedi.

La plus âgée des filles dit soudain :

- On rentre à la maison Maman.
- Oui, on rentre.

La plus jeune sourit à Mallory chaleureusement, qui le lui rendit instantanément.

Le mot « maman » étreignit Mallory, et résonna en elle jusqu'à l'infini. Qu'en était-il pour elle ? Depuis longtemps, elle voulait attendre un petit pour le chérir et le protéger d'un univers intraitable et flou.

Elle porta sa main à son ventre fertile, et sentit comme une douce chaleur se propager en elle. Soudain une nouvelle vibration s'inscrivit dans son être à l'écoute, la déroutant vraisemblablement comme quelque chose faisant partie d'un ordre nouveau.

Le devoir d'un parent n'était-il pas de protéger ses enfants, placés sous son aile, contre toutes les tempêtes hostiles de ce monde, dans un navire donnant la nette impression qu'il va à tout moment sombrer, mais qui en fait remonte face à un vent desséché par une de ces trahisons, celle qui aurait pu le faire chavirer ?

N'était-ce pas que Mallory et Marc tentaient dans leur métier, à tous moments de faire, avec un tel acharnement pour ces fantômes devenus livides ? Car ils partageaient ce sentiment d'amour donné sans compter, et toutes les fibres de leurs corps le leur rappelaient.

Elle perçut en elle comme une présence providentielle. Quelque part, elle sentit que les dieux allaient l'affranchir en exauçant son vœu le plus cher, celui de perdurer la vie, mettre au monde un petit enfant qui l'appellerait d'ici peu « Maman ».

Son regard épanoui croisa celui de Marc, placé en face d'elle, qui comprit instantanément ce qui se passait, et sourit de tant de beautés à venir.

Ils souriaient toujours mais ils n'étaient pas dupes. Ils savaient qu'ils étaient accompagnés, tout au long de leur périple scabreux, quand plus rien n'était possible, de l'espérance que protégeait inlassablement la vie, celle qui les forgeait et les poussait inévitablement vers leur mission audacieuse, celle qui leur demandait d'aller plus loin que leurs propres limites dans un but précis. Ils étaient habités par cette foi inébranlable, celle de redonner forme humaine aux ombres sans âme qu'ils croisaient, de graver le mot courage dans chaque geste et d'imposer une forme à tout ce qui n'en avait plus, dans un monde dur et ténébreux répondant à un appel des plus analeptiques, celui de notre ultime vaillance.

Nelly Borgo

B - EPILOGUE

« L'émerveillement, c'est le premier pas vers le respect »

Nicolas Hulot[1]

---
[1] Ce doit être dans une de ces émissions télévisées que je ne regarde jamais, où j'ai entendu Nicolas Hulot prononcer cette phrase prometteuse dans un univers loin de l'être, il y a bien longtemps déjà.

B - EPILOGUE

a) <u>Notes de l'auteur</u>

Je commence ce livre par une très belle phrase de Michel Berger, un des plus grands auteurs-compositeurs interprètes de notre temps, pour le finir avec un autre homme tout aussi grand.

« *J'irai au bout de mes rêves* » nous fredonne avec résolution Jean-Jacques Goldman[1]. Merci Monsieur Goldman de nous faire prendre conscience que nous pouvons avoir des rêves et que c'est notre devoir de les mener à bien pour leur donner la vie. Et moi je me laisse guidée par ma détermination pour pouvoir concrétiser les miens qui me bercent comme on berce d'amour un petit enfant.

Qu'est-ce que j'ai tiré de cette expérience douloureuse et salutaire à la fois ? Qu'il faut du temps pour faire naître un projet et qu'envers et contre tout, et surtout contre tout, ne pas l'abandonner, *afin de pouvoir enfin s'accomplir.*

Me voici presque au terme de ce périple extraordinaire que j'ai parcouru au cours de ces derniers mois pour mettre sur papier cette histoire aux fibres magiques. Je peux encore le dire, c'est à l'arraché que j'ai pu faire naître ces personnages romanesques, certes, en quête insatiable d'un bonheur inaccessible, qui me demandaient la vie pour arriver jusqu'à nos cœurs dont le désir de les connaître a bien souvent été immodéré. Et là encore, j'ai compris, que c'est dans la lutte permanente que peuvent se dessiner les choses afin de devenir palpables.

J'ai hâte de retrouver la fièvre transcendante d'autres mots, d'autres histoires qui me transporteront là aussi loin, très loin ...J'ai hâte de pouvoir m'émerveiller devant d'autres récits, tous plus beaux les uns que les autres. Tout ce temps à me nourrir de la vie, tout ce temps à me nourrir de mes prochaines lignes impatientes de trouver le chemin de l'Emotion afin de capturer l'inestimable frisson, celui que l'on voudrait habiter à tout jamais !

Comme je l'ai déjà dit, j'écris depuis l'âge de douze ans des poèmes et plus récemment des nouvelles, et des récits en prose. Aujourd'hui, le défi fixé, a été celui de faire transparaître l'émotion

---

[1] *Dans Au bout de mes rêves*, de Jean-Jacques Goldman, dans Singulier 81-89, 1996, Sony Columbia

dans cette dernière forme littéraire, celle que le roman peut procurer.

Ecrire m'insuffle l'unique étincelle que l'on peut reconnaître dans mon regard attentif et bouleversé, car je ne peux m'adonner entièrement à cette passion, et je dois me satisfaire du peu de temps qui m'est imparti, ce dont j'ai toujours beaucoup de mal à me résoudre.

Tout le monde sait que l'inspiration est fugace, elle procure un pouvoir analeptique, mais aussi une grande déperdition d'énergie de laisser « mes personnages en quête d'auteur », comme nous aurait dit Louis Pirandello. Mes personnages, égarés dans les brumes de la Réalité, n'ont besoin que de ma plume alarmée pour trouver le chemin de la Vie.

Ecrire me procure l'unique énergie d'un moment magique, conjuguer à tous les temps fiction et réalité.

Depuis toujours, les mots m'appellent et m'interpellent se répandant en moi, telle une vague messagère d'un vent porteur que je ne peux maîtriser.

J'aime les mots, combinés dans des phrases, j'aime leurs sonorités si douces à l'oreille. Je dois souvent choisir le mot juste pour me rapprocher le plus possible de ma réalité.

Mes proches sont conscients que je me suis fabriqué un autre univers, comme certains se fabriquent une autre famille, avec les mots devenus la mienne, je retrouve « ma part de divinité. » Je tends mes mains, toujours quelque peu tremblantes vers ce refuge, qui je sais saura m'accueillir et me sauver chaque jour, en m'apportant ma propre Vérité. Car il faut tendre vers quelque chose qui nous procure la passion, je m'achemine tout doucement vers cette sérénité qui me rassure sur ma mission, sur mon passage, sur le sens de ma vie tourmentée. Oui, nous avons une part de Destinée mais également, sur notre route bordée d'écueils, se dressent devant nous des Choix qu'il nous devient impératif de ne pas contourner.

Le regard des autres sur moi me rassure quelque peu, et souvent il en ressort que j'ai traversé, des millénaires incompris les yeux ternes, pour qu'ils deviennent, un beau jour, pétillants d'une exaltation toute particulière, pour me sentir différente, de vouloir tout partager, afin de glisser, peut-être, vers l'immortalité féerique des mots incrustés sur un papier tout aussi vivant à tout jamais.

Mon silence obstiné, de plus en plus fréquent, me pousse à croire que je n'ai pas tout à fait tord, car lorsque je dois impérativement détourner mon regard de ce havre de paix, je ferme les yeux vers ce qui m'attend pour une bien piètre réalité poussant plus en avant nos rêves les plus fous, Réalité, dans laquelle hélas j'ai souvent rencontré des présences diaboliques aux visages d'anges. De ce fait, devenue un être presque déshumanisé, je dois communiquer toutefois, après avoir bu les écrits de Jacques Salomé, tout en me protégeant de cette nouvelle armure «contre ces maux incertains»[2].

Alors, à cette minute, errant également comme ces fantômes qui m'accompagnent cherchant eux-aussi l'espoir, je m'insurge à ma façon, en me nourrissant de ces lignes qui m'offrent la seule lumière qui me guide pas à pas, de l'autre côté d'un miroir, vers une autre destinée, celle de la fiction.

Mes personnages, purement archétypes, me tirent d'un néant sans fin qui m'a submergée toutes ces années perdues à me chercher. Je puise dans chacune des vies proches de moi pour intensifier ces moments forts qui ponctuent une vie, mais surtout pour les graver dans nos mémoires tenues en haleine. Je répands une part de réalité dans ces autres qui n'attendent que moi pour se construire, peu à peu, pour ne vraiment exister qu'à la fin du roman afin de me guérir inévitablement. Je sème également une part de la mienne dans chacun des personnages avides de retrouver une identité bafouée pour comprendre l'utilité de mon passage, que je veux à cette heure éternelle, Et cela prend du temps, que je n'ai toujours pas. Et cela me ronge inexorablement.

Je tente de capter chaque vécu « pour le restituer sur mon tableau en effervescence »[3], tel un artiste peintre impatient d'apporter sa touche finale afin de pouvoir s'accomplir enfin devant une telle « palette émotionnelle mêlée toutefois d'une certaine mélancolie.[4] »

---

[2] Dans *Une simple vie*, dans *L'Impact des maux*, La Société des Ecrivains, 2004
[3] Dans *Une Aquarelle de rêve*, dans *L'Impact des maux*, La Société des Ecrivains, 2004
[4] Carole Corneloup, se référer à *Hommage à ceux qui donnent*

Mais que faire devant tant d'énergie restée en suspension face à une unité temps-espace qui s'égrène au fil d'heures creuses, sans pour autant être capable de l'exploiter ? Je me sens comme désarmée devant une telle force décuplée, certes, mais devenue instantanément une braise encore incandescente, c'est comme si :

« *Devant les portes de l'enfer*
Je me consume lentement,
Là où plus rien n'est, je me perds
Chaque jour plus sournoisement.[5] »

Alors, la cendre déposée m'étouffe sans épargner mes propres empreintes, du reste. J'ai acquis depuis peu, la faculté extraordinaire d'être ici et ailleurs. En effet, mes pensées voyagent le plus souvent à la vitesse de la lumière, c'est tellement énergisant, mais à la fois tellement épuisant. Je me sens quelquefois bafouée, car arrivée à ce point de ma vie, la peur et le doute de ne pas avoir **tout** dit m'oppressent. Aujourd'hui, je tente de préserver ce corps courbatu et ce cœur froissé afin de donner le meilleur de moi-même dans ces mots qui me permettront enfin de me grandir.

Mon but principal est d'incarner la vie au sens large, d'incarner d'autres existences, jouer mon rôle comme au théâtre[6] et ressentir une infinitude d'émotions par le biais de ces personnages très désireux de me montrer le chemin.

Je me suis souvent identifiée à chaque personnage, et le lecteur se reflètera dans ces âmes absentes quelque peu, qui n'attendent qu'une sourde lumière ne jaillisse pour retrouver leur voie face aux implacables brumes d'antan. Ce sont des personnages comme nous, simples et tangibles, donc l'identification sera facile à admettre. Je voudrais donner à chaque antagoniste la chance d'accéder, en bout de course, à un bonheur bien mérité.

Je dois être en complet décalage avec la réalité, car je ressens un tel mal-être quand je dois abandonner ma vie parallèle. Je jette un

---

[5] Dans *Délires nocturnes*, dans *L'Impact des maux*, La Société des Ecrivains, 2004

[6] Le théâtre a toujours occupé une place importante dans ma vie, car je joue toujours, ayant été membre de l'association théâtrale « The Global Players » qui ont monté des spectacles en anglais dont 4 ont déjà vu le jour dans deux grandes salles de la région parisienne. Aujourd'hui, je me tourne vers le théâtre en français, pour être plus vraie sur scène.

œil résigné sur mes personnages qui sont toujours en quête d'utilité de leur passage. Ils ne la découvriront qu'une fois accomplis, qu'une fois que le dernier coup de pinceau glissera sur ma toile imaginaire. Comme je les comprends, moi qui cherche toujours ma propre vérité. Et mes forces vulnérables me manquent pour poursuivre ma quête insatiable.

Je dois avouer toutefois, que même, maintenant, je me sens démunie pour décrire telle émotion ou tel sentiment, ce qui me rappelle ma fragilité, je sais que chaque minute précieuse passée dans cet abri des plus apaisants, me régénère pourtant pour me rendre enfin invincible.

Et puis de vous à moi, avec les mots, je trouve enfin le sentiment de La Liberté, la vraie, trop longtemps délaissée, car il n'y a plus de barrières établie par les hommes, mais que nos âmes fragiles et nos cœurs avides de tout comprendre. Alors, l'orage, celui qui tant de fois nous a effrayés dans notre nuit tourmentée, s'est tu pour ne faire place qu'à un silence dont nous pouvons être dignes, celui qui nous permettra de nous recueillir enfin.

Le besoin de s'accorder du temps pour soi, le « retrait » pour se redonner l'énergie nécessaire pour faire face à un monde tellement absurde, se fait de plus en plus sentir. Et depuis que je fais de la relaxation, j'ai pu en prendre bien conscience.

Il est vrai également qu'étant sursitaire, au même titre que ceux qui m'accompagnent lors de ce voyage périlleux qui me mène, avec une si forte détermination, vers une destination totalement inconnue, je me sens tout à coup investie toutefois d'une mission toute particulière que je veux désormais partager avec le lecteur qui comprendra. Je veux écrire pour écrire mais aussi pour faire passer des messages, après tout, ces deux éléments ne deviennent-ils pas étroitement liés ?

Je profite de ce moment de grande liberté pour parler d'une région de France qui me fascine, La Creuse clémente et inspiratrice, tout comme l'Indre d'ailleurs, département limitrophe. J'ai été assez surprise de constater que cette campagne bienfaitrice avait séduit de nombreux artistes, avait ému de nombreux peintres et gens de lettres, appartenant à un passé loin d'être révolu, Monet, par exemple ou George Sand ou même plus récemment, ces maîtres du pinceau nombreux que je ne connais pas encore, et la comédienne de talent Annie Duperey dans *Les Chats de hasard*[7]. Ce n'est sans doute pas une coïncidence. La nature nous récompense à sa manière, et nous offre un spectacle de toute beauté, de n'importe quel côté que l'on se tourne. Le retour à des paysages qui font vibrer notre sensibilité et qui nous ressemblent, nous procure une force inhérente et inégalable. J'ai pu observer différents décors, il y a ces petits ponts et ces virages, ces vallons et ces monts boisés et enfin la campagne par elle-même avec ses prés à perte de vue, caressant un panorama imprenable.

Je voudrai que ma mémoire alertée se souvienne de chaque endroit, de chaque parcelle colorée, de chaque arbre, afin de pouvoir les restituer sur ma toile imaginaire, lorsque que je serai de retour dans la « civilisation » nous privant jour après jour de notre propre essence.

Je ne veux à présent que le ruissellement de l'eau ou la caresse du vent sur les arbres et le bruit de nos pas sur un sol que d'autres ont déjà foulé, bien avant nous.

Comme j'aimerai visiter cette région en automne, lorsque les arbres, avant de perdre leurs feuilles, ont revêtu leurs plus beaux habits d'apparat d'or et de rubis !

L'automne ne représente pas la mort de la nature, mais une renaissance, en quelque sorte, un peu comme un Phénix qui renaîtrait de ses cendres, pour attendre le printemps, autre saison transitoire.

Je ne reviendrai pas sur l'engouement certain que j'ai pour la mer, j'avoue être totalement dominée par ce phénomène enchanteur, mais aujourd'hui, je peux dire que la campagne m'apporte aussi de biens doux souvenirs.

On verra au cours de cette analyse certains thèmes de réflexion que j'ai voulu mettre à plat, afin de lever le doute comme :

- Comment est né cet ouvrage ? Le fonds et la forme,
- Pourquoi son titre ?
- L'enfance,
- L'amour, le mensonge face à la mort
- Quelques principes de relaxation-sophrologie.

---

[7] *Les chats de hasard*, de Annie Duperey, Coll. Points

Comment est né cet ouvrage ?

Comment en suis-je arrivée à écrire ce roman ?

Cette histoire a surtout été le fruit d'une discussion que j'ai eue un jour, avec ma fille, Mélanie, c'est elle qui m'a le plus souvent inspirée, en me parlant de sa « nouvelle vocation », retrouver le sens de l'utilité, devenir Lieutenant de police pour travailler avec les enfants dans la brigade des mineurs. Je ne sais pas si elle continuera dans cette voie, mais, le résultat est là. Je dois dire que j'ai souvent pensé que nos deux destins étaient, d'une manière étrangement plausible, étroitement noués.

L'imagination a fait bien sûr le reste pour bâtir ce roman dont les mots m'ont été murmurés depuis longtemps par un vent sensible et partageur pour le réaliser.

Dans cette explication de texte, je consacre quelques parties essentielles pour bien comprendre certains faits. Et certaines questions peuvent alors subsister : pourquoi deux histoires, ces deux jeunes héros vont-ils prendre une place prépondérante ? Tout simplement pour ne rien omettre. Ces deux histoires se rejoindront inévitablement.

Je veux également prouver que notre fragilité laisse des traces plus profondes que celles visibles, face à la souffrance insidieuse et téméraire, incarnée par tous ces personnages, qu'elle peut, à notre insu revêtir toutes les panoplies du vice afin de mieux nous pervertir. Qu'il est donc facile de sombrer dans la démence si nous ne sommes pas protégés par un quelconque pouvoir divin nous rendant plus forts à son approche lumineuse ! La souffrance qu'elle soit physique ou morale, peut soit nous fermer totalement au monde extérieur, dont les parois, notre ennemi belliqueux, glissent sur une torture des plus féroces que nous nous infligeons d'abord à nous-même ou alors nous rendre humble ou du moins, prêt à mieux comprendre, et l'espérance, fleur d'antan fanée désormais, doit se forger chaque minute, celle qui nous empêche de périr nous ouvrant une porte vers un monde meilleur, celui auquel nous aspirons tant.
Pour les enquêtes, je me suis basée sur des faits tangibles, hélas, les dénouements sont imaginaires et pourraient être réels aussi.

Il y a surtout quelque chose de primordial dans la construction de ce roman, les deux premières parties forment un contraste avec la troisième, les deux premières étant écrites pour des enfants, peuvent être lues comme un conte de fées, alors que la troisième, est plus réservée au monde d'adultes dans lequel un enfant peut s'asphyxier rapidement, hélas.

Pourquoi ce titre donné à cet ouvrage ?

Le titre donné à l'ouvrage est très révélateur. Dans ce roman qui me guide actuellement je deviens surtout le protecteur universel de l'enfance bousculée par un monde d'adultes devenu irrespirable.

Ce livre est tout simplement un message d'espoir et de courage, qui devra être porté aux confins d'un univers plus serein, comme on porte la bonne parole, celle qui nous rend notre essence évaporée.

Je veux que le lecteur retrouve dans chaque ligne la croyance sans aucun doute éloignée, je veux montrer que notre lutte est permanente et ne nous adresse aucun répit pour simplement inscrire d'une manière sempiternelle notre foi dissipée dans les méandres de notre conscience à présent entachée. Je veux montrer qu'il est exceptionnellement possible et pour une noble cause d'enlever cette peau de misère pour revêtir un manteau qui ne laisserait plus jamais passer le froid.

Le titre m'est apparu comme une image, que j'ai trouvée représentative, portant une seule idéologie : « S'ouvrir et aider les autres. »

La VAILLANCE est un mot noble déjà par sa sonorité, mais aussi par sa signification, enfants Mallory et Marc devront se battre pour avoir la conviction que leur motivation est juste. Mallory devra avant, être convaincue que sa mère l'aimait même si Julia a dû la laisser seule de bonne heure, pour pouvoir se battre vaillamment, tout comme Marc, qui ne pourra retrouver une certaine sérénité, que lorsque Bastien aura pris la décision de se faire soigner, pour pouvoir, étant adultes, affronter et guérir les maux de ces proies faciles que sont les enfants ! *L'Ultime Vaillance* c'est le dernier espoir d'un jour nouveau pour ces délaissés, ces êtres vêtus d'une misère de vie, Mallory et Marc se battront pour eux. L'ultime Vaillance, c'est ce petit rien qui nous permet de trouver

notre voie, celle d'aider les autres privés de cette faculté, par manque de discernement.
La vaillance étant communicative, elle se déverse en nous comme dans tout être fragilisé que nous sommes devenus, qui peut être brisée cruellement en un unique instant, hélas !

La vaillance, c'est notre force à aller de l'avant, cette énergie imparable qui nous habite nous rendant tout puissants.

Et même, si notre patience est rudement mise à l'épreuve, nous devons y croire, ne pas baisser les bras. Si on n'obtient pas instantanément ce que l'on désire le plus au monde, n'est-ce pas pour jauger notre persévérance ?

L'enfance en état de grâce face à des présences diaboliques

Ecrire pour écrire, certes c'est possible, mais il devient impératif de le faire dans un but précis, celui de laisser des impacts plus persuasifs aux lecteurs. Car, je le dis toujours, on ne peut pas être convaincant s'il l'on n'est pas soi-même convaincu. Aujourd'hui je me sens investie d'une nouvelle mission, qui me ressemble enfin, celle de devenir l'avocat universel de l'enfance en péril, trahie de longue date par des adultes vivant dans un monde obscur et corrosif.

Je commence par une scène d'enfant pour terminer par une scène d'enfants. La boucle n'est-elle pas bouclée, là aussi ?

Les enfants sont souvent le reflet de nous-mêmes. C'est leur regard posé sur nous qui nous fait avancer d'un pas encore et encore. Ne sont-ils pas sensés prendre notre relais quand nous ne serons plus ? Car ne sommes-nous pas toujours tentés de penser que nous sommes quelque peu immortels ? Que nous devons coûte que coûte laisser nos traces sur un sol mouvant prêt à nous dévorer de sa dent la plus vorace ?

Je me sens transformée aujourd'hui, j'écris mais aussi, je laisse sur mes pages des messages percutants au lecteur averti, devenir le protecteur universel de l'enfance menacée, proie persécutée si facile, à qui on a menti sans vergogne, jusqu'à oublier d'en devenir soi-même !

Je me sens prête à soutenir ceux qui sont devenus des êtres sans âmes, ceux qui ont piétiné un sol de chimère durant cet âge éternel de nos mémoires assombries, que jamais rien ne viendra effacer. Il y a ces enfants, victimes de la perversité et de la violence des adultes, qui ne voient que la lumière occultée d'un soleil froid devenu immanquablement hivernal pendant des heures appauvries de chaleur, où violence et terreur se sont si souvent mêlées. Je veux faire prendre conscience au lecteur que nous avons tout à y gagner, qu'il nous serait facile d'écouter, et de simplifier la loi afin de venir en aide, et très rapidement, à ces laissés pour compte. Nous sommes dans une société dans laquelle je me dois de dénoncer quelque peu la lenteur des démarches de la police, les aberrations des procédures judiciaires, dont l'administration fait preuve, en oubliant de ce fait, son but principal « protéger le citoyen. » Comment se peut-il qu'une société ne prenne pas en compte les droits des enfants, notamment quand ceux-ci sont en danger pressenti ? Quel peut donc être le système légal dans lequel ces jeunes antagonistes non reconnus, ne sont hélas pas protégés ? Quelle peut donc être la perspective d'une vie meilleure quand le sentiment d'injustice n'est jamais guéri par un quelconque châtiment ?

En fin de paragraphe, j'écris: «*Comme une terre lasse, pillée de toutes ses ressources, l'enfance terrassée, subit passivement les méfaits des hommes, portant en elle les cicatrices trop profondes d'un univers définitivement corrosif*», leitmotive inépuisable et infaillible, tant je me sens concernée par les dysfonctionnements irréversibles de notre société qui attend sa propre sentence ordonnée par les dieux en colère.

Que ce soit devant la guerre et la pollution de notre planète, nos enfants, le jour du Jugement Dernier, seront inéluctablement les premières victimes face à un courroux des plus féroces, qu'ils ne seront, en aucun cas, coupables d'avoir engendré.

De ma main plus sûre que jamais, je me propose de narrer cette histoire toute simple, mais c'est celle que mon cœur m'a chuchotée, avec une résolution des plus tenaces.

Nous le savons que trop, certains périssent sous le poids d'un chemin de croix des plus terribles, ne laissant plus aucune perspective d'une vie nouvelle. Bien que leur cœur se soit tu, sont inscrites dans leurs mémoires abusées les morsures impardonnables d'un enfer qui n'a que trop duré. Ceux-là ne nous souriront plus jamais, mais gardent au fond d'eux la colère de ces grandes tourmentes les nourrissant chaque jour. Ils la distilleront, le moment opportun dans une vengeance pour un sort qu'ils n'auront pas mérité, une vie qui ne les aura que trop méprisés, une société qui n'aura pas su les écouter.

Tout comme Maître Fervent-Dujardin, qui l'exprime très bien dans sa plaidoirie, ce mal qui nous ronge inexorablement. Je deviens alors le porte-parole de ces âmes au teint pâle. Comment laisser la possibilité à de jeunes enfants de vivre pleinement leurs vies d'adultes quand déjà choqués tous petits, de toutes parts, l'espoir les a totalement abandonnés ?

> *« L'Enfance devrait être le plus beau moment de notre vie, c'est celui qui devrait nous insuffler l'amour de soi et des autres, celui qui devrait nous préserver de tous les maux aux formes belliqueuses qui nous heurtent de plein fouet. L'Enfance devrait revêtir l'insouciance, mais malheureusement, l'Enfance devient le plus souvent victime de ces adultes prêts à tout pour satisfaire leurs envies les plus perverses. Les enfants ne sont, de ce fait, pas prêts pour se réaliser en tant qu'adultes eux-mêmes, et soit, reproduisent souvent le même schéma qu'ils ont subi, soit sont en désaccord violent avec la réalité. Il ne faut pas se leurrer, il faut peu de temps pour anéantir la vie d'un enfant face à un tel cataclysme, et souvent il en ressent encore, adulte, les répercussions diaboliques, sans toujours pouvoir comprendre ce qu'il lui est arrivé. »*

> *« Que sommes-nous donc devenus, nous les Hommes, race humaine décadente au teint pâle qui périra vraisemblablement d'un mal incurable : la désertification de nos cœurs étranglés ? »*

> *« Notre société devrait être plus attentive aux appels des enfants, elle devrait se prévaloir de cette qualité essentielle : faire justice. Ne vous laissez pas induire en erreur. L'homme, tel qu'il nous apparaît aujourd'hui, ne serait-il pas le reflet de notre société décadente ? Je ne peux qu'y dénoncer les « rouages grippés », et il est largement temps d'y remédier enfin. »*

> *« Notre ultime vaillance, c'est cette volonté des plus tenaces de prêter une oreille attentive aux plus déshérités pour les guérir de leurs maux immondes, (un monde auquel le préfixe ajouté le prive de son essence même, n'est-ce pas suggestif ? »*

> *« Quelle peut donc être la perspective d'un enfant, avec logées*

au fond de ses entrailles fiévreuses, ces souffrances méprisables. Vous comprendrez qu'on ne peut pas résister longtemps à une telle tornade de cette envergure ! »

Comme j'adhère à ses paroles, comme j'aurais voulu ne jamais avoir à les prononcer !

Comment guérir de ses maux quand la culpabilité est toujours mordante alors qu'elle aurait dû faire face à la colère dans un premier temps et au pardon éventuel pour finir ?

Quelle est donc cette structure aux bras d'acier qui demeure impassible devant tant de cris jetés à notre visage ?

Tant d'*hommes* ont pris le visage d'un diable dans ce roman, en passant par ceux qui terrifient les enfants, et ces autres qui les assènent de coups portés sans que ces êtres sans défense puissent apaiser leurs douleurs les plus vives, sans que je puisse apaiser le courroux qui m'anime.

Il est temps de remettre nos pendules en parfait décalage, à l'heure universelle d'une ère où violence et colère éprouvent, plus encore de nos jours, un plaisir malsain à se rencontrer.

Que serait donc devenu l'émerveillement inné de chaque petit enfant devant un tout et devant un rien ?

« J'accuse » moi aussi le système et je désirerais ardemment le changer. Il faut appliquer une loi sévère, et punir ceux qui bouleversent la vie fragilisée d'une enfance terriblement malade.

Par la force des choses, je suis désormais son messager. J'ai entendu maintes fois ses plaintes innommables parvenir jusqu'à moi, tout à coup grandie face à ces êtres déshumanisés en proie à une mort interne certainement proche, qui n'attendant que ma plume fébrile pour retrouver enfin leur essence dérobée.

Comment peut-on, inconsciemment, et de plus encore, consciemment, trahir l'insouciance ou l'innocence de celui qui vient glisser sa toute petite main dans la nôtre, les yeux tout brillants, en gage d'une confiance absolue et d'un amour neuf prêt à toute épreuve ?

Comme il paraît plus simple de détruire que de construire, on peut aisément annihiler et de plusieurs façons, la vie d'un enfant. Car il y a ces blessures qui vont au-delà des « maux », il y a aussi ces « mots » dits par les autres, qui demeurent « encrés » en nous, face auxquels, il sera impossible, avec la meilleure volonté du monde d'en guérir. Ces souffrances nous anéantissent plus fort que les coups mortellement portés, nous font perdre immédiatement pieds, pour réduire à néant notre estime de soi. Comme il est difficile par la suite de se reconstruire et de reprendre confiance en soi !

Je prends le soin de faire grandir mes deux héros pour me rassurer aussi sur mon propre acheminement vers l'âge d'adulte, sur ma propre croissance personnelle, et comme eux, je n'ai pu l'accomplir, parce que j'avais fait à un moment opportun « le tour de moi-même. » Mallory et Marc ne pourront accéder à une chance au bonheur qu'à cette unique condition. Et ils le savent…

Durant ces années de perdition, les enfants ont tant perdu, leur insouciance, leur gaieté spontanée, leur cœur neuf et confiant, mais ils n'ont pas jamais pu se débarrasser de leur motivation, leur détermination, celles qui guident chacun de nos pas. Lorsqu'on leur demande quelle est leur vocation, ils répondent sans détour et se donnent immédiatement les moyens de parvenir à leurs fins, grâce à cette main qui leur est tendue si sincèrement.

***

Il fallait une mère pour Mallory, Claire a été choisie, moteur indispensable dans le livre, et il me fallait un père pour Marc, Bastien guéri ; Je reste conforme aux demandes expresses des enfants.

***

L'épisode avec les enfants, à l'école, avec Marc, Mallory, Fanny et Dorine n'est pas anodin. Tout ceci pour montrer que les enfants ne sont pas ce que l'on croit. Mi-ange, mi-démon, eux-mêmes, leur souffrance est décuplée par rapport à la nôtre et celle-ci se traduit selon le cas différemment. *« Les enfants sont le reflet de nous-mêmes. Les deux petites filles ne sont pas plus odieuses que d'autres enfants, seulement dire que leur vie a dû s'arrêter à un point précis dans le temps… »*

***

Dans ce texte, j'ai mis en opposition avec ce qui suit, la symbiose extraordinaire, je dirais même la relation fusionnelle entre Père/Fille, Julia avec son père, mais aussi Yohann et Mallory. C'est cet amour de toute beauté qui unit ces deux êtres, qui permettra à Mallory de grandir et de sauver ces patients, petits et grands, en troisième partie, qui lui enverront des messages de détresse qu'elle sera en mesure de décrypter enfin.

J'ai voulu au cours de ces pages calligraphiées, démystifier en fait ma propre enfance toujours en souffrance, dont je ressens encore les échos toxiques aujourd'hui et dont le passé à grandes enjambées me poursuit inévitablement. Ou peut-être devrais-je dire autrefois en souffrance, s'avançant vers une convalescence probablement proche. J'ai voulu, par ce biais me guérir de ce poids trop lourd à porter, mon enfance, synonyme de cataclysmes gigantesques, porte en elle les sévices ineffaçables plus profonds que tous les ouragans réunis qui m'ont laissée tant de fois plus morte que vivante. Un déchaînement des phénomènes naturels s'est produit, ceci dû aux mauvais courants dont on ne connaît pas toujours la teneur du danger. Après la violence, l'absence d'un père s'est fait cruellement sentir durant ces années de sécheresse dans un cœur neuf, contre lequel se blottissait l'espoir anéanti d'un jour meilleur.

A la lecture d'un tel paysage si tourmenté, la trace de mon voyage s'est inscrite dans le temps à tout jamais.

« Durant toutes ces années de pèlerinage, j'ai appris à retrouver l'unité de mon enfance dénaturée, pour retrouver ses composants primordiaux, tels que l'émerveillement, la création et l'impatience, mais aussi l'insouciance et l'espoir. »

La détermination et le sens du discernement plus aigu me poussent à trouver mon bien être par l'intermédiaire de ces lignes émouvantes que je lis et celles que j'écris me procurant ce pouvoir exceptionnel, par l'intermédiaire également d'un autre univers des mots, jouer au théâtre, et par la relaxation-sophrologie.

La mort, l'absence, le mensonge et l'amour

Ne sont-ils pas étroitement liés à un point précis ?

La mort est une absence difficile à soutenir surtout quand il s'agit de la perte d'un être cher, elle engendre un chagrin ineffaçable qu'il est parfois difficile de pleurer, et le message qu'il nous laisse parfois, est de toute importance. Même si l'on paraît consolé, on n'est plus consolable. Une partie de nous s'est anéantie à tout jamais. Et la solitude devenue sèche, devient notre propre manteau qu'il est difficile de retirer en cette période hivernale pour des cœurs bien ténébreux. Vivre « l'après » sans cet être nous déroute totalement et nous conduit vers l'incertitude la plus terrible en nous, celle de ne pas avoir été aimé, peut-être ? La mort comprend le fait clinique mais aussi quand il s'agit de notre propre perte, Bastien et Marc

L'absence a une part entière dans ce roman. Il y réside une réelle peur de la solitude, en quelque sorte, celle-ci constitue l'abandon de l'autre. Pour la petite fille Mallory privée de sa mère, la mort est la séquestration épouvantable d'un cœur exposé à tous les dangers, prêt à tout pour se faire écouter. Mallory /Marc, Yohann/Claire avant leurs rencontres, Emma/Julia et Julia/son père, tous éprouvent beaucoup de mal à faire leur deuil et se laissent submerger par leur propre solitude.

La rencontre intempestive avec Julia vient juste à propos, elle veut dissiper, *par amour* pour sa fille, le malentendu qui est né d'un rien.

Quand Yohann dit à Mallory que sa maman est partie « Visiter les étoiles », c'est aussi un clin d'œil à notre lot, poussières d'étoiles, destinées, à redevenir « *un rien dans l'infini.* »[8]

Il est vrai que je m'emploie à ne jamais mentir, mais, je dois l'admettre, je l'ai fait quelquefois quand il s'agissait de préserver les miens, quand il s'agissait d'une noble cause, tout comme Yohann !

« *Le lourd poids de ces années de solitude après le départ de Julia l'avait fait glisser dans un mensonge qu'il se faisait à lui-même. Il survivait, pour Mallory, faisant tout pour elle, mais son cœur se rongeait, il ne pouvait l'admettre tout à fait. Ces heures passées sans plus personne à ses côtés,*

---

[8] Dans *Prélude*, dans *L'Impact des maux*, Société des Ecrivains, 2004

le rendaient extrêmement perplexe quant à son avenir en déroute. »

« *Si l'incertitude est la pire des certitudes* », elle ne sert qu'à préserver Mallory enfant. Yohann a beaucoup de mal à vivre cette tragédie, la perte de Julia. Il préfère attendre le moment opportun, c'est-à-dire de laisser glisser les années qui veilleront à amoindrir le mal. Yohann ne peut se résoudre à dire la vérité, *par amour* pour son enfant, il préfère se noyer dans le mensonge, pour ne pas heurter sa fille déjà si fragile.

« *C'est vrai qu'elle est partie, et cela nous fait du mal à tous les deux.* »

L'amour en opposition au manque d'amour

Ici, nous mettons en évidence l'amour en opposition au manque d'amour, dont nous connaissons les ravages irrémédiables, logés dans nos cœurs fragiles.

Dans *l'amour*, on saura reconnaître des présences bienveillantes, celles qui savent bercer, en contradiction avec des présences qu'il vaut mieux ne pas envisager de rencontrer, même si certaines absences sont parfois bien plus redoutables.

Transposons-nous dans la Réalité des plus indélicates. Tout le monde sait que l'amour peut-être porteur et peut décupler nos forces lorsqu'il est en nous, dès que l'autre porte sur nous un regard d'amour, n'est-ce pas dans le but précis de vouloir partager avec nous ? Ne se sent-on pas à cet instant plus beau, et plus fort que tout ? Mais, au contraire, il peut être également destructeur quand il n'est plus, nous faisant plonger dans une spirale infernale, faisant place à des sentiments dits « négatifs » tels que : l'amertume, la haine, la disgrâce, le dépit, la honte, la jalousie…la tristesse, voire la dépression jusqu'à notre propre naufrage…

L'amour que donne en offrande Yohann à sa fille, est tellement pur qu'il sauve Mallory, tout comme celui de Bastien pour son fils.

Le chat Misty, avec son côté mystique, est en fait la conscience de la petite apeurée dans le monde d'adultes. Mallory lui parle comme à une amie, pour apaiser ses peurs ancestrales de la nuit… Le chat est symbole de l'amour par excellence, aussi de la sagesse et de la maturité, et pousse délicatement Mallory et Marc dans ce sens. Souvent, d'ailleurs, le chat devient l'interlocuteur privilégié de Mallory. Le chat, présence divine et bénéfique, est là pour donner une dimension moins tragique quelquefois.

Je ne peux m'empêcher de rendre, une fois encore, hommage à mes deux chats roux tigrés européens, Titus et Nunka, qui m'ont apporté tant de chaleur quand dedans il faisait si froid. Les animaux sont parties intégrantes de nos vies. Les labradors des parents de Claire, Gipsy, et de Kelly, Andy, sont là aussi pour redonner un sursaut d'amour. Ces chiens existent et ont bien existé, aussi.

Mallory est sauvée parce qu'elle a senti l'amour jaillir de tous les personnages l'entourant, dont Emma, bien sûr, qui l'initie à la relaxation-sophrologie. Elle vit malgré tout dans un cocon de tendresse, en contradiction avec ceux qui vivent, jour après jour, une existence des plus ténébreuses.

***

Mais revenons à la fusion Mallory-Yohann. La relation étroite entre un père et une fille est exceptionnelle, je ne l'ai constatée dans la réalité qu'une seule fois, je pense, malheureusement.

Comment en suis-je arrivée à un tel degré de perfection, uniquement atteint dans la fiction ?

***

L'homme et la femme dans ce roman deviennent comme deux pôles subissant une attraction magnétique, qui se rejoignent pour ne devenir qu'un, tout en gardant leur propre identité, tout en se préservant en tant qu'être à part entière. Les hommes sont aussi présents pour révéler aux femmes leur féminité et la renforcer.

Yohann représente l'homme parfait dans toute sa splendeur, un père idéal pour réhabiliter l'homme si loin de moi, qui n'a pas su m'aimer comme j'aurais voulu être aimée de lui. Yohann est tellement dévoué pour sa fille, qu'il nous rassure sur son rôle de père. C'est sans doute pour réhabiliter celui qui a traversé ma route et qui n'a su que perdurer l'incertitude dans son sillage, sans aucun doute pour réhabiliter celui qui s'est égaré dans les couloirs de la trahison la plus grotesque, appelée : « La quasi-indifférence. » Ce que je prenais pour de l'indifférence à mon égard, n'était que de l'inconscience. Le mal est fait, et s'est répandu en moi tel un poison mortel dont je ne sortirais jamais indemne.

Mais Yohann n'est pas seulement un père modèle, en opposition avec Georges Vendoux, présence indésirable et effrayante pour ses enfants qui ont cessé, à cette minute, de vouloir l'aimer. Yohann est aussi un amant idéal pour Claire qui avait si peur des hommes, on sait que Yohann guérira Claire de tous ses maux nés du manque d'amour :

« Au milieu de ses nuits de plaisir inassouvi à l'espérer, elle sombrait dans un sommeil agité où il viendrait la sauver, malgré elle ! »

« Claire n'aimant pas ou plus l'amour, et ce depuis longtemps, elle s'était égarée dans une libido quasiment inexistante qui pouvait s'émouvoir quelque peu dans un corps presque totalement endormi, à l'unique pensée de cet homme qui la troublait tant. »

Yohann et Marc, sont sortis de mon imagination fertile, ils représentent l'homme que l'on voudrait rencontrer à tout prix, que les années de corruption ombrageuse ont rendu humbles et qui leur ont donné la faculté d'écouter et de comprendre les autres dénudés d'espoir, et il faut bien l'admettre, c'est uniquement dans leurs bras qu'on devrait retrouver la chaleur et la tendresse oubliées. Ils bouleversent ainsi l'idéal qui sommeille en nous, les femmes.

***

Il émane des femmes dans ce roman un tel courage, une telle force auxquels, il est difficile de se soustraire. Les femmes occupent une place déterminante, leur dynamisme fait qu'elles font avancer les choses en prenant les bonnes décisions.

Julia, la mère de Mallory lève le doute, lors de sa petite visite. Mallory était persuadée, comme certains enfants, que sa mère ne l'aimait pas. C'est à l'issue de cette visite que Mallory va pouvoir comprendre et aimer la vie, même de se guérir également de ses nombreuses allergies.

N'oublions pas que Claire prend au sérieux Mallory, toute petite qu'elle est, quand elle lui parle de Marc, et les décisions prises sauveront également Bastien. C'est aussi Claire qui dans la cour de récréation est présente pour amoindrir la crise d'asthme de Mallory.

Jenny Vendoux, en tant que mère, sauvera, quoi qu'il advienne ses deux enfants, de toutes les tempêtes qu'elle devra essuyer, et surtout réchauffer l'espoir frileux, tapi au fond d'elle face à la justice qui ne sait pas toujours l'écouter ainsi que ses enfants déjà bien trop en souffrance.

Véronique, par contre, n'a pas failli à son devoir en laissant partir Marc avec son père, elle l'a fait *par amour* pour son fils tout simplement, et peut-être aussi pour redonner à Bastien une seconde chance, celle d'être père.

Mallory dans ses entretiens, mène les discussions pour amener ses patients au point crucial, là où elle veut les faire échouer, au point-clé.

***

Dans ce roman, j'ai formé des couples, enfant/adulte ou enfant/enfant. Tout d'abord, Isabelle avec Mallory, Claire et Mallory, puis Mallory et Kelly. Les aînées se sont occupées des plus jeunes « *comme une petite mère.* » L'amour a ses miracles ! Moi-même, je me suis longtemps consacrée à mon frère et à ma sœur, plus ma petite sœur, de huit ans ma cadette.

N'est-ce pas dans une intention pure, celle de souligner le contraste avec l'absence de Julia, qui demeure inqualifiable !

Le couple formé par nos héros, Marc et Mallory est là pour donner une dimension réelle à l'amour dans sa plus belle expression. Ces figurines se cherchent sans cesse, pour ne répondre qu'à un seul appel, leur amour de l'un pour l'autre est déjà communicatif.

« *Elle aussi savait comment, dans son cœur, cela faisait quand on aimait quelqu'un, mais aujourd'hui, ce n'était pas de son secret dont il s'agissait.* »

***

Il y a aussi ce phénomène récurrent, celui de se retrouver

« autour d'une table », compte tenu de notre culture culinaire, et parce que, c'est au cours de ces repas que tout est dit ou que tout est ressenti, j'ai voulu faire le triste penchant avec le manque d'appétit, voire le souhait conscient et inconscient de Marc de périr au début du livre, pour bien souligner que l'anorexie est un des plus grands fléaux, surtout pour un tout petit, et qu'il est difficile de s'en guérir, même des années après.

***

Nous connaissons les ravages causés par *le manque d'amour*, Olga Lepage, avec son amant d'un soir, mais aussi, elle ne nous le dit pas, bien triste histoire qui a été le déclencheur de reproduire la même haine que lui vouait sans doute sa propre mère sur son fils Jérôme.

Bastien est persuadé que son père ne l'aimait pas, ce qui a provoqué de lourds ravages dans sa petite enfance et se sont propagés vers l'âge adulte, avant de se répercuter sur son propre enfant. Julia est aussi persuadée qu'elle n'est pas aimée par Emma durant une bonne partie de son enfance. Tous les deux attendront un âge adulte pour comprendre qu'il n'en était rien, à leurs dépens.

Quant à Georges Vendoux, nous savons que lui aussi a été mal aimé dans sa famille. Nous pouvons le plaindre, mais, nous devons garder en mémoire qu'il aurait pu « saigner » à plus ou moins long terme sa famille dénaturée.

Alors qui est responsable, difficile de trouver le fin mot de cette pure misère ?

Absence insidieuse ou présence néfaste ? Quel est le mieux ?

On idéalise tout de même l'être aimé d'autrefois. Nous sommes pions d'une Destinée qui se joue de ses sujets leur imposant un jeu, dont parfois, il est difficile de sortir vainqueur !

***

J'ose espérer que les miens croient vraiment en moi, même si je sais qu'ils ont surtout peur que je ne sorte pas indemne de cette aventure miraculeuse.

Ma vie s'est longtemps déchirée en lambeaux, et j'en comprends aujourd'hui le sens. Je me revois me battre seule contre ces fantômes d'autrefois réincarnés dans toutes ces pièces rouges, à présent décimées sur un sol exsangue.

Pour ces années de pénitence pour des crimes que je n'ai pas commis, mon corps meurtri et las se souvient de chacune de ces guerres vaines. Et lorsque je vois les nuages sévères que le vent d'une furie obstinée soulève, j'entends alors les tempêtes d'antan froncer l'horizon incertain, je cours me mettre à l'abri plus pour les miens que pour moi-même.

Et pourtant, je me suis appliquée, durant toutes ces années, à vouloir aimer chaque chemin sinueux et pentu, à vouloir aimer ces astres sans éclat, peuplées d'étoiles éteintes, pour nous avoir donné leur vie.

Pourtant, je n'ai eu de cesse de me dire que l'heure éternelle de mon passage doit être proche, et que je dois continuer, coûte que coûte ce voyage dangereux, qui me mène vers cette mission de tout premier ordre, porter mes messages à mes semblables, qui attendent, eux-aussi un rayon de soleil sur la fleur de l'espérance qui les a tant de fois trahis, et dont ils ressentent encore aujourd'hui les « répercussions diaboliques », une faim qui les a bien souvent courbés, une nuit qui les a bien souvent crucifiés. Accaparée bien souvent à ne pas sombrer dans un de ces naufrages qui se voulait récursif, il m'a fallu une force bien singulière pour vouloir, ne serait-ce qu'un seul instant, tenter d'étouffer une peur qui m'a maintes fois éventrée.

Cependant, je garde en moi chaque soir d'orage, où la foudre a frappé, ses entailles fidèles bien souvent dévastatrices, tel le son d'un glas funeste toujours présent à mes oreilles. J'ai dû apprendre pendant ces années hivernales à assécher de graves tourments qui me mèneront vers la désertification probablement incontournable de mes propres sentiments.

Bien que le passé reste, quoi qu'il en soit immuable, je voudrais pouvoir rejoindre le futur plus sereinement pour ne pouvoir contempler que notre main avide de dessiner l'absolu avec des lignes plus harmonieuses.

***

Je dois, tout de même l'avouer, je me souviens avoir relu les pages dernièrement du premier ouvrage, et chose étrange, je me suis sentie soudain étrangère à ces lignes qui m'avaient tant apporté. C'est tout simplement parce que cela ne correspondait plus à l'émotivité du moment, c'est tout simplement parce que j'avais pris du recul, j'avais « objectivé » enfin les moments d'abandons d'une âme étranglée, afin de me guérir finalement.

Pourtant quand j'ai reçu mon premier livre <u>L'impact des maux</u> *terminé chez moi, c'est avec les mains tremblantes que j'ai bercé cet enfant contre moi. Pour toutes ces années de pénitence pour ces crimes que je n'ai pas commis, les couleurs d'automne, ont revêtu leurs plus beaux habits d'apparat d'or et de rubis en ce jour pour s'embraser (s'embrasser) dans un somptueux feu d'artifice.*

Au fond d'elle, un cœur palpite bien trop fort, et ses yeux se noient sous un voile délicieux. Devant la toile dressée devant elle. Sa main sûre guide ses gestes pour dépeindre la plus belle des émotions, le plus beau des sentiments, afin de leur restituer toute leur intégralité, laissant de façon sempiternelle les traces indélébiles d'une sourde souffrance, d'une trop grande solitude.

Je demeure toutefois émerveillée, comme devraient l'être les enfants, par toute cette énergie décuplée, celle qui m'a tant de fois ressuscitée, j'éprouve beaucoup de mal à me détacher, me désolidariser de ces lieux propices, où tout est velours, où je suis comprise enfin. Alors, quand je ne peux plus avancer d'un pas de plus, quand mon visage embrumé ne peut plus lire aucune ligne magique, je n'aspire qu'à une seule chose : rassembler mes idées dites récurrentes et lumineuses pour me recueillir !

Oui, « se recueillir » comme lorsqu'on entre dans un lieu de prière, se laisser imprégner par le silence bienfaiteur et envelopper par l'unique chaleur produite par un rayon de soleil généreux posé sur les vitraux répercutant notre vie à l'infini – car la passion, ou souffrance du Christ n'est-elle pas non plus la nôtre ? - afin de moins appréhender demain…

« *Je me sens habitée par mille et unes passions auxquelles je ne croyais plus* »[9] lorsque je me laisse surprendre par les mots, mes

---

[9] Dans *une Aquarelle de rêve*, dans *L'Impact des maux*, La Société des Ecrivains, 2004

enfants chéris. Alors j'entends la douce mélodie qu'ils me fredonnent se déversant en moi tel un doux poison m'octroyant une force irréductible. Alors, transportée dans cet univers éblouissant, où chaque mot est devenu une étoile lumineuse, et chaque phrase une constellation étincelante, et je sais que j'ai été affranchie, à ce moment inopiné, moi aussi par les Dieux cléments, que les mots me sourient à présent pour me bercer d'amour comme on berce un tout petit enfant.

Tout de suite après, je sais qu'il posera la question, murmurée à une oreille qui devrait être attentive, question qui lui tient tant à cœur, leitmotive percutant, qui bat sourdement dans sa poitrine fragile, comme pour se rassurer sur le monde cruel dans lequel il a été propulsé à la vitesse de la lumière sans comprendre les tenants et les aboutissants :

- Maman, tu m'aimes ?

Soudain, un doute m'étouffe. Et si ce petit n'avait jamais été bercé, et si personne ne lui avait donné une réponse tangible à cette question légitime, même pas sa mère, alors qui, de ce fait, aurait pu lui apprendre à croire en l'amour ?

b) *Hommage à ceux qui donnent*

Se peut-il que ma mémoire trésaille au souvenir douloureux du moindre coup d'épée qui m'a mortellement frappée ? Chacun d'eux me rappelle une fêlure imprimée dans un corps déjà bien meurtri.

Animée par cette force ultime qui me nourrit, je sens pourtant de grandes faiblesses m'envahir depuis de longue date. J'ai souvent vu mon corps criblé de douleurs inconsolables au petit matin, prêt à s'effondrer avant d'épouser la journée qui se préparait.

Mon corps porte en lui les stigmates inavouables, aux griffes acérées, d'une violence rebelle et inassouvie. En passant par l'anorexie et la boulimie, chaque pore de ce corps gémissant, qui n'en est plus un, crie les caractéristiques d'une silhouette perdue, mais également le lourd tribu des dommages qu'il a subi pendant toutes ces années de sécheresse. Ce corps est devenu une ombre avec laquelle je vis. Chaque pore de ma peau porte en lui un tel bouleversement que ma mémoire infaillible se précipite pour me le rappeler au quotidien. Je reconnais ces moments d'infortune se vengeant de tous ces maux endurés. J'ai eu, il n'y a pas si longtemps, des lombalgies aiguës à ramper ou d'autres fois, quand plus un son ne sortait de ma gorge muette, et d'autres ne plus pouvoir tourner la tête ni à droite ni à gauche ou prise de violentes diarrhées pour bien montrer mon rejet persistant ou, devant chaque émotion trop forte, quand la toux imparable, mon ennemie incontournable lacère un corps devenu trop fragile jusqu'à vomir ou face à mes mains tremblantes devant l'inattendu. Il y a cet autre effet boomerang, dont j'ai subi maintes fois les supplices comme une terrible disgrâce, un épuisement permanent que la volonté la plus féroce empêchait d'avancer, parce que me sentant bien trop souvent incomprise, et il y ceux que ma mémoire a oblitérés et ces autres : comme, par exemple ces conjonctivites allergiques qui m'ont tant de fois gênées à l'aube d'un nouvel automne jusqu'au printemps échu, période qui me rappellerait un chagrin que je n'aurais pas encore pleuré ou bien je pouvais me poser la question suivante : « qu'est-ce que je refusais de voir ? » A ce propos, je me demande en fait si ce n'est pas une coïncidence, décembre étant ma date anniversaire, n'est-ce pas, pour me rappeler, à mon insu le nombre de fois où j'aurai maudit ma naissance ? *Peu à peu les formes apparaissent, je comprends mieux ces yeux larmoyants, je suis née le même jour que mon père, déficient sans doute, c'est comme si j'avais eu un jumeau mort à ma naissance, comme si je portais une seconde peau de chagrin difficile à décrocher, méprisable et soupçonneuse. Tous ces anniversaires sans aucune nouvelle, et ces réveillons de Noël et Jour de l'An ont toujours eu une connotation dramatique, me laissant une peur terrible à un ventre malade rien que d'y penser, me laissant des yeux hagards, incapables de pleurer. Je me suis vue également prise d'une étrange fièvre impossible à enrayer ou plongée dans un sommeil inexpliqué durant des journées entières où la notion de temps était devenue intensément floue. Le corps parle à sa manière, et possède ce que l'on appelle une mémoire cellulaire, qui nous joue bien des tours quand notre mémoire consciente pense être débarrassée d'une plaie quelconque : « J'ai mal partout ! »*

Toutes ces années à errer sans un horizon aux couleurs plus tendres, qu'il peut paraître long notre chemin !

Et comme rien n'est fait au hasard, la vie nous offre une panoplie d'opportunités bénéfiques, d'instants privilégiés pour changer la face des choses.

Ma rencontre avec Carole Corneloup tout d'abord, puis celle de Martine Dompner ont été un vrai choc, mais reçues avec bonheur. Le moment était juste approprié. Mon corps ne cessait de gémir par tant de lassitude, que je ne savais plus comment me débarrasser de ces maux victorieux qui me rongeaient irrémédiablement.

Les anti-dépresseurs, les anxiolytiques n'ont eu de cesse de me mentir, et un jour, j'ai fait face à l'autre vie devant un miroir sans tain.

A partir du moment où j'ai suivi leurs séances de relaxation, synonymes de bonheur interne, mon « habitacle » a peu à peu moins ressenti ces douleurs acerbes plantées de toutes parts dans un corps épuisé. Tout était prêt pour un échange parfait et fructueux. Je buvais ces paroles de chaleur prodiguée, j'attendais avec une impatience démesurée leur regard bienveillant sur moi, car je sais que qu'elles deux, entre autres, savaient m'apporter la sérénité pour une vision du monde plus douce.

Ce livre parle beaucoup de quelques principes de relaxation-sophrologie. C'est devenu ma vie, je ne pourrais plus lutter contre ses bienfaits tant attendus !

Qu'est-ce la relaxation-sophrologie ?

La sophrologie, du grec *Sophron*, sage, [10]est la science de la conscience.

Qui mieux que Carole peut répondre à cette question?

Selon son petit dépliant,

« La vie moderne est source de stress et de tensions accumulées. Nous devons sans cesse réagir et nos adapter aux changements. Trop sollicités, nous nous sentons écartelés, dispersés, démotivés, fatigués, jusqu'à l'épuisement, avec des conséquences sur notre santé. Cela se traduit par différents troubles, véritables **clignotants d'alerte personnels** *:*
Physiques *: insomnie, instabilité, palpitations, sensation d'oppression, tension artérielle, vertiges, troubles du poids, fatigue persistante, contractures, douleurs…*

Psychiques *: nervosité, anxiété, déprime, troubles relationnels, (agressivité ou isolement), pessimisme, apathie, troubles du comportement alimentaire, recours au tabac, à l'alcool, aux médicaments, autres troubles… (sexuels entre autres)*

Intellectuels : *erreurs et oublis, troubles de la mémoire, difficulté à se concentrer, à prendre une décision, à entreprendre, tendance à surcontrôler…*

Véritable rendez-vous avec nous-mêmes, la relaxation libère les tensions et établie un équilibre harmonieux entre le corps et l'esprit.

Elle vous permet d'utiliser votre niveau optimal d'énergie.

La relaxation-sophrologie est fondée sur un ensemble de méthodes corporelles et surtout sur le contrôle de la respiration. Elle peut se pratiquer n'importe où. Un entraînement régulier permet de se recentrer et de retrouver rapidement le calme intérieur, sans se laisser déborder par ses émotions, ni agir de manière impulsive.

---

[10] Le Petit Larousse 2003

En libérant les tensions musculaires et mentales,

- *Elle procure une détente profonde, une sensation de bien-être et d'harmonie*
- *Elle développe l'attention et la concentration*
- *Elle renforce la confiance en soi*
- *Elle permet de trouver cohérence et équilibre*
- *Elle stimule l'imagination et la créativité.*

Ce « lâcher-prise » en libérant l'esprit, permet de porter un regard neuf sur les choses et les situations, d'utiliser son énergie de façon optimale, au bon moment, sans fatigue exagérée et ainsi de mieux utiliser ses ressources dans sa vie personnelle et professionnelle.

La relaxation-sophrologie a de nombreuses applications, seule ou en compléments d'autres méthodes.

Dans le domaine de la santé :

- *Anxiété et troubles de l'humeur (angoisses, phobie…) problèmes de poids et de tension artérielle, troubles du sommeil, dépendance au tabac, à l'alcool et aux médicaments, contrôle de la douleur, préparation à l'accouchement, à une intervention chirurgicale.*

En développement personnel :

- *Gestion du stress, de la timidité, du trac, confiance en soi, affirmation de soi, gestion des émotions, redynamisation, prise de parole en public, préparation aux examens.*

Dans le domaine sportif :

- *Amélioration des performances, de la concentration, de l'anticipation, meilleure récupération physique, préparation aux compétitions.* »

Devant ces femmes de nature à donner, je me sens prête à entendre des paroles de réconfort, comme « nous sommes tous singuliers »,

Ou
       « Ne vous abandonnez pas ! »

« Arrêtez de vous faire la guerre »
Le but fixé par ces gens bienveillants durant ces années est d'aider les autres, de leur faire prendre conscience d'eux en tant que personne à part entière, qu'il n'est plus nécessaire de cacher ses émotions trop visibles pour les autres, mais de les dompter.

Leur persévérance à faire connaître le bien-être m'a toujours fascinée. Leur sourire sincère m'a souvent guérie de maux innommables.

« - Dîtes-moi, qu'est-ce que vous avez fait pour **vous** cette semaine ? »

Et l'autre en fin de séance :

« - Et que ferez-vous pour **vous** la semaine qui vient ? »

Et là, nous ne pouvons plus échapper à cette part de moment que nous devons nous octroyer.

Il ne faut pas oublier que nous sommes des animaux et que petits, nous portions en nous, ces préceptes que nous avons perdus en grandissant, ceci dû au fait de notre société est basée sur la pensée. Il n'y qu'à voir comment respirent les touts-petits et les animaux, pour comprendre que c'est eux qui sont dans le vrai. L'inspiration se fait en gonflant le ventre et l'expiration, en rentrant celui-ci le plus possible.

Ce n'est pas tant la respiration, qui me guide, mais également ces mots de chaleur prodiguée qui sont source de vie et de joie oubliée. Ses paroles retentissent en moi autant que les bienfaits de la respiration.

Alors, émue par cette amitié si soudaine, je leur fais part de mes différents projets, ceux qui me tiennent à cœur, qu'elles comprennent, et elles n'ont de cesse de me pousser délicatement vers eux.

Je me sens à penser à ces séances de bonheur sans fin.

Et il suffit de capter votre regard apaisant pour se sentir réconfortée et prête à affronter le « présent » et « l'avant et l'après » si difficile à appréhender.

Mais le plus difficile demeure, c'est le sentiment d'être partagée entre deux mondes différents, et de réaliser que j'ai deux vies parallèles, unités dans lesquelles je n'évolue pas à la même vitesse.

« Vos phrases sont toutes plus belles que les autres, celles qui palpitent dans un cœur frileux parfois, vos phrases incarnent l'espérance dans son plus bel apparat, tout comme celles de Jacques Salomé.

Carole me demande de me retrouver enfin :

« Reprenez simplement contact avec toutes les qualités que vous avez développées pour construire ce que vous avez construit, créé… Vous avez raison d'être fatiguée : vous exercez 3 à 4 jobs en plus du vôtre (écrivain, comédienne, femme et mère !) Je vous invite à revisiter vos réussites, et ce n'est pas rien ! L'absolu, la perfection, n'existent pas dans la réalité (seulement dans les contes de fées, ailleurs dans un autre temps…) sinon ça se saurait, et cela ferait la « Une » des médias ! Ne croyez-vous pas ?

Un peu « d'humaine humilité » est nécessaire à la sérénité et à la réalisation de soi « Small is beautiful » Alors profitez des petits bonheurs, simples et ne mettez pas la barre trop haut, les choses se font quand elles sont prêtes. Ne pas disperser son énergie, l'utiliser au bon moment, au bon endroit, c'est la voie (voix) de la sagesse et de la réussite (en Orient et en Occident).

Ne pouvais-je pas leur consacrer une petite partie dans mon ouvrage, qui n'est rien en comparaison à tout ce qui nous a réunit durant toutes ces années ?

Il me tarde de pouvoir poursuivre ces séances bienfaitrices, bientôt, enfin.
Voici quelques phrases cultes qui ne me quittent pas :

« Vous vous laissez porter par votre inspiration, sens propre et sens figuré du terme »

« On n'a que l'autorisation que l'on se donne. »

« On est dans toute la puissance de soi. »
« On est en dette avec soi-même. »

« Nous sommes des êtres d'émotions que nous ne devons surtout pas

réprimer mais accueillir, bien qu'il arrive parfois que nous nous laissions surprendre par elles. »

« Cela prend du temps de se rencontrer. »

« Approfondir notre confiance en soi et activer votre capacité d'enthousiasme »

« Ecoutons nos murmures intérieurs »

« On ouvre les yeux sur le monde et sur les choses comme un enfant, comme si c'était la première fois, en se disant, aujourd'hui, est mon premier jour, Ici et maintenant. Immanence[11]»

« Etre habité par le présent. »

« On est le spectateur de nous-même, et le moteur de nos projets, mais aussi, on peut être notre propre ennemi »

« Ne plus subir notre vie, mais la vivre »

« Approfondissez en vous ces qualités :

Votre confiance en vous et en l'avenir

L'harmonie physique et mentale.

Votre capacité d'enthousiasme et d'entreprendre. »

« Accroissez le sentiment d'existence positif de votre vie ».

« Et dans chaque expiration, se ressourcer comme une terre qu'on abreuve ».

Je veux qu'après ce court périple de mon choix, je rassemble toutes mes facultés sensorielles, olfactives, auditives, visuelles et tactiles, pour me sentir libre à marcher sur ce sable tiède, face à une mer salée en éveil, car je sais que je vais assister au plus beau des couchers de

---

[11] Selon le Larousse en philosophie, l'immanence est intérieure à un être, à un objet

soleil, doté de son rayon vert, que je ne veux pour rien au monde manquer. [12]

Je ne peux qu'être reconnaissante à ces « dames de cœur » de m'y avoir si souvent invitée !

Dans mon cœur, à présent plus calme, tous vos mots chaleureux palpitent tout doucement en moi, ceux qui me donnent le souffle nécessaire tel le frôlement de l'aile d'un oiseau dans son vol audacieux.

---

[12] C'est exactement la scène que vit Mallory après une de ses séances de relaxation, aurait-elle eu la chance de pouvoir vivre la même chose que moi, et surtout pouvoir ressentir les mêmes émotions que moi ? Comment cela serait-il possible ?

C - REMERCIEMENTS

« Nous sommes des êtres d'émotions que nous ne devons surtout pas réprimer mais accueillir, bien qu'il arrive parfois que nous nous laissions surprendre par elles. »

Carole Corneloup

C – *REMERCIEMENTS*

On ne peut pas s'engager dans un tel projet sans être soutenu(e). Je me tourne à cette heure exceptionnelle vers ceux-là qui m'ont toujours tendu la main au moment où j'ai senti le doute fourbe et intraitable m'envahir où je me suis posé la question suivante : « est-ce que tout cela vaut vraiment la peine ? »

Mais immédiatement, une petite voix émue en moi, me répond avec une force indescriptible et me reproche ce moment d'égarement.

Mon regard enchanté par tant de création partagée se porte sur ces gens qui ont cru en moi, mes proches, ma mère, et mes amis (es).

Je voudrai leur rendre un hommage tout particulier, à ces autres qui ont marché dans la lumière de mes pas et qui n'ont eu de cesse de me rassurer sur ce travail thérapeutique de longue haleine que j'ai voulu mener.

Je me sens attachée à ces lignes qui m'ont redonné une vie perdue, et je sais que désormais, c'est ma destinée, une destinée des plus magiques m'attend dans un univers plus «velours».

Merci tout d'abord à mes jeunes amies qui ont bien voulu m'offrir leurs dessins :

- Nelly Borgo,
- Clarice Borgo,
- Manon Comas,
- Sara Glachant, pour son joli proverbe en première page.

A ces autres qui m'ont soutenue maintes et maintes fois, qui se reconnaîtront sans que je les nomme.

A Corinne, qui je pense va se reconnaître,

Aux *Global Players*, mais aussi

A Marie-Laure Djelic pour m'avoir soutenue dans mes projets, et ce depuis le début,

Il y aussi ces visages de lumière qui sont là, dont Laurence Izac, Dominique Berbis, et son fils Sébastien, Francette Morice, Chantal de Oliveira.

Isabelle Rannou,

« Je souhaite te féliciter pour ton très beau livre « L'impact des Maux » que j'ai lu avec plaisir. Il est vraiment magnifique. J'ai été touchée par ton écriture si belle et si sincère. Merci de nous faire partager des émotions au travers de tes récits et poèmes. J'espère que tu vas continuer à écrire pour notre plus grand plaisir à tous ».

« Je viens de lire ton magnifique discours, « De vous à moi », je l'ai trouvé très beau et émouvant. Tu as vraiment beaucoup de talent, continue de l'exploiter. L'écriture est un art merveilleux, je souhaite que tu sois récompensée prochainement et que ton ouvrage soit apprécié par de nombreux lecteurs. »

« J'ai relu une partie de ton premier ouvrage, je suis toujours admirative de ton écriture. Je crois beaucoup en ton talent et t'encourage vivement à continuer dans cette voie… car je pense que tu l'as trouvée, (écriture, théâtre), c'est pourquoi il ne faut pas baisser les bras, car tout talent sera reconnu un jour ou l'autre… »

Merci Isabelle de t'être donné ce rôle de premier ordre, celui de devenir tant de fois mon « coach » lorsque la foi m'a tant de fois désabusée.

Merci Marie-Pierre Dormeval pour tes petits mots d'une si grande chaleur :

« Quel beau rêve en effet tu as fait !. Tu as raison de croire aux rêves prémonitoires. Moi je ne serai pas surprise que cela arrive, car comme je te l'ai dit, je trouve que tu as un grand talent. Je crois en toi, et je sais qu'un jour tu seras connue et reconnue ».

A Muriel Delhoume,

« Tu as toujours eu la plume facile… »

A Stéphanie Dettling pour son petit mot le jour où j'ai reçu *«L'impact des maux,* dans sa version définitive :

« J'étais toute émue ce matin que tu sois venue me présenter ton œuvre. Cela doit être vraiment quelque chose d'exceptionnel pour toi, d'ailleurs, ça se ressentait ! J'ai maintenant hâte de me le procurer. »

« Ma chère Stéphanie, saches que cette aventure n'aurait jamais pu avoir lieu si vous n'aviez pas été tous là pour me soutenir, si vous ne m'aviez pas portée perpétuellement en m'assurant de mon succès si proche, et de mon talent incontournable ! Je suis très fatiguée à cette heure exceptionnelle. Journée étrange où l'émotion revêt plusieurs couleurs. Difficile de parler en une seconde de ce l'on aime tant. Je t'en parlerai des heures, j'ai beaucoup de mal à me concentrer tout à coup ! »

A Jean Nogierra toujours pour son professionnalisme dans la réalisation de cette maquette de qualité,

A Pascal Constantin, pour son aide précieuse dans l'élaboration des affiches relatives au premier ouvrage,

A Thierry Bérel dont l'optimisme m'a bien souvent redonné courage quand celui-ci a été bien souvent bafoué, combien de fois as-tu cru en moi et combien de fois m'as-tu apporté le soutien nécessaire pour poursuivre sur ce chemin aléatoire mais tellement énergisant ! Je me souviens d'une de nos conversations quand tu me disais « qu'il ne faut pas écrire pour écrire », c'est ce que j'ai tenté de faire dans cet ouvrage.

A Eric Mongrolle, Gillian Mitchl, Teresa Gago.

A Jocelyn Martel pour avoir tout ce temps cru en mes mots, et surtout me persuader que je contribuais à l'épanouissement de cette belle langue qu'est le français.

A Renée Bruneau, qui non seulement a accroché mes poèmes dans son bureau mais aussi, il faut le préciser, cette grande musicienne, a ce talent qui me fait tant vibrer, et qui m'a, de façon régulière, soutenue pour ces lignes que j'aurais pu penser peu méritantes.

« J'ai oublié de te dire, ce matin lorsque tu as commencé à me raconter ton histoire, ton visage s'est illuminé et tes yeux brillaient. OUI ! J'adore ton histoire, ce transfert n'est pas inintéressant ! On retrouve les fidèles antagonistes, ces vilains maux, avec en toile de fond une histoire d'enquêtes. Tu pourrais même, à mon humble avis, attribuer à chaque

mal, un type d'histoire, Symptômes, tragédies qui en résultent, et si tu y arrives, guérison oblige ou simplement explications….

On dit pour le commun des mortels « tu es poussière et tu redeviendras poussière. » Pour toi, on pourrait dire « tu viens des étoiles, ton esprit voyage à leur vitesse, mais ton corps est semblable à ces points lumineux, immobile, frustré de ce décalage métaphysique. Je pense qu'un jour, toi aussi, grâce à tes écrits, tu ressembleras à une étoile. Disparue du monde des mortels, mais présente, rayonnante par ce que tu as laissé, c'est-à-dire ton œuvre. Tu auras rejoint ce monde parallèle et certains humains, en lisant tes livres perpétueront cet éclat de lumière que tu possèdes et qui, en ce moment, t'étouffe par sa puissance, car malheureusement l'antre par laquelle tu voudrais qu'il jaillisse est encore trop mince, don't worry, bientôt, on connaîtra le « Big Bang RMT »

(Extraits de ma conversation du 18 novembre 2003 avec Renée)

Merci à Patricia Fernandez, ma partenaire et grande comédienne, pour son livre donné : *Le courage d'être soi*, de Jacques Salomé, Pocket 1999, livre que j'ai tout de suite lu bien sûr !

« Pour Rose-Marie, que ce livre t'aide à mieux t'aimer et à oser accéder à tes désirs. Ton amie, Patricia. »

Patricia, c'est à toi qu'est revenue la primeur de lire l'ouvrage. Que de fois ne m'as-tu pas portée afin que je ne m'effondre pas !

«Mention honorable, avec les félicitations de ton amie. Pleins d'encouragements pour lire la suite ! »

(Remarques après avoir lu la première partie de *L'Ultime Vaillance*)

« Il faut continuer, il n'y a pas de doute. Tu dois vaincre ces moments de découragement, c'est peut-être pour avoir encore plus la rage au ventre pour décrire toutes les horreurs faites à la petite enfance…Tu as le talent de l'écriture, un vécu douloureux, c'est un excellent moyen de tout exprimer et de le faire savoir. Il faut continuer ! »

« Quelle prose ! Ne cherche pas très loin, tu es toi, avec tes passions, l'écriture, le théâtre et le reste. Tu es pleine de talents, alors vis avec les moyens que tu as construits au fil des années, accepte ton corps aussi, il

est ton allié et non ton ennemi, aime-le et il t'aimera. Il t'envoie des signaux sans arrêt pour ne pas abandonner la partie, persévère et après, vous ne ferez qu'un ! »

Quelle sagesse !

Je te remercie vivement Patricia pour tes explications concernant l'asthme et les allergies qui m'ont aidée à parfaire le début de cette petite histoire pour la rendre plus crédible.

A Odile Sirette,

Merci Odile pour cette envie toujours d'en savoir plus sur mes activités, de permettre à la motivation fragile de se concrétiser afin de rester présente, non omniprésente dans un corps froid pour le rendre vivant ! Combien de fois t'ai-je remerciée Odile de m'avoir si souvent relue, d'avoir accepté de réaliser cette belle peinture pour le premier ouvrage *L'Impact des maux* « En attente d'amour » et cette dernière peinture « Brises océanes » pour la page de couverture de ce roman. Cette contribution me transporte bien au-delà des mots et me rend toute fébrile, car cette peinture sur la couverture, comme tu le sais, elle fait TOUT.

A Carole Corneloup, et à Martine Dompner, « cette belle mise en mots », je dis merci pour les leurs pleins de sagesse qui savent m'envelopper dans un doux paysage dans lequel j'aime m'y promener grâce à une quasi décorporation, et auquel je crois fermement aujourd'hui, qui n'est autre que le bien-être,

« Je voudrai ne pas omettre Florence, ma petite coiffeuse qui m'a souvent écoutée, Jean-François Mouriot, pour avoir cru en moi et avoir accepté d'éditer ce livre, Claire Garnier, qui a jeté un oeil très professionnel sur cet ouvrage ».

Audrey Thénin et Nelly Noël pour leur précieux réconfort,

A Ahmed Naciri, pour son mail d'encouragement,

« Mes mots concernant ton livre, n'étaient pas uniquement une expression d'encouragement, mais plutôt une reconnaissance de courage et de détermination. Félicitations ».

A Mircea Boari, pour ses moments d'amitié d'une si belle couleur qu'ils auraient pu orner « *Une Aquarelle de Rêve* »[1]

A ma grand-mère Emma qui a toujours été si bonne avec moi durant son vivant, lorsque j'étais si frêle…

A mon frère Marc Houri et ma sœur, Isabelle Gaubert, qui ont fait de ma vie, un abri plus chaud qu'à l'ordinaire, et dont je me suis occupée « *comme une petite mère* ». Quelle fut ma surprise de découvrir que ma sœur écrivait des policiers et des pièces de théâtre avec un style des plus intéressants !

A cet être, Dove, pour qui je n'ai pas eu le temps de le faire,

A ma nièce Mathilde Gaubert pour son petit mot touchant « *Je voulais te féliciter pour ton livre, après tout, la plume ne naît pas entre les doigts de tout le monde !* »,

A Charles Thénin, mon mari pour son perfectionnisme et son aide pour scanner les dessins d'enfants afin de donner plus de corps au texte,

A ma mère Viviane Mugnier et son mari André pour leur fierté non dissimulée.

Remerciements à Mélanie, mon enfant, qui m'a murmuré cette histoire au caractère essentiel, celui de redonner une forme à ce qui n'en a plus, celui de permettre à la flamme de l'espoir de brûler en chacun de nous, sans se consumer tout à fait, de façon éternelle comme une ultime vaillance.

---

[1] *L'Impact des Maux*, Société des Ecrivains, 2004

BIBLIOGRAPHIE

Contes à aimer, contes à s'aimer, Jacques Salomé, Albin Michel, 2000

Lettres à l'intime de soi, Jacques Salomé, Albin Michel, 2001

Dis-moi où tu as mal, Le lexique, Michel Odoul, Albin Michel, 2003

L'Impact des maux, Rose-Marie Thénin, La Société des Ecrivains, 2004

L'ULTIME VAILLANCE

TABLE DES MATIERES

De vous à moi ....

A - *L'ULTIME VAILLANCE*

1ère Partie
LE FARDEAU DE NOTRE ENFANCE

1	- La peur de la nuit pour Mallory	21
2	- Connaissance avec Mallory	24
3	-Un gros plan sur Yohann	30
4	- Qui est Julia?	32
5	- Un bel anniversaire pour Mallory	35
6	- La rencontre inopinée avec Marc	38
7	- Misty, un chat bien-heureux	40
8	- Marc face à son combat	42
9	- Un déjeuner indigeste	46
10	- La douceur d'un sourire	48
11	- Les parents de Marc	51
12	- L'espérance faisant enfin route	55
13	- Une vérité mettant à nu	58
14	- Mallory veut aider Marc	61
15	- Une grande décision	63
16	- Mallory déterminée	67
17	- Le début d'un long voyage	69
18	- Le retour de Marc	72
19	- Un après-midi innommable	75
20	- Un coup de téléphone courtois	79
21	- Le prochain voyage d'Emma	80
22	- Le conseil de l'école se réunit	82
23	- Un samedi au rendez-vous	84
24	- Bêtise ou méchanceté ?	87
25	- Emma dans la Rome Antique	91
26	- Tout doux	93

27	- « Qui sème le vent, récolterait la tempête ? »	96
28	- Retour au calme ou presque	98
29	- Claire en présence de son destin	100
30	- Yohann enfin à la maison	103
31	- Mallory, dans sa chambre	105
32	- Un début de nuit	107
33	- Un jour d'école exceptionnel	108
34	- Une visite à l'improviste	110
35	- Un week end extraordinaire	113
36	- Une rencontre intempestive	119
37	- Un dernier message	122
38	- Un dimanche pas tout à fait perdu	133
39	- Un autre départ	140

2ème Partie
UN NOUVEL ARC-EN-CIEL

1	- Un horizon d'espoir	149
2	- Un dîner peu ordinaire	157
3	- Un sentiment dévoilé	162
4	- Avant les vacances	166
5	- Une petite discussion	169
6	- Le revers d'un monde moins hostile	172
7	- Un petit au revoir	176
8	- Vacances improvisées pour Marc	179
9	- Le temps coule comme un ruisseau	181
10	- La vie reprend le dessus	188
11	- Une missive peu ordinaire	190
12	- Un tournant important	192
13	- Un mois d'août prospère	194
14	- Une rentrée prometteuse	199
15	- Une nouvelle déroutante	200
16	- Une décision prise à l'unanimité	203
17	- Quelques brins de vies	205

3ème Partie
NOTRE COURAGE MIS À L'EPREUVE

1	- Le temps de grandir	213
2	- Une affaire close	218
3	- Des jours de lutte	221
4	- En attendant un signe	226
5	- Un de ces jours	231
6	- Une sentence trop lourde	236
7	- Des retrouvailles enfin fêtées	243
8	- Un autre lendemain	246
9	- A chaque question, une réponse	263
10	- Un dîner familial	274
11	- Un grand retour	278
12	- Un jour nouveau	284
13	- Un pas l'un après l'autre	288
14	- Un soir comme jamais	300
15	- Une invitée de marque	304
16	- Le Temps d'une étoile filante	308
17	- Une visite agréable	311
18	- Devant les Hommes	314
19	- Notre courage mis à l'épreuve	324
20	- Notre ultime vaillance	329

B - *EPILOGUE*

a)	Notes de l'auteur	337
b)	Hommage à ceux qui donnent	360

C - *REMERCIEMENTS* 371

Bibliographie 377